이웃집 두 남자가 수상하다

이웃집 두 남자가 수상하다

손선영 장편소설

한스미디어

차례

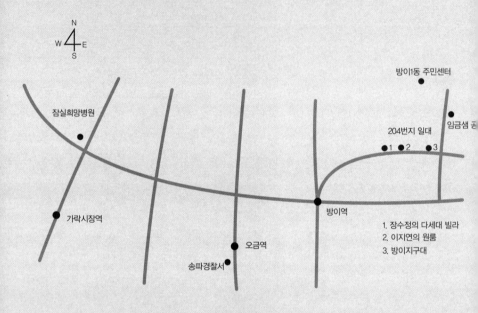

방이1동 주민센터

잠실희망병원

204번지 일대

임금샘 공

1 2 3

가락시장역

방이역

오금역

1. 장수정의 다세대 빌라
2. 이지연의 원룸
3. 방이지구대

송파경찰서

주요 사건 무대

서

"설렁탕은 취소할게요."

살인사건 추가되었거든요. 백용준은 황급히 신발을 신었다. 동시에 스마트폰을 꺼냈다. 액정창에 '10월 24일, 7℃, 7시 12분'이 표시된다. 날씨를 나타내는 이모티콘은 반쯤 해를 가린 구름이다. 날씨가 흐려지려나. 댓바람부터 출동하라는 최현정 순경의 전화에 마음은 이미 호우상태였다.

황급히 원룸 건물로 들어섰다. 때 이른 찬바람이 새시 문에 부딪쳐 달아났다. 채 십 초나 뛰었을까. 거친 숨이 목까지 차올랐다. 반대로 푸념은 계단 밑까지 들러붙었다. 하루 한 끼 겨우 먹는 아침 시간만이라도 좀 참아주시지, 이 범죄자들아. 숟가락을 내던지듯 달려왔다. 살인이라는데.

경찰생활 이십 년, 살인사건도 이제 일상이 되었다. 대한민국의 한 해 살인사건은 700건 정도, 하루 두 건에 못 미치는 살인이 꾸준히 발생한다. 그러나 '실상'은 통계와 다르다. '변사자'와 '실종자' 때문이다. 한 해 평균 변사자 수는 3만 명가량, 거기다 공식적으로 실종

처리되는 사람이 2만 1천 명 정도다. 안타깝게도 그들 중 살인사건이 몇 건인지는 알지 못한다. 그 실상에 오늘 한 건이 추가되었다. 주린 배 아니랄까 봐 때맞춰 꾸르륵 소리가 크게 들렸다.

원룸 201호의 문이 열리며 경찰 정복을 입은 여자가 나왔다.

"여깁니다."

훤칠한 키에 호리호리한 몸매의 여자다. 가슴 위 이름표가 도드라져 보인다. 여지민.

첫 임장자인 방이지구대 여지민 순경이 경례를 붙였다. 보통은 사체에 모든 감각이 집중되는 법인데 백용준의 눈은 여지민에게 딱 고정되었다. 최지우를 닮은 얼굴이야 그렇다 쳐도 레이싱 모델 같은 몸매에 지구대 순경 정복이 묘한 매력을 불러일으킨다. 저래서 도착 증세를 가진 성범죄자들이 여경의 정복과 수갑을 좋아하는 걸까.

"사체는 저기……."

아차차, 방심은 금물인데.

"어, 미안……해요."

바보같이 미안이라니. 하여튼 어디 가서 도둑질은 못 할 팔자다. 그런 까닭인지 부쩍 강력계 형사에 머무른 그의 인생이 고맙다.

"119는요?"

119는 또 뭐라니. 112로 신고된 '살인'사건 수사에.

"아직입니다. 저도 온 지 일 분 되었습니다."

아직이라니, 대답이 미숙하다. 노련한 경관이었으면 얼마나 웃었을까. 정신 좀 차리라고. 그런데 여지민이 도착한 지 일 분이라. 그럴 만도 했다. 신고전화를 받고 지령실에서 지구대와 송파서에 무전을 타전. 지구대원 대부분은 순찰 중일 테니 일 분 거리 지구대에서 여지민이 뛰어왔을 것이다. 평일 아침이면 자취방 근처인 방이지구대 옆 건물 유명 설렁탕 가게에서 백용준은 아침을 해결한다. 그런 그의 생활 반경과 패턴을 익히 알고 있는 송파경찰서 강력형사 2팀 막내 최현정 순경이 얼른 가보라고 종용할 만도 했다. 최현정에게 동기나 마찬가지인 여지민이 걱정되었으리라. 팔 개월 전 최현정이 그랬듯 여지민에게도 살인사건은 첫 경험일 것이다.

경찰에게든 살인자에게든 살인사건 첫 경험은 치명적이다. 첫 살인사건을 분기점으로 두 갈래로 나누어진다. 그만둘 것인가, 계속할 것인가. 살인자도 마찬가지지만 그만두지 않는다면 분기점 이후 경찰은 진짜 경찰로 진화한다.

"과학수사팀은요?"

아차차, 과학수사팀을 지구대 순경에게 묻다니. 곧 송파서 강력팀원들이 후다닥 달려올 텐데.

"미안, 한 번 더."

왜 이렇게 여자 앞에만 서면 거북등처럼 온몸이 딱딱해지는 것일까. 여자가 아니라 지구대 후배 순경이라고. 스스로 기합을 넣었지만 새까만 두 눈까지는 아니었던지 슬쩍 여지민을 보고 말았다. 예쁘구나. 완전 엘프녀다. 엘프녀야. 경찰에도 저런 인재가 등장하다니. 아니라면 88만원 세대가 짭새의 영역까지 넘볼 수밖에 없다는 현실이 사실인가 보다. 그러고 보니 이제 기억난다. 칠팔 개월 전쯤 대단한 미모의 순경이 신규 전입되어 왔다며 이십대 형사들이 수군거렸다. 강력형사팀과 미녀 경찰은 서로 요원한 관계여서 기억은 곧 소멸되고 말았지만.

"사체는 저쪽……."

애써 여지민이 손가락을 쳐든다. 자신을 좀 그만 보라는 뜻일 테다. 그녀의 몸이 바짝 긴장하고 굳었다는 걸 그제야 알아차렸다. 그렇지만 백용준 역시 댓바람부터 살인사건이라는 말에 몸이 굳었을 뿐이지 일부러 그녀를 '사체보다 뚫어지게' 보려던 것은 아니었다. 무안함에 큼, 헛기침을 하며 사체를 보았다. 그런데 저건…….

"여 순경! 사망 확인한 겁니까?"

저도 모르게 목소리가 높아졌다. 여지민의 얼굴이 갑자기 굳어졌다. 이십 년 강력경찰의 경험이 사망 사체가 아니라고 백용준에게 소리쳤다. 용수철처럼 방으로 튀어 들어갔다.

"그게, 신고가 있었습니다. 사망 사체라고. 문도 열린 채였고, 그래서……."

여지민의 목소리가 어느새 등 뒤에서 울렸다. 미모와 경험이 비례했다면 얼마나 좋았을까. 강력사건에서는 과학수사보다 월등한 나침반이 되어주는 것이 바로 경험이다. 마주치는 눈빛, 스쳐가는 몸짓, 그리고 범죄의 향기. 십중팔구 그리 멀지 않은 사건 언저리에서 배회하는 범인. 흉악범들은 강력계 형사의 오랜 경험이라는 촘촘한 그물에 걸려 팔딱거릴 때가 허다하다. 그리고 경험이 일천한 순경인 여지민은 임장자의 첫 번째 의무를 다하지 않았다. 사망 확인.

백용준은 어느새 원룸 침대에 엎드려 누운 이십대 여성의 경동맥을 짚고 있었다.

일 초, 한 번…… 두 번……. 느리지만 분명히 뛰고 있다.

"119 빨리 부르세요. 사체가 아니라 살아 있다고. 얼른!"

백용준의 목소리가 새되었다.

그때였다. 한 남자가 문 앞에 나타났다.

"죽었습니까?"

"뭐야, 당신!"

"추리소설가 손선영입니다."

"추리소설가 손선영? 여 순경, 저 양반 내쫓아요! 어디 현장에."

"그 여자 죽었냐고요?"

"대체 당신이 뭔데 끼어드는 거야!" 백용준은 쓰러진 여자를 살려야 한다는 다급함에 소리질렀다. "여 순경, 여 순경! 119 출발했습니까, 어떻게 됐어요?"

그때 추리소설가라는 남자가 성큼 다가와 백용준의 곁에 섰다.

"아직 살아 있나 보군요."

백용준의 눈이 사납게 그를 올려다보았다.

추리소설가라니. 추리소설가라면 집 안에 틀어박혀 없는 범죄나 만들어내며 오타쿠 짓 하는 그런 존재들 아닌가.

백용준은 한숨이 났다. 영화가 따로 없다. 최현정이 말한 살인사건은 취소하고 온 설렁탕 같은 신세가 되었다. 방 안을 둘러보자 흐트러진 광경이 눈을 휘어잡았다. 여주인공 같은 여경에, 여자 조연

같은 죽었다던 여자에, 신 스틸러로 등장한 추리소설가까지⋯⋯.
백용준은 몰래카메라의 주인공이라도 된 듯한 기분이었다.

꿈이야, 아니라면 영화거나.

백용준의 생각을 비집으며 추리소설가 손선영이 여자를 둘러업었
다. 당황하는 백용준을 뒤로하고 재빨리 원룸을 빠져나갔다.

"이 자식이! 야, 추리소설가 손선영이! 같이 가자."

백용준은 허둥지둥 손선영의 뒤를 따랐다.

복도로 나서자 맞은편에서 쿵쿵대는 발소리가 울리기 시작했다.
영화처럼, 타이밍 놓친 경찰들의 발소리가.

1부

이웃집 두 남자가
수상하다

장수정

"이제 선생님은 저에게 독살당하신 겁니다."

"무슨 소리야, 그게?"

"제가 선생님 모르게 커피에 약을 넣었거든요. 간 때문이야, 하고 차두리가 나와서 선전하던 거 있잖아요. 선생님께서 몸을 혹사하시는 거 같아서 그렇게 했어요. 그런데 커피에서 그 맛이 느껴지지 않죠?"

"아니, 이런. 내가 너에게 독살을 당하다니, 분하다. 다음에는 내가 너를 죽여주마. 그런데 끝맛이 좀 썼어."

"에, 모르셨거든요. 제가 볼 때는."

오늘도 옆집 두 남자는 이해하기 어려운 이야기를 나눈다. 도대체 뭐 하는 사람들일까.

사실 문제라면 옆집 두 남자의 말소리가 아니다. 지은 지 이십 년이 넘은 빌라의 방음이 문제다. 인구 1천만 명이 넘는 서울, 그곳에서도 길 건너에 올림픽공원이 있는 송파구 방이동에 전세 8천만 원 짜리 리모델링 빌라를 구한다는 건 대단한 행운이었다. 이 빌라의 반지하 3호가 전세 매물로 나왔을 때는 집주인에게 굽실거리며 감지덕지했다. 그게 육 개월 전 3월의 일이었다.

문제는 그 뒤부터였다. 오래된 빌라를 요즘 유행하는 광택 나는 범랑 패널로 바꾼 것까지는 나쁘지 않았다. 패널에 맞추어 외벽 리모델링을 하다 보니 주차장이 있어야 할 반지하 50센티미터를 베란다처럼 바꾼 것이 화근이었다. 바깥에서 보자면 그럭저럭 건물이 길게 뻗어 올라가 괜찮아 보이지만 입주자에게는 실상이 달랐다. 하필이 50센티미터 공간 속에 반지하 2호와 3호의 소음이 갇히는 형태가 되어 작은 소리까지도 서로 공유하게 되었다.

층간 소음으로 살인까지 일어난다는데. 장수정은 대수롭지 않게 여겼다. 그런데 옆집 두 남자의 이야기가 수상했다. 엊그제는 은행을 터는 방법에 대해 이야기를 꺼냈다. 또 시작이군, 하고 장수정은 마감이 이틀 남은 책표지 일러스트에 시선을 묻었다. 그러나 한 시간 뒤 나사 빠진 사람처럼 입을 헤벌리고 두 남자의 이야기를 경청하고 있는 자신을 발견했다. 에이, 그래서야 은행을 털겠어, 하고 어느덧 추임새까지 넣게 되었다. 순간 정신을 차렸지만, 동시에 절망했다. 작업 마무리는 마감일인 9월 3일, 오늘까지도 요원해 보였다.

"그런데 너 진짜 은행 털 거냐?"

선생님이라고 불리는 남자가 물었다.

"그럼요, 털어봐야 결과가 나오죠. 어디를 털까?"

젊은 목소리의 남자는 유쾌하게 웃어젖혔다.

정말 저 두 남자가 은행을 털려는 걸까? 급작스레 상상이 날개를 달기 시작했다. 두 남자는 희대의 범죄자이거나 살인마일까? 이들이 머리 맞대고 완전범죄를 실행하려 한다면? 비록 갇힌 공간 탓에 귀를 기울이게 된 것이지만 그들이 정말 범죄를 저지를 작정이라면 이쯤에서 계획을 막아야 하는 것이 아닐까.

생각이 거기까지 미치자 장수정은 자신도 모르게 휴대전화를 들었다. 약간의 망설임. 그러나 오래가지 않았다. 스마트폰 창에서 1과 1, 그리고 2의 숫자를 꾹 눌렀다.

"112 지령실입니다."

곧바로 들려온 대답에 장수정은 목소리를 가다듬었다.

"저기…… 옆집 남자 둘이 은행을 털려고 합니다. 이웃 입장에서 듣고만 있을 수 없어서 신고하는 겁니다."

"전화 잘 하신 겁니다."

112 지령실의 남자는 결단력 넘치는 목소리로 장수정을 안심시켰다. 몇 번의 질문이 오간 뒤 전화기 너머의 남자는 "용기 있는 결단을 내려주셔서 감사합니다. 곧바로 출동하겠습니다" 하고 전화를 끊었다. 채 삼 분이나 흘렀을까. 50미터도 떨어져 있지 않은 방이지구대 순찰차의 사이렌 소리가 들려왔다.

탕탕, 거칠게 옆집 문을 두드리는 소리에 몸이 반응했다. 장수정은 문가에 귀를 대고 숨을 죽였다. 옆집 문이 열리는 소리가 들렸다.

"누구세요?"

"경찰입니다."

경찰이라는 말에 장수정은 아연 긴장했다. 문고리를 꽉 쥔 손에 감각이 없어진 것도 알아차리지 못했다.

"은행털이를 모의하신다는 신고가 있었습니다. 이 옆 지구대까지 함께 동행해주셨으면 합니다."

나름 긴장된, 그러나 위엄을 잃지 않은 목소리로 경찰관이 말했다.

"은행털이라니요? 그게 무슨 말씀입니까?"

선생님이라 불리는 남자가 놀란 듯 말했다. 그때 장수정은 저도 모르게 오토도어락을 눌러 문을 열고 말았다. 아뿔싸! 그러나 어쩔 수 없다. 신고도 내가 했고, 불안을 견뎌내지 못한 채 얼굴을 드러 낸 것도 나다. 늘 그렇듯 생각보다 행동이 앞서는 탓이지만 내가 해 결할 수밖에 없다. 장수정은 두 주먹을 굳게 쥐고 심호흡을 했다.

"제가 다 들었습니다. 이 두 남자, 범죄자가 확실합니다. 오늘은 독살에 관한 이야기까지 나누었습니다. 살인을 하려는 게 아니라면 보통 사람이 그런 이야기를 나누지는 않을 겁니다. 엊그제부터 이 두 사람 분명히 은행털이를 모의했어요."

경찰이 장수정을 똑바로 보았다. 선생님이라는 남자 역시 장수정 을 바라보았다. 머리가 하얗게 새가고 있는 그 남자는 생각보다 꽤 선한 인상이었다.

그때 이게 무슨 일이냐는 듯 젊은 남자가 모습을 드러냈다. 키가 170센티미터 조금 넘을까. 호리호리한 몸에 비해 볼록한 배가 특징 이라면 특징이다. 마치 디즈니 캐릭터 푸를 연상시킨다.

드디어 만났다. 이웃집 두 남자다. 바로 저 두 남자가 수상하다.

장수정은 급작스레 심장이 뛰었다. 여기서 물러날 수는 없다. 기왕 이렇게 된 거 지르고 보는 거다.

"이 사람들 체포해주세요. 정말 반사회적인 인물들이라고요."

힘을 준다고 주었지만 목소리 끝이 갈라지고 떨렸다.

"이 아가씨, 굉장히 능동적인 분이네요. 아는 것을 표현하시는 걸 보니. 보통 사람들 같으면 이럴 때 반사회적인 인물이라기보다는 계속해서 범죄자라는 단어를 썼을 텐데요."

키 작은 남자였다. 재수, 제대로 없다. 장수정은 생각을 우겨넣었지만 범상치 않은 남자의 말에 다시 마음이 끌렸다. 두 사람의 대화를 엿듣고 있을 때처럼.

"직업은 아마도 프리랜서겠죠. 새벽 2시가 넘은 이 시간에 일을 하다 나온 듯한 모습이잖아요. 화장 정도는 하고 문을 여실 줄 알았는데…… 쌩얼에 자신 있으셨나? 착각이세요."

남자가 장수정과 눈을 맞추더니 휴, 한숨을 쉬었다.

뭐야, 저 깐족거림 대폭발은? 장수정이 저기요, 하고 대꾸하려는데 키 작은 남자가 또다시 입을 열었다.

"각설하고요. 아가씨가 보통 심야에 깨어 있는 걸 감안해보면 저희와 같은 시간대에 일하는 직업이라고 추정되는군요. 그렇지만 소설가는 아닐 겁니다. 저희 얘기를 엿들었다면 아마도 저와 선생님이 소설가라는 사실을 쉽게 추정했을 거예요. 아무리 숨기려고 해도 직업이 같으면 서로 알아보게 되잖아요. 그런데 오른손 중지 첫마디에

오랫동안 연필을 쥐었던 듯 굳은살이 박혔네요. 요즘은 문서 작업도 수작업으로 하지 않으니 평소 전자펜 같은 걸 사용하는 직업이라고 추정되는군요. 붓을 사용했다고도 볼 수 있는데 핑크색 매니큐어가 보이네요. 물감 자국은 없고요. 그림은 그리지만, 화가라기보다는 컴퓨터를 활용하는 디자이너일 겁니다."

키 작은 남자가 자기 말이 맞지 않냐는 듯 장수정에게 턱짓을 했다. 그사이 입이 벌어져버린 장수정은 신고한 내용도 잊은 채 "맞아요" 하고 대답하고 말았다.

"선영이 터치다운. 인정! 이번에는 내가 직접 사건을 풀어야겠네. 일단 경찰분들부터 돌려보낼까?"

선생님이라는 남자가 끼어들었다. 그러더니 휴대전화를 가져와 어딘가에 전화를 걸었다. 경찰은 이미 상황 판단이 끝났는지 뒷짐만 지고 서 있었다.

"나야, 오현리. 자네가 좀 나서줘야 할 일이 생겼네."

그러더니 장수정이 신고했던 내용을 일목요연하게 설명했다. 곧바로 선생님이라는 남자가 경찰에게 휴대전화를 바꾸어준다.

"네. ……네? ……네. ……네? ……네."

성조가 다른 '네' 다섯 번으로 상황은 종료되었다. 경찰은 전화기에 대고 경례라도 붙일 기세였다. 그 순간 키 작은 선영이라는 남자가 "QED, 케이스 이즈 클로스드" 하고 추임새를 넣는다.

이건 또 뭐하자는 수작인지. 장수정은 그만 넋을 잃었다.

경찰이 이웃집 두 남자를 향해 경례를 붙였다.

"충성이라는 말은 하지 말아요. 그거 아주 구시대적이고 유신스러우니까."

'선생님'이 경찰에게 잘 가라는 듯 이마에 손을 댔다.

"아가씨, 괜찮으시다면 저희 집에서 커피라도 한잔하겠습니까? 상황을 좀 설명해드릴게요."

선영이라는 남자가 정중히 고개를 숙이며 말했다. 아, 거절할 수 없다. 그렇지만 여전히 이웃집 두 남자가 수상하다. 말로를 보고 말리라. 장수정은 멈칫멈칫 두 사람을 따라 B2호실로 발을 들였다.

B2호는 장수정의 집과 대칭되는 구조였다. 방 두 개에 한 평 정도 되는 거실 겸 부엌과 거실 크기의 욕실이 전부였다. 작은 방 한쪽 벽은 책으로 들어차 있었다. 책과 마주 보는 벽에는 컴퓨터 두 대가 네 개의 모니터를 쓰고 있다. 아마추어 분위기는 분명 아니었다. 소설가라는 말은 거짓이 아니었나 보다.

물이 끓자 선영이라는 남자가 인스턴트 커피를 가져왔다.

"아유, 인스턴트 커피는 싫어하시는구나. 그렇지만 오늘은 어쩔 수 없네요. 원두커피가 뚝 떨어졌거든요. 무엇보다 독은 타지 않았습니다."

장수정은 화들짝 다시 놀랐다. 도대체 이 남자, 뭐 하는 사람일까. 스쳐가는 말로 소설가라고 했지만 소설가라고 다 이렇지는 않을 것이다.

"커피 잔에 손가락을 끼우실 때 좀 망설이시더라고요. 미간에 작은 주름도. 아마도 근래 몇 년간은 인스턴트 커피를 드신 적이 없나 보군요. 카제인나트륨과 포화지방 때문에 약간은 경멸감이 들기도 하겠네요. 밤늦게까지 작업을 하시니 늘 커피는 달고 사실 테고. 이해합니다."

저거 깐족이지? 그런 거지? 결론은 그거다. 이 남자, 여자 사귀기는 글렀다.

선영이라는 남자가 곧바로 현미녹차를 내왔다. 그나마 낫다. 그렇지만 가만히 앉아 발가벗겨지는 기분이 들기는 난생처음이었다.

"먼저 내 소개를 해야겠네요. 나는 오현리라고 합니다. 뭐 작가라긴 그렇고 저술가. 그리고 이 친구는 추리소설가."

그제야 책장에 꽂힌 책들이 새삼 눈에 들어왔다. 어림잡아도 3천 권이 넘어 보이는 대부분이 추리소설이었다.

"손선영이라고 합니다."

삼십 분 전까지도 은행털이범이라고 생각했던 남자가 깍듯하게 인사했다. 추리소설가란다. 우리나라에도 추리소설가가 있었나?

"선생님은 제게 멘토 같은 분이십니다. 무협영화에 관한 한 우리나라에서 일인자일 겁니다. 저는 겨우 추리소설 따위나 쓸 뿐이죠. 그래도 부끄럽지 않고 자랑스럽습니다. 선생님과 저는 아가씨가 들었던 그런저런 이야기를 즐깁니다. 영화나 추리, 또 현실에서 벌어질 수 있는 추리적인 상황들에 대해 리얼리티라는 살을 붙여보는 거죠."

"네, 그렇군요. 저는 장수정이라고 합니다."

적당한 틈을 가늠하던 장수정이 겨우 이름을 말했다. 두 사람에게서 그만큼 빈틈을 찾기가 어려웠다.

"담배 피우시죠? 여기."

이번에는 오현리.

나도 선생님이라고 불러야 하나? 아니면 작가님? 장수정은 잠시 끼어든 생각을 담배에 불을 붙여 날렸다.

"그런데 어떻게 아셨어요?"

"담배 피우는 거요?"

오현리가 책상에 늘어놓은 라이터 중 하나를 짚는다. 장수정이 사용하는 원터치 방식의 압전식 라이터였다.

"이게 새벽 2시가 넘어갈 때부터 옆집에서 자주 들리는 소리였습니다."

오현리가 딱딱 소리가 나게 압전식 라이터를 몇 번 눌렀다. 오현리의 부록처럼 손선영이 설명한다.

"저는 그 소리가 들릴 때마다 손가락 힘이 약하거나 부싯돌 형태의 라이터가 익숙지 않은 어린 아가씨인 줄 알았습니다. 그런데 정정해야겠네요. 담배를 피우신 지 얼마 되지 않았죠? 기껏해야 육 개월?"

장수정은 두 눈을 번쩍 떴다. 두 남자가 번갈아가며 가만있는 자신의 옷을 다시 벗기는 느낌이었다. 정신 차리자, 휘말리면 안 된다. 그런데 가만, 어린 아가씨인 줄 알았는데 정정해야겠다고? 그럼 내가 늙은 아가씨란 말인가? 손선영, 이 자식! 눈을 치켜뜨는데 황급히 손선영이 말을 건다.

"어쨌든 오해는 푸셨기를 바랍니다. 저희 때문에 작업에 방해를 많이 받으셨나 보네요. 그건 제가 진심으로 사과드립니다. 아마 오늘쯤이 마감이겠군요. 그 압박감과 저희 이야기가 어울리지 않게 붙어먹은 거군요. 아하, 이런."

'깐족 신공'으로 실컷 긁어놓고 웬 '공손 모드'라니. 입을 달싹이는데 오현리가 검지로 자신의 입술을 누르며 잠시만 하는 신호를 보냈다. 이내 전화를 건다.

"영휘냐? 나야. 택시비 줄 테니까 선영이네로 와. 마감이 임박한 디자이너가 있는데 네가 채색 작업을 좀 도와드려라."

괜찮습니다, 라고 말하고 싶었지만 이미 늦었다.

"조영휘라는 만화가인데 올 때까지 007 이야기나 해드릴까요?"

오현리가 빈 시간을 때우려는지 이야기를 꺼냈다.

"아니요, 됐습니다. 이제 가서 작업해야죠. 그리고 저는 디자이너라기보다는 일러스트레이터입니다. 바이일러스트 사이트에 가시면 제가 작업한 그림들을 보실 수 있을 거예요."

"이런, 선영이 너, 터치다운 실패!"

"아, 사실 일반인들에게야 디자이너나 일러스트레이터나 그게 그거죠. 장수정 씨, 책표지 전문이시죠? 책 표지 디자인도 하시고 일러스트도 하시는!"

이런, 터치다운이다. 손선영이 제대로 정곡을 찔렀다. 장수정의 얼굴에 갑자기 피가 몰렸다. 보나 마나 얼굴이 빨개졌을 것이다.

"선생님, 보세요, 장수정 씨 얼굴이 맞다고 대답을 하잖아요. 제 책장에 꽂힌 책을 살펴볼 때 제가 알아봤거든요."

장수정은 도리질을 했다. 졌다. 법적으로는 아니라지만 이 두 남자, 제대로 수상하다. 그 순간 "거봐라, 아니라고 고개 젓잖아" 하고 오현리가 끼어든다. 그 뜻이 아닌데. 아, 뭔가 된통 당하는 기분이다.

"아, 안 되겠어요. 저 그만 갈게요."

장수정은 일어서서 B2호를 빠져나왔다.

어쨌든 두 남자가 범죄자가 아니라는 사실에는 안도했지만 여전히 수상하긴 마찬가지였다. 어쩌다 저런 이웃을 만났을까. 말에는 뼈가 있고, 대응하려면 우습게 되고. 그나저나 두 사람 참 귀신같다. 서양화를 전공하다 일러스트 작가를 꿈꾸던 장수정이 먹고살길을 찾아 선택한 일이 책표지 디자인 겸 일러스트 작업이었다. 두마리를 쫓아서인지 일러스트도 디자인도 제대로 못하는 어정쩡한 프리랜서가 돼버렸지만.

그런 생각을 하며 다시 컴퓨터 앞에 앉았을 때였다.

"마티니, 젓지 말고 흔들어서!"

오현리의 목소리가 넘어왔다.

이건 또 무슨 말일까?

"007에는 이런 낭만이 있었다고. 다들 저어서 마시는 마티니를 제임스 본드만의 방식으로 흔들어 마시는 그런 낭만 말이야. 그런데 다니엘 크레이그의 007은 그런 낭만은 빠지고 액션만 남았다니까."

"어차피 액션 영화잖아요. 낭만 영화라는 장르라도 있으면 몰라. 그나저나 장수정 씨 듣겠어요. 그만하세요."

"어허, 들으라고 그래. 이런 이야기는 창작에도 도움이 된다니까."

오현리가 목소리를 높였다.

아니나 다를까 다니엘 크레이그의 탄탄했던 몸이 떠올랐다. 다니엘에 비해 숀 코너리 또는 피어스 브로스넌의 007은 그저 잘 포장된 신사처럼 느껴졌다. 장수정은 오현리가 말한 낭만 깃든 007보다 날것 그대로가 느껴지는 다니엘 크레이그의 007 시리즈가 더 나았다. 그런데 이런, 장수정은 또다시 그들의 대화에 빠져들고 말았다.

가만, 그러고 보니.

소름이 오소소 돌았다. 이웃집 두 남자, 내가 007 영화를 즐겨 본다는 것까지 알고 있다. 게다가 적절히 도발까지 하고 있지 않은가. 장수정은 제프리 디버의 007 소설을 얼마나 재미있게 읽었는지도 떠올랐다. 그 책의 디자인 작업을 놓친 아픈 기억도 함께. 돈을 떠나 꼭 하고 싶었던 작업이었다.

그제야 내가 그들을 알고 있듯 그들도 나를 알고 있다는 데 생각이 미쳤다. 안타깝게도 B2호와 B3호는 한 집이나 마찬가지였던 것이다. 벽으로 나뉘었지만 한 집 사람들처럼 소리를 공유하고 산다는 사실을 인정해야겠다. 그리고 도전에 맞서주자. 까짓거, 마감일 하루쯤 넘기는 거 어제오늘 일이 아니잖아.

장수정은 심호흡을 한 뒤 다시 B2호의 벨을 누르……려는데 문이 열린다.

"오셨어요?" 손선영의 목소리가 벨소리처럼 울렸다. "문 열리는 소리가 나서요. 오실 거라고 생각했습니다."

이 사람들 진짜, 제대로 무례하다.

"왔습니까, 장수정 양? 기다리고 있었어요."

서재에서 들려오는 웃음 묻은 목소리.

뭐야, 이게! 장수정은 곧바로 서재로 향했다.

"그래서 무슨 007 이야기를 하고 싶은 겁니까, 작가 아저씨! 제가 어려도 한참은 어리지 싶은데 불편하니까 말씀은 낮추세요."

다짜고짜 오현리를 향해 쏘아붙였다.

"그럼 그럴까?"

"선생님, 007 이야기는 됐어요. 그 대신 이제 우리가 무언가 방안을 정해야 할 것 같아요."

장수정이 제법 쌀쌀맞게 나오는데도 오현리는 능구렁이같이 대응한다.

"007이 초창기 제작될 때 제작사 간 이견으로 두 편이 나온 건 알아?"

당연히 그 정도쯤이야.

"아나 보군. 그럼 숀 코너리가 뜨자 그 동생이 가짜 007 시리즈에 캐스팅되었던 것도 아나?"

"어머, 그런 영화도 있었어요?"

"그럼! 심지어 극 중 이름도 코너리라고 나오는 괴상망측한 영화였지."

"산마이 영화였겠네요."

"그런데 그게 또 그렇지가 않아. 심지어 007 영화의 오리지널 배역

들이 등장하거든. 다니엘라 비안키."

"어머! 〈007 위기일발〉에 나왔던 본드걸이잖아요."

"역시 수정이 뭐 좀 안다야. 버나드 리……."

"MI6의 M이었잖아요, 그 사람. 제가 기억하는 것만도 네 편이나 되는데. 〈살인번호〉 〈위기일발〉 〈두 번 산다〉 〈다이아몬드는 영원히〉."

"역시 007을 사랑하는 아가씨다워. 로이스 맥스웰에다……."

"로이스 맥스웰이라면 머니 페니 말하는 거잖아요. 2007년에 사망한 걸로 아는데, 최고의 007이라 추앙받는 로저 무어가 'M으로 승진할 만한 재능 있는 배우였다. 그러지 못해 아쉽다'라고 추모사를 했다던데. 심지어 천재 감독 스탠리 큐브릭의 〈롤리타〉에도 나온다고요. 그런 배우까지 나왔다면 괴상망측이 아니라 거의 블록버스터 급인데요."

"틀린 말은 아니야. 그렇지만 블록버스터는 이 영화가 나올 당시에는 없는 말이었어. 원래는 폭탄의 이름이고."

"그 정도야 상식! 죠스 말씀하시고 싶은 거죠?"

가만, 내가 뭐하고 있는 건가. 장수정은 그제야 한숨이 몰려왔다. 아무리 이웃 간에 이야기가 공유된다고 하더라도 지킬 것은 지켜달라고 말하고 싶었는데.

"앗, 수정이 정신 돌아왔다."

저 눈치 빠른 영감님. 환심을 사려고 엉너리치는 모습에 된통 당하다니. 장수정은 고개를 가로저으며 오현리를 바라보았다. 그 순간 다시 허를 찔리고 말았다.

"그 영화 제목이 뭔지 알아? 알면 꽤 도움이 될 텐데, 그치?"

"뭐예요? 정말 궁금했어요."

이러고 있다.

"〈오케이 코너리〉야. 심지어 악당들마저 007의 오리지널들이 나온다고. 닥터 노로 분했던 안소니 도슨에다 〈선더볼 작전〉에 나왔던 아돌포 셀리까지. 안소니 도슨은 〈다이얼 M을 돌려라〉라는 히치콕 감독의 영화 필모에 다섯 번째로 이름을 올려. 근래에 뭐였나, 다니엘 헤니가 나왔는데도 거의 눈 뜨고 보기 힘들었던 〈엑스맨 울버린〉에서 그의 이름이 여덟 번째? 열두 번째였나? 이제 기억이 가물거려서. 그 정도에 이름을 올렸으니 주조연에 해당한다는 것쯤은 설명될 테고. 아돌포 셀리도 이제 오래된 배우라. 내가 기억하는 건 이브 몽땅이 나왔던 영화 〈대적Le Grand Escogriffe〉 정도가 전부야. 그리고 〈오케이 코너리〉에 이 코너리라는 이름을 사용한 것은 대단히 영리한 발상이었어. 007이나 제임스 본드 같은 이름을 그대로 사용해 저작권이나 상표권 같은 분쟁에 휘말리지 않으면서도 숀 코너리라는 당대의 미남 아이콘을 이용하는 것이었으니까. 생각해봐, 장동건을 빼닮은 그보다 여덟 살 어린 남동생이 영화배우로 데뷔한다면 장동건에게 어떨지. 그것도 대한민국 최고의 주조연급들을 총망라해서 영화를 만든다면."

"이야, 작가 아저씨 상상력, 대단하시다."

그때 계속해서 잠방거리는 소리가 귀에 거슬렸다. 이 시간에 무슨 설거지라니.

"아, 선영이 내버둬. 이런 이야기 잘 알아. 나도 가끔 녀석이 하는 영화 이야기에 푹 빠질 때가 있다니까. 왜 무협지 이야기 할 때 얼마나 읽었느냐, 이런 이야기 하는 거 들어봤어?"

아니요. 여자가, 그것도 서른도 안 된 스물여덟 살 여자가 무협지를 읽겠습니까. 저런 걸 질문이라고.

"당연히 읽어보지는 않았겠지."

스윽 담을 타고 넘는 말솜씨. 하여튼 눈치 하나는.

"그런데 이럴 때 무협지 광들은 최소 1천 질, 즉 1천 세트는 읽어야 겨우 하품 좀 하겠구나, 이런다고. 한 5천 질쯤 읽으면 좀 읽었네, 이러지. 한 1만 질 넘어가면 많이 읽었다 소리 듣고."

"그게 부엌에서 설거지하는 손선영 씨랑 무슨 상관인데요?"

"어라, 갑자기 손선영 씨냐? 나는 아저씨라면서."

"하하, 그건 그냥 농담으로 한 소리잖아요."

그나저나 손선영, 저 남자는 이 시간에 웬 설거지라니? 새벽 3시가 넘었는데.

"설거지 소리 신경 쓰지 마. 내가 아가씨를 불러서 이야기하는 게 고까워서 그러는 거니까. 내가 아가씨를 낚았…… 불렀다고."

눈치는 백 단이다!

"뭐, 이야기를 잇자면 선영이는 비디오로 따졌을 때 오십 평 가게에 있는 모든 벽면의 비디오를 섭렵했다네. 심지어 천장의 것까지."

"그건 아닙니다."

손선영의 목소리가 부엌에서 건너왔다. 상당히 반발하는 목소리다.

그런데 천장의 것은 또 뭐지?

"궁금하지? 천장."

정정, 눈치 백일 단!

"과거에는 음란물을 숨기던 장소가 거기였어."

장수정은 아, 하고 감탄사를 터뜨리고 말았다. 그러고 보니 이 두 사람, 정말 이야기의 보고다. 모르는 게 나왔다. 이제부터 이들과 안면을 트고 지내다 보면 여간만 힘든 게 아니리라.

잠깐의 망설임 사이, 이야기에 끼어들겠다는 듯 물 묻은 손을 털며 손선영이 서재로 들어왔다. 의자가 두 개뿐이라 빨간색 플라스틱 간이의자를 들고 온다.

"장수정 씨, 십 분 안에 영휘 형 올 거예요."

이건 또 무슨 소리?

"솔직히 작업에 속도가 나지 않아 오신 거죠? 007은 핑계고. 다 알아요. 디자인이든 일러스트든 전문적인 교육은 받지 않으셨거나 지금 사용하시는 프로그램에 적응을 못 하셨을 겁니다. 실은 장수정 씨가 활동하시는 바이일러스트라는 사이트에 조금 전 들어가 봤어요. 개인 카페 형태던데 닉네임이 수정구슬이죠? 가입하신 지 얼마 되지 않으셨고, 스케치는 뛰어났지만 색감이 별로였어요. 특히 눈에 띄었던 게 몇 년 전 날짜가 기입된 작품과 올해 작품의 색감 차이였죠. 색을 보는 눈이 변한 게 아니라, 바꾼 프로그램에 익숙하지 않아서 그런 것 같았거든요. 그리고 아까 오현리 선생님이 그랬잖아요, 영휘 오면 채색이라도 도와주라고."

장수정은 손선영의 말에 급기야 얼굴이 홍당무처럼 변했다.

뭐야, 그럼 이곳에 들어올 때부터 알았다는 뜻이잖아. 숨겨둔 진심이었는데. 정말 이 두 남자, 수상하기 이를 데 없다. 그렇지만 이제 알고 지내게 되었으니 어쩐다? 그냥 철판 까는 게 상수겠지?

장수정은 으흠 헛기침을 내뱉으며 천장을 바라보았다. 저기, 비디오테이프라도 꺼낼 공간이 있다면 숨고 싶다.

"거긴 비디오 없어."

허걱. 이 두 사람 진짜⋯⋯. 이번에는 오현리가 장수정과 눈을 맞춘다. 그렇지 않냐는 듯 손선영마저 팔짱까지 낀 채 바라본다. 나원 참. 저 남자, 말하자면 날카롭기 그지없다. 같은 뜻, 다른 말로 바꾸자면 재수 제대로 없는 놈이고. 내가 페인터에서 포토샵으로 바꾸었다는 사실을 어떻게 알았을까. 장수정은 저도 모르게 도리질을 치고 말았다.

"지금쯤 도착할 시간인데⋯⋯."

아니나 다를까 딩동 하고 벨이 울린다. 채색을 도와주겠다던 만화가 조영휘가 도착한 것이다. 창창했던 장수정의 앞날에 먹구름이 잔뜩 드리운 느낌이었다. 그렇지만 이 남자들이 장수정의 먹구름을 걷어줄 거란 사실을 이때는 알지 못했다. 스케치만 있던 인생의 디자인에 이들이 스토리와 색깔을 넣어줄 거란 사실도.

나혜영

"휴물린 4롯트!"

꼼꼼하게 차트를 살피던 그가 가장 안정적인 형태의 약물을 주사할 것을 지시한다. 오늘 야간당직은 외과계 치프인 손일석이다. 하기야 요즘 누가 이런 말을 쓰나. 흉부외과 전문의에 연희대학병원 겸임교수가 정식 직함이다. 이제 사십대 초반, 무테 안경과 각진 턱이 나이를 몇 살은 가려준다. 손일석은 소위 개천에서 용 난 격이다. 고향인 논산에서 공부 하나만 믿고 서울까지 왔다. 그에게도 시난고난한 삶이 있었겠지만 재작년 연희대학 사회학과 교수가 된 부인과 벤츠를 몰고 고향을 방문해 누구 집 둘째 아들이 출세했네, 하는 소리를 들을 날도 몇 년 남지 않았다. 사실 그가 오늘 중환자실 당직을 맡은 것도 이례적이다. 어쩌면 이례적이라는 말은 수술로 설명될지 모른다. 잠실희망병원은 한국에서도, 아니 아시아를 통틀어도 장기이식 수술 성공사례로 소문이 난 곳이다. 밤에 일을 하고 수술 참관을 위해 스케줄을 비워두었거나, 직접 수술을 위한 스텝으로 참여하거나, 둘 중 하나이리라.

"알겠죠?"

나혜영이 대답을 않자 손일석이 재차 묻는다.

환자를 바라보던 나혜영은 여전히 시선을 거두지 못했다. 산소마스크로 얼굴의 반을 가린 비만 노인. 그에게 죽음은 병상 곁에 선 나혜영이나 손일석보다 가까이에 있다. 노인의 피하지방까지 침투했을 당뇨라는 질병보다 가까이. 그렇지만 병상을 지키는 가족의 의지 탓에 아직 마스크를 거두지 못했다.

"알겠냐고요."

이번에는 나혜영이 손일석의 의지에 굴복하듯 대답한다.

"네, 그러겠습니다."

나혜영은 곧바로 차트에 시간과 주사약물의 양, 그리고 그녀만 아는 암호 'L'을 써넣는다. 살기를 바란다는 'Live'의 의미였다. 기도하듯 차트 앞의 환자 이름을 다시 본다. 박현준, 68세. 그를 지켜보며 L자를 써넣은 지도 벌써 9일째, 그녀가 야간당직을 맡은 날짜만큼의 숫자였다.

휴물린은 당뇨병에 흔히 사용되는 인슐린 제재다. 대부분 근육주사 형태로 사용되지만 경우에 따라 정맥주사로도 사용된다. 휴물린 4단위면 많지도 적지도 않은 기본적인 밥 한 공기에 해당한다. 말하자면 손일석은 68세의 박현준에게 공기밥 한 그릇을 야참으로 내준 셈이다.

맛있어요, 박현준 씨? 손일석 선생이 당신께 밥 한 공기를 드리네요.

나혜영은 죽은 듯 누워 있는 노인보다 손일석의 심리가 궁금했다. 죽음에 직면해 뇌사 상태나 마찬가지인 환자에게 휴물린과 같은 가장 보편적이며 기초적인 약을 주사하라고 지시하는 사람의 심리가 아니, 거창한 그런 것보다 눈을 감고 누워 있는 환자는 그에게 어떤 의미일까?

"중환자실 자원했다면서요? 나이트 전담으로."

첫 대면, 손일석에게도 탐색이 필요하다는 걸까. 나혜영이라는 간호사에 대해.

잠실희망병원은 종합병원이지만 법인화가 되지 않았다. 즉, 개인 소유의 병원이다. 그에 비해 매우 훌륭한 의사진을 보유하고 있다. 원장인 황세연이 국내에서 보기 드문 장기이식 전문의였던 것이다. 특히 황세연의 심장이식 기술은 국내에서 내로라하는 의사들도 혀를 내두를 정도였다. 그런 탓에 수술집도 기술 체득과 커리어 향상이라는 두 마리 토끼를 쫓는 야심 많은 의사들이 페이닥터나 초빙 의사로 취업하기를 마다 않았다. 어쩌면 손일석의 꿈도 다르지 않을 것이다. 겸임교수가 아닌 전임교수 자리를 노리거나 여의치 않을 경우 논산에서 메디컬빌딩으로 종합병원 못지않은 수익을 올리기 위한. 그러기 위해서는 다방면에서 커리어를 쌓아야 한다. 아니라면 황세연 원장에게 차근차근 장기이식술을 배우려는 것인지도 모른다. 이제 세상은 의사들에게도 집약과 전문성을 요구한다. 누구는 항문을 몇 번이나 수술했다고 선전하고 누구는 척추를 몇 번이나 찢었다고 선전하는 세상이 아닌가. 그에 비하자면 장기이식술에 통달한 의사에게 주어지는 엄청난 명성과 막대한 수익은 항문과 척추에 비할 바가 아니다.

반대로 잠실희망병원의 간호사는 자주 결원이 생겼다. 전국에 있는 거의 모든 병실 간호사는 기본적으로 데이, 이브닝, 나이트, 일주일씩 삼교대가 원칙이었다. 그것이 깨졌다. 이유는 모른다. 나혜영은 손일석의 말처럼 나이트 전담 간호사다. 밤 10시부터 오전 8시까지 중환자실을 홀로 돌본다. 출근한 지 며칠 만에 중환자실 환자 가족과 이웃처럼 친해진 것도 이 때문이다. 그러나 손일석은 처음이다.

"자원한 거 아니었나?"

그리 궁금할 리도 없을 텐데. 나혜영은 되묻고 싶었다. 산소마스크를 떼야 옳은 것 아닐까요? 그게 휴물린보다 환자를 위해 나은 선택이 아닌가요?

"자원한 거 아니냐고."

같은 질문의 반복.

영혼이 빠진 듯 나혜영의 네, 라는 대답이 헐겁다. 질문을 삼켰으면서도 죄를 지은 것마냥 고개를 숙였다. 그런 질문을 할 자격이 나혜영에게는 없다. 손일석에게 선택이라는 짐을 지울 자격이 나혜영에게 없다는 표현이 더 맞을 것이다.

"참, 내일 오전에 의식불명 외국인 노동자 장기이식 수술 있는 거 알죠? 저 거기 서브로 들어갑니다. 별일 없으면 당직실에서 자고 있을게요. 그만 나갑시다."

수많은 기계에 의지한 채 침대 모서리에서 기생하는 EKG 모니터의 전자선이 수평으로 그어지기만을 기다리는 노인. 그에게 허락되었던 손일석의 몇 분은 끝이 났다.

"환자 케어 체크만 하고 나가겠습니다."

결국 나혜영은 손일석에게서 끝난 노인의 시간을 연장하고 말았다. 그가 나가자 적어도 수동적이 아닌 그녀의 의지가 꿈틀거리기 시작한다.

1회 호흡량과 호흡수는 어떤가. 경보기에 이상은 없는가. 혹시 튜브에 물이 고여 있지는 않은가.

세 가지를 확인한 뒤 나혜영은 볼펜 크기의 라이트를 꺼냈다. 환자의 눈에 광원이 비치지 않을 정도로 라이트를 가져다 댔다. 피부색이 푸르스름하거나 지나치게 붉은 것은 아닌지 확인했다. 호흡기를 살짝 들었다 떼며 입술 색깔을 점검했다. 호흡기가 떨어졌던 찰나만큼 EKG의 선 하나가 죽었다 살아나는 느낌이었다.

"휴!"

자신도 모르게 한숨이 새나왔다. 재빨리 손톱 색깔을 비춰본 뒤 이번에는 귀를 노인 얼굴에 가져다 댔다. 행여 천식음과 같은 소리가 들리지는 않는지. 이런저런 활력 징후들에 대한 안검과 청검이 끝나자 조금 전과 다른 안도의 한숨이 흘러나왔다.

이제 20mmHg 정도의 인공기도 커프 압력을 확인했다. 절대 압력이 낮아서는 안 된다. 압력이 낮다는 것은 숨을 쉬지 못한다는 것과 같다. 압력 확인이 마지막 기계적인 절차였다. 24시간마다 갈아주는 기관절개관 주위의 테이프 교체와 재교정, 청결 유무 등은 내일 아침 교대하는 중환자실 수간호사의 몫이었다.

모든 점검사항이 끝나자 손일석이 요구했던 4단위 분량의 휴물린을 링거액에 섞었다. 잠시 약물을 섞기 위해 포도당액을 들었을 때 박현준이 꿈틀거렸다.

꿈을 꾸는 걸까. 나혜영은 박현준에게 말을 걸어야겠다고 생각했다.

"박현준 씨가 살아온 세상은 어땠나요? 지금까지 행복했나요?

당신은 이제 당신만의 세상에 갇혀 계시는 걸요. 충분히 사셨다면 이제 더 이상 이곳에 있을 미련이 없지 않나요? 응급실로 실려왔을 때 당신의 심장은 뛰지 않았답니다. 기계적으로 심장을 되살렸지만 과연 당신이 살아난 거라고 할 수 있을지 모르겠네요."

저도 죽으려고 한 적이 있었답니다. 삶이라는 건 어쩌면 죽음과 같은 말인지도 모르겠어요. 이제 그만 심장을 멈추어도 되지 않을 까요? 이런 구차한……. 가슴 어딘가에서 끓어오르는 무언가가 나혜영을 건드렸다. 눈물과는 조금 다른, 그렇지만 눈물만큼 아픈 그런 것이었다.

"이거 봐, 또 이럴 줄 알았다니까. 영감님 살아나시라고 기도하고 있을 줄 알았어."

감았던 나혜영의 눈을 뜨게 한 것은 중환자실 208호, 노인의 옆방에 입원한 정지유였다. 열일곱 살의 이 소년이 나혜영의 기도를 듣지 않은 것은 참으로 다행이었다. 아니, 나혜영은 자주 그런 생각을 한다. 장지문 하나만 열어도 죽음이 기다리는 당신들이 내 기도를 들어주었으면.

"누나는 너무 감상적이야. 세상에 왔으면 언젠가는 세상 너머로 가게 마련이지, 안 그래?"

"보는 것과 이해하는 것은 달라. 그리고 지금 지유 너는 본 것을 정확히 엉터리로 인정했단다."

넉살 좋은 아이 지유. 몇 번을 그만두라 했지만 누나라는 호칭은 여전하다. 누나는 여자의 범위 안이라며 지유가 웃던 게 생각났다.

지유는 여자마저 아직 엉터리로 이해하고 있다.

〈호스 위스퍼〉였던가, 간호대학을 다닐 때 한 선배가 추천한 영화였다. 영화에서 로버트 레드포드는 딸을 치료하려는 열혈 엄마 역인 크리스티 스콧 토머스에게 이런 말을 던진다. "아는 것은 쉽다, 그러나 인정하기가 어렵다"라고. 호스 위스퍼라는 낯선 직업을 가진 레드포드는 일종의 치료사였다. 정신적인 충격을 받은 말에게 교감으로 상처를 치료하는 신비한 인물이다. 그러나 그 역시 사람을 치유하지는 못했다. 메스를 대고 약물을 주사하는 의사가 아니었던 탓이다. 크리스티의 딸 역인 스칼렛 요한슨은 말에서 떨어져 다리를 잘라내야 했다. 그 후 육체가 아닌 정신적인 치료가 필요했다. 요한슨은 치료를 거부한다. 사춘기로 반항을 일삼는 그녀는 변해버린 모든 상황을 인정할 수 없었다. 이 병원 모든 사람만 해도 그렇다. 죽음이 눈앞에 다가오면 주변 상황도 변하지만 주변 사람도 변한다. 레드포드는 이를 "인정하기가 어렵다"는 말로 멋지게 정리해냈다. 세월이 지날수록 레드포드의 말은 나혜영에게 어떤 금언보다 깊은 울림으로 전해졌다. 치료받고자 하는 의지가 없는 사람에게 불로초를 선물한다 한들 무슨 의미가 있단 말인가. 다른 의미지만 지유가 본 지금 상황이 딱 그랬다. 지유와 박현준에게는 죽음이 목전에 있다. 죽음을 설명해도 '인정하기 어려워'한다.

"헐! 아니거든요. 그리고 낮에 일하는 샘이 왔다 가던데, 병원에 무슨 일 있어요?"

결국 지유는 병원의 상황을 물으며 비켜간다.

"종합병원이지만 늘 모자란 게 의사고 간호사니까."

이제 세상을 알아가는 아이에게 명예나 돈 따위의 말을 들먹일 수는 없다.

그 말을 이해했는지 "아하" 하고 지유가 볼에 바람을 넣었다. 아이돌 그룹의 미소년 같은 해맑고 건강한 표정이다. 그와 달리 지유의 심장은 기계에 의지한 박현준 노인의 심장만큼이나 약해 빠졌다. 부정맥이라면 어떻게든 기계의 도움을 받겠지만 지유의 심장은 대체 가능한 다른 심장이 생기기 전까지 삶을 야금야금 갉아먹고 있다.

"아, 오늘 또 타이거즈가 졌어요."

"야구 보지 말랬을 텐데."

고교 야구선수였던 지유. 프로 야구선수의 현역 활동 기간보다 짧을지 모를 지유의 십칠 년을 버티게 한 것은 심장을 제외한 다른 하드웨어의 우수함 때문이었다. 그 뛰어난 하드웨어가 고장 없이 십칠 년을 버텼다면 팔십 년이라고 버티지 못했을까. 지유가 십칠 년을 버틴 것도 기적이고 불가사의지만, 십칠 년 만에 고장 난 심장이 발견된 것도 기적이고 불가사의였다. 기적과 불가사의라는 칸막이 하나 너머의 어울리지 않는 조합은 이제 지유에게 프로야구를 시청하는 약간의 틈입에도 정신을 잃게 만든다.

"선동열 감독이랑 종범신이 함께 활약하던 때가 최고였는데. 저도 몇 년 후에 거기 합류할 줄 알았거든요."

지유는 벌써 자신의 인생에 대한 결론을 내린 것 같다. 과거형으로. 그렇다. 어쩌면 지유의 저 과거형이 박현준 노인의 현재형보다 현실감 있는 것인지 모른다.

가만히 겨누어본다. 박현준과 정지유를. 천천히 가늠해본다. 박현준이 오래 살지, 정지유가 오래 살지.

장수정

세 번째 죽음이다. 죽음이 이렇게 가까운 곳에 있을 거라고는 상상하지 못했다. 그런데 장수정이 사는 곳곳에 죽음이 뿌려지고 있다.

길고양이의 죽음. 일주일도 안 된 며칠 사이에 왜 고양이가 세 마리나 죽어간 것일까.

쓰레기봉투를 버리는 담벼락 아래에 널브러진 고양이의 첫 번째 죽음을 보았을 때 장수정은 "윽, 뭐야" 하며 멀찌감치 피해 갔다. 두 번째 고양이의 죽음을 접했을 때도 남의 일이려니 했다. 두 번째 녀석은 로드킬을 당한 듯 길 한가운데에 널브러져 있었다. 녀석에게는 어떤 상처도 없었다. 그저 혀를 내밀고 괴로운, 아니 죽음의 표정으로 웅크리고 있었다.

세 번째 죽음은 옆집 소리를 조금이라도 줄여보려고 닫아놓은 창문 밖에서 벌어졌다. 장수정이 담배를 피우려 창문을 열었을 때였다. 벽걸이 텔레비전의 순간정지 화면인 듯 고양이가 눈에 띄었다. 눈을 감지도 않은 채 창문 보호대 안으로 앞다리를 구겨넣고 있는 고양이. 잠시 시간이 정지된 줄 알았다. 번뜩 '죽음'이라는 단어가 머릿속을 울렸다. 비명을 내지르고 말았다. 빌라를 리모델링하며 막아둔 50센티미터의 공간이 그녀의 삶과 고양이의 죽음 사이 경계처럼 느껴졌다. 두 남자로 인해 음울해진 이 50센티미터가 그렇게 고맙기는 처음이었다.

비명을 지르며 방바닥에 주저앉고 말았다. 온몸이 벌벌 떨렸다. 그 순간 우당탕, 현관문을 두드리는 소리가 뒤에서 들려와 흠칫 다시 놀랐다.

"장수정 씨! 장수정 씨!"

"수정아, 무슨 일이야?"

마치 독수리 이형제라도 된 양 출동한 옆집 두 남자. 고양이에 놀라고, 문 두드리는 소리에 또 놀라고. 가슴을 쓸어내리기도 전에 문 바깥으로 뛰어나간 손선영이 고양이 사체를 창문 보호대에서 떼어냈다. 그렇지만 장수정은 여전히 마음을 놓을 수 없었다. 자신이 사는 방이동 204번지 구간에서만 벌써 세 번째라고 생각하니 온몸이 오싹했다. 두려움에 얼른 옆집으로 피신했다.

"죽었네요. 상한 고기라도 먹었나? 고양이 옆에 '우리돼지 두돈'이라는 프레스햄 통이 하나 있더군요."

손선영이 돌아와 장수정에게 설명했다.

"세 번째예요. 벌써."

겨우 진정한 장수정의 말에 두 남자는 "세 번째?" 하고 한 목소리로 물었다. 지금 생각해보아도 장수정이 고양이의 세 번째 죽음을 꺼낸 것이 잘한 일인지 알 수 없다. 손선영은 장수정에게 이렇게 말했다.

"급작스런 죽음에는 생물이 정지하기 이전의 현상을 간직하고 있는 법입니다. 흑백이든 음양이든, 아니라면 거짓과 진실 중 하나는 간직하고 있습니다. 무언가 죽음으로 내몬 것이 음이라는 거짓인가, 아니라면 양이라는 진실인가."

장수정은 계속해서 그 말의 의미를 곱씹었다. 세 번째 죽음이 있고 사흘이 지난 오늘 밤까지도. 무엇보다 '음이라는 거짓'에 대한 생각들이 머릿속을 떠나지 않았다. 음이라면 그림자를 뜻한다. 그런데 거짓이 그림자라면 결국 남은 것은 햇볕, 즉 그림자가 없는 진실이라는 뜻이었다.

거 참, 쉽게 설명해도 될 걸.

비가 갠 9월의 새벽하늘에 푸념을 보태며 편의점 앞에 섰다. 갰다고 생각했던 대기 사이로 한두 방울 굵은 빗방울이 떨어지기 시작했다. 자연스레 몸이 긴장되었다. 집까지 뛰어야겠네. 푸념은 금세 빗방울에 묻혔다. 삼각김밥과 홍차 음료가 든 봉지를 들고 뛰었다. 십여 미터 전방에 택시 한 대가 빈차 표시등을 켜고 전봇대 가에 주차되어 있었다. 204번지 남쪽 구간으로, 방이지구대가 있는 북쪽에서 대각선 끝 모서리였다. 동쪽 구간 변에 장수정이 사는 빌라의 정문이 있고, 동남쪽 모서리는 주차장이었다. 새벽 4시가 가까운 탓에 주변 상가 간판은 모두 꺼졌고, 주변을 밝히는 조명은 주황색 택시의 공차등이 전부였다. 그런데 택시 안에는 운전사가 없었다. 장수정이 일부러 헛기침하며 모서리를 지나칠 때 누군가 빌라 모서리에서 뛰어나왔다. 택시기사였는지 곧바로 택시로 뛰어들었다. 비가 내리는데다 주위가 어두운 탓에 인기척만 느꼈을 뿐 실은 택시기사의 그림자조차 보지 못했다.

무언가 의아했다.

택시기사가 뛰어나온 모서리는 주차장 초입이지만 보통 쓰레기봉투를 버리는 곳이었다. 취객이 간혹 오줌을 누기도 한다. 왜 기사는 인적이 끊어진 이 시간대에 거기서 뛰어나왔을까. 남자인지 여자인지도 급작스런 빗줄기에 가려져 알아차릴 수 없었다. 전봇대와 빌라 담 사이에 대고 오줌이라도 누었나. 불현듯 공포가 엄습했다. 어두운 새벽과 고양이의 죽음, 모서리에서 튀어나온 사람이 적당히 야합한 결과였다. 목덜미부터 소름이 돋았다. 황급히 뛰었다. 그런데 헤벌어진 쓰레기봉투를 지나친 순간 발을 멈추고 말았다. 틀린 그림 찾기에서처럼 무언가 이질적인 것을 감지했다. 바로 그때 그녀 뒤에서 택시가 엔진음을 토하며 사라졌다.

틀린 그림 찾기라니, 가만, 쓰레기봉투 탓이다. 장수정이 두 시간 전에 버린 봉투. 꽉 동여매고 버렸는데 입구가 벌어져 있다. 그러나 쏟아붓는 폭우에 얼른 집 안으로 뛰어들었다.

"수정이 뭐 맛있는 거 사왔으려나?"

오현리의 목소리가 속삭이듯 들려왔다. 이 영감님이 이제 남의 집 의식주에까지 상관하려고?

"그런 거 아니거든요."

"에이, 좋다 말았네. 선영이한테 스파게티나 해달래야겠다."

스파게티? 그 말에 삼각김밥이 금세 초라하게 느껴졌다.

"저도 좀 주시나요?"

"뭐, 원한다면."

채 일 분이 지나기 전에 장수정은 이웃집 두 남자의 거실에 걸터앉았다. 오현리는 〈백야행〉의 여주인공 손예진의 모습이 바탕화면으로 깔린 컴퓨터에 앉아 성명학에 열을 올리고 있었다. 오래전 '어깨동무'라는 잡지사에서 함께 일했던 사진기자의 손녀 이름을 지어준다나. 그에 반해 손선영은 묵묵히 스파게티를 만들고 있었다. 오현리의 제자인지 하인인지 마치 식모처럼 일하는 그의 모습이 우스웠다. 나중에야 알게 된 사실이지만 이 집도 손선영이 전세로 얻은 것이었다.

장수정은 크림 스파게티를 먹다 말고 물었다.

"두 분은 어떤 관계예요?"

조금은 직설적인 질문. 그러나 입이 근질거려 참을 수가 없었다.

"그게 그렇네요."

이래저래 자신의 처지를 포장하여 대답할 줄 알았던 오현리 대신 손선영이 포크를 내려놓았다.

"살면서 많은 사람을 만났지만 존경할 만한 사람은 별로 없더라고요. 뭐랄까, 좋아하는 것과 존경하는 것의 차이를 아시려나?"

그러더니 다시 포크를 들었다. 에두른 대답이었다. 의미는 모르겠다. 아하, 알아차린 듯 장수정이 추임새를 넣자 "나를 독살이나 하는 자식이" 하고 오현리가 엄지발가락으로 손선영의 옆구리를 쿡 찔렀다. 그것도 두세 번 연거푸. 아팠는지 손선영의 이마에 잔뜩 주름이 생겼다.

존경? 저렇게 음식까지 해 나르는 예쁜이에게 발가락으로 쿡쿡 찌르거나 하는 저런 사람을? 에이, 세상은 참 알 수 없다니까. 가만, 예쁜이라니. 내가 무슨 생각을.

부끄러운 마음에 장수정은 손선영의 눈을 피했다.

그러고 보면 장수정은 남자 보는 눈이 영 젬병이었다. 고향 군산을 떠나 자취생활을 한 지가 올해로 구 년째였다. 대학 때부터 최근까지 그녀에게 얽히던 남자들은 이상하게 하나같이 나쁜 남자들이었다. 좋게 말해 옴파탈이라지만 냉정히 따져보면 그저 백수거나 여자에게 기대 살려는 파렴치한이었다. 최근 오 년 동안 사귀었던 남자 역시 그랬다. 백동수 그 인간, 지질하고도 참 못돼먹은 남자였다. 왜 그런 남자에게 끌렸던 걸까. 장수정이 출근하고 나면 동수는 피시방에 가서 앉아 있는 게 일이었다. 디자인 회사에 다니던 그녀가 퇴근할 때까지 그렇게 죽치고 있다가 집으로 돌아와 저녁을 달라고 보챘다. 월급의 절반 이상이 그놈 용돈이었다. 오 년이 지날 즈음에야 깨달았다. 백동수는 그저 공짜 섹스와 그녀가 주는 용돈만을 원했다. 두 사람의 관계는 그게 전부였다. 헤어지자고 말했다. 그때 돌아온 것이 폭력이었다.

"나쁜 놈."

스파게티를 뜨다 말고 장수정은 접시 바닥에 플라스틱 포크를 꾹 눌렀다. 탁, 포크 날 하나가 부러지는 소리에 번뜩 정신이 들었다. 두 남자의 시선이 부러진 포크가 아닌 그녀의 얼굴에 닿아 있었다. 다시 얼굴이 붉어졌다.

"스파게티가 그렇게 맛이 없어요?"

아, 그게 아니라. 변명을 하고 싶었는데 눈물이 툭 떨어졌다. 지지리 궁상맞게.

"아니, 그런 게 아니에요."

한 번쯤은 솔직한 것도.

장수정은 지난 남자들에 대한 과거를 털어놓았다. 백동수에 대한 이야기까지. 그렇지만 속내를 모두 말할 수는 없었다. 적당히 포장하고 에두른 과거를 스파게티 면발을 먹는 것보다 빨리 뱉어냈다.

가만히 이야기를 듣던 오현리가 한마디를 던졌다.

"동쪽의 백수에게 서쪽 여인이 된통 당했구나."

동쪽의 백수, 백동수? 그런데 서쪽 여인? 그 말에 갑자기 웃음이 났다. 군산이면 하기야, 서쪽이구나. 이 남자들, 수상하기도 하지만 위트가 넘치기도 하다.

"이런 이야기 칙칙하죠?"

"스파게티보다는 맛이 없네."

오현리였다. 역시 언어에 대한 위트가 손선영보다 낫다.

"그런데 좀 전에 택시 한 대가 빌라 옆에 서 있더라고요. 제가 내놓은 쓰레기봉투도 헤집어져 있고."

장수정의 말이 떨어지기 무섭게 손선영이 달려나갔다. 의아함에 장수정 역시 뒤따랐다. 추적추적 내리는 비를 맞으며 손선영은 쓰레기봉투를 뒤졌다.

"왜요?"

"이거 혹시 수정 씨가 내다 버린 겁니까? 먹다 남은……."

확인할 필요도 없었다. 한국에서는 스팸으로 통칭되는 가공육, 일명 프레스햄이었다. 손선영이 '먹다 남은'이라고 표현했지만 내용물은 뚜껑만 땄을 뿐 거의 그대로였다. 숟가락으로 양 끝을 헤집어 놓은 듯 옴팍한 자국들이 보였다. 하기야 장수정도 간혹 스팸 같은 네모난 통에 든 프레스햄, 즉 가공육을 꺼내는 게 쉽지 않았다. 아마도 지금 손선영이 들고 온 스팸 통은 숟가락으로 양끝의 내용물을 제거하고 고기를 한 번 꺼냈던 것이 분명했다. 양 끝을 한 숟가락씩 퍼내고 나머지 공간에 지렛대처럼 숟가락을 넣어 꺼내는 식으로.

고개를 젓지도 않았는데 손선영이 눈치껏 알았다는 뜻으로 고개를 끄덕인다. 그런데 그대로 스팸 통을 쓰레기봉투에 두었다.

"저랑 생각이 같으시죠?"

"예?"

"고양이의 죽음."

그 대목에서는 크게 고개를 끄덕였다. 그렇지만 왜 스팸 통을 그대로 두는 걸까.

"아직은 심증뿐이잖아요. 만약 이 스팸 통이 생각하는 대로라면 무언가 일이 벌어지겠죠."

손선영이 집으로 뛰어 들어갔다. 뭘 하려는 걸까. 되돌아 나온 그의 손에는 실 뭉치와 일회용 비닐장갑이 들려 있었다. 비닐장갑을 낀 뒤 먹다 남긴 듯한 가공육을 실로 묶었다. 그 한 끝을 전봇대에 요령껏 걸었다. 만약 가공육이 어딘가로 움직인다면……. 그제야 손선영의 행동이 어느 정도 이해가 갔다.

"오늘은 여기까지만."

그날 밤은 그의 말처럼 여기까지였다.

다음 날 아침, 사실 아침이라기보다 대낮에 가까운 시간에 초인종 소리를 듣고 눈을 떴다.

"아직 주무세요?"

초인종에 이어 손선영의 목소리가 따라왔다.

"고양이가 죽었어요. 이번에도."

장수정은 그만 문손잡이를 놓고 말았다. 온몸이 얼어붙었다. 손선영의 손에 들린, 하얬던 실 뭉치가 얼룩이 졌다는 사실도 곧바로 알아보지 못했다. 죽음이란 이런 느낌일까. 단번에 무언가가 휩쓸려 나가버리는. 특별히 고양이를 좋아하는 것도, 딱히 동물애호가도 아니었다. 그런데 '죽음'이라는 두 글자가 더해진 고양이를 떠올리며 심장이 거칠게 뛰었다. 몇 분이나 그렇게 서 있었을까, 정신이 아뜩해져 아무 말도 없는 장수정을 손선영은 차분히 기다렸다.

"들어오세요. 커피라도 한 잔 드릴게요."

"아하, 이런. 네, 그러죠."

주춤거리던 손선영이 안으로 발을 들였다. 그러고 보니 이웃집 남자를 혼자 집으로 들이기는 처음이다. 보기와 다르게 남자가 긴장하고 있다는 사실이 흥미로웠다. 이래서 똥개도 제 집에서는 반은 먹고 들어간다고 그러나.

커피메이커에서 조금 전 이야기하던 죽음과는 도무지 어울리지 않는 커피 향이 뿜어져 나왔다.

"오랜만이네요, 이런 커피 향. 설마했던 고양이 한 마리 죽음 값에 비하면 제가 너무 비싼 대우를 받는군요."

손선영이 자책하는 듯 씁쓰레한 반응으로 커피 잔을 받았다.

이 남자, 생각보다 착하게 구네.

"뭐, 어때요. 고양이 한 마리인데."

툭 던졌지만 진심은 아니었다. 어쩌면 막을 수 있었던 죽음이었다.

"억울하죠?"

그 물음에 장수정의 손이 덜덜 떨리기 시작했다. 그녀는 쥐었던 잔을 내려놓았다. 두 손을 꼭 움켜쥐었다. 억울하냐는 말에 왜 손이 떨린 것일까.

장수정과 반대로 손선영은 꼭 움켜쥐었던 손을 펼쳤다. 얼룩진 실 뭉치. 거기에는 이제 도둑질도 하지 못할 고양이가 실 때문에 마저 뜯지 못한 분쇄가공육 일부가 묻어 있었다. 죽음의 흔적이라 여겨졌다.

"네, 많이 억울하네요. 아니, 이 말도 맞는지는 모르겠습니다. 억울하다는 것보다 하나의 생명이 그렇게 장난감보다 못하게 취급받는다는 게 참을 수가 없습니다."

고양이의 죽음이 장수정의 기억과 결부되었다. 사람과 사람의 관계만큼 마음대로 되지 않는 것도 없다. 지난 오 년의 세월은 쓰라린 기억만을 남겨놓았다. 사람 하나를 죽이는 사건이었고, 사람 하나를 가지고 노는 시간이었다. 서울에 올라온 뒤 그토록 그리웠던 사람에 대한 감정을 사랑이라는 이름으로 채울 수 있다는 사실만으로 감사했다. 백동수는 그런 그녀의 마음을 너무 잘 알았다. 너무 잘 이용했다. 장수정에게 남자의 돈 같은 것은 애당초 필요 없었다. 곁에 누군가가 있다는 사실에 족했던 그녀는 백동수의 존재만으로 감지덕지했다. 사랑이라고 믿었으니까. 믿음은 또 포용하는 것이니까. 그러다 팔 개월 전 아이가 생겼다. 그토록 고마울 수 없었다. 배 속에서 한 생명이 자라고 있다는 사실에 온몸이 충만해지는 것을 느꼈다. 그녀는 근사한 이탈리안 레스토랑에서 백동수와 마주 앉았다. 그리고 말했다.

"나, 아이 가졌어."

백동수는 잠시 머뭇거리더니 한마디를 내뱉었다.

"칠칠치 못하게."

그때 왜 아이를 지우자는 말에 따랐던 것일까.

감정의 폭풍은 중절수술을 한 날 밤에 찾아왔다. 도무지 잠을 이룰 수도, 또 눈물을 멈출 수도 없었다. 그런데 백동수는 그날 밤 집에 들어오지 않았다. 되풀이될 미래가 그제야 또렷하게 보였다. 아니, 미래는 없었다. 백동수와 함께라면. 그저 그가 원한 것은 장수정이라는 여자의 몸과 그녀가 매달 쥐여주는 돈이었다.

"그만두자."

그녀의 말에 "미친년" 하고 백동수의 주먹이 돌아왔다. 무자비한 폭력과 욕. 두어 달을 더 시달린 뒤에야 그 남자에게서 풀려났다. 나중에야 알게 된 사실이지만 인터넷 게임 채팅으로 그는 이미 다른 둥지를 물색한 뒤였다.

"요즘 애들은 너처럼 그렇게 질척거리지 않아."

백동수가 마지막으로 장수정에게 내뱉은 말이었다.

억울했다. 치가 떨렸다. 도망치듯 집을 옮겨 사라지는 게 그녀가 할 수 있는 전부였다. 초라했다. 자신이 살아온 인생 모두가 거짓인 것만 같았다. 직장을 나가기도, 사람들을 만나기도 힘들었다. 이 집으로 이사를 와서도 두 달을 더 집에 틀어박혀 지냈다. 그깟 죽음, 그렇지만 살면 살아지는 게 인생이라던가. 죽을 결심을 몇 번이나 했지만 그사이 담배만 늘어갔다. 그녀가 담배를 피운 개월 수만큼 쌓인, 이 집의 기억이었다.

"과거는 과거일 뿐입니다. 그것을 이 죽음과 연결시키지 마세요. 부탁입니다."

손선영의 말에 장수정은 번뜩 정신이 돌아왔다. 한동안 이러지 않았는데. 그런데 그의 말이 맞았다. 임신과 중절. 길고양이와 의문사. 내 안에서 숨을 쉬었는지도 알 수 없는 아이의 죽음과 길고양이의 죽음을 연결시켰다. 과거라는 이름을 거기에 덧씌우려 하고 말았다. 바보같이.

"제가…… 아니, 왜 당신이 제게 부탁을 한다는 거죠?"

손선영을 뚫어지게 쳐다봤다. 여전히 식탁에는 앉지 못한 채 엉거주춤 커피 잔을 들고 서 있는 남자. 나이가 몇인지도 모른다. 곱상한 얼굴과 치렁치렁한 머리를 보면 고생이라곤 모르고 자란 사람 같다. 성적에 맞춘 만만한 대학 나와서 소설이 뭐니 문학이 뭐니 떠들어대다 추리소설 쪽으로 가닥을 잡은 부류일 게다. 그저 지금, 고양이의 죽음이라는 코드 하나가 통한다고 해서 이 남자가 그녀의 인생에 끼어들 거라는 생각은 들지 않는다. 지금 손에 든 커피처럼 다 마시고 나면 소진되는 그런 관계로 끝날 것이 빤하다. 그 이상도, 그 이하도 아닌 채로.

"죄송합니다. 그럼 전 가도록 할게요."

손선영이 커피 잔을 내려놓았다. 아직 커피가 반 이상은 남았다. 그에게 장수정이 할애한 시간의 반이 남았다는 뜻인데, 내려놓고 만다.

"잡읍시다."

또 마음이 앞섰다.

뒤돌아보는 손선영의 눈이 빛난다.

"어떤 결과가 뒤따를지 모릅니다. 그래도?"

"그래도."

어떻게 이런 단호한 대답이 나왔을까. 장수정은 대답을 해놓고 한숨을 내쉬었다. 손선영이 내려놓았던 시간의 끄트머리를 장수정이 부여잡았다. 아직은 그가 이 시간을 놓아서는 안 된다. 아직 이 죽음을 그가 내려놓아서도 안 된다. 여전히 커피는 반 잔이 남았다.

"앉으세요. 그런데 나이가 몇이에요? 서른셋이나 넷?"

장수정이 담배를 내밀었다. 그러고 보니 저 남자, 그녀가 담배를 피운 개월 수까지도 맞혔다. 보기는 두루뭉수리 같은데.

"서른아홉입니다."

"어흑, 이런."

장수정이 여태껏 말을 섞은, 아니 그녀가 끓인 커피를 함께 마셨던 남자 중에 가장 나이가 많다. 전에 다니던 디자인 회사 사장도 서른일곱이었다. 이건 뭐, 영감 직전이잖아. 장수정은 작은 신음을 내뱉었다. 어쩌랴, 극복 못 하는 것이 나이라는데.

"보기보다 나이가 좀 많죠?"

어떻게 알았대? 그 말 하고 싶었는데.

"이제부터는 말 놓으세요. 저랑 열 살 정도 차이면, 친구는 힘들고 그렇다고 오빠라기도 그렇고……."

"어떻게 오빠로……."

하여튼 남자들이란.

"농담입니다."

이미 수습하기는 늦었거든.

"까짓 오빠 해요. 저도 요즘은 장보러 가면 다 아줌마라 그러던데. 서로 아줌마 아저씨 하는 것보다 오빠 동생 하는 게 낫겠네요. 저는 그냥 수정이라고 부르세요."

내가 오늘 선심 썼다는 걸 일기장에 기록해야겠네. 장수정은 갑자기 어깨에 힘이 들어갔다. 사람과 사람 사이에서 우위를 점한다는 건 이래서 나쁘지 않은가 보다. 최소한 이 남자는 그녀가 콧소리 앵앵대며 오빠, 하고 부르면 언제든 키트처럼 달려와줄 것 같다. 윙윙,

특유의 빨간 등과 기계음을 발하면서.

"그나저나 아는 동물병원 의사 있으세요?"

"말 놓으라니까요."

"아는 동물병원 의사……."

바보같이 이 남자, 뒷말을 잇지 못한다. 여자한테 말 놓는 게 그렇게 힘든가?

"없어요."

"그럼 아는 경찰이라도?"

"당연히…… 없죠."

"그럼 일단은 제가 작업에 들어가야겠네요. 여차하면 같이 좀 뻔뻔해지기도 해야 할 것 같고……요."

대체 무슨 말을 하는 걸까? 같이 뻔뻔해지자니.

"사실 저는 사람들과 관계를 끊은 지가 좀 됐어요. 글 쓰는 일을 하면서부터 그렇게 됐네요. 대신 선생님이 계시니까 연줄을 동원해볼게요. 어찌 될……."

그러더니 손선영은 잠시 고개를 저었다.

"어찌 될 거야."

오호, 이제 말을 놓아보겠다?

"그래, 오빠가 작업해. 난 일단 보고만 받을게. 아무리 생각해도 잡자는 생각은 앞서지만 내가 할 일이 별로 없는 것 같으니까."

대뜸 말을 놓자 손선영의 얼굴이 붉어졌다. 진짜 이 인간, 못 말릴 남자로세. 손이라도 잡았다간 기겁하겠는걸. 호호호, 장수정은 저도 모르게 소리 내어 웃어버렸다.

어쨌든 그렇게 작업 들어가라고. 나 말고 고양이의 죽음에. 오케이?

박성호

미련은 눈밭에 찍힌 발자국이다. 발자국과 발자국, 그 극간에 채워진 것이 어떤 의미인지는 중요하지 않다. 미련은 'END' 다음에 이어진 '……AND'이기에. 되돌아보기 전까지 각인된 발자국이 어떤 모습으로 남아 있는지는 알 수 없다. 정작 발자국은 중요하지 않은 미련의 형상화 앞에 밀려나며 타자화되고 만다. 결국 중요한 것은 미련의 원체가 아니라 기억하는 존재에 대한 각인이라는 식으로.

그러고 보면 사람에게 중요한 것은 기억인지도 모르겠다. 기억이라는 이 흉물은 고무찰흙과 비슷해서 건드리기 전에는 특유의 색깔을 간직하고 있다. 그러나 주무르고 재생하고 떼어내고 붙이다 보면 원래의 것은 깡그리 사라지고 이상한 것만 남는다. 검고 칙칙한, 더는 만지기 싫어지는 고무찰흙 특유의 색깔로 변한 망상이 된다. 그것을 기억의 오류라고 부른다. 기억의 오류는 여러 듣기 좋은 이름들, 또 듣기 싫은 이름으로 각색되어 전 세계의 언어로 바뀌었다. 하버드대학교의 한 교수는 이것을 일곱 가지로 분류하기까지 했다. 기억 따위 뭐라고. 그러나 인생이라는 이름 하나가 걸리면 고무찰흙으로 발자국을 찍기는 요원하다. 인생에 있어 미련이란 그저 형이하

학의 하찮은 점 하나일 뿐이다. 수많은 기억의 오류를 지나치고 남겨진 하찮은 점 하나는 '미련의 원체'도, '기억이라는 각인'도 모두 밀어내 타자화시키며 종국에 사람을 고무찰흙으로 만든다.

미련, 아니 미련한 발자국. 기억과 형이하학. 기억이 전이한 사랑. 기억하기에 눈이 내렸던 작년 12월 26일. 그날을 덮으며 나풀나풀 내려앉던 잠실의 어느 도로 위. 살얼음 위를 소방관들의 발자국이 발자국을 밀치고 덮으며 형광색 마티즈 가까이 다가갔던 오후 3시 34분. 팔 분 전, 형광색 마티즈를 몰던 이순자 여사가 인생에도 남긴 적 없던 스키드마크를 아스팔트 위에 사선으로 찍으며 핸들을 오른쪽으로 꺾고 말았던 3시 26분. 십 분 전, 당뇨가 급격히 나빠진 것을 알면서도 며칠째 병원 가는 것을 꺼렸던 박현준 노인이 형광색 마티즈에서 의식을 잃었던 3시 16분. 두 시간 전, 무엇보다 아들인 나에게 오늘은 몸이 좋지 않다며 운전을 해줄 수 있겠느냐는 어머니의 문자 내용을 보고도 회의 때문에 전화기를 꺼버렸던 1시 16분. 그 기묘하고 어울리지 않았던 연이은 순간들의 교집합 끝에……. 그랬던 발자국들.

아무렇지 않을 것 같았던 발자국의 조합이 모여 박성호에게 치명타를 날렸다. 아버지라는 사람, 박현준의 의식불명과 어머니의 치명적인 부상으로. 시간에 붙어먹은 발자국들은 사랑이라는 이름과 재구성되어 끝끝내 기억이라는 응어리에 미련이라는 발자국을 찍고 말았다.

제기랄!

평생을 여색과 잡기에 놀아나며 자식 교육에는 관심조차 없었던 아버지였다. 반면 어머니는 모든 것을 감내하며 종갓집 며느리로 평생을 살아왔다. 늘 죄를 지은 것처럼 아버지에게 허둥대며 겁을 집어먹었던 젊은 날의 어머니는 도무지 풀 수 없는 함수 문제였다. 어머니의 행동을 당연하다는 듯 받아들이던 아버지 역시 마찬가지. 기억 이전부터 사랑했던 어머니와 의식의 자각 이후 그토록 미워했던 아버지는 때론 독립방정식으로, 때론 유기적인 복합방정식이 되어 괴롭혔다. 박성호에게 십대의 기억은 결국 검은 고무찰흙으로 변했다.

"여기 계셨네요……."

나 간호사라고 했던가. 무언가 할 말이 있다는 듯 말을 끌다 마침표를 찍는다. 결국 아버지 이야기일까. 왜 어머니에게만 붙어 있느냐는.

아마 아버지가 눈을 떴다면 마흔이 가까워도 결혼 못 한 아들보다 간호사인 당신에게 먼저 작업이나 걸었을 거요. 오히려 말수가 적어 매력이라는 둥, 눈이 참 반듯하다는 둥 해가며. 그저 간호사일 뿐인 당신보다 더 먼 사람이 내 아버지란 말이오. 박성호의 감정이 급작스레 격앙되었다.

"어머니 좀 체크해야 하는데."

살짝 고개를 숙이고 얼굴을 붉히는 본새가 생각해본 적 없던 의미로 다가왔다. 나혜영의 얼굴에 어머니가 겹쳤다. 누워 계신 어머니와 간호사를 번갈아 보았다. 닮았나? 닮지 않았다. 그런데 무엇 때문에 어머니와 비슷한 느낌을 받았을까. 누군가 내 속을 읽는다면 단번에 저 녀석은 오이디푸스 콤플렉스야, 하고 나에 대한 방정식의 미지수를 단답으로 계산할 것이다. 그리스 신화에 등장하는 오이디푸스가 프로이트의 말처럼 그토록 단순한 방정식이었다면 프로이트의 정신분석은, 아니 그의 정신정복은 간단히 끝나버렸으리라.

신이 오이디푸스에게 내려준 미지수가 있는 차변과, 등호 너머 대변의 신탁은 '아버지를 죽이고 어머니를 범할 것이다'였다. 최악의 신탁이었다. 오이디푸스의 아버지인 테베의 왕 라이오스는 차마 아들을 죽이지 못하고 복숭아뼈에 쇠못을 박아 첩첩산중에 내다 버렸다. 오이디푸스는 이로 인해 생긴 이름으로 '퉁퉁 부은 발'이라는 뜻. 되짚자면 멋진 닉네임을 가진 판타지 스타의 탄생이었다. 아이는 롤플레잉 게임의 영웅처럼 자라나 산중에서 만난 노인과 시비 끝에 그를 죽였고, 테베의 골칫거리였던 스핑크스의 수수께끼를 풀어 스핑크스를 물리쳤다. 테베의 여왕은 스핑크스를 죽이는 자에게 왕의 자리는 물론 그녀 자신까지 바치겠다고 공언한 뒤였다.

오이디푸스는 롤플레잉 게임의 끝판에 다다른 영웅처럼 왕이 되었다. 그러나 오이디푸스는 산중에서 죽인 노인이 아버지이고 스핑크스를 물리친 업적으로 인해 결혼한 왕비가 어머니임을 알지 못했다. 불륜과 근친상간은 테베에 전염병을 몰고 왔고, 진실을 알게 된 오이디푸스는 자신의 두 눈을 뽑고 방랑의 길을 떠난다.

미지수 X와 자리를 바꾼 '아버지를 죽이고 어머니를 범할 것이다'라는 인수분해는 몰락이라는 정답으로 허무하게 들어맞았지만 설명할 수 없는 것들이 너무나도 많았다. 설명할 수 없는, 콤플렉스의 대명사가 된 그것은 바로 '어머니'였다.

박성호는 어머니를 정말 사랑한 나머지 프로이트의 오이디푸스 콤플렉스를 공부하고 또 공부했다. 공언하자면 그 모든 어머니에 대한 현상을 프로이트는 설명하지 못했다. 그저 하나의 단순화 작업일 뿐이었다. 만약 프로이트가 생각하는 오이디푸스에 관한 이야기를 자신에게 치환한다면, '그저 가혹한 현실'이 아닐까. 노골적으로 아버지를 비난한 적도 없는 유약해 빠진 박성호. 나아가 어머니를 사랑하지만, 또 어머니와 비슷한 여인을 찾지만, 그가 어머니를 에로스적인 사랑으로 생각해본 적은 단 한 번도 없었다. 오이디푸스와 아버지, 어머니와 미련이 걸린 4차방정식. 프로이트를 버린다고 해서 인생이라고 말한다면 방정식은 너무 상투적으로 변하고 만다.

"무슨 생각을 그렇게 하세요?"

몇몇 검진 사항을 체크하던 그녀는 잠든 어머니가 깨지 않을 만한 목소리로 물었다.

"커피 한잔하실래요?"

대답을 비켜갔다. 박성호의 목소리도 그녀의 목소리만큼 진폭했다. 그가 먼저 나와 휴게실에 마련된 자판기에 동전을 넣었다.

"내일 출근하셔야 되지 않아요?"

웅, 자판기 소리 사이로 그녀의 목소리가 끼어들었다.

"그렇죠. 그렇지만 그만둘까 생각 중입니다. 출판사 일······."

"그런데 무슨 생각을 그렇게 골똘히 하세요? 살짝 노크를 했는데도 모르셨어요."

"아, 오이디푸스 콤플렉스요."

먼저 커피를 건네자 나혜영은 알 듯 말 듯한 미소를 지어 보였다. "마마……보이세요?" 스타카토처럼 끊어졌다 이어지는 그녀의 미소는 조심스러웠다. 유혹은 아니었다. 미소가 어머니를 닮았다.

"에이, 농담 마세요. 그렇지만 사람들이 흔히 그러잖아요. 아버지처럼 살기 싫었다고. 그런 사람들 대부분이 그렇지만 어머니는 제게도 절대적인 존재거든요. 그런데 잘 모르겠네요. 두 분 다 저러고 누워 계시니. 그래도 어머니는 의식이라도 있으니 다행이에요. 만약 아버지와 어머니가 바뀐 상태라면 솔직히 견디기 힘들었을 겁니다."

쉽게 속을 내보인 건가.

"이해할 수 있을 것 같아요. 제가 뭐라 말씀드릴 순 없지만, 그래요…… 이해할 수 있을 것 같아요. 그런 마음."

커피 한 잔으로 되돌려 받기에는 그녀의 마음 씀씀이가 매우 고마웠다.

"에효, 얼굴에 빤히 보여요. 작업은 금물입니다. 전 그저 간호사하기에도 벅차거든요. 박……?"

"성호요, 박성호. 그렇지만 작업 같은 건 생각해본 적 없어요. 오해는 마세요. 그저 마음 씀씀이가 고마워서 그걸……."

"그럴 땐 그냥 마음 씀씀이가 고맙다고 말해주시면 되는 거예요. 너무 그렇게 빤히 쳐다보시니 작업이나 걸려는 치로 보이잖아요. 그리고 마음을 그대로 전하지 못하는 것도 병이에요. 있는 그대로 솔직하게, 에두르거나 포장하지 말고, 오케이?"

눈빛을 반짝인 그녀가 여기까지, 라는 듯 빈 커피 잔을 들어 보였다. 그런 뒤 총총히 사라진다. 그녀의 하얀 샌들 아래로 '충격'이라는 두 글자가 아로새겨졌다. 작업이라니. 여색에 잡기로 평생을 망친 아버지처럼 살지 않으려 얼마나 노력했는데 내 눈빛이 그렇게 보였다니. 내가 아버지 같은 부류로 보였단 말인가. 결국 검게 변한 고무찰흙은 나였던가. 박성호는 의식하지 않은 충격에 뒷목이 뻣뻣해졌다. 피라는 것은 어떻게든 전해진다더니. 아버지를 지우고 싶었다. 이제 마흔, 그 무엇에도 마음이 흔들리지 않는다는 불혹이다. 그러기 전에, 흔들림의 마지막이라 치부하며 아버지를 지워야 하는 것 아닐까. 너무나 상투적인, 인생이라는 4차방정식에 아버지라는 함수 하나를 걷어내 3차방정식으로 만든다 한들 탓할 사람이 있을까. 내 손으로 아버지를 걷어낸다고 해도 누구든 내 입장이 된다면.

이제 방아쇠를 당길 때가 된 것이 아닐까. 단연코 그것이 어머니를 위하는 길이 아닐까.

손선영

고양이를 죽이는 가장 쉬운 방법은?

손선영이 하루 내내 고민한 질문이었다. 자연스레 다양한 방법과 가능성에 주목하게 되었다. 먼저 인터넷 창에 '고양이 잡는 방법'이라고 써 넣었다. 통합웹, 블로그, 카페 등에서 출처를 알 수 없는 수

많은 방법들이 제시된다. 그중 가장 주목할 만한 방법이 먹이로 길들이기였다. '한 장소에 계속해서 먹이를 놓아두되 고양이와 거리를 유지하라. 고양이가 먹이를 먹기 시작하면 차츰차츰 그 거리를 좁히면서 당신에게서 먹이가 나온다는 것을 고양이에게 인식시켜라'가 요지. '일주일 정도 지나면 고양이와 친해질 수 있다'는 게 결론.

"넌 개는 그렇게 많이 키웠다면서 고양이는 안 키워봤냐?"

애견인으로 방송에도 나왔던 시베리안 허스키 두마의 아빠 오현리가 물었다. 두마는 하모니카 소리에 맞춰 노래를 부르는 개로 유명세를 탔다. 유명세를 업고 영화에까지 출연했다. 그런데 열여섯 살에 접어들며 관절염으로 고생했다. 개에게 열여섯 살은 사람에게는 거의 아흔 살 나이다.

"윽! 고양이 똥에 대한 안 좋은 기억이 있어서요. 냄새가……."

어릴 적 삼천포에서 쥐포 공장을 하던 작은할아버지 댁에 방학을 보내러 갔다. 아마 이틀째였으리라. 작은할아버지 댁에서 기르던 고양이가 무슨 심술인지 자고 있는 손선영의 옆에다 똥을 누었다. 뒤척이던 손선영은 참을 수 없는 냄새에 잠이 깼다. 당시 자주 경험했던 최루탄 냄새 못지않았다. 굳이 표현하자면, 농촌에 거름으로 뿌리는 인분을 백만 분의 일 정도로 농축시킨 엑기스가 옆구리에서 터졌다 할까. 입고 있던 하얀색 면 셔츠와 덮었던 이불은 고양이 똥으로 뭉개져 엉망이었다. 낯선 이에 대한 고양이의 심술이었으리라. 그날 하루는 삼천포 목욕탕에서 하루를 보냈다. 나이가 들수록 기억이 살을 보태 고양이에 대한 트라우마로 자리 잡았다. 그렇지만 옛 기억과 이런 개죽음은, 아니 고양이의 죽음은 엄연히 다르다.

고양이를 죽이는 방법에 대해서도 검색을 했다. 가장 쉽게 떠오르는 페이지는 안락사에 관한 것이었다. 두어 번 클릭을 더하자 안락사를 위한 약물들이 집중적으로 화면을 채웠다. 대부분은 허황되거나 허술한 정보였다. 그렇지만 전혀 정보를 얻을 수 없는 것도 아니었다.

가장 빈번하게 검색된 약물은 바르비투르barbituric였다. 신경안정제라고도 정의해놓은 이 약물을 네이버 지식백과는 이렇게 설명했다.

1903년 개발된 약품으로 30여 종이 있다. 불안과 불면증, 간질의 치료약과 마취제로 쓰이는 등 다양한 용도로 폭넓게 사용되어왔다. 약효가 빠르게 나타나는 치오펜탈 시도움은 마취제로 사용되고, 펜토바르비탈은 간질약으로 사용되는 등 다양한 제제가 있다. 신경 활동이나 골격근, 평활근, 심장근육 등을 억제하는 효과가 있으며, 그 밖에도 여러 생물학적 기능을 억제시키는 역할을 한다.

치료약과 마취제가 기본 용도이지만, '여러 생물학적 기능을 억제'한다는 이면에 무서운 실제 기능이 숨어 있는 약물이다. 그 아래에 이런 설명이 덧붙었다.

술과 비슷한 효과를 나타내는데, 소량을 사용하면 평온감과 이완감을 느낄 수 있다. 그러나 다량을 사용하면 말이 어눌해지거나 비틀거릴 수 있고 판단력 저하 등이 나타나며, 혼수상태에 빠지거나 폐렴, 심장마비로 사망할 수도 있다. 고용량을 장기간 사용하면 중독과 내성을 야기한다.

무서운 기능이 설명에 나타난다. '다량을 사용하면 사망할 수 있다.' 이 다량이란 일반적인 믹스커피 한 잔의 양인 120밀리리터도, 그렇다고 믹스커피를 한 번 홀짝거리는 양인 10밀리리터도 아니다. 그저 물 한 방울에 해당하는 양이면 인간에게는 치명적인 죽음을 초래하고 만다.

중독이 되면 불안감과 심한 쇠약감, 불면증 등은 물론 간질, 발작, 섬망, 쇼크와 같은 심한 증상에까지 이른다. 술 및 다른 마약류와 함께 사용하면 호흡을 억제시키며, 임신 중에 과다하게 사용하면 신생아에게서 초조와 수면장애, 식욕부진과 함께 호흡곤란이 나타날 수 있다.

인간적인 정감이라곤 보이지 않는 마지막 설명은 딱 두 글자로 표현 가능하다. 우유주사와 같이 보통 사람의 일상을 망쳐버리는 약물, 바로 '마약'이다. 스멀스멀 천국으로 안내했다가 지옥으로 골인시키는 훌륭하지만 치명적인 약물이 바로 바르비투르였다. 약물에 관한 정의나 설명, 매뉴얼이 다 그렇듯이 개념은 설명하되 의학적으로 활용될 수 있는 정보에 관해서는 차단했다. 사람들이 보통 감기약이나 두통약을 사며 깨알보다 작은 글씨로 적힌 사용설명서는 곧잘 내다 버린다. 거기에 적힌 부작용에 대해 누군가 설명해준다면 상당수가 약을 먹지 않고 참고 말겠다는 말을 할지도 모른다.

그 외 바르비투르에 대한 짤막한 설명은 별다를 게 없었다. 이후로 검색되는 것들은 대부분 이로 인한 사망 사례였는데 〈아이덴티칼 트윈스Identical Twins〉라는 작품으로 유명한 사진작가 다이안 아버스Daine Arbus가 이 약물을 과다투여한 뒤 손목을 그어 자살했다는 이야기가 눈에 띄었다. 다이안 아버스는 주로 사회적 소외계층에 대한 작품으로 유명한 사진작가였다. 〈아이덴티칼 트윈스〉는 2004년 당시 47만 8400달러에 거래되어 '가장 비싼 사진' 7위에 이름을 올렸다.

그다음 클릭한 페이지에서 손선영은 작게 고개를 젓고 말았다. 수의사가 올린 글이었다. '바르비투르는 마약류로 지정되어 관리가 그만큼 엄격하며 수의사인 나조차 한 번도 안락사를 위해 사용해 본 적은 없다'는 것이다. 마약류 관리에 관한 법률 탓이었다. 많은 추리소설 애호가나 호사가들이 이러한 약물들에 대해 무분별하게 이야기를 만들어낸다. 하지만 한국은 전 세계에서 유례를 찾아보기 어려울 정도로 독극물이나 마약류에 대한 관리가 엄격하다. 일반인들이 접근하기 어렵다는 반증이었다. 더구나 현실은 추리소설이 아니다.

현실은 추리소설과 다르다. 손선영은 누구보다 그 사실을 잘 알고 있었다. 현실에서는 불가능한 일들이 소설이나 영화에서는 '허용과 한계'라는 이름으로 수없이 용인되는 사례들이 많다. 간단한 예로 〈용서는 없다〉라는 영화에서 토막사체가 등장하는데 마지막에 가서 관객을 틀어쥐는 반전으로 작용한다. 그러나 토막사체가 발견되었을 때 부검의들이 선결하는 첫 번째는 '한 사체냐 아니냐' 하는 문제이다. 판명을 위해 부검의들은 국내에서 할 수 있는 최고의 검사를 한다. 만약 〈용서는 없다〉가 현실이었다면 반전은 단 여섯 시간 만에 깨끗이 사라지고 만다. 이러한 예는 열거할 수 없을 정도로 많았다. 손선영 또한 두 번째로 쓴 단편소설에서 국립과학수사연구소가 2000년대 중반 이후부터 지문관리를 하지 않는다는 것을 간과한 채 이야기를 구성했다가 선배 작가에게 질책을 당한 적도 있었다.

바르비투르는 범죄소설에서 시안화칼륨과 함께 빈번하게 사용되는 독극물이었다. 시안화칼륨은 일명 청산가리로 나치가 2차 대전 중 유태인을 학살할 때 많이 사용했다. 극소량으로 사람을 죽일 수 있기 때문이었다. 시안화칼륨과 함께 바르비투르는 범죄소설에도 등장하지만 교수형을 위한 독극물로 사용되기도 했다. 게다가 사람을 죽일 정도의 양이라면 시안화칼륨이든 바르비투르든 사망한 지 십 년이 지나도 사체에 남아 있을 수 있다. 그만큼 강력하다. 영리한 범죄자라면 현실에서 이러한 독극물을 사용하는 범죄는 저지르지 않을 것이다.

바르비투르와 고양이에 대한 접점을 생각할 때도 마찬가지였다. 소설이나 영화라면 어떻게든 포장을 해서 바르비투르를 이용해 고양이를 죽인 사건으로 설정할 수 있다. 그렇지만 장수정이 말한 새벽 4시의 택시와 기사, 고양이의 죽음에 이어 가공육의 독극물까지 바르비트루와 연계시키기에는 너무 많은 난관을 헤쳐가야만 했다. 어불성설에 가까웠다. 지식백과가 설명하지 않은 내용이고, 마약류에 관한 법률이 작용하며, 무엇보다 수의사조차 건드리기 힘든 약물이기 때문이다. 결론 역시 간단해진다. 보통 사람이 손댈 수 없다.

불가능하다.

손선영은 쉽게 답을 내렸다. 아니, 이것이 현실화를 통한 정당성을 획득한다고 해도 한낱 고양이를 죽이기에는 위험 부담이 큰 작업이었다. 소설이나 영화처럼 살인까지 확대된다고 해도 범인이 사법의 테두리 안에서 드러날 여지가 매우 컸다. 경찰이 본격적인 수사에 나선다면 금세 드러날 범죄였다.

범죄심리학적인 측면에서도 생각해보았다. 사건의 모델을 정하고 머릿속에서 살인이 일어나기까지의 과정과 피해자, 가해자, 독극물을 방정식으로 상정해 함수에 바르비투르를 대입했다. 함수기계를 빠져나온 결론은 '방법이 너무 번거롭다'였다. 우발적이지 않은 계획범죄라면, 즉 드러나기를 원치 않는 살인이라고 가정했을 때, 영리한 살인자가 '절대' 사용하지 않을 방법이다. 드러내지 않으려는 범죄일수록 가장 평범하고 우발적으로 보이는 살인으로 꾸미기 마련이다. 살인사건에서는 지극한 평범함과 우발로 인한 예외성이 결국 사건을 미궁에 빠뜨리는 법이다.

곧이어 함수기계라는 뼈대에 이야기라는 살을 붙이자 상상이 손선영에게 말을 걸었다.

만약 왼손잡이인 살인자가 한 사람을 칼로 찌르는 살인을 계획한다고 하자. 이때 가장 먼저 할 일은 똑같은 칼 두 자루를 구입하는 것이다. 사람이 가장 많은 시간대에 다이소를 이용한다면 눈에 띄지 않을 게 뻔하다. 역 주변에서 보도에 늘어놓고 물건을 파는 만물상을 이용해도 된다. 결제는 물론 현금. 그런 뒤 돼지 껍데기가 포함된 5킬로그램가량의 고깃덩어리를 시장에서 구입한다. 이제 남은 것은 연습이다. 오른손이 숙달될 때까지 고깃덩어리 찌르는 연습을 무한 반복하는 것. 칼을 처음 사용하는 살인자가 상대를 찌르는 순간, 마찰과 미숙함으로 인해 '칼을 쥔 손의 엄지에 상처를 입는 일이 흔하다'는 사실은 더 이상 비밀이 아니다. 이것은 살인자가 피해자의 몸에 자신의 혈액을 스티커처럼 부착하는 것과 다를 바 없다. 어리석은 짓이다. 시간이 지나 오른손이 숙달되었다고 판단될 때 살인은 결행된다. 구입한 두 자루의 칼 중 사용하지 않은 한 자루를 꺼내 가장 우발적으로 보이도록 대상에게 접근한다. 물론 이 상상에서 가장 우선시되는 사항은 피해자와 살인자의 접점을 지우는 것이며, 그러면서도 피해자에 대한 관찰을 게을리 해서는 안 된다. 여러 부분에서 용의점이 그를 지목할지 모르지만 그가 왼손잡이라는 사실이 수사를 커다란 혼란에 빠뜨릴 것은 자명하다. 오른손잡이로 바뀐 연습은 다양한 측면에서 많은 혼란을 불러일으킬 것이다. 일반적으로 왼손잡이와 오른손잡이의 비율은 1대 9 정도. 범인이 왼손잡이로 한정된다면 왼손잡이의 아홉 배에 이르는 오른손잡이는 수사망을 빠져나가는 셈이다. 그렇다 치더라도 경찰 입장에서 출처 확인이 용이하고 구입시 반드시 신분을 확인할 게 뻔하며, 특히 일반인이 구입하려면 정상적인 경로로 접근하기조차 힘든 바르비투르를 이용해 살인의 전 단계로 고양이를 죽인다는 상상은……. 절대 이 방법으로는 결행하지 않는다.

단 일이 분 만에 상상이 결론을 도출했다. 반면 상상의 끔찍함에 소름이 돋았다. 그저 현실에는 이런 일이 일어나지 않기를 기도할 뿐이다. 손선영은 그가 평소 사용하는 다이어리에 볼펜을 가져다 댔다. 검색하기 전 메모했던 바르비투르라는 단어 뒤에 괄호와 함께 '불가능'이라는 단어를 추가했다.

이외에도 안락사를 시행하는 방법이 몇몇 더 검색되었다. 한둘의 약물과 이산화탄소를 이용하는 방법도 있었고, 전기적인 방법으로 감전을 시켜 안락사를 시행하는 방법도 있었다. 이 방법은 일본과 영국에서 많이 사용한다는 친절한 설명까지 붙었다. 두말할 나위 없이 끔찍했다. 물론 이 방법들은 스팸 통 안에서 보았던 가공육과는 거리가 멀었다.

이제 남은 방법이 무엇일까.

사실 가장 먼저 검색하고 싶었던 것을 꾹꾹 참았다. 늘 좋은 것은 마지막까지 건드리지 않는다. 평소 손선영의 성격이 그랬다. 그가 마지막이라고 생각한 약물은 석시콜린이었다.

석시콜린을 검색하자 바르비투르와 비슷한 설명들이 연이어졌다. 석시콜린 역시 근이완제의 일종이었다. 무엇보다 이목을 끈 것은 석시콜린이 2011년 초 국내를 휩쓸었던 구제역 파동에서 안락사 약물로 사용되었다는 점이다.

먼저 구제역은 발굽이 두 개인 소, 돼지 등의 우제류에 발병하는 바이러스성 전염병이다. 치사율은 5에서 55퍼센트. 세계동물보건기구는 구제역을 가장 위험한 A급 바이러스 가축 전염병으로 지정했다. 바이러스의 전염성이 매우 높아 별도의 격리 및 소개 조치 등이 없을 경우 바이러스 전이율이 거의 100퍼센트에 달한다. 증세는 발굽 주변 물집, 고열, 급성구내염 이후 궤양 등으로 진전하며 끝내는 사망. 바이러스를 막기 위해 감염 즉시 접촉한 모든 우제류를 도살 및 매장하는 것이 원칙이다. 구제역 치료법은 현재 없으며 백신을 통한 예방법이 최선이자 최고의 치료방법이다.

2010년 11월 28일 경북 안동 와룡면에서 돼지 구제역 발병 당시, 비축된 석시콜린 앰플은 12만 개 정도였다. 단 한 달 사이 구제역은 전국으로 확산됐고 가축 살처분을 위해 구비된 석시콜린이 감염 농가에 배포되었다. 결국 12월 29일 석시콜린 12만여 앰플은 전량 소진된다.

석시콜린이 바닥난 2010년 12월 29일 이후 재생산이 시작된 2011년 1월 14일까지 중국에서 수입된 석시콜린 앰플만도 3만 3천 개나 되었다. 이후 구제역이 진행되어 2011년 5월 21일부로 구제역에 대한 추가확산 신고가 완전히 종식되기까지 피해액은 3조 원 이상, 살처분된 가축 역시 350만 마리가 넘을 것이라 집계되었다. 2011년 4월 20일까지 공식집계된 살처분 가축 수는 347만 마리였다. 그러나 1월 14일 이후 배포된 석시콜린 양을 집계한 기사는 어디에도 없었다. 그저 생산, 배포했다고만 기술되어 있었다. 또한 살처분 효과가 떨어지는 '중국산이 아닌' 다른 국가에서 생산된 '석시콜린 완제품을 정부에서 수입하기로 했다'는 기사도 있었다. 심지어 이산화탄소를 주입한다는 기사도 있었다. 구제역 살처분은 인큐베이터에서 강아지 한 마리를 안락사시키는 게 아니었다. 살처분 규모를 생각하면 이산화탄소 주입 살처분은 난센스에 가까웠다.

여기서 비교해볼 부분이 살처분한 가축 수와 날짜였다. 2011년 1월 1일 집계된 살처분 가축 수는 64만 3779마리였다. 서울의 상암 월드컵 경기장 다섯 개 규모에도 수용할 수 없는 가축 숫자였다. 이때까지 사용된 석시콜린이 12만 개였다. 이후 구제역이 완전히 종식된 5월 21일까지 살처분한 가축 수가 350만 마리, 즉 2011년 1월 2일 이후 살처분한 가축이 무려 276만 마리 정도가 된다는 결론이다. 가장 기초적인 수학을 사용해 대입해보면 최소 50만 개의 앰플은 구비했다는 답이 나온다. 그러나 이 50만 개로는 적게는 소 15만여 마리, 많게는 25만 마리 정도를 살처분할 양에 불과하다. 무엇보다 2011년 1월 14일 이후부터 살처분을 위해 배포된 석시콜린의 정확한 숫자를 파악하기 어려웠다. 어디에서도 기록을 찾을 수 없었다. 도대체 얼마나 많은 양의 석시콜린 앰플이 살처분을 위해 무차별적으로 배포된 것일까?

또 하나, 석시콜린은 동물에 어떻게 작용할까?

먼저 석시콜린 앰플의 주사 양은 무게에 따라 달라진다. 보통 앰플 하나가 120에서 150킬로그램 정도를 감당한다. 한국에서 생산되는 앰플은 보통 50밀리리터이다. 소 한 마리당 많을 경우 3개의 앰플까지 사용한다. 몇몇 누리꾼들은 돼지가 생매장되다시피 할 수밖에 없었던 이유로 바로 석시콜린을 꼽았다. 석시콜린은 근육이완제다. 정맥에 주사된 석시콜린은 패트리어트 미사일이 정확히 목표물을 찾듯 근육을 재빨리 마비시킨다. 돼지에 비해 상대적으로 지방이 적고 근육이 많은 소가 구제역에 걸렸을 경우 석시콜린은 쉽게 효력을 발휘한다. 반면에 지방이 많은 돼지에게는 소에 비해 5배 이상의 앰플이 필요하다. 동물이 느끼는 고통 역시 만만치 않다. '가만히 죽음을 기다린다' '돼지는 왜 움직이지 못하는지 모를 뿐 정신은 말짱하다' '석시콜린을 주사했을 경우 가만히 눈을 뜬 채 죽음의 고통을 맛본다' '씨바, 이 사태 책임자들에게도 석시콜린 주사해서 눈 끔뻑끔뻑 뜨고 지옥행 특급열차를 맛보게 해야 돼' 하는 부분에서는 그만 창을 닫고 말았다.

2011년 발생했던 구제역은 인재라는 사실에 많은 사람들이 의견을 모았다. 미비했던 초기 대응과 방역 체계의 후진성 등이 국가적인 비상사태를 불러왔다는 신문 사설도 클릭 수가 높았다. 장기적인 시간 이후 인간 질병 유발이야 그렇다 쳐도 지하수의 오염은 전방위적인 대한민국의 오염을 뜻한다. 석시콜린에 살처분된 가축이 부패해 지하수에 유입된다면 어떤 피해들이 발생할까? 언제 이 피해가 터질까? 지하수 오염으로 유발되는 2차 피해는 상상조차 불가능하다. 수인성 전염병이 발생하지 말라는 법도 없다. 과거 쥐에게서 전염된 페스트는 사람으로 전이해 유럽 대륙을 절멸의 위기까지 내몰았다. 추정 사망자 수만 3천만 명 이상, 당시 유럽 대륙 전체 인구의 3분의 1에 해당된다. 페스트의 창궐은 의학을 진일보시키기도 했지만, 흑마술 같은 신비주의에 빠지는 부작용을 낳기도 했다.

'구제역이 인재'라는 말 아래에는 인간의 탐욕이 숨어 있다. 풍족하게 많이 먹으려는 인간의 육식 선호가 동물에게 악영향을 끼치는 일은 어제오늘 일이 아니었다. 먹을거리로 올라오는 동물들은 사육 방법에서 비윤리의 극치로 치닫고 있다. 공장형으로 키워지는 돼지는 오로지 새끼를 낳기만 하는 모 돼지와 모 돼지를 낳을 아버지 역할을 하는 씨 돼지, 키워져 고기가 되는 육돈으로 구분된다. 육돈들은 평생 한 걸음도 떼지 못한 채 살을 찌우고 사육 날수를 채워 핏덩어리로 팔리기만을 기다린다. 닭이나 소 역시 마찬가지인데 사육 방법의 비윤리성을 지적하는 것은 어쩌면 점잖은 불만이나 다름없다. 급속성장, 대량사육을 위해 사육동물에게 수많은 화학약품과 항생제를 투여한다. 또한 동물성 사료 사용으로 인해 질소와 인이 급격히 높아진 분뇨가 사람이 먹는 지하수를 오염시킨 것도 어제오늘 일이 아니었다. 소에게서 배출되는 메탄가스에 대한 경고는 이제 진부해졌다. 개체당 밀집률이 높다 보니 전염병이 생겨났을 경우 대처하는 것조차 불가능하다. 그 일례가 구제역이다.

전염병 창궐을 막기 위한 안락사는 어쩌면 이러한 동물 대량생산에서 피해갈 수 없는 이면일 것이다. 그렇지만 고양이의 죽음과 석시콜린이라. 그때 번득 한 가지 생각이 스쳐갔다. 구제역 당시 살처분은 그 어떤 현안보다 시급했다. 구제역의 확산을 막기 위해 구제역 발생 반경 2킬로미터는 무조건 살처분을 원칙으로 삼았다. 문제는 석시콜린 앰플이 소진된 2010년 12월 29일부터 2011년 1월 14일의 십칠 일이었다. 3만 3천 개의 중국산 앰플이 수입되었다 해도 중과부적이다. 앰플은 떨어졌고, 살처분은 감행해야 한다. 살처분은 안락사 약물 주사 뒤 매장이 원칙이다. 그러나 원칙이 무너진다. 여기서 상상이 말을 건다. 만약 생매장을 행한 가축주가 뒤늦게 석시콜린을 지급받았다면? 소는 죽고 앰플만 남게 된다. 남은 앰플을 보관해둔 가축주가 있었다면, 비정상적인 경로로 석시콜린을 취득한 사람이 존재하지 말란 법은 없다.

손선영은 다이어리에 석시콜린을 써넣고 빨간색으로 동그라미를 그렸다. 그리고 석시콜린 뒤에 괄호와 함께 두 글자를 써넣었다. '유력.'

남은 것은 실행 가능성과 이유였다. 왜 길고양이를 죽이는가? 죽이는 방법은 충분히 실행 가능한가? 상상이 상상을 부르기 시작했다. 그 바탕에는 과거 사건들에 대한 사례와 논리적 결론이 있었다.

'길고양이의 죽음이 인간에게 확대될 가능성은? 매우 높음.'

'2011년 이후 구제역 파동에서 석시콜린을 취득한 누군가가 국내에 얼마나 있을까? 집계된 바 없다. 지금부터 알아보자.'

다이어리를 덮는 손선영의 이마에 어느 때보다 깊은 주름이 더해졌다.

나혜영

새벽녘이면 나혜영에게 고비가 찾아왔다. 누군가 목을 틀어쥐고 놓지 않는 환영에 시달렸다. 외상 후 스트레스 장애였다. 정신과 병원에서만 팔 년을 일하는 동안 그런 장애에 시달리는 환자는 많이 보았다. 그렇지만 치료가 잘 되지 않았다.

99퍼센트 이상의 사람들이 으레 그렇듯 인지와 행동에는 의식이 따르지 못하는 이질감이 존재한다. 말하자면 이런 행동이다. 잊었다고 하면서도 술만 취하면 헤어진 연인의 전화번호를 누르거나, 다이어트를 부르짖으면서도 밤이면 라면을 끓여 먹는 것과 같은. 그만큼 아는 것과 실행하는 것의 차이는 크다.

이것은 뇌의 행동기제 때문인지도 모른다. 인간은 생각한다. 그리고 행동한다. 그러나 생각과 행동의 간극을 좁히는 것은 역사 이래 인간이 겪어왔던 시행착오의 과정과 일치했다. 이 간극을 좁힌 사람들은 영웅이나 위인이 되었다. 어느 심리학자는 1만 번의 창조적 생각을 해야만 한 번의 창조적 행동을 할 수 있다고 단언했다. 오랜 관찰과 통계화의 과정을 거친 결론이었다. 창조적 생각에만 행동화가 국한되는 것은 아니었다. 이를테면 나쁜 습관 같은 어떤 굴레에서 벗어나려는 인간의 의지 또한 행동화와 상통했다. 수만 번 생각하고 벗어나려는 행동의 양태가 없는 한 행동화는 불가능할지도 몰랐다. 창조적 행동, 습관을 벗어나는 예외적 행동이란 그만큼 인간에게는 불가사의에 가까운 것이었다. 성공이든 혼돈을 동반한 실패이든 예외적 행동, 그 불가사의가 역사를 움직여왔다. 인간의 수명이라는, 팔십 년 정도의 시간이 역사에서는 잠깐의 혼돈이라 해도 불가사의를 극복한 인간들이 역사를 창조했다. 그렇지만 행동화 이론을 위한 실패는 묵살당했다. 창조적 행동이 아닌 실패의 혼돈! 심리학자의 이론대로라면 어차피 인간은 팔십 년이라는 시간 동안 한 번의 창조적 행동을 위해 9999번에 달하는 실패를 경험한다. 혼돈의 실체를 깨닫지 못하다 단 한 번이라도 깨닫는 순간, 인간은 망각이 균열된 섬망 속에 갇히고 마는 것이다. 섬망이 일시적이고 사라지는 것이라 할지라도 성공한 위인과 반대되는 실패한 지점에서 인간 군락은 섬망의 고통을 겪게 되는 것이다. 그 실패의 극한에서 맛볼 수 있는 섬망의 고통 중 하나가 바로 외상 후 스트레스 장애이다.

나혜영은 이 고통이 일시적이며 어느 순간 씻은 듯 사라질 걸 알았다. 그렇지만 새벽 6시만 되면 목을 틀어쥐는 느낌만큼은 당장 어찌해볼 도리가 없었다.

목을 틀어쥔 느낌은 목을 매달고 자살한 현태훈 원장의 사체를 본 이후 계속되었다. 그는 어린 시절의 트라우마로 인해 금욕적인 삶을 살았다. 현 원장이 밝히지는 않았지만, 나혜영은 그가 나이 든 여자에게 성추행이나 성폭행을 당했을 것이라 미루어 짐작했다. 그런 현 원장이 한 여자에게 집착했다. 스물네 구의 사체가 발견된 사건의 주요 참고인인 조영미라는 여자였다. 조영미는 남편의 죽음으로 십 년의 기억을 송두리째 날려버렸다. 단기 기억상실이 수반된 외상 후 스트레스 장애였다. 이 환자를 대하며 현 원장이 변했다. 그녀를 여자로 보았던 것이다. 현 원장은 나혜영을 늘 가족이라 불렀고 자신의 인생에 여자는 없다는 말을 누누이 강조했기에 그의 행동을 이해하기 어려웠다. 그런 그가 경찰마저 포기하기를 권유했던 조영미의 기억을 되살리려다 오히려 생의 올가미를 목에 걸고 말았다.

원장의 집을 눈물로 청소하며 그가 목을 매달았던 응접실에서 몰래 카메라를 발견, 플래시 메모리 카드를 떼어냈다. 사건 직후 그의 목을 만지고 검안하던 과학수사 요원들과 검안의는 자살하기 전 섹스를 나누지 않았겠느냐는 이야기를 넌지시 피력했다. 나 간호사는 그들 입을 통해 정액이 어쩌고 하는 세세한 이야기가 나오자 "그만!" 하고 버럭 소리쳐버렸다. 현 원장의 자살 전 몇 시간의 행동이 그때 그녀의 목에 걸려 있던 플래시 메모리 카드에 담겨 있었다.

메모리 카드를 목걸이처럼 만들어 목에 건 뒤부터 누군가 목을 틀어쥐는 공포가 찾아왔다. 플래시 메모리 카드를 열어 파일을 재생한다면 환영은 사라질까, 정신분석학적인 생각도 해보았다. 허나 그토록 금욕주의자였던 현 원장의 욕정 어린 모습을 보게 된다면 오히려 그녀는 환영이 아닌 실제 올가미를 목에 거는 모습으로 발화할지 모른다. 그것만은 싫었다. 또한 어느 누구에게도 플래시 메모리 속의 현 원장을 보여주기 싫었다. 나혜영이 자신도 모르게 사랑한 남자였다. 그러나 현 원장이 사망했던 오전 6시만 되면 누군가 그녀의 목을 조른다.

동공 없는 암흑의 눈이 그녀를 바라본다. 검은색의 유령 같은 형태 없는 무언가가 목 주변에 모인다. 곧바로 목을 틀어쥔다. 눈을 치떴다. 시계가 보였다. 벽시계의 시침이 정확히 6에 안착한다. 순간 꼬리조차 보이지 않는 띠 형태의 검은 안개가 숨도 쉴 수 없을 정도로 목을 감쌌다. 컥컥. 살려줘! 소리치고 싶었다. 그러나 가위에라도 눌린 듯 아무 소리도 내지 못한 채 컥, 소리만을 삼켰을 따름이다.

"간호사님, 간호사님!"

마치 최면에 걸린 환자가 깨어나듯 나혜영의 의지가 불현듯 손끝으로 전이됐다. 곧바로 쓰고 있던 차트에서 부활한 정신이 볼펜 끝을 타고 어깨를 지나 뇌를 건드렸다. 유독 오늘은 그 증세가 심각했다.

"네, 네."

주인 없는 대답을 하고 말았다. 눈빛이 부유하는 저 끝에서 박성호가 걱정스럽게 그녀를 내려다보고 있었다. 잠시 들었던 눈을 내리뜨자 볼펜 끝이 차트 한 장을 구멍 냈다. 박현준의 차트 'ㄴ'자 위. 근육마저 경직되었던지 어깨가 저려왔다.

"누가 보면 구제역 돼지인 줄 알겠네요."

나혜영은 경직된 어깨를 회전시키며 농담 삼아 이야기를 건넸다. 딱히 생각했던 표정이 없었던 탓에 두어 번 더 어깨를 돌리며 어색하게 웃었다.

"부자연스러운 거 아시죠? 간호사님은 얼굴에 다 드러나는 거. 저만 그런지는 몰라도 그래요. 늘 감정에 날이 서 있신 듯한데, 아닌가요?"

박성호의 말에 나혜영은 얼굴이 당길 정도로 더 부자연스럽게 웃고 말았다. 어쩌면 박성호의 말처럼 감정이 두드러기처럼 얼굴에 다 드러났을 것이다.

"그런데 간호사님은 돼지가 구제역으로 죽는 걸 보셨나 봐요?"

"아니요, 그렇진 않아요. 사람이……."

'죽는 모습이라면 몰라도'라는 세 마디는 공기 중에서 산화되었다. 나혜영은 곧바로 실수를 깨달았다. 생사가 경각에 달린 사람들을 모아놓은 중환자실 간호사가 내뱉은 말이라니. 그렇지만 '사람이 죽는 모습이라면 몰라도'라는 뜻은 곧바로 묵직한 직구가 되어 박성호에게 향하고 말았다.

"죄송합니다."

나혜영은 자신도 모르게 박성호의 어머니와 아버지가 누워 있는 병실 206호와 208호에 차례로 눈길을 던졌다.

"아니요, 뭘 그런 걸 가지고. 예전에 친구한테 이런 이야기까지 들은 적 있는데요. 유능한 의사일수록 사람이 죽는 순간을 잘 맞힌다고. 그러면서 심심치 않게 늘어지는 심장 모니터 선을 보며 카운트다운을 하기도 한다고."

"설마, 그럴 리가요."

"간호사님이야 이런 곳에 계시니 환자들이 눈 감는 모습을 많이 보시겠죠. 당연하다고 봅니다. 죄송할 것 없어요."

박성호는 정말 그렇다는 듯 눈을 반쯤 감으며 웃었다. 오히려 더 미안해진 나혜영은 "정말 죄송합니다" 하고 고개를 숙였다. 재차 어깨에 힘이 들어갔다. 주먹까지 전달된 힘은 구멍 난 차트 위까지 정확히 이어졌다. 볼펜을 꾹 누르고 말았다. 미안한 감정을 죽이고 싶었다. 그런데 거기가 박성호의 아버지 박현준 씨가 살아나라고 쓴 'Live'의 L자 위였다. 볼펜 끝이 살갗을 찌르는 주삿바늘처럼 아래에 있는 종이까지 파고드는 걸 알 수 있었다.

"참 돼지가 구제역으로 죽는 건 본 적 없어요."

나혜영은 겨우 뒤늦은 대답을 했다.

"그럼 안락사시키는 거는요?"

나혜영은 같은 뜻으로 고개를 두 번 저었다.

"아버지가 소랑 돼지를 좀 키워요. 그런데 아시다시피 구제역이 창궐했잖아요. 그 바람에 아버지 병세까지 깊어지고 말았어요. 워낙 구제역이 난리다 보니 방역반이고 뭐고 올 틈조차 없었고요. 면사무소에서는 가축주더러 주사를 직접 놓으라는 거예요. 그게 말이 됩니까? 그런데 그 약물이 그렇다면서요? 돼지나 소가 근육이 빳빳하게 굳으며 죽어가는 고통을 그대로 느낀다고요. 죽는 순간까지 그 고통을 고스란히 느낀다고. 말이 됩니까? 진짜 그건 가축 주인뿐 아니라 소 돼지까지 두 번 죽이는 거잖아요."

나혜영의 손에 다시 힘이 들어갔다. 차트 한 장이 더 구멍 난 것 같았다. 두 장째 같은 자리다.

"아, 너무 심각하게 생각하지는 마세요. 실은 저도 구제역으로 죽는 소나 돼지는 본 적 없어요. 구제역 주사도 놓아본 적 없고요. 고향에 가면 어르신들이 요즘도 다 그 얘기뿐이라서. 미안해요."

박성호가 다시 눈을 반쯤 감으며 웃었다. 그 덕에 나혜영은 한결

가벼워진 마음을 느낄 수 있었다. 박성호라는 남자, 생각보다 배려심이 깊은 사람이라는 생각이 들었다.

"그럼 그러면 되지 않을까요? 어차피 구제역에 걸린 소나 돼지들을 살릴 수는 없는 거잖아요. 그러니까 죽는 고통의 순간이라도 짧게 줄여주는 거죠."

"고통을 줄여준다? 어떤 방법으로요?"

"조금 잔인하게 들릴지는 몰라도 쇼크사를 시키는 거죠. 아니면 고통의 세기라도 줄여주든가."

"그러니까 그 방법이 뭐냐고요?"

박성호의 눈이 조금 더 감기며 미소를 지었다.

"알코올."

"알코올?"

"네, 알코올. 혈관에 알코올을 주사해 쇼크를 일으키는 거죠. 쇼크가 일어나지 않더라도 알코올이 어떤 느낌을 줄지 빤히 아시잖아요."

나혜영은 술잔을 들어올리는 모양새로 오른손을 입에 가져갔다.

"카아! 그런 방법이 있었네요."

박성호 역시 오른손을 입에 대며 소주라도 한잔했다는 듯 감탄사를 붙였다.

그때 "간호사님!" 하며 다급한 여자의 목소리가 들렸다. 목소리는 정지유가 입원한 방에서 점차 간호사실로 가까워졌다. 발걸음 소리가 다급하게 따라붙었다. 역시 정지유의 어머니였다.

나혜영은 자리에서 일어나 황급히 정지유의 병실을 향해 뛰었다.

장수정

"석시콜린이 가장 유력해 보입니다."

손선영이 장수정에게 석시콜린에 관해 설명했다. 안락사 약물인 석시콜린, 2011년 구제역 당시 살처분을 위해 비축했던 앰플 12만 개, 발병 후 배포까지 한 달. 이후 중국산 수입이 3만 3천 개, 뒤이어 진 생산으로 전국에 배포된 석시콜린 숫자는 추정 불가. 이 약물에 주목한 이유도 꼼꼼히 설명했다. 위낙 상황이 급박해 약물 없이도 살처분이 행해졌으며, 산 채로 매장하기 바빴기에 앰플이 가축주에게 남았을지도 모른다는 직관적인 가설까지.

"그 정도로 이 약물이 많이 풀렸단 말이군요."

장수정도 손선영의 이야기에 공감하고 수긍했다. 정황을 통한 추측일 뿐이지만 설득력도 충분했다. 그만큼 2011년은 국내에서 구제역이 창궐했고, 현재까지도 부작용을 우려하는 기사가 심심치 않게 타전된다. 단지 잠정적인 위험은 피가 튀고 살이 찢기는 실재적인 위험에 밀려 기삿거리가 되지 못할 뿐이다.

"물론 지금 시점에서 고양이를 살해한 사람에 대해 이러쿵저러쿵 논의하는 것은 지나친 상상일 겁니다. 그렇지만 이 동네에서 이런 일이 지속된다면 다양한 방면으로 공론화시킬 필요는 있어 보입니다."

"그래도 고양이를 살해했다는 것은 맞잖아요. 이제 어떻게 해야 할까요?"

줄곧 설명을 듣고 있던 장수정이 물었다.

대답은 곧바로 돌아오지 않았다. 손선영의 눈이 허공을 응시한다. 그가 두드리는 자판 속도처럼 머릿속이 회전하는 중이리라. 조금 머쓱해진 장수정은 작업실에 있는 책장을 바라보았다. 오후의 햇살이 패널 너머에서 창으로 들어와 급격히 꺾였다. 처음으로 낮 시간에 수상한 두 남자의 집을 방문했다.

지난 며칠 사이 두 남자와의 관계는 빠르게 진전되었다. 이제는 오현리와 카카오톡까지 주고받는 사이가 되었다. 그런데 손선영이란 남자, 보기보다 꼴통이다. 요즘 사람이라면 스마트 기기 하나쯤은 있을 법한데도 주야장천 컴퓨터에만 매달려 한글 프로그램을 펼쳐놓고 있다. 슥 훑어봐도 주로 등장하는 단어는 '살인'. 추리작가 아니랄까 봐. 서가에 꽂힌 책도 대부분 추리소설이었다.

"그런데 왜 손 작가 책은 한 권도 없어요?"

책장을 보며 장수정이 물었다.

"그게 그렇게 돼."

손선영을 향한 물음인데 대답은 오현리에게서 돌아왔다. 이 어울리지 않는 콤비. 그런데 그런대로 익숙해져간다. 장수정은 오현리와 눈을 맞추었다.

"작가라는 게 그래. 책을 내면 출판사에서 스무 권 정도를 받게 되는데, 주변 지인들에게 하나둘 나눠주다 보면 정작 작가는 자기 책을 갖고 있지 못하는 경우가 있어. 지인들이 책을 사보려 하지 않고 작가에게 그냥 달라고 해서 그렇지. 선영이도 단편집까지 합치면 열 권 넘게 나온 중견 작가야."

"신인입니다."

"중견이라니까."

"중인이겠죠."

"그건 그래. 나는 양반이잖아."

이 사람들 진짜.

"그래서 어떡하실 거냐고요."

"책?"

아니, 아니, 고양이. 장수정은 절로 한숨이 났다. 과연 이 사람들을 믿어도 되는 걸까. 날카로운 듯하다가도 오현리와 이야기만 하면 어리바리해지는 손선영, 그리고 늘 신선처럼 태평하다가도 손선영과 이야기만 하면 날카로워지는 오현리.

"고양이요."

"아, 고양이. 그건 선영이에게 양보."

이 영감님도 정말. 그제야 허공을 응시하던 손선영도 장수정과 눈을 맞춘다.

"그날 수정 씨가 살묘자와 마주친 건 우연입니다."

"살묘자라뇨?"

"고양이 묘, 그러니 살묘자지."

아나나 다를까 한자가 나오자 오현리가 거든다. 처음에는 흘려들었지만 인터넷으로 검색해보니 오현리는 묘한 작가였다. 사주명리학에 성명학에 부적에 관한 백과까지. 게다가 『무협영화백과』라는 책까지 검색되었다. 손선영이 추리소설이라는 한 우물만 판다면 오현리는 묻혀가는 학문이며 다방면으로 관심이 많아 보였다. 그런 때문인지 두 사람의 조합은 재미있고 절묘했다. 묻혀가는 학문과 찬밥 대우 받는 장르소설이라니. 그렇지만 남의 일, 솔직히 장수정이 직면한 고양이의 죽음보다 임팩트는 약하다. 뭐 어쩌랴. 인생이 다 그런 것을.

"솔직히 그 우연을 두 번 기대하는 것은 어렵습니다. 그렇지만 우연이 두 번 겹친다면 그것은 어쩌면 운명이 될지도 모를 일이죠."

고양이의 죽음을 파헤치는 것, 에두른 대답이 힘들다는 결론을 대변한다. 손선영이 내놓은 분석이야 나쁘지 않았다. 그 분석이 범인을 특정하지는 못한다. 장수정이 생각하기에도 어쩌면 오지랖이 넓었다.

"그만 갈게요. 마감도 있고."

장수정이 자리에서 일어섰다. 무언가 딴죽을 걸 만한데 손선영은 묵묵부답이다. 그녀가 생각하는 손선영이라면 이즈음에서 "마감은 거짓말 아닌가요. 어젯밤부터 작업을 했다면 이 시간에 일어나 고양이의 죽음을 알아보려 하지는 않았을 겁니다" 하고 옆구리를 서늘하게 해주어야 하건만.

"미안해요. 괜히 이런 일로."

뜻하지 않게 손선영에게 사과를 하고 말았다.

"그만 가서 주무세요. 할 일도 없을 텐데."

그럼 그렇지. 저래야 손선영이지. 어떻게 그걸 못 알아차렸겠니. 이 깐죽돌이야!

그렇지만 여전히 손선영은 의기소침해 보였다. 문밖으로 나가려던 장수정이 그에게 물었다.

"그런데 저보다 더 고양이의 죽음에 집착하는 건 추리작가로서 호기심 때문인가요?"

손선영은 잠시 머뭇거렸다.

"죽음이 쓰레기 취급 받았기 때문이겠죠."

죽음이 쓰레기 취급을 받았다? 또 어려운 말을 꺼내는구나. 장수정은 고개를 잘래잘래 저으며 두 남자의 수상한 거처를 빠져나왔다.

방으로 돌아온 뒤로도 두 단어의 조합이 장수정을 옥죄었다. 죽음이면 죽음이고, 쓰레기면 쓰레기지, 쓰레기 취급을 받은 죽음이라니. 하기야 세 마리 고양이의 죽음은 쓰레기와 다를 바 없었다. 오히려 쓰레기를 뜯어 도시를 엉망으로 만드는 고양이의 죽음에 통쾌해하는 사람도 적지 않을 것이다. 거문도를 장악한 고양이들의 다큐멘터리를 보며 그녀 역시 눈살을 찌푸렸다. 빨랫줄에 고이 널어둔 옥돔을 2미터 넘게 뛰어올라 낚아채던 고양이의 모습에서는 섬사람들에 대한 안타까움이 밀려들었다. 섬사람들은 고양이를 섬에서 몰아내거나 죽이자고 한 목소리를 냈다. 다큐멘터리는 반대편 사람들의 목소리에도 귀를 기울였다. 동물보호단체 중 유기묘를 보살피는 시민단체가 가장 강경했다. 고양이들을 일단 붙잡아 중성화 수술을 한 뒤 풀어주자며 섬사람들과 맞섰다. 풀어준다 한들, 섬사람들과 고양이들의 사투는 계속될 게 빤하다. 생존과 원칙이 대립했던 섬의 모습은 상행선과 하행선의 열차 선로와 같이 결론 없이 달려가리라. 무엇보다 섬에 살아보지 않았던 시민단체가 섬사람들의 생계와 심경을 제대로 대변할 수 없다. 그렇지만 무차별 테러에 가까운 고양이의 죽음과는 별개의 문제였다. 이런 죽음은 두 번 다시 보기 싫었다. 그런데 죽음이 쓰레기 취급을 받았다니. 이런 배배꼬인 손선영아. 쉽게 대답해주어도 될 것을 꼭 어렵게 몇 번 꼬아서 대답한다. 손선영의 심보를 디자인하라면, 그래, 꽈배기다.

생각에 잠긴 동안 인터넷 창에 '손선영'이라고 써넣고 있었다. 그 부분에서 딱 정신이 돌아왔다. 엔터를 칠까 말까. 그러나 습관이 먼저 엔터키를 눌렀다. 많은 페이지가 검색되었다. 특히 손선영이 블로그에 올리는 추리소설 감상평이 많았다. 그러다 '저린 손끝'이라는 유명 추리소설가이자 상담 전문 블로거의 페이지에서 스크롤을 내리던 마우스가 딱 멈춰 섰다.

「강아지를 죽인 잔인한 장난」이라는 제목의 글이었다.

"강아지를 천장까지 던졌다 바닥에 떨어뜨리는 걸 즐거워하는 사람도 있더군요"라는 문장이 글의 시작이었다. 주인이 손님 대접을 위해 슈퍼마켓에 잠시 들른 것이 화근이었다. 그사이 손님은 강아지 아름이를 천장까지 던졌다 땅에 내팽개치며 놀았다. 아름이의 비명에 놀란 주인이 손님을 말렸다. 순간 아름이가 힘겹게 주인의 품에 안겼다고 글은 이어졌다. 아름이가 갑자기 혈변을 보자 황급히 병원으로 달려갔지만 살리기에는 늦어 보였다. 수의사의 권유로 인큐베이터에 넣었다. 하루를 보낸 뒤 주인이 다시 동물병원을 찾았을 때 아름이는 이미 딱딱하게 굳어 죽어 있었다는 것으로 글을 맺었다.

가학성이 있는 사람의 잔인한 장난, 강아지가 죽어도 연락하지 않았던 병원의 상술이 한 강아지의 죽음을 쓰레기처럼 만들어버렸다.

"강아지를 키우는 게 겁이 납니다. 이제 더 잘해줄 자신이 없습니다. 다시 떠나보낸다면 이젠 제가 무너질 것만 같습니다."

글의 마지막은 이렇게 맺어져 있었다. 이 글을 올린 사람이 바로 손선영이었다. 그가 그녀보다 동물의 죽음에 간절해 보였던 이유였을까. 미안해요, 하고 손선영에게 문자를 넣었다. 그렇지만 문자에 대한 대답이 없었다.

하여튼 종잡을 수 없다니까.

장수정은 괜스레 입맛을 다졌다. 솔직히 말해 미안하다기보다 손선영에게 걱정거리를 안겨준 때문이었다. 오현리야 잡지나 출판계에서 또는 작가로서 산전수전 다 겪은 사람이지만, 나이에 비해 곱상하고 고생 하나 해보지 않았을 것 같은 손선영에게 작은 시련은 사나운 파도가 될지도 모른다.

짜식, 걱정해주는 맘도 모르고 말이야. 알 게 뭐야, 똥…… 정정, 된장 덩어리 같은 게. 흥이다.

싱글베드에 누워 이불을 뒤집어썼다. 장수정은 고양이를 던지고 있다는 사실조차 알아차리지 못했다. 그녀는 품에 안은 페르시안 고양이를 천장까지 던졌다가 땅바닥에 쿡, 처박히는 모습을 보며 즐거워했다. 이거 나 맞아? 그렇지만 생각과 달리 그녀는 반복해서 고양이를 던졌다. 천장에 탁 부딪혔다 방바닥에 쿵. 천장에 탁 부딪혔다가 다시 방바닥에 쿵. 아, 안 돼.

발버둥을 치며 고양이를 놓으려 했다. 그러다 쿵 소리가 날 정도로 침대에서 떨어지고 말았다. 이런 개, 아니 고양이 꿈 같으니라고. 그때 전화기가 장수정의 베개 아래에서 부르르 떨리고 있었다. 손선영이었다. 하여튼 타이밍 하나는! 이런 고양이 꿈만도 못한 놈.

"왜요, 이 야밤에."

시간은 새벽 2시 40분. 오후부터 많이도 잤다.

"임금샘 공원 옆으로 좀 올래요?"

"거기가 어디예요?"

"방이지구대에서 왼쪽으로 꺾어 올라오다 보면 작은 공원 하나 있어요. 올 때 일회용 비닐장갑이랑 비닐봉투도 가지고 오세요. 꼭입니다."

장수정은 간신히 하나로 묶일 만큼 긴 단발머리를 노란 고무줄로 동여매고 집을 나섰다. 간혹 술 취한 사람들의 모습이 눈에 띄었다. 집을 나와 손선영의 설명대로 꺾어 70미터 정도 올랐을 때 실루엣으로 손선영이 보였다. 10여 미터를 더 걸어 공원으로 들어가려 하자 손선영이 다가와 제지한다. 그는 임금샘 공원과 건물 사이 소방도로로 들어갔다. 장수정도 뒤따랐다.

"이 야밤에 여자를 불러내……."

큰소리를 치려다 흠칫 놀라고 말았다. 손선영이 걸어 들어가다 멈춰 선 곳에 백 리터들이 쓰레기봉투 세 개가 있었다. 풀어헤쳐진 가운데 봉투. 뚜껑이 열린 스팸 통. 먹다 남긴 듯 옴팍하게 떠낸 분쇄가공육. 고리를 이룬 세 개가 장수정의 눈앞에서 죽음이라는 글자를 떠올렸다. 고양이를 죽음에 이르게 했던, 분명히 그 가공육이었다. 그제야 손선영이 왜 비닐 봉투와 장갑을 찾았는지도 이해가 됐다.

"이거."

장수정이 비닐 장갑과 봉투를 내밀었다.

"자세히 보세요. 수정 씨가 일주일 전에 처음 발견했던 모습이랑 비슷한 것 같나요?"

달밤에, 3시가 가까운 새벽에 쓰레기봉투를 뒤지는 커플을 본다면 사람들이 뭐라고 쑥덕거릴까. 그 생각이 먼저 짓쳐들었다. 그렇지만 그녀의 꿈과 손선영이 말했던 쓰레기 죽음이라는 말이 겹쳐지자 남들 눈치 걱정이야 저만치 달아났다. 손선영은 왼손에 비닐장갑을 꼈다.

장수정이 쓰레기봉투를 찬찬히 살펴보았다. 굳이 더 살펴볼 필요조차 없어 보였다. 세 개의 봉투 중 가운데를 제외한 두 봉투는 단단히 묶여 있었다. 가운데 봉투만 풀어헤쳐진 채였다. 똑같다. 분명 그날과 똑같다. 일순간 두려움이 그녀를 때리기라도 한 것처럼 몸이 뻣뻣해졌다. '살묘마'는 그녀가 사는 방이동 주변을 배회하고 있다.

"이거 맞아요, 확실해요."

"쓰레기봉투 말고 가공육 캔 안을 보세요."

"맞다니깐요. 숟가락 같은 걸로 양 끝을 떠내고 빈 공간에 다시 숟가락을 넣어 가공육을 떠낸 듯한…… 그거예요."

그 말이 떨어지기 무섭게 손선영은 스팸 통을 비닐봉투에 담았다.

무슨 보물이라도 되는 듯 감싸 안는다.

"갑시다."

획 돌아서는 손선영을 보자 덜컥 두려움이 더 커졌다. 그런데…….

이 야밤에 나를 불러놓고 저리도 무심할 수가. 혹시 취향이 여자가 아닌가. 엉뚱한 상상이 끼어들었다. 열한 살 많은 남자라면 내가 꿀 매력으로 느껴질 텐데. 급하게 나온 터라 머리는 감지 못했대도 짧은 반바지와 면 티셔츠가 달빛 아래에서 그런대로 어울리는 볼륨을 만들어낼 것이다. 그런데 저 남자, 생각을 바꾸니 다시 보인다. 어깨까지 내려오는 치렁치렁한 긴 머리에 매일 요리를 하고 집에만 틀어박혀 산다. 건강한 남자라면, 아니 총각이라면 열 여자 마다하지 않는 게 보통 아닌가. 백동수 그놈처럼.

장수정은 갑자기 손선영의 뒷모습에 백동수가 겹쳐지는 것을 느끼며 고함을 질렀다. 고양이보다는 사람이 더 무섭다.

"야, 거기 서!"

그런데 뜻밖의 행동을 하고 말았다. 달려가 손선영의 팔짱을 꽉 낀 것이다. 이 남자 취향이 여자가 아니라면야. 이런 남자 하나쯤 있다면 행운일지 모른다. 쓰임새도 많을 테고. 손선영의 팔을 타고 뻣뻣해진 몸이 느껴졌다. 나무토막처럼 변한 그를 붙잡고 일 분여를 걸어 집 앞에 도착했다. 아니나 다를까 손선영은 뻣뻣해진 것도 모자라 얼굴까지 붉어졌다. 바보같이.

"이거."

손선영이 건넨 것은 비닐에 담아 꽁꽁 묶은 스팸 통이었다.

"언젠가 필요한 날이 올 겁니다. 그동안은 냉장고 한구석에 몇 겹 더 싸서 넣어두세요. 그리고……."

"그리고……요?"

"엉뚱한 상상 좀 하지 마세요. 수정 씨는 보면 뭐랄까, 패턴이 있거든요. 자기가 상상하는 게 맞다 싶으면 급작스럽게 행동으로 옮기더라고요. 지난번 저와 선생님을 경찰에 신고하셨을 때도 그렇고 오늘도 뭐랄까, 저의 팔짱을 낀 것으로 보아 엉뚱한 상상을 하고 혼자서 맞다고 결론 내린 것 같은데, 제가 그것까지 짐작하기는 힘들겠지만 수정 씨가 상상하는 거 아마도 맞지 않을 겁니다."

"어머, 맞으면요?"

이 남자, 참 신기하다. 딱 발끈하고 따지고 들 만큼만 장수정에게 말을 건다.

"한번 맞혀봐요. 제가 상상하는 거. 그러면 제가 상 하나 드릴게요. 푸하하."

장수정은 말을 끝내며 우, 키스하듯 입술을 내밀었다. 상이야, 상!

"정말 맞혀볼까요?"

아, 발끈하면 여기서 지는 거다. 우아하고 점잖게 말하는 거야. 그래, 맞혀보시라고요. 입이든 답이든.

"아 참, 맞혀보라니까!"

이런, 발끈하고 말았다.

"제가 서울 와서 굉장히 난처한 입장에 처했던 적이 두 번 있습니다. 물론 이 이야기는 지금 수정 씨의 행동과 관련된 것이라 들려드리는 겁니다. 한번은 가깝게 지내던 시인이자 모 대학 강사의 일을 도와주고 나서 함께 막걸리를 마시게 됐습니다. 지금도 그렇지만 그때도 제가 머리가 긴 총각 신세였죠. 그런 제가 글에만 신경을 쓸 뿐 사람관계에는 별로 관심이 없다는 말을 했더니 그분이 그걸 오해한 것 같더군요. 갑자기 저를 뒤에서 껴안는데 차마 때리지는 못했습니다. 저는 성적소수자를 존중합니다. 그들에 대한 입장에서 소설까지 썼습니다. 아시는지 모르겠지만 전 세계 커플 중 십 분의 일이 바로 동성 커플입니다. 이들의 인권에 대해 글 쓰는 사람으로서 어떻게 진지하게 생각해보지 않을 수 있었겠습니까. 그렇지만 그분이 저에게 했던 행동은 성추행이고 폭력이었습니다.

또 한번은 촛불집회에서 모 여고의 여교사를 알게 됐는데, 그분이 저를 만나고 싶다는 뜻을 비추더군요. 아마 그때 제가 지금 정도의 여유만 있었더라도 흔쾌히 수락했을 겁니다. 여자 입장에서 저같이 비주얼 궂은 놈에게 먼저 만나자고 말하기도 쉽지 않았겠지요. 그런데 당시 전 글이 더 절박했습니다. 물론 지금도 마찬가지입니다. 제가 여자를 사귀지 않는 것은 이것으로 설명이 될 겁니다. 장수정 씨가 오해하지 않았으면 하는 의미에서 하는 이야기입니다."

지금 같으면 여자와 사귀었을 거라고? 그럼 추측이 빗나갔다는 건가? 장수정은 그 자리에 주저앉을 뻔했다. 유난히 더운 9월 하순의 공기가 급작스레 차가워지는 느낌이었다.

"나빴어요."

"제가요? 아니…… 아닙니다. 그만하죠. 누가 잘하고 나빴고 하는 문제는 아닌 것 같으니까요. 대신 저 스팸 통은 냉동실에 잘 간직하십시오."

장수정은 버림받은 연애소설의 주인공처럼 방 안으로 뛰어들었다. 재빨리 손선영이 시킨 대로 스팸 통을 겹겹이 싸서 냉동고에 넣어두었다. 그런데 이 묘한 쾌감은 무엇일까. 붉었던 그의 얼굴 때문에? 그의 취향을 알게 돼서? 아니라면? 그것도 아니라면?

양영자

생각 외로 금세 안정을 찾았다. 역시 지유가 어린 탓이다. 아니, 나 간호사의 표현처럼 심장이 유리처럼 약하면서도 십칠 년을 버틴 '지유의 하드웨어' 때문이다. 지유는 심장만 아니었다면 세계 최고의 선수를 꿈꾸며 캐치볼을 하고 배트를 휘두르며 1루를 향해 달렸을 것이다.

EKG의 선이 안정되는 만큼 나혜영과 박성호의 숨소리도 고르게 안정되었다. 그들이 안정되자 아무것도 아닌 것들이 오히려 양영자를 압박하기 시작했다. 기계 소리. 공기정화기 소리. 심지어 두 사람의 숨소리까지도. 압박은 고스란히 양손으로 전이되었다. 마치 지유가 야구 배트를 쥐듯 휴대전화를 쥐고 있었다. 긴장한 손안에서 전화기가 부르르 울었다. 지유에게 하드웨어를 선물한 남편의 번호였다.

"지유 어때?"

이 시간이 되도록 어디서 술을 마셨을까. 오전 6시가 지나 잠자리에 든다면 내일은 도대체 몇 시에 일어나 생활하고 지유를 돌본단 말인가.

심장에 균열이 가는 것만 같았다. 장동건과 주윤발이 교묘히 섞인 얼굴과 몸에 양영자가 넘어간 건 그렇다 치자. 하지만 정상우라는 인간의 웃음을 너무 믿었다. 봉투 안의 약처럼 그녀의 인생을 송두리째 남편 상우에게 털어넣고 말았다. 헛된 믿음이 칼날을 단 부메랑이 되었다. 결혼 이십 년 만이다.

"지유 어떠냐고?"

"괜찮아졌어요."

문자를 넣은 것이 후회되었다.

"다행이네. 조금 있다 갈게."

이례적이었다. 남편이 오겠다니. 요즘 들어 남편은 의식적으로 그녀를 피했다. 그녀가 출근하면 병원에 나타나는지 통 얼굴조차 보기 힘들었다. 할 말이 산더미였는데 막상 대면한다 생각하니 머리가 멍해진다.

전화를 끊는 순간 박성호가 자신을 보고 있다는 사실을 깨달았다. 지유를 보고 있던 박성호가 언제부터 그녀를 응시했을까? 저 떨리는 눈빛. 박성호의 눈빛은 사십대 중반인 양영자의 가슴을 떨리게 했다. 그녀는 고개를 돌리고 말았다. 그녀 혼자만의 착각이겠지만 나 간호사라면 알아차리고 말 것이다. 그녀가 박성호를 염두에 두기 시작했다는 것을. 덜컥 겁이 났다. 눈을 감은 지유에게서 얼른 고개를 돌렸다.

지유를 바라보자 아장아장 걷던 시절로 태엽이 되감아졌다. 응당 엄마라면 또 그럴 것이다. 자식이 품을 떠난다는 것보다 품에 있던 시절을 떠올리기 마련이다. 그러나 그 시절이 양영자에게는 없었다. 아장아장 걷던 기억만이 자리하고 있을 뿐이었다. 지유가 아장아장 걷던 시절은 그녀뿐 아니라 나라 전체가 혼란기였다. 아니, 더 거슬러 올라가야만 한다.

양영자가 은행에 들어갔던 1989년 한국은 유례가 없던 활황기였다. 88올림픽의 후광이 나라 전체를 들띄웠다. 그녀가 입사한 은행에서도 이에 부응하듯 수백 명의 신입 행원들이 사회생활을 시작했다. 그간 유례가 없던 채용이었다. 1990년대 초반에는 선진화, 개방화의 물결을 타며 남녀평등이란 단어가 매체에 등장했다. 은행 여직원들도 남녀평등과 차별철폐를 부르짖었다. 당시 은행에서는 여직원이 남직원과 같은 대우를 받으려면 '남행원 시험'을 치러야 했다. 이 시험에 합격해야 여직원이 '남행원'이 되고 급여도 남자 직원과 같아졌다. 이로 인해 전국 시중은행의 본점이며 지방은행, 농수축협에 남행원 비상대책위원회가 생겼다. 이에 반하여 여행원 비상대책위원회도 발족되었다. 여행원들은 남행원 시험을 고리타분하고 악의적인 관습이라며 철폐를 주장했고, 남행원들은 창구 텔러, 여행원의 낮은 업무 기여도와 일본의 예를 들며 아직은 시기상조라고 맞섰다. 그렇지만 설득력 떨어지는 주장으로 남행원들이 세계적인 흐름을 거스르기는 힘들었다. 여행원 비대위는 전국 시중은행들과 연계했고, 여성 인권운동가들과 힘을 합쳤다. 여행원들의 노력에 차별의 상징이던 남행원, 여행원 제도는 결국 사라졌다. 정식 행원, 즉 남행원의 절반에 불과하던 연봉도 평등의 바람을 타고 어떤 제약이나 차별 없이 동등해졌다. 실로 쾌거였다. 그 변화의 중심에 당당한 여자 대표 노조원으로 양영자가 서 있었다.

모든 것이 이대로만 풀려갔으면. 양영자는 결혼하던 시기까지도 대표 노조원으로서 변화에 대한 꿈에 부풀어 있었다. 그렇지만 하늘 높이 올라간 헬륨 풍선은 결국 터지기 마련이다. 그녀에게 행복을 선물했던 판타지들이 실체를 드러내며 악몽으로 변하기 시작했다. 동남아시아 발 환율 위기를 파악하지 못했던 정부의 무능력이 고스란히 국민들에게 돌아왔다. 급기야 국제통화기금IMF에서 구제금융을 제공받기에 이르렀다.

동기가 많아 좋다며 늘 힘이 되어주던 입행 동료들은 IMF 구제금융 사태로 대거 명예퇴직을 당했다. 그들은 보험, 서적, 온열매트, 녹즙기 등 다양한 직종의 방문판매원이 되어 양영자를 찾아왔다. 은행에 있을 때가 좋았다, 살기 어렵다는 눈물 섞인 하소연을 던지기 일쑤였다. 운 좋게 풍파에서 피했다고 생각했지만 곧바로 5개 은행 퇴출과 은행 살리기 작업이 진행되었다. 민주주의 사회에서는 보기 힘든 전체주의적인 고강도 정화작업이 행해졌다. 그사이 은행원들의 도덕적 해이는 극에 달했다. 매스컴을 타지 않은 은행원들의 사고는 이루 셀 수 없었다. 방법도 다양했다. 구매업체에서 뇌물을 받거나, 후려친 단가를 정상가로 지불하고 되받는 방법은 구태의연했다. 저금리 대출 이후 커미션으로 10퍼센트를 받거나, 여러 곳에 문어발식으로 대출 보증을 서게 해 잠행하는 직원까지 생겨났다. 직원은 줄었고 그 자리는 계약직 여직원이 대신했다. 결국 남녀평등이라고 생각했던 여행원 제도의 폐지는 십 년도 되지 않아 계약직이라는 올가미로 되돌아왔다.

은행 내부에서는 수익성 제고를 위해 창구 여직원들을 의도적으로 명예퇴직시켰다. IMF에서 요구한 신 자기자본비율 자구책 등을 명예퇴직 설득 무기로 사용했다. 겉으로 표는 내지 않았지만 국내 모든 은행에서 전방위적으로 이루어졌다. 여직원들이 대거 빠져나간 창구는 비전문적일 수밖에 없었다. 몇 달씩 창구 전문 텔러 교육을 받았던 정직원에 비해 겨우 일주일 만에, 심지어 채용 당일 은행으로 출근하는 계약직 직원조차 있었다. 은행 전용 단말기에서 입출금 화면조차 불러낼 줄 모르는 직원을 당장 어떻게 쓰겠는가. 계약직이다 보니 일이 많거나 어렵다 싶으면 금세 이직했다. 양영자 입장에서도 정식 행원 급여의 절반에도 미치지 못하는 계약직들에게 업무를 강요할 수 없었다. 한번은 그녀가 대학졸업 예정인 계약직에게 웬만하면 화면번호 좀 외우라고 잔소리를 했다. 그 여직원은 다음 날 전화 한 통 없이 출근하지 않았다. 그만둔 것이었다. 이렇다 보니 고참 직원들에게 업무량이 가중되었다.

그즈음 지유가 태어났다. 절반의 인력, 두 배의 일. 고통과 인내.

아이를 돌보며 일하기는 쉽지 않았다. 그때부터 가정 생활에도 금이 갔다. 남편 상우에게 더 많은 책임을 요구할수록 그는 영자에게서 한 발짝씩 멀어져갔다. 아장아장 걷던 지유가 엄마 하고 말했던 그해, 남편이 경영하던 회사가 부도났다. 3도급 업체였던 남편의 회사는 그나마 오래 버틴 축에 속했다. 그렇지만 정확히 상황을 인식하고 물품 대금을 받는 날짜에 부도를 냈더라면 부도액은 1억 원 이하로 줄었을 것이다. 남편은 그 자신이 파산에 내몰리더라도 모든 금전적인 책임을 떠안으려 했다. 윤리적인 면에서는 높이 살 만했지만 한 집안의 가장으로서는 낙제였다. 자연스레 아이 양육은 남편이 맡았다.

"아이에게 조금만 관심을 기울였으면 심장이 이토록 좋지 않다는 걸 금방 알았을 겁니다. 솔직히 지금까지 버틴 것도 기적이지만 그 기적이 많은 것을 감추어주었던 거예요."

정확히 두 달 전 심장 전문의가 양영자에게 건넨 말이었다. 엄마로서 왜 그것을 알아차리지 못했느냐는 힐책과 지유의 경우라면 모를 수도 있었다는 위로가 반반씩 섞여 있었다. 이러한 절망감이 IMF 사태 이후 몇 년 만이던가. 그 모든 위기를 잘 넘겼다고 생각했는데.

두 달 전 그날을 거슬러 올라 양영자가 살아왔던 스무 살 이후의 과거가 영사기를 통해 재생되듯 눈길이 머무는 곳마다 흩뿌려졌다. 지금도 그랬다. 이십 년이라는 세월이 박성호에게서 눈을 떼 지유를 바라보는 그 잠깐 동안에 그녀를 온전히 지배했다.

죄책감 때문이다. 엄마 탓이라는 죄책감. 아이가 아픈 것을 알아차리지 못한 죄책감. 그럼에도 다른 남자에게 눈길이 옮아가는 죄책감.

아픈 곳을 찔린 듯 저절로 눈이 감겼다. 왜 나는 지유가 저토록 심장이 약한데도 알아차리지 못했을까. 곧 남편에 대한 책임 전가로 이어졌다. 남편은 왜 지유가 저렇게 병이 깊어지도록 알아차리지 못했을까. 의사 말처럼 조금만 관심을 기울였어도 알았을 텐데. 모든 것은 남편 책임이다. 모든 것은, 그래, 남편 책임이다.

"영자 씨, 괜찮아요?"

순간 전기에 감전된 듯 몸이 떨려왔다. 영자 씨라니. 박성호가 그렇게 부를 때마다 그녀는 묘한 쾌감을 맛보았다. 엄마, 여보, 차장님이라는 호칭 말고 이름으로 불리는 게 도대체 얼마 만이던가. 지유가 입원하던 날 박성호는 그녀에게 이름이 뭐냐고 물었다. 양영자라고 대답하자 저희 어머니는 순자예요, 라며 해맑게 웃었다. 어머니가 깨어나면 며느리 삼고 싶어 했을 거라며 아무렇지 않게 프러포즈하듯 고백하던 모습이라니. '남자'라는 동물 참 모르겠다. 그런데 박성호라는 사람, 마음에 든다. 이름을 부르는 것도, 그때마다 눈을 맞추는 것도.

황급히 주위를 둘러보았다. 다행히 나 간호사는 너스스테이션으로 돌아간 뒤였다. 박성호가 살짝 손짓하며 병실을 나섰다. 양영자는 두리번거리던 눈길을 그에게 고정한 채 뒤따랐다.

"지유 때문에 많이 놀라셨겠네요."

혹시나 지유가 깨어날 것을 우려했는지 박성호는 친절하게 그녀를 휴게실 근처로 안내했다. 양영자의 눈빛을 지유가 알아차리지 못할 리가 없다. 박성호는 그것을 배려한 것이다.

"네, 많이 놀랐어요."

"그러게 제가 저녁에 야구 보며 흥분하지 말라고 말렸는데도 말을 듣지 않더라고요. 워낙에 야구를 좋아하니까요. 저보고 그러던데요, 죽으면⋯⋯."

박성호가 갑자기 얼굴을 가슴으로 푹 파묻었다.

"죄송합니다. 제가 말실수를 했네요."

"아니요, 아닙니다. 듣고 싶어요. 제게는 의중을 잘 말하지 않는 아이입니다. 뭐든 알고 싶습니다. 지유가 뭐라고 했나요?"

박성호가 양영자의 눈을 마주 보았다. 눈가가 빨갛게 물들어 있었다. 노을이 사람에게 맺힐 수 있다면 바로 저런 모습이리라. 양영자는 거듭 말해달라는 뜻으로 그와 눈을 맞추었다. 어쩔 수 없었다. 지금 순간만큼은. 그때 양영자의 눈가에도 슬며시 눈물이 맺혔다. 그녀도 박성호의 눈처럼 저런 노을 같은 모습이었으면.

"잠실 야구장에 뿌려달래요. 그러면 160킬로미터 속도로 마운드까지 달려갈 거라고요. 또 누구보다 큼지막한 홈런 볼 속도로 관중석 스탠드에 날아가고 싶다고요."

맺혔던 눈물이 그 말 끝에 떨어졌다. 열일곱 살이 되도록 야구만 했던 지유에게 저렇게 예쁜 말을 구사할 능력은 없다. 지유의 말을 들은 박성호가 양영자의 마음에 쏙 들 정도로 아름다운 말로 바꾸어 전해주었으리라.

"감사합니다."

고마웠다.

"뭘요. 전 그저 눈치 없는 좀생인데요."

박성호가 눈웃음을 지었다. 충혈되었던 눈이 금세 해맑아지다니.

지유가 입원했던 병원에 박성호의 부모가 나란히 입원했다는 사실을 알았을 때는 마음 한편이 서늘했다. 누군가의 부모가 또 사라지는구나, 하는 먼발치의 슬픔이 그녀를 건드렸다 할까. 그런데 다음 날 박성호가 말을 걸어왔다.

도대체 이곳에서는 어떻게 적응해야 하는 겁니까?

박성호의 눈에는 번민이 가득했다. 그렇지만 이내 되돌아 어머니의 병상을 지키고 나 간호사와 농담을 주고받는 모습을 보며 오히려 더 잘 적응한 사람은 박성호라는 사실을 깨달았다. 지금도 양영자는 남편이 없는 병실이 불만스럽고 남편 상우의 자리를 박성호가 대신하고 있다는 사실이 무엇보다 고통스러웠다. 박성호가 있는 자리는 분명 남편이 있어야 할 자리다. 어쩌면 박성호에게 품은 연정도 남편이 없는 빈자리를 따라간 여인의 본능인지도 모른다. 그렇지만 그 이상으로 번져갈까 겁이 났다.

"지유, 반드시 살리고 싶습니다."

양영자는 어금니를 한 번 꽉 깨물었다.

"어떤 대가를 치르더라도 반드시 지유를 살리고 싶습니다. 그게 제가 바라는 전부예요."

어머니로서 너무 못해주었다는, 아니 지금까지 너무 잘못 살아온 것 같다는 구구절절한 이야기들은 할 수 없었다. 그저 지유만 살릴 수 있다면. 게다가 그녀 나름의 복안이 있다는 사실을 들킬까 두려웠다.

"어떤 대가를 치르더라도?"

박성호가 물었다.

속마음을 들켰을까. 아니라면 박성호가 눈치챈 것일까. 그저 몇 마디 주고받은 게 전부였는데. 양영자의 놀란 심정이 목소리에서 드러났다.

"네, 그 어떤 대가를 치르더라도."

장수정

— 영화 보러 갑시다.

오 예, 이게 웬 떡이냐.

마뜩잖았던 간밤의 상황 탓에 장수정의 마음은 이 사이에 고기 찌꺼기가 낀 것 같았다. 불편해, 불편해, 하고 자신을 다그쳤지만 막상 손선영에게 전화를 걸거나 문자를 넣을 엄두는 나지 않았다. 그러다 내가 왜 이런 걸로 고민해, 하고는 포토샵을 열어 디자인 작업에 몰두하던 중이었다.

덥석, 고기를 물고는 옆집 문을 두드렸다.

"오, 수정이 왔네."

오현리는 한창 기분이 좋은지 목소리 끝이 늘어진다. 외출하려 신발을 신는 그의 모습이 제대로 멋을 낸 듯하다. 버버리 셔츠에 베이지색 린넨 바지, 박음질이 없는 로퍼화가 눈에 띈다. 뒤이어 손선영이 나타났다. 무거워 보이는 백팩과 코끝까지 내려온 안경이 '나 정신없음' 하고 말하고 있었다.

"아휴, 오 분만 더 있다 가자니까요."

"그래서 내가 수정이네 가서 씻으라고 그랬잖아. 수정이는 잘 안 씻는단 말이야."

허, 허허. 이 사람들이 진짜.

"앗, 미안. 수정이 화났네. 오빠가 사과."

한껏 늘어진 목소리다.

오빠? 이런 영감탱이가. 아무리 그래도 오빠라니, 재앙에 근접한 호칭이다. 어쨌든 오늘은 용서. 영화를 보여준다는데. 어디, 강남에 있는 코엑스에서 영화를 보고 우아하게 스파게티라도 한 포크 하시려나?

"자, 따라와."

장수정은 앞서는 오현리와 뒤따라오는 손선영 사이에서 인상을 찡그렸다. 그래도 안 씻는단다니. 적당히 상처를 주고 적당히 능치는 저 영감탱이. 설마 겨드랑이나 다른 어딘가에서 냄새라도 나는 건 아니겠지? 장수정은 고개를 오른팔 쪽으로 숙여 냄새 맡는 시늉을 하고 말았다. 그 모습을 놓칠 리 없는 손선영이 고개를 잘래잘래. 그녀도 어쩔 수 없이 절레절레. 에잇, 알 게 뭐냐. 옆집 화장실 물 내리는 소리마저 실시간으로 중계되는 사이인데 냄새라고 공유 못 할 이유가 없지, 암.

앞섰던 오현리의 발걸음이 5호선 방이역을 향한다. 어라, 강남이 아니었나? 그럼 동대문역사공원역 근처에서 쇼핑하고 우아하게 영화? 뭐, 기다려보지.

장수정은 생각을 갈무리하며 지하철에 올랐다. 오예, 빈 자리 하나. 얼른 엉덩이를 내려놓았다. 오현리와 손선영이 마지못한 듯 다가와 병풍처럼 마주 섰다. 그러거나 말거나 팔짱을 끼고 눈을 감았다. 덜컹거리는 지하철에서 그녀는 기분 좋은 흔들림에 몸을 맡겼다.

서울 생활도 벌써 구 년이 지났다. 처음 서울에 올라와 명동 거리에 압도되었던 어떤 날. 시골 아가씨의 겁먹은 눈빛을 행여 들키기라도 할까 두리번거리다 명동의 돈가스에 매료되었던 십 년 전의 어느 날. 사람들이 걷는다. 금세 무수한 사람들 사이에 갇히고 만다. 사람들의 발걸음 사이에 인형 하나가 보인다. 아니, 인형이 아니라 가만, 고양이다. 저 고양이…… 어디서 봤더라. 흡사 마네키네코 인형처럼 두 다리로 일어나 그녀에게 손짓한다.

이리 와, 이리.

손짓에 이끌려 장수정은 고양이와 나란히 섰다. 그리고 눈앞에 있는 두 사람, 손선영과 오현리 앞으로 유유히 걸어오는 고양이 한 마리. 장수정과 두 남자 사이에서 방황하듯 번갈아 보다 장수정 쪽을 응시하는 고양이.

이리 와.

장수정이 손짓했지만 고양이는 흘끔거리기만 할 뿐 다가오지 않았다. 그녀가 고양이에게 다가가려 할 때였다. 울컥, 하고 고양이가 무언가를 토해냈다.

피다, 피!

장수정은 고함을 질렀다. 필사적으로 고양이를 향해 뛰었다. 그런데 명동 거리를 감쌌던 사람들의 행렬이 그녀를 제지한다. 한 사람을 제치면 열 사람이 막고, 열 사람을 제치면 백 사람이 그녀를 압박했다. 인산인해. 도저히 다가갈 수 없었다. 피를 토한 고양이가 그 자리에 쓰러졌다. 밟히며 짓눌리고, 차이고 뭉그러지는데…….

"일어나."

오현리가 장수정을 건드렸다. 장수정의 맞은편에서 손잡이를 잡고 서 있던 손선영도 때맞춰 눈을 고정했다. 의아한 눈빛, 그가 무언가를 말하려 한다.

말하지 마. 아무 말도 하지 마. 장수정은 되레 눈을 감아버렸다.

"지금 내려야 해요."

그, 그거였나?

종로3가역이었다. 여기서 영화관 가까운 데가 단성사였나? 두 남자가 앞서 나갔다. 그런데 무언가 발걸음이 구린 느낌이다. 수상한 이 둘의 발걸음은 도대체 어디를 향하는 것이냐. 공항철도를 제외하고 서울 지하철 출입구 중 가장 긴 거리를 자랑하는 종로3가역 5번 출구다. 특히나 1호선을 타려면 그녀 걸음으로 십 분을 넘게 걸어야 한다.

"도대체 어디 가는 겁니까? 영화 보자 그래 놓고."

덥석 물어버린 장수정의 실수였다. 평소 꼼꼼하게 따져보지 못하는 습성을 두 사람이 미끼로 이용하다니, 비겁했다.

"도대체 어디 가냐고요?"

"여기."

두 남자가 멈춰 선 곳은 낙원상가였다. 여기에 무슨 영화관이 있다고. 그런데 도로를 덮은 낙원상가 벽면에 포스터 같은 작은 그림이 보였다.

"저게 상영작이야. 저거 보러 왔어."

"남과…… 여?"

"믿고 따라와봐요. 후회 안 합니다."

믿기는 믿지, 당신 둘 말고 내 직감을. 그랬는데, 망했다. 영화관 이름이 '실버영화관'이었다. 스물여덟 나이에 실버영화관 출입이라니. 장수정은 눈물이 날 것만 같았다. 이 두 남자는 내가 스물여덟 살의 꽃띠 여자라는 걸 아예 잊어버린 걸까. 두 사람이 남자라면 약간은 자분거리는 느낌이라도 주어야 하는 것 아니냐 말이다. 이런 두 남자가 보여주는 영화, 싫다. 그냥 내 돈으로 내가 보고 만다.

만 원짜리 한 장을 꺼내자 오현리의 눈빛이 거기에 고정된다.

"영화비 쏠래? 만 원이면 충분한데."

아주 밥까지 쏘라고 하지, 이 영감탱이야! 손에 쥐었던 만 원을 오현리에게 건넸다. 똥이 더러워서 피할 소냐! 티켓 창구에 들어갔던 만 원짜리가 표 세 장과 천 원짜리 네 장으로 바뀌어 나온다.

"일반인은 5천 원. 어르신은 2천 원인데 내가 어르신이잖아. 내 나이 밝히기 그렇지만 나이 많아 덕 보는 곳이 여기야. 어르신이랑 함께 오면 동반한 사람도 2천 원. 세 사람 도합 6천 원. 영화비 굳었으니 저녁은 내가 쏜다."

오현리가 웃으며 말한다.

에라, 모르겠다. 두 시간 앉아 있다 나오지 뭐.

장수정은 적당히 타협을 하고 두 사람과 함께 상영관으로 들어갔다. 그런데 십 분이 지나지 않아 영화의 영상미에 매료되고 말았다.

"저거 언제 적 영화예요?"

"1966년."

"우아, 그때는 작가님도 애였을 때네요?"

"국민학교 6학년."

"그때 저 영화를 봤단 말이에요?"

"그게, 그렇네."

Un homme et une femme, 한 남자와 한 여자의 이야기.

주제곡이 흐르자 장수정은 웃음이 살짝 머금어졌다.

"코미디 프로에 나왔던……."

"맞아. 서경석이랑 김효진이었나, 바바바바밤 하면서 눈 맞추고 그랬지? 괜스레 음악 때문에 향수에 젖었어."

영상미가 압권이었다. 배우를 단순하게 클로즈업하지 않고 프랑스 곳곳을 유화처럼 찍었다. 주인공 안느와 장 역시 유려한 그림 속 색채처럼 아름답게 반짝인다. 그러다 두 사람에게 포커스가 맞추어진다. 안느와 장은 둘 다 사별의 상처를 간직하고 있었다. 사별한 둘에게 사랑은 썩어버린 과일이었고, 너무 비싸 손댈 수 없는 명품 백이었다. 그렇지만 사람은 어떻게든 사람을 알아본다던가. 조심스레 만남을 이어가던 장과 안느는 망설임 끝에 한 방에 머무르게 된다. 안느가 잠자리를 허락했던 것이다. 잠자리를 허락하며 한 방에 머무르려던 안느는 돌연 맘을 바꿔 장을 거부한다. 사별한 두 사람에게 사랑이란 거북하고 힘든 이름이었다. 사랑은 그렇게 끝이 난다. 헤어진 두 사람의 사랑이 끝났다고 관객이 안타까워할 때 생라자르 역에서 안느와 장이 재회한다. 상징적이었다. 사랑은 무조건, 또 무작정 기다릴 줄도 알아야 한다, 라는. 사랑을 거부했던 안느를 기약도 없이 생라자르 역에서 기다리던 장의 모습은 아름다웠다. 사랑이란 정말 위대하다. 장수정은 안느와 장의 사랑에 압도되어 눈물을 흘렸다.

"바닷가가 멋있어요. 도빌?"

"울지 말고 이야기하세요. 파리에서 제일 가까운 바다가 도빌입니다."

"빙고!"

"저렇게 사랑할 수 있을까요?"

"현실은 진흙탕일걸."

"수정 씨 하기 나름이죠. 어젯밤처럼 혼자 나대지만 않는다면. 좀 꼼꼼해지세요. 그리고 지하철에서 강아지나 고양이 꿈 꿨죠? 아니다, 고양이가 맞겠다."

이 촌철살인마 손선영, 입 닥치라고! 이렇게 눈물 나도록 아름다운 영화의 말미에 꼭 초를 쳐야겠니?

"이상하죠?"

"뭐가?"

손선영의 물음에 오현리가 대답한다.

이제 두 사람의 만담 차례인가?

"어릴 때는 그저 슬프고 아픈 사랑만 아련하고 눈물 나는 것이라고 생각했어요."

"말 그대로 신파?"

"그렇죠. 그런데 요즘 들어서는 점점 아름다운 것들, 또 때 묻지 않은 것들의 임계점에서 눈물이 나는 것 같아요."

"나이 들었다는 증거야."

"그렇죠? 나이 든 거죠? 저야 나이 든 것은 인정합니다만 수정 씨는……."

쩝, 뭐냐. 이 두 남자 진짜. 결국 내 얘기였잖아. 내 눈물이 나이 든 눈물이다, 이거 아니냐고.

장수정은 손선영의 오른팔을 세차게 꼬집었다.

"저 스물여덟밖에 안 됐거든요."

아프거나 말거나 네가 자초한 거다. 알지?

"아, 그래요. 스물여덟. 그러면 뭐합니까? 감성은 이미 환갑인데. 그리고 왜 나만 꼬집어요? 나는 수정 씨가 활동성 넘치고 진보적이며 남녀평등 주장하는 사람일 줄 알았는데 차별이 심하네요!"

그런가? 뭣 모르는 왼손이 오현리에게 다가간다. 이런, 또 넘어갈 뻔했다. 하여튼 이 두 남자, 수상해.

"실버 어르신, 저녁이나 사요."

영감님을 꼬집을 수는 없고 결국 퉁바리를 놓았다.

낙원상가에서 백여 미터를 걸어 도착한 곳은 '닭한마리 칼국수'였다. 골목 안에 위치한 가게는 척 보기에도 오래된 맛집입니다, 하고 말을 걸었다.

"그런데 왜 오자고 하신 거예요?"

"죽음을 보라고. 삶과 함께 죽음도."

오현리의 말솜씨, 또 헛바닥 모터 가동이다.

"아, 제가 설명할게요. 그곳에는 어르신들이 오시죠. 현실적으로 죽음을 준비하면서 여생을 즐기는 분들입니다. 말하자면 죽음은 그토록 여유로울 수도 있다는 것이죠. 그런데 급진적인 죽음도 있습니다. 미처 준비하지 못하는."

"고양이……."

장수정은 낮은 신음을 터뜨렸다.

"생각해보시라는 의미였어요. 과연 고양이의 죽음을 좇을 이유가 있는지. 있다면 합당한 것인지."

"꼭 잡을 거예요. 아까 지하철에서도 고양이 꿈을 꾸었다구요. 명동 거리 한복판에서 나를 보며 오라고 손짓했어요. 이리 와, 어서 이리 와. 그게 뭐겠어요? 계시 아니겠어요? 반드시 찾아달라, 내 억울한 죽음을 밝혀달라!"

"그렇지만 죽음의 양상은 어떻게 달라질지 아무도 모릅니다."

"죽음의 양상? 달라지다뇨?"

손선영의 미간에 내 천(川)자를 닮은 주름이 깊어졌다. 장수정을 응시하는 눈빛에서 한껏 기합이 들어갔다. 죽음의 양상을 말해야 하는 이 남자, 지금 심각하다는 증거다.

"겁주지 말아요."

"솔직히 말할게요."

그럼 그렇지. 둘러 가지 못하고 늘 직선적인 저 성격. 사랑받긴 글렀다야.

"고양이를 죽인 방법이요. 그게……."

"아, 뭘 그렇게 뜸을 들여요? 손 작가답지 않게."

"너무 뜸을 들였다는 거죠. 아, 정정. 너무 공을 들였다는……."

"그게 왜요?"

"단순히 고양이만 죽이기에는 너무 큰 공을 들였다는 거죠. 그러니까……."

"사건이 확장될 수 있다는 거야, 사람에게까지. 범죄를 연구해왔던 추리소설가가 보기에 이런 사건 대부분은 결국 인간에 대한 증오나 복수로 발전하게 돼 있다는 거지."

계속 말을 끄는 손선영을 대신해 오현리가 끼어든다.

"에……엥? 그 말씀은?"

"상상하는 그대로. 입에 담기 싫은."

바통을 이어받은 오현리가 자신은 여기까지라는 듯 손선영을 바라본다.

"다시 말해 몹시 위험할 수 있다는 겁니다. 저나 선생님, 그리고 수정 씨까지요. 그래도 고양이 살해자를 잡고 싶으신 겁니까?"

협박이었다면 제대로 먹혔다. 장수정은 급작스레 손이 덜덜 떨렸다. 단순히 고양이만 죽이는 게 아닐 수도 있다면. 그럼 어떻게 된다는 거야. 사람이라도 해치려 한 거라면 범인이 그녀나 손선영, 또 오현리까지 넘보지 말란 법은, 없다. 무서웠다. 그렇지만 꿈속에서 손을 흔들던 마네키네코 인형과 명동 거리에 나부라졌던 고양이는 지금 상황에 대비한 암시나 계시가 아니었을까. 흔들리지 말라는, 그리고 반드시 범인을 잡아달라는 불쌍한 영혼들의 절규가 아니었을까. 고양이의 계속된 죽음에 눈감고 있다면 평생 후회할 게 뻔했다.

"잡아요. 잡자고요. 까짓거, 뭐가 겁난다고."

장수정은 눈을 부릅뜨며 손선영과 오현리를 동시에 바라보았다. 손선영은 고개를 가로젓고 오현리는 장수정의 눈빛을 외면한다. 그러다 약속이나 한 듯 두 사람은 장수정을 동시에 응시했다.

"현실이 되면 공포스러울 겁니다. 그래도 잡을 겁니까?"

손선영의 질문에 장수정은 입을 굳게 다물고 고개를 끄덕였다.

"그럼 수정아, 부탁 하나 하자."

이번에는 오현리가 단호한 눈빛으로 물었다.

"뭔데요?"

결심이 곤고해진 그녀의 목소리가 당찼다.

"오늘 실버영화관 갔잖아. 그 모습을 삶과 죽음이라는 두 명제로 연계시켜서 그림으로 그려줄 수 있겠니? 그 분위기, 뭐랄까."

"할 수 있어요."

"그래, 할 수 있겠지? 그리고 뭐 작업비용은……."

"아니에요. 고양이 살해범을 잡을 수만 있다면 그림 그리는 수고쯤이야 뭐."

"그래? 그렇다면 언제쯤 될까? 실버영화관 그림."

"내일 당장 해드릴게요. 약속해요."

"약속한 거다."

가만, 이거 왠지 내가 휘말리는 느낌인데. 오현리 작가가 왜 이렇게 내게 자분자분 말을 건대?

아니나 다를까 오현리가 새끼손가락을 내밀었다. 장수정은 엉겁결에 새끼손가락을 내밀어 걸었다. 머릿속에서 이건 아니라고 생각했을 때, 그땐 이미 늦었다.

"것 봐요, 샘. 제가 먹힐 거라 그랬죠? 아싸, 이것으로 사진 하나 해결."

뭐야, 도대체 뭐야? 먹히다니, 뭐가 먹혀?

"대신 수정 씨, 범인 잡는 것은 최선을 다하겠습니다. 허언이 아닙니다."

"수정아, 미안. 실은 이번에 시니어 리포트라는 책을 만드는데 실버영화관 사진이 필요했거든. 그런데 책 의뢰업체가 사진 말고 일러스트를 요구해서 말이야. 아무래도 요즈음 네가 한가하잖아. 그렇지만 돈을 주고 부탁하기에는 사정이 그렇지가 못했거든. 미안하지만 어쨌든 약속한 거다."

이런 악랄한 두 남자. 이 영감탱이와 계집애 같은 손선영이 너!

"그렇지만 최선을 다해서 범인을 잡을게요. 이건 제 모든 것을 걸고서 드리는 약속입니다."

모든 것? 그래봐야 전셋집에 컴퓨터 두 대, 책에다 옷 쪼가리가 전부이면서.

"수정아, 그래도 선영이가 한 이야기는 사실이야. 선영이가 분석 능력 하나는 끝내주거든. 사하라 이남 부근 지진 기사와 중국발 무기 기사, 미국 파병 기사를 하나씩 분석해서 전쟁 지역을 짚어낸 적도 있었어."

"내전이었죠. 아프리카 내전."

"단순히 신문기사 세 토막으로 분석했대. CIA는 이런 애 안 데려다 쓰고 뭐하는지 몰라."

"지금 하시고 싶은 말씀이 대체……?"

두 사람 이야기에 또 빠져든 장수정은 침을 꼴깍 삼켰다.

"아, 얘기가 샜네. 그래, 실제로 힘들 거라고. 선영이 말로는 고양이 사건은 확대, 발전할 가능성이 높다네. 90퍼센트 이상 그럴 것 같대. 큰 범죄로 바뀔지 모른다고. 그게 언제인지가 문제란다."

손선영이 로버트 K. 레슬러와 시리얼 킬러를 입에 담았다. 기본이란다. 그러며 최근까지 벌어졌던 몇몇 사건 중 동물들에게 모의 범죄를 저지른 살인자에 대한 이야기를 곁들였다.

"단순한 쾌락범죄자라면 인간을 향한 범죄로 바뀌는 데 시간이 조금 걸릴 겁니다. 잠복기가 평균 팔 년이라 봅니다. 사이코패스적이거나 소시오패스적 기질이 강하다면 금세 인간을 향한 범죄로 바뀔 겁니다. 목적하는 바를 쟁취하려 들겠죠."

"무섭네요."

"솔직히 저도 무섭기는 마찬가지입니다. 그렇지만 저와 수정 씨 약속이니까요."

"그래, 수정아. 약속한 거다."

용의주도하게 끼어드는 오현리.

"네, 그렇죠."

가만, 허, 허허허. 이 사람들 진짜. 그러니 잔말 말고 꼭 약속 지켜서 그림 그려라? 왜 이렇게 이웃집 두 남자는 수상한 것투성이일까. 장수정은 한숨만 푹푹 내쉬며 이제 보글보글 끓기 시작한 닭한마리 칼국수에 젓가락을 쏙 담갔다. 어쨌거나 금강산도 식후경이라는데.

"가만, 그런데 그것도 아니라면요? 쾌락범죄나 뭐, 사이코패스? 그것도 아니라면?"

"반드시 필요한 탓이겠죠. 사람을 죽여서라도 무언가를 얻어야 하는 그런 절박함이겠죠."

장수정은 닭 가슴살을 젓가락으로 푹 찔렀다. "무섭다. 고양이 살해범!" 하고 말한 뒤 반으로 쫙 찢었다.

"수정이는 생각이 동영상이 아니라 사진인 건지, 아니면 행동이 사팔육이 아니라 쿼드코어인 건지. 난 수정이가 무섭다."

"저도요."

두 남자가 장수정을 바라보며 고개를 가로저었다.

정상우

정상우는 아르바이트로 몰았던 택시를 입고시켰다. 소위 반차때기, 밤에만 모는 반쪽짜리인 탓에 사납금은 6만 원에 불과했다. 가스비와 식대 정도를 제외하면 그가 쥘 수 있는 돈은 고작해야 3, 4만 원. 오늘은 그나마 장거리 손님이 있어 사납금을 제하고 5만 1천 원을 벌었다. 기적에 가까운 돈이었다. 건설회사를 운영하며 한 달에 몇 억을 벌던 호시절도 있었건만 겨우 5만 원을 벌겠다고 밤을 새우며 서울 시내를 누빈 것이다.

사람을 잘 믿었던 결과다. 무엇보다 그 시절이 영원할 줄만 알았다. 그게 언제였던가. 벌써 이십 년이 더 되었나. 아버지가 물려주신 유산으로 건설회사를 시작했다. 동네에서 함께 자란 휘도와 영재가 든든한 버팀목이 되어주었다. 삼총사라고 불리던 세 사람은 우정이 영원할 거라 믿었다.

세 사람이 의기투합하게 된 단초는 영화였다. 주윤발과 적룡, 장국영이 주연한 홍콩 느와르 영화 〈영웅본색〉. 영화를 보고 난 뒤 죽음도 갈라놓지 못하는 우정이 안주가 되었다. 밤새 술잔을 기울였다. 영화 속 세 주인공처럼 우리 세 사람도 무언가 해야 할 시점이었다. 그날 밤 결론도 났다. 우리 셋의 우정이라면 현실을 이겨낼 수 있다. 셋이서 평생을 같이 가자. 호기롭게 큰소리쳤다. 두 달 뒤 야심차게 내건 간판이 '대풍건설'이었다. 크게 흥하라는 뜻을 담았다. 지금이야 농담인지 진담인지 구별이 안 가는 기억이 되었지만, '영웅건설'이라 하자는 휘도의 제안을 물리는 데 두 달이 걸렸다.

이름 덕분인지 회사는 승승장구했다. 건설에 대해 아는 것이 없던 젬병이었는데도 망하지 않을 경기가 세 친구를 도왔다. 집 두 채를 부수면 빌라가, 네 채를 부수면 빌딩이 들어섰다. 개울에서 악취가 나면 콘크리트로 덮기 바빴고, 물길이 넓은 하천은 콘크리트로 바닥을 만들었다. 오솔길도 이면도로도 시멘트나 아스팔트로 덮었다. 첫 공사 견적에서 10퍼센트만 싸게 단가를 낮춰도 정부에서 우수 건설사로 포상을 했다.

자본금 5천만 원에 불과했던 회사는 빠르게 성장해 한 해 10억 원이 넘는 실적을 올렸다. 모든 비용을 제하고도 순이익이 1억 원을 넘었다. 순풍에 돛을 달았다는 말을 실감했다. 회사가 커지자 각자의 역할도 세분되었다. 입담이 좋은 휘도는 영업을 맡았고, 이름처럼 똑똑했던 영재는 도면과 수주를 담당했다. 그중 영재의 역할이 가장 컸다. 관공서를 들락거리며 입찰에 원하는 금액을 써넣는 일이었다. 종합건설이니 하도급이니 하는 구분도 서류 몇 장을 위조하는 것으로 처리되었다. 나중에야 알게 되었지만 낙찰을 받는 데 엄청난 뒷돈이 들어갔다. 1억 원짜리 공사를 하려면 기름칠에만 10퍼센트가 사용되었다. 그렇지만 막대한 이익이 돌아오는 사업에서 그러한 뒷돈은 오히려 하찮게 여겨졌다. 어떻게든 뒷돈을 구겨넣을 수 있다면, 아니 그럴 수 있는 자리라도 마련된다면 휘도가 달려갔다.

간판 하나가 전부였던 대풍건설은 돈을 모으는 기계처럼 척척 통장 잔고를 늘려갔다. 삼 년 만에 직원 스무 명의 회사로 성장했다. 그즈음 휘도와 영재가 결혼을 했다. 직함 좋은 사장 자리를 꿰차은행을 들락거리던 상우에게도 한 여인이 눈에 들었다. 88올림픽 탁구 금메달리스트와 동명인 양영자라는 여인이었다. 그녀는 상우에게 딱 부러진 몇 마디를 던졌다. 차입 경영은 하지 말라고. 야무지지 못하고 늘 휘도와 영재에게 알아서 해, 하고 말해버리는 정상우에게 은행원인 양영자의 충고는 천군만마처럼 생각되었다.

휘도와 영재에게 술자리를 만들어 영자를 소개했다. 그때만큼 살면서 자부심을 느낀 순간은 없었다. 친구들 몰래 내가 이룩한 단 하나, 바로 이 여자라고. 그런데 무엇이 그들을 미세하게 갈라놓기 시작했을까. 가정이 생긴 세 사람은 조금씩 틈이 벌어지기 시작했다. 이상 증세가 균열이 되어 깨진 것이 바로 휘도의 간경화였다.

"어떻게 사람이 이 지경이 되도록 매일 술 상무를 시킨 겁니까?"

두 살짜리 아기를 둘러업은 휘도 부인이 상우를 원망했다. 휘도의 간경화는 급격히 나빠졌다. 휘도가 아내의 고집을 꺾지 못해 기도원으로 들어간다고 했을 때 아무도 그를 막지 못했다. 그때 영자는 만삭의 몸이었다. 휘도가 기도원에서 죽음과 사투하고 있을 때, 또 아내가 산통에 짓눌려 신음하고 있을 때, 믿었던 영재가 잔고를 0원으로 만들고 사라졌다.

그때 경리를 보던 미스 김이 병원으로 달려왔다. 통장을 펼쳐 보이는 순간 상우는 땅이 꺼지는 것만 같았다. 어떻게 이곳까지 왔는데. 어떻게 여기까지 달려왔는데.

지유가 태어났던 그날, 상우는 대낮부터 5호선 서대문역 공사현장 인근에 있는 포장마차에 있었다. 영재의 소식을 들은 탓이었다. 1천만 원을 주고 고용한 흥신소에서 "잡을까요?" 하고 연락이 왔다. 영재를 발견한 곳은 소문처럼 베이징도, 메이드를 데리고 떵떵거리며 살 수 있다는 필리핀도 아니었다. 전화가 걸려온 곳은 회사의 통장 잔고 전체인 18억여 원을 빼돌려 달아났다고 보기에는 너무도 초라한 전남 강진의 한 시골마을이었다.

흥신소 '무도'의 양 상사라는 남자가 메일을 확인해보라며 전화를 끊었다. 근처 피시방으로 달려간 상우가 메일을 열자 퀭한 눈으로 카메라를 응시한 남자를 발견할 수 있었다. 영재의 왼쪽 눈과 입 언저리가 퉁퉁 부어 있었다. 멍은 양 상사의 발차기 탓, 반면 초점 없는 눈은 마약중독 때문이라고 했다. 휘도와 함께 때로 영업을 나가기도 했던 영재가 룸살롱 호스티스에게서 잘못 배운 것이 바로 마약이었다.

마약이 이렇게 쉽게 일반인에게 파고들 수 있는 건가, 하고 반문했다. 그때 양 상사라는 남자가 걸작 같은 이야기를 던졌다.

"마약이요? 그거 아무것도 아닙니다. 아세요? 사람에게 벌어질 수 있는 종국의 일은 죽음입니다. 결국 죽음을 제외한 사소한 일들은 우리가 횡단보도를 건너는 것처럼 아무렇지 않게 벌어지고 있다 이 말입니다. 마약도 그저 잘못 들어간 골목에서 차이는 돌부리에 지나지 않는다는 말씀이죠. 허허허. 이 얘기…… 우리 보스 김 사장님이 한 얘깁니다만. 어쩔까요, 이 친구 데려갈까요?"

"돈은 얼마나 남았던가요?"

"천만 원 조금 넘겠던데요."

상우는 땅이 꺼질 것처럼 낙담하고 말았다. 18억, 그 돈이면 중국으로 휘도를 데려가 간 이식수술을 시켜줄 수도 있었다.

포장마차에서 일어나 광화문 방향으로 꺾었을 때 상우의 3도급 건설회사처럼 재개봉 삼류극장이 눈에 들어왔다. 간판에 걸린 영화는 〈영웅본색〉, 추억의 홍콩 영화 특집이란다. 운명처럼 이끌린 그는 영화관에 들어가 목을 놓아 울었다. 주윤발의 몸을 총알이 뚫고 들어가는 순간, 마치 자신이 총을 맞은 것처럼 통곡하였다.

영화를 보고 나온 하늘에 웬일인지 별이 반짝였다. 서울에서 별을 보는 날이 며칠이나 된다고. 그런데 〈영웅본색〉과 맞물리며 운명이라는 단어를 던져놓았다.

영웅본색. 휘도. 간경화. 죽음. 18억 원. 영재. 도피. 별. 탄생. 정지유. 운명.

운명이라. 그래, 결국 운명인 것일까.

양 상사에게 전화를 걸어 영재를 그냥 두라고 지시했다. "잘 생각하신 겁니다" 하고 그가 전화를 끊었다. 양 상사의 말처럼 과연 잘 생각한 것일까. 의문이 상우를 떠나지 않았다. 그러나 더 이상 영재 문제에 대해 왈가왈부하지 않기로 했다. 병원으로 달려가 갓 태어난 아이를 안으며 두 번 다시 실패하지 않겠노라고 다짐했다. 어떻게든 휘재 또한 살리겠다고 다짐했다. 상우를 바라보는 영자의 눈이 영문 모를 불안으로 흔들렸다. 상황을 짐작하고 있다는 뜻일까. 아마도 경리 미스 김이 다녀갔으리라. 영자에게 회사 이야기는 꺼내고 싶지 않았는데, 숨기기는 요원했다.

지유가 신생아실로 옮겨간 뒤 상우는 침상에 누운 아내의 손을 잡았다.

"회사가 힘들어."

"건전하게 운영되고 있었잖아요. 대풍처럼 탄탄한 회사가 어디 있다고. 차입금이나 부채도 없고."

"그게……"

아내였지만, 아니 아내인데도 실수에 관해 입 밖으로 내는 것은 쉽지 않았다. 늘 한걸음 물러선 채 그를 믿어주었던 아내였기에 더욱 그랬다. 군 훈련소에서 수류탄을 던질 때처럼 손이 바들바들 떨렸다.

"내가 당신에게 가장 먼저 말했어야 하는 건데…… 아, 어디서부터 말해야 하나."

겨우 수류탄을 던졌다. 파편이 아내의 얼굴로 번져간다.

"휘도가 그렇게 된 것은 알 거고."

"그럼요, 지금도 마음이 무거운걸요."

"그런가? 오늘 〈영웅본색〉을 상영하더라고. 나처럼 삼도급 업체에나 어울리는 삼류극장에서. 그런데 그게 운명이 아닌가 싶더라고. 실은……"

차마 입이 떨어지지 않았다.

"영재가 통장 잔고를 전부 갖고 사라졌어."

"얼마나요?"

"모르는 게 나아."

수류탄을 던질 때 팔로스윙을 제대로 하지 않으면 엉뚱한 곳에서 터진다. 이때는 반드시 땅이 울린다고 했다. 십오 년이나 지난 교관의 말이 어제의 말인 듯 귓가에서 울렸다. 영재를 찾았다는, 마약에 빠져 신음하고 있더라는 이야기까지는 하지 못했다. 그렇게 미완으로 남겨둔 채 어디선가 영재가 잘사는 것처럼 포장해야 앞으로도 미치도록 미워할 수 있을 것만 같았다. 팔로스윙은 결국 그때도, 오늘도 제대로 해내지 못했다. 수류탄 훈련에서 낙오된 상우는 두 시간이나 기합을 받았다. 그러나 아내에게서 받을 기합이 그때는 무엇인지 몰랐다.

"미안. 오늘처럼 좋은 날에."

"다시 시작해요."

영자가 낮은 한숨을 쉬었다. 그런 뒤 아랫입술을 꽉 깨물고 말했다.

"힘껏 도울게요."

아내의 눈빛이 그 어떤 보석보다 반짝였다.

양영자가 병원에서 퇴원하고 지유가 까무룩 웃음을 지을수록 회사는 정상을 찾아갔다. 영자는 지점장을 소개시켰고, 대출을 받을 수 있도록 배려했다. 영재와 휘도가 하던 일을 혼자 해야만 한다는 것이 힘들었지만 오히려 행복이라고 느껴졌다. 영재야 어쩔 수 없다지만 휘도에게 병원비 이상의 몫을 나누어주려면 쉬는 것도 사치였다. 그렇게 회사가 안정을 찾아가는 모습을 보며 상우와 영자는 지유가 복덩이라고 추켜세웠다.

정말 지유는 복덩이였다. 그렇지만 국가적 사태를 지유를 낳은 행복으로 피해가는 것은 불가능했다. IMF 구제금융 사태, 'International Monetary Fund'라는, 여태껏 들어본 적도 없는 곳에 나라가 녹다운을 선언하며 살려달라고 손을 내밀었다. 은행이 퇴출되는 것도 모자라 외국계 자본에 국제 경쟁력이 막강한 회사들이 팔려나갔다. 심지어 신문 헤드라인에 '제2의 국치일'이라는 말마저 등장했다. 이런 가운데 경기에 따른 변동 폭이 심한 건설회사, 3도급 업체에 불과한 대풍건설이 IMF 외환위기를 피해가는 것은 말 그대로 불가능했다.

딱 한 번 아내가 이런 말을 했다.

"여보, 부도를 피하기 힘들다면 실리를 챙기는 것이 우선 아닐까요?"

아내의 말은 틀리지 않았다. 그러나 내 실리를 위해 종업원들과, 또 간 이식을 받으면 살아날 수도 있는 휘도를 내버린 채 내 것만 챙긴다는 것은 상우가 살아왔던 지난 인생이 허락하지 않았다. 아내의 말을 두고 고민에 고민을 거듭했지만 결론은 하나였다. 내가 조금 힘겹더라도 타인의 피해를 최소화하자는 것. 그렇지만 그 대가는 매우 컸다. 회사의 부도는 당연한 수순, 상우는 파산을 신청했으며 경제사범으로 몰려 재판까지 받아야 했다. 다행히 집행유예로 결정 나며 형을 사는 것은 피했다지만 그 뒤 영자의 눈이 상우를 바로 보지 않았다. 틈입한 파편이 그제야 폭발했던 것이다. 상우와 영재, 휘도에게 그랬던 것처럼 가정에도 균열이 들어서고 말았다.

어떻게든 되돌리려 했다고. 휘도도. 인생도. 그리고 당신도.

정상우는 택시의 시동을 끄며 나지막이 중얼거렸다.

사납금을 노조에 넣어주고 사인을 했다. 그때 "얼마나 벌었어?"라며 누군가 말을 걸어왔다. 장 씨라고 했던가. 겨우 두 번밖에 본 적이 없다. 과거에 은행을 다녔댔다. 아내가 은행원이라고 말했더니 과장되게 친한 척 다가왔던 남자다.

"조금이요."

"그래도 까먹지는 않았나 보네. 어디 요 앞 안동식당에 가서 소주라도 한잔하시려우?"

긍정도 부정도 하지 않았다. 그렇지만 발걸음은 장 씨를 뒤따랐다. 7천 원짜리 술국을 가운데 두고 마주 앉자 장 씨가 소주를 따랐다.

"이 생활에 젖은 사람들은 경마니 경륜이니 따라다니며 놀기 바빠요. 그렇지만 대학생 딸년 생각하면 그 짓도 못하겠더라고. 더구나⋯⋯."

말을 뭉개며 그가 소주를 마셨다. 아마도 소주잔 속에는 장 씨의 과거가 투사되었을 것이다. 은행 부지점장으로 조직 생활을 마감했다던 장 씨가 말하지 않으려는, 은행을 나와 쓰디쓴 실패를 맛보았을 자존심이 45시시 소주잔에 감추어졌으리라.

정상우도 말없이 소주를 마셨다. 십 년도 더 전에 휘도는 간경화가 악화되어 저세상으로 가버렸고, 영재는 어디선가 죽었다는 풍문만 들었다는, 그보다 두어 해 전 자신은 13억 원 정도를 부도낸 경제사범이었다는 말을 소주와 함께 삼켰다. 영원을 맹세했던 친구도, 미친 듯 벌어대던 돈도 한순간에 날려버렸다는 걸, 마지막 희망이었던 아들마저 저세상의 문지방을 밟았다 뗐다 하고 있다는 걸. 비웠던 과거와 참기 힘든 오늘을 45시시 잔에 다시 채웠다.

"어때요? 할 만해요?"

장 씨의 물음에 정상우는 말없이 고개를 숙였다. 액셀러레이터에 발을 얹어 고작 까딱까딱하는 게 전부인 일인데, 하고 싶지도, 할 만하지도 않았다. 그저 죽지 못해 산다고, 살면서 바닥이라고는 경험해본 적 없던 나였기에 하루하루가 바닥에서 기는 심정이라고, 그러다 보니 이제 의욕도 무언가를 바라는 갈망마저 사라져간다고. 단 하나 바라는 것이 있다면 아들이 건강하게 야구배트를 쥐고 홈런 치는 모습을 보고 싶다고, 팔로스윙으로 뿌린 150킬로미터의 직구를 보는 게 소원이라고.

"여기 사람들, 대부분 죽지 못해 살아요. 죽지 못하니까."

정상우의 마음이라도 읽은 듯 장 씨가 소주잔을 채우며 도리질했다.

"그렇지만 대단한 게 뭔지 알아요? 죽지 못해 살면서도 살아가기 위한 행동들을 한다는 거죠. 내가 은행원이었다 보니까……."

잠시 장 씨가 한숨을 내쉬었다. 여전히 은행원, 그도 정상우처럼 과거를 버리지 못했다.

"처음에 죽자 살자 번 돈으로 노름이나 하고 경륜이나 경마 하면서 한탕 노리는 치들을 이해 못 했어요. 그런데 한 이 년 지나니까 그런 생각이 들더라고. 어떻게든 또 어떤 방법으로든 살려고 발버둥치는 거다. 그래, 같이 운전하는 기사들, 어떤 때는 한심해 보이겠지만 다 살려고 하는 거요. 사람은 그래요. 힘들지 않은 사람은 없거든. 사람이라서 다 힘든 거야. 우리는 동물이 아닌 사람이니까."

사람이기에 힘들지 않은 사람이 없다는 장 씨의 말이 묘한 울림을 만들었다.

"여기가 바닥이라고 생각할지도 몰라요. 나도 처음에는 그랬으니까. 그런데 바닥이 아니라 계단이더라고. 다시 밟아 올라갈 계단."

계단이라. 그때 휴대폰 문자 수신음이 울렸다.

─지유가 위험해요.

문자에 몸이 반응하며 엉거주춤 엉덩이가 일어섰다. 흡사 계단 하나에 엉덩이를 걸친 것처럼. 그렇지만 더 이상 몸이 움직이지 않았다. 마취약이라도 맞은 멧돼지처럼.

만약 이대로 지유가 죽는다면. 태어나는 그날 어떤 운명을 느꼈다지만 지유가 죽는 순간을 재차 운명으로 받아들일 수 있을까. 아니, 아니다. 나는 받아들이지 못한다.

정상우는 소주병을 들었다. 통째로 들이부었다.

"왜, 왜 이래, 정 씨?"

장 씨가 정상우를 만류했다. 그래, 나도 안다. 술로는 해결되는 것이 없다는 것을. 그렇지만 이거라도 마시지 않으면 참을 수가 없단 말이다. 상우는 장 씨의 손을 뿌리치며 남김없이 소주를 비웠다.

"아주머니, 한 병만 더 주세요."

입가로 흐르는 한 줄 소주를 거칠게 닦으며 말했다.

"전이라도 한 장 부쳐줘?"

소주를 건네며 나이 든 여주인이 물었다. 그녀의 눈에는 세월을 관조한 무언가가 있었다. 마치 어머니 같은 울림이었다. 반대로 한꺼번에 비웠던 소주가 극심한 울렁거림으로 상우를 압박했다. 소주를 빼앗은 장 씨가 뚜껑을 따며 물었다.

"안 좋은 일 있나 봐?"

"아이가…… 아이가 아파요."

두드려도 깨질 것 같지 않던 감정 하나가 장 씨 앞에서 벌어졌다. 낯선 장 씨에게 이런 말은 정말이지 하고 싶지 않았다. 장 씨 역시 살아온 연륜이 그냥 얻은 계급장은 아니라는 듯 침묵으로 소주를 따랐다. 한 잔을 비우자 "더 마셔" 하고 잔을 채운다.

"아이 심장이 좋지 않습니다. 유일한 방법은 이식을 받는 거라는 데."

장 씨 표정이 일그러졌다. 마치 자신의 심장이 칼로 도려지기라도 한 것처럼. 술이 몇 순배나 돌았다. 여주인은 전을 하나 부쳐왔고, 정규방송이 시작되었다. 번뜩 정신이 들었다. 정상우는 전화기를 꺼냈다.

"지유 어때?"

무언가 극간이 메워지지 않은 듯 전화기 너머에서는 말이 없었다. 분명히 전화를 받은 것은 맞는데. 덜컥 겁이 났다. 설마…… 설마 지유가 죽었으려고. 급작스레 전화기를 쥔 오른손이 떨렸다. 그는 왼손을 오른손으로 가져다 댔다. 한순간에 술이 확 달아나는 것만 같았다. 아무 일도 없기를. 제발 아무 일도 없어라. 떨리는 오른손을 쥔 왼손보다 조금 더 목소리에 힘을 주었다.

"지유 어떠냐고!"

"괜찮아졌어요."

아내의 목소리가 어딘가 공허했다. 아마도 아내는 목소리만으로 상우가 많은 술을 마셨다는 것을 알아차렸을 것이다.

"다행이네. 조금 있다 갈게."

아내가 전화를 끊는다 어쩐다 말을 꺼내기 전에 그는 서둘러 통화종료 버튼을 눌렀다. 아픈 지유를 대면하기보다 이제는 아내를 마주하기가 더 힘들었다. 자격지심일까. 이도 아니라면 뭘까. 심장에 수류탄 파편이라도 박힌 듯한 감정은.

양영자는 상우를 위해 많은 것을 희생했다. 벌써 십 년 넘게 가장 역할까지 도맡았다. 희생의 끝에는 시골 처마의 풍경처럼 매달린 행복이 느긋하게 자리할 거라 믿었다. 영자도 또 상우도 의심하지 않았다. 열심히 살았기에 잘살 거라는 믿음을 저버린 적도 없었다. 그렇지만 대풍건설의 부도 이후 영자와 상우 사이에는 보이지 않는 유리벽이 가로막고 말았다.

보이고 또 들리지만 만질 수 없는 유리벽. 깨지 않으면 만질 수 없는.

먼저 정상우가 등을 돌렸다. 지유를 잘 키우겠다는 변명으로 상우는 아내를 외면했다. 아내의 눈빛을 보는 것이 두려웠다. 인생에 실패한, 다시 일어설 용기를 잃어버린 자기 자신을 인정하는 것이 무서웠다. 아내를 바로 보고 유리벽을 깨려 한다면 실패를 인정해야만 했다. 알면서도 되지 않았다. 실패와 두려움 속에 갇힐수록 정상우는 하루가 다르게 아내와 버름해졌다. 어느 순간 아내도 은행 일을 핑계로 귀가가 늦어졌다. 그렇다고 아내를 의심해본 적은 없었다. 아내 역시 견디기 힘들었을 것이다.

육아를 모르고, 부엌일을 모르던 정상우는 늘 아이를 데리고 운동장으로 갔다. 목적 없이 털레털레 간 운동장에서 테니스공을 하나 주웠다. 던져준 테니스공을 받은 지유가 까무룩 웃었다. 한 번, 두 번, 그 웃음에 매료되었다. 처음에는 모조 야구공으로 시작했다가 일 년 만에 테니스공으로 캐치볼을 하던 것이 지유가 초등학생이 되자 정식 야구공으로 바뀌었다.

"아빠, 나 야구선수 할래."

프로야구 개막식이 열리던 잠실구장에서 지유가 말했다. 지유는 초등학교 1학년이었다. 정상우는 면죄부를 받은 것만 같았다. 아내에게 사죄하지 않아도 용서를 구할 길이 생긴 것이라고 판단했다. 그날 이후 정상우는 지유의 뒷바라지를 도맡았다. 이미 은행 과장이었던 아내의 월급만으로도 생활하는 데는 지장이 없었다. 무엇보다 지유를 훌륭한 야구선수로 키운다면 나는 좋은 아빠였노라고 당당히 소리칠 수 있지 않을까.

그렇게 아들을 뒷바라지하며 한 해 두 해 흘러갔다.

지유는 4학년이 된 이른 봄, 리틀야구 국가대표에 뽑혔다. 또래보다 빨랐고, 야구 천재라는 소리가 곳곳에서 들렸다. 들뜬 마음으로 정상우는 아내를 위한 서프라이즈 파티를 준비했다. 당당하게 말하고 싶었다. 모두가 당신 덕이야, 라고.

그날 아내는 만취한 채 자정이 다 되어 들어왔다.

"왜 이렇게 늦었어? 오늘 좀 일찍 오라고 내가 그렇게 신신당부했건만."

부도 이후 처음으로 아내에게 언성을 높였다. 그 순간 아내가 코웃음을 쳤다.

"당신, 내 눈 똑바로 볼 수 있어? 그리고 우리가 언제 관계를 가졌는지 기억나?"

메워졌다고 생각했던, 또 깨졌다고 생각했던 유리벽은 고스란히 아내에게 남아 있었던 것이다. 그것을 정상우는 외면하고만 있었다. 아내의 말이 옳았다. 상우는 아내를 바로 보지 못했다. 언제부터 아내를 똑바로 바라보지 못했을까. 잠든 모습을 보며 말없이 괴로워만 했을 뿐이었다. 부끄러웠다. 상우가 노력했던 거라고는 지유를 야구선수로 만들어 성공시키겠다는 일념이 전부였다. 그러나 그 일념은 아내와 버름해진 관계를 정립하는 일이 아니라 도피에 불과했다.

"미안해. 내가…… 내가 잘못했어."

상우는 식탁 아래로 내려가 무릎을 꿇었다. 왜 그랬는지 설명할 수는 없다. 그저 지난 세월을 참회하고 싶었다. 순간 돌변한 아내는 침실 문을 쾅 닫으며 사라졌다. 아내가 잠들었다는 사실을 알지 못한 채 한 시간 넘게 무릎을 꿇고 있었다. 다리에 감각이 없었다. 굳은 다리를 질질 끌며 침실 문을 밀었다. 잠든 아내를 보는 순간 말할 수 없는 참담함이 밀려왔다. 문고리를 잡은 손에도 감각이 사라졌다. 마치 잠든 그녀가 피를 빨아가는 것처럼. 참담함은 스멀스멀 기억과 정신을 장악했다. 왜 사는 것일까. 휘도도 영재도 사라진 지 오래다. 죽음, 이대로 다 죽어버린다면. 아니다, 이 모든 것은 내 책임이다. 아이에게 야구의 꿈을 심어준 것도, 아내에게 가정에 대한 환상을 심어준 것도 모두 나다. 그러나 아니, 그렇지만 어쩌랴. 아내가 불쌍했다. 아내를 사막에 던져놓은 사람은 결국 그 자신이었다. 그래, 용서를 빌자.

다음 날 아침 일찍 마트에서 장을 보았다. 북엇국을 끓이고 아내의 입안이 깔깔하지 않을 반찬으로만 준비했다.

"먹어. 어제 술 과했더라."

"그치? 아, 나 집에 어떻게 왔는지도 기억나지 않네. 미안해, 여보."

아내가 살짝 눈을 내리깔았다. 상우의 눈은 아내의 정수리에 닿아 있었다. 아내와 눈을 맞추고 싶었다. 어제처럼 미안하다고 말하고 무릎을 꿇고 싶었다. 그러나 아내가 고개를 들고 그를 바라보는 순간, 그는 결국 눈을 피하고 말았다. 그리고 지금까지 상우는 아내와 똑바로 눈을 맞출 수 없었다.

"그거 알아?"

번뜩, 장 씨가 기억을 깨웠다.

"무얼요?"

"왜, 그, 손가락 하나 없는 4885 소나타 타는 박 씨 있잖아, 박 씨!"

기억나지 않았다.

"아, 왜, 왼쪽 눈언저리에 큰 상처 있고."

그러고 보니 본 것도 같다.

"소문이라 사실인지는 모르지만, 그 박 씨가 손가락 자르고 나오기 전까지 조직에 있었다더라고."

"조직이라뇨?"

"장기밀매."

"장기밀매?"

"쉬쉬하긴 하는데 세상에 비밀이 어디 있나. 잔뜩 술에 취해서 박 씨가 그런 이야기를 했다더라고. 조직에서는 나왔지만 지금도 연락하고 지내나 보던데."

장기밀매라. 하기야 그 역시 죽어가는 휘도에게 약속했다. 회사가 정상으로 돌아오면 당장 너를 데리고 중국으로 갈 거라고. 거기서 3억 원만 내면 타인의 간을 얻어 살아갈 수 있다고. 결국 회사를 정상으로 돌리는 것도, 휘도를 살리는 것도 실패하고 말았지만.

지유라면, 내 아들 지유라면 그런 방법으로 살렸다고 해서 손가락질할 사람이 있을까. 내 아들 지유라면.

2부

이웃집 두 남자가
위험하다

정상우

만남은 쉬웠다. 서울시내 기본요금 손님을 태우는 것보다. 그러나 겁났다. 취객이 혀 꼬인 소리로 장거리를 가자는 것보다. 대명천지에 장기매매다. 옥션 무료배송보다 더 빨리 약속이 잡히다니.

"어디 조용한 데로 갈까요?"

박 씨는 7천 원짜리 술국이 마뜩잖은지 두 번째 물었다. 콩팥이나 간을 논할 거면서 그것으로 우려낸 국물은 먹기 싫었을까.

정상우는 선지를 한 움큼 크게 떴다. 보라는 듯. 이게 장기라고. 입안으로 구역구역 우겨넣었다. 콩나물 끄트머리가 입가에 걸렸다. 콩나물 수염을 손가락으로 밀어넣으며 말했다.

"됐씨다. 여기도 괜찮구먼."

그때 이승엽이 안타를 쳤다. 도대체 몇 살인가. 아직도 야구라니. 지금도 야구를 할 수 있는 이승엽이 부러웠다. 화면에 지유가 오버랩됐다. 누군가 그랬다. 지유가 이승엽을 능가할 거라고.

"그래도 이런 이야기 할 때는 아담한 룸에서……."

지레짐작했을 것이다. 아마도 장 씨는 박 씨에게 설을 풀며 심심 찮게 돈 이야기도 꺼내려 했을 테니까. 박 씨 역시 돈이라면 가뭄에 콩나물, 안 봐도 기본요금 거리다. 그러니 택시를 몰지 않겠는가. 어떻게든 장 씨나 박 씨는 정상우가 가뭄에 나는 콩나물 수염에 불과하대도 가스불에 얹어 우려먹으려 들 게 빤했다.

정상우는 소주잔을 들며 박 씨를 쏘아보았다. 여태껏 지유의 심장병이 발병하지 않은 이유라면 정상우의 하드웨어를 물려받은 탓이다. 감기조차 거의 앓아본 적 없는 건강함과 사람을 압도하는 외형모두를. 그런데 왜 하필 집사람 가계의 심장 하나를 떡 하니 물려받은 것일까. 불가사의다. 평생 범죄자 따위와 대면할 일 없을 거라 생각했던 때처럼. 그리고 불가사의 하나가 슬며시 눈길을 피한다.

"히야, 역시 이승엽이야!"

홈을 밟은 지가 언젠데 뒤늦은 감탄사를 박 씨가 터뜨린다.

"그런데 어디가……?"

박 씨가 슬쩍 말을 뭉갠다. 지금껏 조직에 몸담았더라면 저런 저자세는 없었을 테다. 급하게 먹은 선지가 그만큼 빨리 트림으로 올라왔다. 그런데 말문이 막힌다. 심장, 하고 쉽게 이야기를 꺼낼 수 있을 줄 알았는데. 거푸 소주잔을 비웠다. 그러자 여주인이 고추전을 부쳐왔다. 이제 아내조차 바라보지 않는 정상우를 안동식당 여주인이 기억하다니.

"오예, 이번에는 타이거즈가 홈런이다."

박 씨가 감탄사를 던졌다. 그 말에 정상우도 소주잔을 놓았다. 사각의 다이아몬드를 돌고 있는 최희섭의 모습이 비친다. 지유의 모습도 겹쳐진다. 그게 아마도.

"어…… 어어, 홈런이다."

그때 아내를 안았다.

54, 5회쯤이었던가, 전국 중학야구선수권 대회였다. 아내는 처음으로 월차를 내고 야구장을 찾았다. 물론 월차를 낸 날마저 출근을 했다. 1루석에서 덤덤히 애먼 담배를 입에서 굴리고 있는데 아내가 어깨를 탁 쳤다.

"어쩐 일이야?"

눈을 그라운드에 고정한 채 아내에게 말했다.

"온다고 그랬잖아."

"농담인 줄 알았지. 당신, 바쁘잖아."

괜스레 트집을 잡았다. 그도 그럴 것이 주변에는 어머니들 천국이다. 중학야구선수권 대회 정도에 아버지까지 찾아오는 건 남우세다. 허우대 좋은 정상우는 그네들 아들 다음의 청량제였다. 아내가 곁에 앉자 부록처럼 여자들의 눈길이 할기족거렸다.

"다음다음이야. 지금 투아웃에 주자 일루라 이대로 두 명이 나가면 만루겠지? 왠지 기대되는데."

지유는 4번 타자였다. 중학교 1학년으론 군계일학. 포지션은 투수. 뛰어난 선수 한 명이 팀을 책임지다시피 하는, 으레 이 나이대 중학야구에서 볼 수 있는 광경이다. 그렇지만 만루라는 말이 현실이 되기는 어려워 보였다. 2번과 3번은 방망이를 뒤로 잡고 치는지 타율이 2할 언저리였다. 3학년인 상대편 투수 역시 팀을 책임지는 히어로였으니 일반적인 아이들은 공을 건드리기도 힘들어했다.

그런데 우습다고밖에 표현할 수 없는 상황이 벌어졌다. 연이은 공 여덟 개가 전부 높은 볼이 들어온 것이다. 야구에서 흔히 말하는 스터프STUFF, 우리말로 바꾸면 제구력 정도인데, 상대 4번이자 투수에게 급작스런 스터프 난조가 찾아왔다. 이 나이대의 어린 학생들에게 흔히 일어나는 일이다. 나중에야 알게 된 사실이지만 스터프는 정확히 제구력을 뜻하는 것이 아니었다. 공을 채는 투수의 개인적인 능력을 지칭했다. 실밥을 채는 개인의 능력과 방법, 악력이나 공을 놓는 순간 모두를 통틀기도 하며, 투수의 투구 메커니즘 일부를 지칭하는 전문 용어였다. 그리고 젊은 여자의 성기를 뜻하는 다른 의미의 전문 용어이기도 했다.

만루 상황, 지유가 들어섰다. 지유를 보자 상대편 투수가 마운드를 벗어나 팔을 풀었다. 어깨를 흔들기도 했다. 등을 돌린 탓에 이름이 보인다. 박성빈. 지유와 함께 리틀야구 대표팀에도 뽑혔던 상대 투수는 스터프가 갑자기 실종된 사실을 인지했다. 똑똑했다. 감독이 시킨 건지 메이저리그에서라도 보았는지 허세로 실종된 제구력을 만회하려 했다.

"이제, 지유다."

정상우는 저도 모르게 아내의 손을 잡았다. 아내가 움찔했다. 순간 상우 역시 움찔하며 아내의 손을 놓았다.

몇 년 만이던가. 부부의, 그러나 부부가 아닌 듯한, 스킨십.

머쓱해하고 있는데 딱, 하고 대기를 가르는 소리가 들렸다. 순간 주변에 있던 어머니들이 일제히 일어나 고함을 질렀다. 채 사 초나 걸렸을까. 라인드라이브처럼 날아간 공이 목동구장의 외야를 살짝 넘어갔다.

"어…… 어어, 홈런이다."

성인 구장에서 때린 지유의 첫 홈런이었다. 상우는 엉겁결에 아내를 안았다. 아내를 안은 채 방방 뛰었다. 지유의 공이 날카로운 포물선을 그렸던 순간보다 더 오랫동안. 아내 역시 조금 전의 어색함을 잊은 듯 상우의 품에서 기뻐했다.

그랬다. 지유의 홈런은 십 년도 더 된 상우와 아내 사이의 유리벽을 일시에 깨드렸다. 가족이란 이런 것이구나. 아내를 안은 정상우는 기쁨을 만끽했다.

다이아몬드를 돌아 홈을 밟는 최희섭을 보며 소주를 들이켰다. 그 순간을 다시 느끼고 싶다. 갑자기 눈물이 맺혔다. 지유의 홈런을 다시 보고 싶다. 아내의 손을 잡았던 희열도 다시 느끼고 싶다. 무엇보다 그 유리벽은 지유가 아니면 깰 수 없다. 지유의 홈런이 아니면.

"삼성 좋아하는 줄 알았더니 타이거즈를 좋아하시는 줄은 몰랐네요. 참, 신장은 5천부터 시작입니다. 물가가 많이 올라서."

하필 이 순간에. 쌍! 박 씨의 턱을 갈겨주고 싶었다. 모르면서 아는 체하지 말라고. 부탁이다. 거칠게 소주잔을 내려놓았다. 젓가락도 대지 않은 고추전에 소주가 엎어졌다.

"씨팔. 없던 일로 합시다."

정상우는 1만 원짜리 두 장을 여주인에게 건네고 안동식당을 나왔다. 그런데 목소리가 뒤따라 붙는다.

"에이, 왜 이러십니까. 브로커라긴 그래도 저처럼 이 바닥 잘 아는 사람 없씨다. 정 사장 화난 이유는, 그래요, 제가 눈치가 없습니다. 그래서 이러고 살고. 또 이 바닥이 그래요. 단도직입. 속전속결. 재볼수록 손해 보는 건 정 사장 같은 사람이니까요. 다시 돌아올 때는 값이 25퍼센트는 올라 있을 겁니다. 다시 돌아오는 이유야 빤하니까! 여기서 장사하는 애들, 귀신들이거든요."

25퍼센트라는 말에 갑자기 발이 멈추었다. 오늘 신장이 5천이면, 다음에는 6,250이라는 뜻. 그리고 박 씨 역시 귀신이라는 말이다.

갑자기 박 씨가 곁에 섰다.

"오늘은 제가 좋은 곳에서 한잔 대접하리다. 어차피 상부상조 아니겠수."

상부상조라니. 뭐가?

"갑시다."

박 씨가 앞장섰다. 그는 노련한 사업가처럼 단란주점을 찾았다. 밤을 찾아다니는 그의 모습 어디에서도 택시기사라는 느낌은 나지 않았다.

단란주점에 들어서자 박 씨의 간단한 눈짓으로 두 명의 아가씨가 조달되었다. 실패의 냄새가 나는 아가씨들이다. 박 씨가 마이크를 쥐고 노래방 기계 옆으로 간다. 박 씨 옆에 앉았던 아가씨도 따라 일어서 박 씨의 팔짱을 꼈다.

　정상우는 알고 있다. 실패의 냄새를. 그것을 가장 많이, 다양하게 맡을 수 있는 곳이 바로 과천 경마장과 올림픽공원 경륜장이다. 두 장소에서 게임이 있을 때마다 기거하다시피 하는 사람들을 관찰하면 공통점이 있다. 바로 냄새다. 허세가 들어간 듯도, 또 무언가에 기민하게 골몰하는 듯도 한, 옆 사람과 쉽게 이야기를 나누지만 자신과 다르거나 틀린 것에 대해 지나치게 반응하는 그들에게서는 냄새가 났다. 그러던 어느 순간 그들에게서 나는 냄새가 구체화되었다. 담배보다 약하지만 자판기 커피보다는 강한 금속성의 비릿한 향이었다. '실패의 냄새'라는 사실은 일 년이 지나서야 깨달았다. 가족을 홀대하고 직장에 소홀하며 일확천금의 허상을 좇는 이들에게서 나는 냄새라는 것을 그제야 알아차렸다. 남들은 맡지 못하는, 어쩌면 냄새가 아닐 수도 있는 '느낌'을 정상우는 '실패의 냄새'라 단정했다. 실패의 냄새가 나는 그들을 쉽게 증오하게 되었다.

　심심풀이라고 생각하며 들락거린 경륜장에서 누군가 물었다.

　"사업 실패하셨죠?"

　남자는 담배를 하나 건넸다. 그리고 웃었다. 간혹 정상우가 경륜장 사람들에게 짓는 웃음과 같았다. 실패한 치들을 비난하는, 그러나 나의 실패를 감추는 웃음이었다. 순간 정상우의 머릿속은 하드디스크가 깨진 컴퓨터처럼 바이오스BIOS로의 진입을 허용하지 않았다. 그제야 알아차렸다. 정상우가 경륜장 인근 사람들에게 느꼈던 실패의 냄새가 바로 자신에게도 나고 있다는 사실을.

실패의 냄새를 다시 맡은 곳은 아르바이트 삼아 일을 시작한 택시회사 한진조합에서였다. 십여 명의 기사 중 두세 명 이상에게서 그런 냄새를 감지했다. 장 씨도 그랬고, 박 씨 역시 그랬다. 두 사람이 말을 텄다는 사실에서 서로 동질감을 느꼈던 것이다. 박 씨나 장씨가 촉이 좋았다면 정상우의 실패 역시 알아차렸으리라.

그제야 보였다. 장 씨가 말했던 박 씨의 잘린 손가락. 박 씨가 마이크를 쥐고 열창하는 〈뜨거운 안녕〉보다 더 잘 들리는 것이 손가락이 전하는 말이었다. 내가 조직원이었다, 라는 잘려버린 그 말은 바로 박 씨의 과거였다. 박 씨는 조직에서 나가떨어졌고, 정상우는 가족에게서 나가떨어졌다. 그리고 어떻게든 되돌아가려 한다. 박 씨는 정상우를 구슬려 큰 건을 올린 뒤 조직으로. 정상우는 박 씨를 구슬려 지유를 살린 뒤 가족에게로. 상상에 빠진 정상우 탓에 박 씨가 세 곡을 거푸 불렀다. 박 씨가 상우와 눈을 맞춘 뒤 자리에 앉았다. 이때라는 듯 아가씨 둘이 "화장실 좀" 하며 동시에 자리를 비웠다.

"아가씨들 티시는 내가 내겠소. 어차피 같은 처지인데."

"오늘은 내가 낸다고 했수다. 그러니 복잡한 거 잊고 그냥 놉시다."

두 아가씨가 쟁반에 양주와 안주를 가져왔다. 정상우가 택시 일을 아르바이트라고 생각하는 것처럼 박 씨 역시 그런 것일까. 불안한 택시 수입으로는 이런 곳을 드나들기 힘들 텐데.

"박 사장."

양주잔을 건네는 박 씨에게 적당히 예우했다. 굳이 아가씨들 앞에서 낮춰 보일 이유는 없을 테니까.

"왜요?"

묻고 싶은 것은 그거였다. 이 일을, 아직 입 밖에도 꺼내지 않은 이 일을 박 씨가 성사시키면 얼마나 받는지. 머뭇거렸다. 정말 알고 싶었다. 내 아들의 심장에 드는 금액에 비해 당신이 받는 돈은 얼마나 되냐고. 얼마나 많기에 초면에 이렇게 술을 사느냐고.

"됐수다. 말해서 뭐하겠수. 힘든 처지 신세 타령일 텐데. 자, 한잔 받으쇼."

박 씨가 오른손을 내밀었다. 양주잔이 쥐여져 있다. 순간 날카롭게 한 마디씩 잘려나간 약지와 소지가 보였다. 그와 동시에 왜 스터프라는 단어가 떠올랐을까. 남은 세 손가락으로 직구를 던지는 투수, 잔을 잡은 모습이 흡사 포심이나 투심패스트볼을 던지는 승부사의 모습처럼 연상되었다.

양주를 한 잔 쭉 들이켠 뒤 박 씨에게 잔을 돌렸다. 박 씨의 스터프를 재차 확인하고 싶었다. 아는지 모르는지 박 씨가 야구공을 말아 쥐듯 잔을 잡는다. 그 순간 "오빠들끼리만 마실 거야?"라며 두 아가씨가 밀착했다. 오늘 박 씨와 정상우가 자기들 서방이라도 된다는 듯. 또 스터프였다. 이번에는 여자의 성기를 뜻하는.

굳이 반대하지 않겠다. 박 씨의 스터프든, 애매한 아가씨의 스터프든. 오늘은 그 스터프를 헤집고 건드려 끝을 보고 말리라.

장수정

"여기 어디 있다고 그랬는데……."

손선영이 몇 번째 같은 말만 내뱉고 있다.

"비켜 봐요."

결국 장수정이 약도를 빼앗았다.

삼십 분 넘게 낙원상가 주변을 헤맸다. 장수정의 인내가 폭발한 이유는 "여기인 것 같아요" 하고 온 곳이 삼십 분 전 지하철에서 내린 곳 근처였기 때문이다.

"바보 아니에요?"

장수정이 쏘아붙이자 손선영이 허, 하는 바람 소리만 낸다.

내가 왜 따라와서 이 고생이람. 실버영화관이야 그랬다 쳐도 이틀 전 그날도 마찬가지였는데.

이틀 전 아침이었다. 오전에 넘겨야 하는 디자인 작업을 마무리하던 참이었는데 막힌 벽 너머에서 오현리가 물었다.

"용인에 갈래?"

"용인에는 왜요?"

장수정은 소리가 들려온 빈 공간 패널을 향해 되물었다.

"수정이가 좋아하는 사람들 만날 건데."

제가 좋아하는 사람이 어디 한둘인가요? 큰소리치고 싶었다. 늘 사람을 잘 믿는 탓에 손해만 보지 않느냐고. 그토록 수상한 이웃집 두 남자도 지금은 이렇게 믿고 있다고. 그때 오현리가 운명적인 이야기를 던졌다. 0. 0. 7.

"네? 007이라뇨?"

"싫으면 관두고."

던졌던 미끼를 빼버리는 오현리, 정말 영악한 영감탱이다. 미끼를 던지는 순간 장수정이 의자에서 벌떡 일어나리란 걸 알면서. 중원 무림의 사악한 마교 교주 같으니라고!

"선영 씨는요?"

"넌 어떻게 선영이는 선영 씨고 나는 호칭이 없냐?"

마음은 영감님이라고 부르고 싶다고요. '사악한' 붙여서. 그렇지만 장수정은 "아, 네" 하고 얼버무렸다.

"아, 선영이는 장 트라볼타."

장수정은 자신도 모르게 인상을 찌푸렸다. 장에 트러블이라니, 화장실에 있다는 뜻이잖아, 하며 재빠르게 스쳐가는 지저분한 상상. 가만, 이 영감님. 선영이는 왜 선영 씨냐더니 장 트러블 운운하며 결국 견제했던 거네. 우아, 사악한 마교 교주는 저리 가라구나.

"나빠요. 저희 아빠랑 동갑인데 현리 아저씨를 오빠라고 부를 수는 없잖아요. 그렇다고 제가 선영이 오빠라고 부르면 아저씨는 선영이 과거가 화려하다느니, 화려하다 못해 현란하다느니 그리고 견제하시겠네요."

"어, 어떻게 알았냐? 선영이 과거가 화려하지. 아니, 화려하다 못해 현란하지."

그러면서 말을 덧붙이려는 오현리.

"아, 됐어요. 그만! 이웃사촌들끼리 안 좋은 인상은 주지 맙시다."

앞으로 호칭을 영감님으로 통일해? 결국 장수정이 먼저 토라졌다.

오 분쯤 뒤 손선영이 방이역 인근 택시 승강장으로 달려왔다. 그가 나타나자 오현리가 택시를 손짓해 불렀다. 곧장 남부터미널, 그리고 용인. 홀로 좌석에 앉은 탓에 007 그다음을 물어보지 못했다는 사실이 자못 마음에 걸렸다.

용인에서 내린 곳은 좌전이라는 곳이었다. 어딘가 휑했다. 사람은 사는 곳이겠지. 불안한 시선의 끝으로 이층 건물에 걸린 빨간색 다방 간판이 걸려든다. 슬쩍 둘러보아도 버스정류소 주변에만 다섯 곳이 넘는 다방이 보인다.

"커피나 한잔해요."

장수정이 두 사람에게 물었다.

"카페인 중독 아니랄까 봐."

"저도 한잔 마시고 싶네요."

장수정은 두 남자의 이야기에서 사람됨을 보았다. 언제나 위트 넘치지만 기자였던 그답게 말에도 뼈가 있는 오현리, 나도 마시고 싶다며 늘 남을 배려해주는 손선영. 은근 두 사람의 조합이 어울렸다.

"그럼 다방으로."

시계를 본 오현리가 앞장섰다. 문을 민 곳은 홍콩다방이다. 다방 이름 참 격하다. 커피 세 잔을 시키자 장수정의 어머니뻘 되는 여자가 곁에 앉는다. 어머머 오빠, 하면서. 다방 내용도 참 격하다.

"오랜만이네."

여자와 눈을 맞추는 오현리. 아나나 다르겠어?

"홍 마담, 잘 지내떠? 장사는 잘 되고?"

지내떠? 저 나이에 웬 애교? 홍콩 간다, 홍콩 가.

"오빠가 안 오는데 될 리가 있겠어? 참, 새 조선족 아가씨 왔는데 자주 좀 와."

마담이 불쑥 테이블을 향해 가슴을 들이밀더니 호으으응, 하는 야릇한 콧소리를 낸다. 홍콩다방에 홍 마담에 홍 마담을 외치는 오현리 작가에. 그런데 장수정이 위축되고 말았다. 태어나 다방은 처음이었다. 눈치를 보다 결국 손선영에게 눈빛이 닿는다. 손선영도 자리가 불편한지 계속해서 커피만 후루룩거렸다. 마담이 새로 온 손님 탓에 자리를 뜨자 그제야 손선영도 큰 숨을 내쉬었다.

"불편하죠?"

"괜찮은데요."

손선영의 물음에 장수정은 씁쓸히 웃어 보였다.

"수정이 너, 오해하면 안 된다. 오빠가 이 동네 살잖아. 이 사람들이랑 이웃사촌이라고. 급할 때 다들 달려오는 동네 사람들이야. 이런 시골에서는 사람이 재산이라고. 이웃사촌끼리 안 좋은 인상 줄 수는 없잖아."

허, 이웃사촌에 동네 사람이라. 역시 용의주도 미스터 오! 아까 내가 했던 말을 그대로 써먹다니.

장수정은 오현리를 보며 경험과 연륜이라는 세계를 보는 것만 같았다. 솔직히 아버지뻘인 사람과 터놓고 지낼 일이 살면서 얼마나 될까. 해프닝으로 알게 되었지만 오현리를 통해 배우는 것도 상당하다. 이타적인 성격의 손선영도, 또 남자에게 모질지 못하고 잘 휘둘리는 그녀조차도 오현리를 통해 보완되는 부분은 분명 있었다.

"이제 어디 가나요?"

오현리의 말을 자르며 물었다.

"동네 사람 만나러."

금방 배운다느니 보완된다느니 하던 생각은 취소! 장수정의 속마음을 눈치챘는지 손선영이 웃고 있었다. 소리 없이, 그러나 확실하게. 너, 비웃는 건 아니지?

"가자."

오현리가 다시 두 사람을 인솔했다. 곧바로 시골길 소방도로에 자리한 식당으로 움직였다. 다슬기 된장찌개를 파는 가게로 오래된 기와집을 개조한 형태였다. 문밖에서 한가하게 똥개가 짖어댔다. 자리에 앉자 사십대 초반으로 보이는 여주인이 다가왔다.

"어머, 오빠! 오랜만."

오현리 곁에 앉으며 팔짱을 낀다.

허, 웬일이라니. 이 영감님이 이렇게 여자에게 인기가 많은 분이었나?

"다슬기 된장 넷."

슬쩍 코를 문지르며 오현리가 주문했다. 뭔가 멋쩍은 듯. 그런데 왜 넷이지? 세 사람인데. 앗, 혹시 007이 이곳에? 갑자기 심장이 뛰었다. 태어나 처음으로 만나는 첩보원이다.

삼 분이 지나지 않아 문을 밀고 한 남자가 들어왔다. 키는 175센티미터 정도, 얼굴은 사각형이다. 다 찢어져가는 군용 야상으로 적당히 사각형의 몸을 가렸다. 야상을 벗으며 오현리 옆에 앉는다. 이거 완전, 머리까지 합치니 정사각형 두 개 얹힌 로봇을 닮은 모습이다. 허, 하고 웃는데 남자 역시 장수정을 보며 웃는다. 눈까지 맞추면서. 그런데 웃을 때 앞니가 깨진 게 보였다.

설마 저 남자가 공, 공, 칠? 네모반듯한 얼굴과 네모반듯한 몸에 이가 깨져 무언가 새는 느낌을 주는 남자가? 키 작은 거 빼면 그나마 봐줄 만한 손선영보다 못한 저 남자가? 와, 안습이다.

"아따, 오랜만이어라, 쌤. 잘 지내부렀소?"

게다가 극심한 사투리라니!

"수정아, 인사해. 김한규라고 공무원이야."

이미 첩보원이라고 다 까발려놓고 이제 와서 공무원이라니. 작위적입니다, 영감님.

"대한민국 공무원, 시험만 보고 뽑아서는 안 된다니까!"

사각형, 사각턱, 사투리. 사달이다 이건!

원한 건 아니었는데 까칠해지고 말았다. 하기야 눈앞에서 다니엘 크레이그나 피어스 브로스넌을 바랐다면 언감생심. 나이 들어도 중후하고 멋진 로저 무어나 숀 코너리까지는 아니어도 뭔가 섹시하고 기민한 느낌이 나는 남자를 원했다. 조셉 고든 래빗 같은. 첩보원이니까. 다른 거라면 이렇게 발끈하지도 않는다고. 태어나 처음 만나는 첩보원인데 블루마운틴까지는 안 되더라도 원두커피 정도의 느낌은 나야 할 것 아니냐고. 그런데 이건 카제인나트륨이 잔뜩 들어간 일회용 믹스커피보다 못한 놈이 나타나서는. 아니라고, 이건 아니라고.

"그렇지라? 허벌나게 체력 테스트도 받았지라."

"어허, 입단속!"

"아, 그라제. 난 대한민국 7급 공무원이제. 내년에는 6급 공무원 승진 예정!"

참 나, 뭐 하자는 건지. 자기가 첩보원인지도 모르는 첩보원에, 미리 까발려놓고 말하면 안 된다고 검지를 입에 갖다 대는 영감까지. 에효, 이 정상 아닌 사람들 틈에서 뭐라니. 그나마 손선영이라도 함께 왔으니 다행이지. 아니지, 말리면 안 된다. 제일 수상한 건 늘 손선영이었잖아.

"오, 주여. 제 주위 남자들은 다 왜 이런 겁니까?"

장수정이 중얼거리자 곁에 앉은 손선영이 쿡 웃음을 터뜨렸다.

"그런데 어떻게 그렇게 사각턱이세요?"

"깽깽이랑 허벌나게 한판 떴더니 턱주가리가 아작 나버려쓰."

"중국인 범죄자랑 죽음을 넘나드는 혈투를 벌이다 턱이 부서졌대."

김한규의 말을 오현리가 통역해준다.

"몸은 또 왜 그리 사각이에요?"

"깽깽이 담에 보면 씹어 먹어불라고 쪼까 썼으라."

"중국인 범죄자와 다시 마주치면 한 번에 보내려고 첨단의학과 약물, 운동요법을 병행했고."

"이는요? 앞니."

장수정은 물으면서 입을 벌려 자신의 이를 가리켰다.

"하따, 거시기. 냅다 후리길래 쓸쩍 피해부렀더니 앞에서 하나가 턱. 팍!"

"옆에서 훅을 날리기에 기민하게 피했더니 스트레이트가 들어와서 피하지 못했다, 뭐 그런 거지."

참 나, 살다 살다 별 희한한 번역을 다 겪는다.

그제야 끼어든 손선영이 인사한다.

"잘 지냈냐?"

"아따, 친구. 저짜 아가씨 때메 인사가 늦어부렀네. 거시기, 글은 잘 되냐?"

고개를 끄덕, 긍정을 표한 손선영이 장수정을 소개했다. 그러나 김한규가 외면. 도대체 이 남자들은 하나같이 왜 이런다니?

"한규 넌 잘 지내냐?"

"쓰발, 아주 꿉꿉해 미치것고마이. 뻥커에 과장님하고 아지매하고 셋인데 거시기 청소하는 사람이 있어야제. 이 촌구석에 처박혀버린 지 거시기다 거시기."

"무슨 말이에요?"

손선영의 옆구리를 쿡 찔렀다.

"티브이에 나오는 첩보원들 이야기. 실은 거의 뻥이에요. 저 친구 담당이 용인 지역에서 불법 전파를 수신하는 업무거든요. 혹시나 남한을 통해 북한으로 가는 정보가 없나, 아니라면 중국을 경유해 한국으로 들어오는 정보는 없나, 또 근처 군부대에서 새는 정보는 없나, 하는 거. 위장 벙커를 지어 그곳에서 업무를 보는데 지은 지가 벌써 오십 년이 다 됐어요. 그러다 보니 여름에는 덥고 겨울에는 춥고, 그런데 여름에 낀 습기가 겨울까지 안 빠진다네요. 곰팡이 벙커가 된 거죠. 그렇게 일한 거시기가 벌써 십 년째라고."

"씨발, 그라모 쓴다냐. 요새 애새끼들 인터넷에 스마트폰에 정보가 정보냐. 내가 볼 땐 첩보원이고 정보원이고 다 지랄옆차기하고 있당게로."

첩보원의 자괴감인가?

"어따, 아줌마. 요 소주 하나 줘보쇼!"

갑자기 김한규가 주방 쪽을 향해 소리친다.

공무원이 대낮부터 술이라. 생긴 것부터 네모나게 생겼더니 인생도 모나게 사는구나. 저런 걸 첩보원이라고. 아, 세금 아까워. 그러고 보면 손선영이 훨씬 첩보원스럽다. 하는 행동이나 논리적인 귀결이나. 이런 걸 현실과 이상의 괴리라고 말하는 건가.

밑반찬이 깔리고 소주가 일 순배 돌았다.

고양이의 죽음과 약물을 손선영이 일목요연하게 설명했다. 소주를 마시던 김한규의 눈빛이 날카롭게 빛났다. 장수정은 속으로 역시, 하고 생각했다. 경계와 경계가 부딪치는 부분에서는 김한규도 빛을 발하는 걸까.

"거시기, 나는 모르겠네."

에러다, 에러. 이리도 간단히 모르겠다고 말하다니. 적어도 손선영은 몇 날 며칠을 두고 이 일을 좇았건만. 아! 저 눈빛은 그냥 술 취한 7급 공무원의 눈빛이구나.

"그런데 말이다, 한규야. 이토록 공을 들인 사건이 쉽게 사그라지진 않을 거야. 분명 범인은 더 큰 걸 바랄 거라고."

"거시기, 커진다는 게?"

"사람에게도 이런 일이 생길지 모른다는 거지."

"저도 그렇게 생각해요."

장수정이 결국 참지 못하고 밥숟가락 하나를 이야기에 얹었다.

"고양이가 죽었던 곳에는 꼭 스팸 통이 있었어요. 그리고 스팸은 양 끝을 숟가락 같은 것으로 덜어낸 듯 보였어요. 스팸을 자주 먹는 사람들이야 노하우가 있어서 쉽게 통 안에서 꺼내겠지만 보통 사람들은 웬만해서는 잘 꺼내지 못하거든요. 그런데 항상 같은 모양으로 잘린 덩어리가 있었어요."

"그랑께 시방 그대가 하는 말은……."

"동일범이라는 거죠. 고양이에 대한 악의라고 판단하기에는 무언가 찜찜해요. 짧은 시간에 고양이 세 마리를 죽였단 말이에요. 그런데 이 주째 고양이가 죽지 않았거든요."

"뭐시냐 시방, 그게 연쇄살인의 잠복기라도 된다 거시긴가?"

말을 뱉은 김한규가 세 사람을 살폈다. 처음에는 장수정, 그리고 손선영, 마지막으로 오현리를. 심각함을 확인했는지 김한규는 나름 전문지식을 펼쳤다. 극심한 전라도 사투리를 섞어가며. 그러나 어쩌랴. 손선영이 아는 것보다 못한 것들이다. 연쇄살인 프로파일링이나 잠복 따위의. 저걸 첩보······ 7급 공무원이라고 그냥.

"쪼까 거시기하네. 그라모 우리 집사람 부를 텡게, 어떤가?"

김한규가 휴대전화를 꺼낸다. 전화기에서 앙칼진 여자의 목소리가 새어 나왔다. 이 상황에서 왜 자기 아내를 부른담? 그런데 김한규의 아내가 경찰이란다. 알다가도 모르는 게 사람이라고, 알다가도 모르는 게 인연이다.

용인 동부경찰서 수사과 수사지원팀에 근무한다는 김한규의 아내가 삼십 분쯤 뒤 짜증 난 얼굴로 달려왔다. 물론 못 온다, 안 온다, 하는 걸 확 술 먹고 자뻐라진다, 하고 김한규가 협박한 결과였다.

"정말 바쁜데 이럴 거야, 당신? 게다가 낮부터 술이냐?"

오현리와 손선영이 있어도 아랑곳없이 할 말 다 하는 아내. 역시 첩보원의 아내라 그런지 드세다.

"선생님, 제가 그랬죠? 이 사람 마음이 약해서 부탁하면 거절 못 하는 거요. 가급적이면 저녁에 만나시고 또 집 근처에서 만나시라니까. 가장 좋은 건 부탁 안 하시는 거. 어쨌든 이러면 제가 관리하기 힘들단 말이에요."

어휴, 저 사람은 직업만 첩보원이지, 이건 뭐 말 안 듣는 사춘기 소년이잖아. 덕분에 오현리 작가까지 세트로 욕먹는다. 용의주도함은 다 어디 갔다니, 나한테만 통하는 거니? 손선영은 첩보원 아내가 일갈하자 쭈뼛쭈뼛하며 얼굴이 굳었다. 그럼 그렇지. 어쩔 수 없이 이제 장수정이 나서야 할 판이다.

"저기 언니, 정말 급한 일이 있어서요. 생각하기 나름이긴 한데 범죄가 벌어질 것 같아서요."

직업이 경찰인 탓일까. 범죄라는 말에 첩보원의 아내가 장하나 경사라고 자신을 소개한다.

"어머, 나랑 같은 장 씨네."

장수정도 줄을 댔다. 어쩔 수 없다. 지역이나 학연, 연고, 인맥은 우리나라를 뚱뚱하게 살찌우는 지름길이 아니던가.

분위기가 한결 부드러워지자 장수정은 눈빛을 맞추며 이야기를 시작했다. 고양이의 죽음에서부터 석시콜린까지. 며칠이 넘게 손선영과 장수정을 괴롭혔던 이야기가 술자리 소주 두 병에 녹아들었다. 잠시 고민하던 장하나가 그제야 정복 경찰모를 벗었다. 이야기를 시작하겠다는 신호. 동시에 단발머리가 딱 보기 좋을 만큼 흔들렸다.

"저기, 이런 이야기 딴 데 가서는 하지 말아요. 항상 보면 뛰는 경찰 위에 나는 범죄자 있다고 그러잖아요. 저, 정말 그런 이야기 싫어하거든요."

장하나가 꺼낸 것은 무전 감청이었다. 범죄라는 성격의 특성상 경찰은 발생하기 전에는 손을 쓰지 못한다는 것. 그 부분에서 손선영이 반발했다. 어떻게든 발생하기 전에 손을 쓰고 싶다고. 그러나 이상과 현실은 다르지 않던가. 지금 장수정이 오현리나 손선영과 함께 자리한 것처럼.

"경찰의 무전은 몇 년 전에 디지털화됐어요. 반면 119 구급대의 무전은 여전히 아날로그죠. 바꾸려면 금세 가능해요. 하지만 현실적으로 하지 못하는 이유가 있습니다."

2008년 기준이라며 대한민국은 OECD 가입국가 중 자동차 1만 대당 교통사고 비율이 100건이 넘어 불명예스런 1위였다고 한다. 사망자 수는 3위. 이것도 경찰의 정확한 통계가 반영되지 않은 것이란다. 알다시피 통계란 건 나쁜 것은 좋게, 좋은 것은 더 좋게 하려는 수치상의 장난이니까. 현실적으로 119 구급대가 이 모두를 감당할 수는 없단다. 결국 알면서도 유료 응급의료반이나 렉카 업체에게 도감청을 할 수 있는 길을 은밀히 열어준다는 밀언이었다.

"이해하죠? 제도라는 건 아무리 완벽하려고 해도 그럴 수 없다는 거요. 그리고 몇 군데 감청장비를 구할 수 있는 곳이 있어요. 그곳은 제가 서에 들어가서 문자로 전해드릴게요. 저도 형사과 선배들에게 물어야 하거든요."

김한규가 거의 손대지 않은 된장찌개를 장하나가 먹으며 긴 이야기를 마무리했다. 그러자 김한규는 "소주 일 병 추가!" 하고 소리쳤다. 동시에 장하나는 그의 오른팔을 꼬집었다. 마무리될 줄 알았던 술자리는 오히려 장하나의 가세로 가열차게 불타올랐다. 부부는 부부였던 셈이다.

이틀 전을 생각하자 푸우우, 한심한 생각이 들었다. 그렇게 인상을 구기게 했던, 첩보원의 발가락쯤으로 보았던 김한규와 장수정이 나중에는 얼싸안고 좋아했다고 한다. 귓속말로 첩보원 만나보는 게 소원이었다며. 앞으로 오빠로 모시겠다고 장하나의 허락을 얻어 김한규와 허그를 수십 번도 더 했다니 말 다했다. 장하나에게도 깍듯이 언니로 모시겠다며 격하게 껴안고 얼짱 각도 셀카를 수없이 찍어댔단다. 문제는 장수정 자신은 아무것도 기억나지 않는다는 사실. 그녀 스스로 테러를 저지른 셈이었다. 오현리 영감에게 치명적인 약점을 잡히고 말았다.

오늘도 그랬다. 손선영이 가자고 말할 때 안 간다고 대답하고 싶었는데도 혹시나 하며 따라붙은 건 제 발이 저려서였다. 도둑이 제 발 저린다는 이야기는 진리였던 셈이다.

약도를 보았다. 저런 길치. 낙원상가 사이 좁은 길로 들어서서 오른쪽으로 빠져 골목으로 들어선 뒤 재차 왼쪽으로 빠져야 하건만. 저 길치를 믿고 살묘범을 잡겠다고 했으니, 절망이다. 백 미터쯤 걸었을까. 간판 하나가 버젓이 고개를 든다. 대한무전. 그러자 생각 하나가 또렷하게 고개를 든다. 이 남자들, 내 인생에 너무 위험한 사람들 아닐까.

양영자

"오늘도 술…… 마셨어요?"

양영자의 볼이 파르르 떨렸다. 그녀도 나이가 든 것이다. 어느 순간 뒷목이 뻣뻣해지는가 하면 지금처럼 볼이 떨리기도 했다. 스트레스 탓이다. 최근에는 손에 든 물건을 놓치는 일도 잦았다. 긴장하거나 겁을 먹거나 화가 날 때는 더 심했다. 흔히 말하는 갱년기. 최근 두 해 사이 몸은 급격히 변하고 있다. 그렇지만 지유에 비할 바는 아닐 터, 심장이 망가진 아이가 몸으로 느끼는 변화는 얼마나 절망적일까.

전화기 너머에서 "그래" 하는 대답이, 슬펐다.

남편 정상우는 술을 그리 좋아하지 않았다. 아내보다 더 신경을 썼던 한 친구의 죽음 때문이었다. 그때 그는 이런 말을 했다. "돈이 있으면 세상을 다 살 수 있을 줄 알았어. 그런데 아니더라고." 그 목소리가 지금처럼, 슬펐다.

장례식장 한구석에서 소주를 네 병이나 마시고 남편이 울었다. 남편이 말한 돈은 휘도라는 친구의 간을 구해줄 돈을 말한다. 그런데 구해주지 못했다. 그는 두고두고 안타까워했다. 양영자는 자본주의에서 기인한 무서움보다 잘못된 도덕관념의 무서움을 절실히 느꼈다. 아무리 소중한 사람이라지만 불법으로 모든 것을 구할 수 있다는 믿음, 그것이 커지면 세상은 비뚤어지게 된다. 나비효과였다. 남편이 회사를 다시 경영한다면 어떤 불법을 저지르게 될까. 수익을 위한 불법이니 당연하다고 믿는 따위, 무서웠다. 개미를 아무렇지 않게 죽이며 좋아하는 아이가 커서 연쇄살인마가 되지 말란 법은 없다. 남편의 나비효과는 세상에서 한없이 번져갈 것이다.

남편과 눈을 맞추지 못한 것은 부도가 났던 바로 그즈음부터였을까. 당시 그는 자본주의의 노예였다. 노예라는 말을 꿈이라 치환했다. 양영자도 꿈이라고 믿었다. 아버지가 남긴 유산 3억 원으로 건설회사를 시작하고 돈을 좇았던 남편, 그러나 그마저 멋있었다. 아내를 위해서, 그리고 앞으로 생길 자식을 위해 헌신하는 남자라고 생각했다.

남편 친구인 휘도의 죽음을 계기로 양영자는 세상을 다시 보게 되었다. 정확히 말하자면 휘도의 남겨진 자식과 아내를 보며 새로운 세계를 보았다는 게 맞다. 휘도는 비록 죽었을지언정 하고 싶은 것은 다 하고 살았다. 술 상무라는 핑계로 자본주의 사회에서 남자가 경험할 수 있는 쾌락의 절대치와 최고치를 경험했다. 아무리 모른 척 쉬쉬한다지만 척하면 척인 것이 세상 아니던가. 그런 쾌락이 휘도의 삶을 갉아먹었다. 그런데 남편은 친구를 살리려 했다. 구체적인 루트를 찾아보자고 영재라는 친구에게 지시까지 했다. 중국이나 제3국에서 살아 있는 사람의 간을 빼내는 일이었다. 반인륜적이며 비도덕적인 그 일을 애써 정당화하려 했다. 남의 불행을 사서라도 내 행복을 만드는 것을 당연시했다. 교과서에서나 보았던 물질만능주의의 현신이었다. 인간이 수단으로 전락해 타자화되고 마는 자본주의였다. 물론 그 모든 부정은 영재가 잠적하며 물거품이 되었다. 영재라는 친구는 휘도의 간을 구하려던 돈이 자기 것이라 착각했을지도 모른다.

남편은 모든 일이 터질 때까지 쉬쉬했다. 영재가 가지고 사라진 돈이 지금까지도 얼마인지 말해주지 않았다. 은행에서 버튼 몇 번 누르는 수고면 알 수 있겠지만 그러지 않았다. 남편의 마지막 자존심을 지켜주고 싶었다.

제로에서 다시 시작했다. 영자가 도왔다. 적극적인 대출 알선과 저금리 자금을 연계해주었다. 시난고난 버텼던 대풍건설도 동남아시아 발 IMF 허리케인을 피하지는 못했다. 남편에게 말하지 않았지만 속으로 기뻤다. 매우 잘된 일이었다. 대풍건설이 부도나지 않았더라면 그는 세상을 모른 채 살았을 것이다. '돈이 모든 것을 정당화해준다, 돈으로 승승장구하며 사는 게 세상이다'라고 여겼을 테니까. 남편의 실패는 자본주의를 통해 인간의 타자화를 맹렬히 습득한 한 남자가 인본주의로 돌아오는 회귀를 뜻했다.

한번 실수는 병가지상사라 했다. 실패로 인해 아내와 아들이 남편에게 재차 각인된 것은 다행이었다. 그때 자본주의의 거품만 빠져나갔더라면 얼마나 좋았을까. 부도 이후 남편은 혼이 빠진 것처럼 행동했다. 목적도 목표도 잃어버렸다. 생전 도박이라고는 몰랐던 그가 경마장에 들락거렸고, 경륜 기록지도 보였다. 퀭한 눈구멍에는 바람이 드나들었다. 실패가 반드시 가족을 위한 삶으로 귀결하라는 법은 없지 않던가. 다행이라면, 그는 술만큼은 입에 대지 않았다. 그 자신을 똑바로 볼 수 없다는 것이 이유였다.

세월이 지나 그의 말이 이해되었다. 그는 벌어진 일에 대해 계속해서 곱씹고 생각하며 여러 갈래의 판단을 하나로 귀결하는 스타일이었다. 그가 경륜장을 드나든 이유도 그것이었다. 실패한 인생에 대한 대답을 자신의 사고회로 안에서 하나로 귀결해보려던 노력이었다. 실패에서 살아야 할 이유 하나를 찾아내기까지 힘들게 지탱된 삶이었다. 휘도가 죽었고, 영재가 도망쳤다. 남편은 알거지가 되었다. 아내와는 눈도 마주치지 못했고, 세 친구의 영웅본색식 우정은 문방구 어음처럼 찢어져 사라졌다. 그가 술까지 마셨다면 두 번째 부도 이후 삶의 끈을 놓아버렸을지 모른다.

그런데 최근 그가 술을 마시기 시작했다. 하루가 멀다 하고 술에 젖어서 산다.

남편은 지금 무엇이 그리 괴로운 것일까. 자유의 고통? 아니라면 아내? 그의 음주는 사고회로를 버리고 결론을 위한 귀결과정을 찾아가는 본능을 못쓰게 만들었다. 행동의 결과가 어떻든 상관하지 않겠다는 반증이다. 어떤 결과든 받아들이겠다는 포기였다. 포기라는 말에 양영자는 불현듯 심장이 내려앉았다. 남편이 알아차렸을까. 불륜이라는 단어가 번뜩 스쳐갔다. 혹시 그는 양영자가 박성호에게 마음이 가 있다는 것을 눈치챈 것일까. 그래서 아내를 이제 포기하려는 것일까?

"오늘은 좀 일찍 주무시지 그래요?"

박성호가 말을 걸어왔다. 새벽 2시였다. 박성호를 향해 고개를 돌리려는데 목이 말을 듣지 않았다. 박성호라고 생각했는데, 공포가 말을 걸어온다. 다 알아, 다 알고 있다고. 무저갱 같은 어지러움이 양영자를 덮쳤다. 검은 어둠이 그녀를 감쌌다. 쿡, 나락으로 떨어지는 것은 한순간이었다. 암흑, 세상이 암흑으로 뒤덮인다.

양영자 씨, 정신…… 영자 씨, 엄마, 정신…….

무슨 일이었을까. 그런데 영자의 손을 잡은 누군가가 있었다. 따뜻했다. 누군가 기도를 했다. 부탁입니다. 남편하고 아이밖에 모르는 바보 같은 이 여인, 깨어나 건강하게 살아가게 해주세요.

이 남자가…… 가만, 이 남자는.

생각보다 먼저 눈물이 흘렀다. 왜 박성호가 양영자의 손을 잡은 채 기도를 하고 있을까.

혹시 그가 나를 부르는 것일까. 내 이름을 부르는 것일까. 자기에게 와서 하나의 의미가 되어 달라고? 그런데 왜 눈물이 흐르지?

암흑이 의식 뒤로 숨는 게 느껴졌다. 양영자는 박성호가 쥔 손을 얼른 빼냈다.

"어, 영자 씨. 일어나셨네요. 나 간호사님이 과로인 것 같다고. 입원 수속 같은 건 안 밟았어요. 나 간호사님이 생각보다 빨리 대처해 준 덕에."

"네, 고마워요, 정말 고마워요. 그런데 지유는 어떤가요?"

"자요."

박성호가 침대 맞은편 시계를 가리켰다. 새벽 5시. 곧바로 성호의 손가락이 아래를 향했다. 보조침대였다. 그 위에는 침대를 엄마에게 내주고 잠든 지유가 있었다.

"오늘은 쉬는 게 어떻겠어요?"

"그래야겠네요. 은행에 전화해서 지점장에게 적당히 손 좀 써달라고 말하죠 뭐."

말해놓고도 놀랐다. 이십 년을 넘게 은행원인 양영자가 손 써달라니. 손 써달라는 말, 잘 봐달라는 말, 다 미덥지 못한 말들 아니던가. 왜 이럴까, 이 남자 앞에서는. 지유가 뛰던 야구장에도 한 번 가본 게 전부다. 이마저도 그녀에게는 파격이었다. 은행원이 돈이 가득한 은행을 비우고 쉰다는 건 말이 안 된다. 그런데 하필 박성호 앞에서만 변하고 만다.

"영자 씨가 잠들어 있는 동안 지유가 엄마 자랑을 얼마나 했다고요. 올 하반기나 내년이면 지점장으로 승진하신다고. 못 들어주겠던데요."

박성호가 눈웃음을 지었다. 이 남자의 나이가 이제 마흔이랬나. 그런데 참 꾸미지 않은 웃음을 가졌다.

"지유에게는 엄마가 힘이에요. 얼마나 마음 졸이다 잠들었는데요."

"그럼요. 힘내야죠. 제가 지유보다 먼저 죽으면 안 될 테니까요."

양영자는 자신의 말에 흠칫 놀랐다. 어떻게 이런 모진 소리가 나오는 걸까. 누구에게도 하지 못할 말인데, 또 박성호 앞에서 풀어졌다.

"벽면에 시계 보이죠?"

"네."

"병원 벽시계가 왜 환자 맞은편에 있는지 아세요?"

이 남자, 늘 이런 식이다. 초조하다 못해 꼭 반응하게 만든다.

"살아 있다는 걸 초침으로 느끼라고요."

"그렇지만 시한부 환자는요? 그들에게는 고통이 아닐까요?"

"글쎄요. 세상 모든 일은 양면이 존재하는 거니까요. 시계 초침을 보며 반드시 절망만 하지는 않을 거예요. 시한부 환자라고 해도요. 그리고 지금은 정확히 5시 3분이네요."

양영자는 침대에서 내려섰다. 자신의 혼이 떠나기라도 한다는 듯 묶어놓은 링거대가 거추장스러웠다. 너스스테이션으로 향하려 바깥으로 나왔다. 현기증이 일어 벽면 보조의자에 주저앉았다.

"것 봐요. 오늘은 좀 쉬시라니까. 조금 뻔뻔해도 지유 침대에 누우세요. 지유도 그러길 원할 겁니다."

박성호가 살짝 이를 드러내며 웃었다. 그 역시 곁으로 와 보조의자에 앉았다.

"지유, 살리고 싶어요."

그 말이 박성호의 어딘가를 건드린 듯 그가 두 손으로 얼굴을 감싸 쥐었다.

"정말 지유 살리고 싶어요."

"제가 이런 말씀 드릴 자격이 있을지 모르겠습니다. 생면부지의 타인이 이런 병원에서 같은 고민으로 만날 확률이 몇 퍼센트나 될까요. 전 솔직히 그래요, 아버지에 대한 애정은 없습니다. 제 기억 속의 아버지는 내내 술과 여자에 빠져 지냈거든요. 그런 아버지와 사는 어머니가 불쌍했습니다. 왜 참고 살았는지 솔직히 지금도 잘 모르겠습니다. 어제도 묻고 싶었어요. 저런 남자를 어떻게 평생 믿고 살 수 있느냐고요."

"그건 오히려 아버지께 여쭈어야 할 말이 아닐까요? 왜 그렇게 사셨냐고."

남자의 얼굴에서 설명하기 힘든 허망함이 스쳐갔다. 언젠가 남편에게서 보았던 눈빛이 묻어 있었다. 남편 상우가 그토록 발버둥치며 회사를 살리려 애쓴 이유는 가족보다 휘도 때문이었다. 휘도가 죽었다는 전화가 걸려왔을 때 남편의 표정이 저랬다. 그때 남편은 이렇게 말했다. "허망하다는 게 이런 건가 봐"라고.

"곧 깨어나실 겁니다, 아버님은. 그리고 어머님도 좋은 기증자 찾으실 거예요."

양영자의 말에 확신이 실린 것은 아니었다. 그저 듣기 좋으라고 한 말에 불과했다. 기증자를 찾으며 시간을 죽이기보다 오히려 기증하는 게 낫지 않겠냐는 타인으로서의 충고는 접어두었다.

"솔직하게 말하죠. 전 가망 없다고 봅니다. 아버지도 심장이 필요하고, 어머니도 심장이 필요해요. 두 분 중 한 분을 죽여서라도 한 분을 살릴 수 있다면 그렇게 할 겁니다. 아니, 정정하죠, 아버지를 죽여 어머니를 살릴 수 있다면 당장에라도 그렇게 할 겁니다. 제가 평생 죄인으로 취급받더라도요. 그렇지만 이건…… 제게 고문입니다. 하루하루가 너무 괴롭습니다. 아버지도 어머니도 심장을 기다리는 이 현실이."

역시 박성호도 사람이었다. 그저 단 한 번, 이쑤시개 정도로 톡 건드린 것뿐인데 남자의 감정은 터져서 흘러내렸다.

"정말 별의별 생각을 다 했습니다. 심장을 기증할 사람만 찾으면 되는 거 아닙니까. 아니, 가장 단순하게 생각해서 잠실희망병원으로 도우너, 즉 장기기증자가 오도록 만들면 되는 거니까요."

양영자는 경악했다. 사람이 생각하는 게 거기서 거기라고. 며칠 전 새벽, 남편도 비슷한 술주정을 했다. 휘도는 그렇게 보냈지만 지유는 보내지 않을 거라면서. 과거에는 루트를 몰랐고 휘도를 중국으로 데려갈 수 없었지만 지유는 다르다고. 내가 할 수 있다니까. 4억이면 된대, 4억!

무서웠다. 남편이 비록 가족으로서는 멀어졌지만 아들을 키우는 인간으로 다시 탄생했다고 믿었다.

"영자 씨도 비슷한 생각 해본 적 없으세요?"

"없습니다."

박성호가 거짓말을 알아차리지 않을까.

이 주쯤 전이었다. 양영자는 박성호와 나 간호사의 이야기를 엿듣고 말았다. 석시콜린에 관한 이야기였다. 그때 나 간호사가 생글생글 웃으며 그렇게 말했다. 쇼크사! 알코올이면 되지 않겠느냐고.

"정말 없습니다."

박성호의 얼굴에서 격앙된 감정이 썰물처럼 빠져나간 것이 느껴졌다. 강한 부정은 강한 긍정이라던가. 그러나 어쩌랴. 양영자의 가슴에는 그토록 숨겨두었던 감정이 스멀스멀 밀려들었다. 누군가에게 위해를 가한다면 지유를 살릴 수 있지 않을까. 아니, 누군가에게 위해를 가해서라도 반드시 지유를 살려야만 한다. 남편을 마주 보지 못한 게 언제부터였더라. 휘도의 간을 구한다 어쩐다 하며 남의 간을 빼겠다던 때가 아니던가. 아, 그러고 보면 사람이란 참으로 이기적인 동물이다. 남이 장기를 밀매하는 것은 불법이고 끔찍해 보였건만 내가 필요하게 되니 간절하다 못해 모든 게 정당화된다. 급작스레 구토가 밀려오며 어지러워졌다.

나도 참 더러운 여자다. 양영자는 관자놀이를 짚으며 겨우 구토를 참았다.

"죄송합니다. 제가 바보 같은 질문을 했네요. 제가 그런 마음이라

영자 씨도 그런 마음일 거라 지레짐작했나 봅니다."

박성호가 그녀 앞에서 심중의 일부라도 털어놓았다고 하지만 장기이식이 필요한 환자의 보호자라면 누구나 떠올렸음직한 상상이었다. 장기 하나만 구할 수 있다면 환자의 고통도 가족의 고통도 끝이 난다. 자연스레 불법이든 합법이든 원하게 된다. 잠실희망병원 중환자실에 입원한 상당수 환자와 가족의 교집합이다. 나아가 용인에 사는 박성호의 부모와 이천에 사는 양영자는 다른 환자들과 차별되는 두 가족만의 접점 하나를 가지고 있다.

소.

박성호는 부모님이 소일거리 삼아 소를 몇 마리 키운다고 그랬다. 어림짐작으로 십여 마리, 양영자가 가진 소보다 곱절 정도 되었다. 양영자가 있는 이천 별장은 본래 부모님이 살던 집이었다. 그녀의 부모님이 돌아가신 뒤 집은 빈 상태였다. 농가를 전원주택으로 개조했다. 미래를 위해서였다. 물론 남편이 돈깨나 뿌려댈 때 이야기다. 지유 뒷바라지로 큰돈이 들어갈 때마다 남편과 그녀는 이천 별장을 팔지 말지 심각하게 고민했다.

지유가 중학생이 되자 합숙을 하게 되었다. 심지어 방학에는 고등학교에서도 합숙을 했다. 입도선매 스카우트였다. 자연스레 서울 집에는 남편과 그녀만 남게 되었다. 그때부터 남편이 별장에서 기거하기 시작했다. 상실감 탓이었을까. 남편은 고향 동네에서 송아지를 사다 키웠고, 두 해가 지나 여섯 마리가 되었다. 그즈음 안동에서 구제역이 터졌다. 단 이십이 일 만에 구제역이 전국을 휩쓸었다.

안락사 약물도 지급받았다. 면사무소 공무원은 몇 번이나 약물과 함께 다짐을 받았다.

"가까운 데다 소를 묻으세요. 지금은 너무 바빠 신경 쓸 틈이 없지만 수습되는 대로 이 집에도 올 겁니다. 그땐 정말 개처럼 끌려가 죽을 거예요. 그러니 직접 묻으시는 게 나을 겁니다."

면사무소 직원이 다녀간 뒤 남편의 무모한 뚝심을 보게 되었다. 남편은 이렇게 말했다.

"같이 죽으면 죽었지, 아니, 내가 죽어도 살처분은 못 하겠네."

이해할 만했다. 여느 반려동물과 마찬가지였다. 아니, 특히 소는 사람과 매한가지였다. 소를 죽이지 못한 기저에는 살리지 못한 휘도에 대한 미련이 묻어 있었다. 또한 영재만을 믿으며 직접 행동하지 못했던 남편의 인생이 복합적으로 녹아 있었다. 휘도는 못 살렸지만 소는 살릴 수 있다. 남편은 그렇게 결론했을 것이다.

"봉우리 하나 넘으면 빈집이 있을 거야. 어린 시절 친구 집이었어. 지금은 버려져 있고."

고심 끝에 그녀가 던진 말이었다. 그런데 남편이 실제로 여섯 마리의 소를 몰고 산을 넘을 거라고는 생각하지 못했다. 그 탓에 앰플 스무 개가 고스란히 남았다. 소 한 마리당 석시콜린 앰플 세 개 주사, 두 개는 여분이랬다. 이장과 함께 왔던 동사무소 직원이 영자에게 사인을 받으며 말했다.

"급하게 조달한 중국산이라 약효가 검증된 것은 아니에요. 그러니까 앰플 세 개로도 부족하면 더 달라고 하세요. 두 개는 여분입니다. 뭐…… 저희가 주사 놔드린 겁니다."

일주일째 잠을 못 잤다며 투덜거린 직원은 앰플 스무 개를 믹스 커피 한 잔과 맞바꾼 뒤 사라졌다. 2011년 초봄이었다. 그리고 조금 전 영자는 박성호에게 거짓말을 했다. "없습니다"라고.

양영자는 지금도 꿈을 꾼다. 석시콜린을 개나 버러지만도 못한 누군가에게 주사해 아들의 심장과 맞바꾸는 돼지 꿈, 아니 소 꿈을. 응당 어머니라면 그런 꿈을 현실로 옮겨놓고 싶을 것이다. 무엇보다 남편을 이해하게 되었다. 휘도를 살리려던, 어떻게든 살리면 된다는 마음을 알 수 있게 되었다. 박성호의 질문도 마찬가지다. 이해한다. 어찌 그 마음을 모르겠는가. 그러나 박성호는 그녀의 가슴에 현실이 아닌 판타지로 남겨두고 싶었다. 잠들어 있는 자신에게 키스를 해줄 왕자님으로.

그때 나 간호사가 다급하게 달려왔다.

"박성호 씨, 박성호 씨!"

동시에 박성호와 양영자가 보조의자에서 일어섰다.

"아버님 깨어나신 것 같아요. 얼른 와보세요."

나 간호사의 급박함에는 바로 '마지막'이라는 한 단어가 숨어 있었다. 박성호의 아버지가 마지막으로 깨어났을지도 모른다, 라는. 왠지 웃음이 나려 했다. 저 밑 어딘가에서부터. 이러면 너무 쉽게 해결되잖아. 저 밑 어딘가에서 양영자에게 말을 걸어왔다. 네가 원했던 거잖아.

장수정

인터뷰 내내 에두를 수밖에 없었다. 본론에 도달하지 못하니 답답했다. 그렇지만 처음 보는 퇴임 면장에게 살인이 일어날 것 같으니 도와주실 수 있냐고 어떻게 묻는단 말인가. 눈앞의 육십대 퇴직 공무원은 벌써 한 시간째 호법면에서 보냈던 삼십 년을 회고하는 중이었다.

수사관들의 탐문이 이래서 힘든 거구나. 장수정은 쉽게 도리질을 할 수도, 발이 저리다고 함부로 움직일 수도 없었다. 계속해서 눈빛을 맞춘 채 웃으며 혹시라도 위화감을 주지 않도록 조심했다.

장수정이 사진기자, 손선영은 글을 쓰는 기자, 오현리는 안내 역할을 맡았다. 기사 제목은 '지식경제부 주관, 돼지 구제역 신 매뉴얼'이었다. 지식경제부라는 말에 퇴임 면장은 흔쾌히 인터뷰를 수락했다. 자비를 들인 술자리는 부록이었다.

"자, 한잔씩들 더 해."

오현리의 선배 친구라는, 호법면 면사무소장으로 정년퇴임했던 김세욱의 이야기가 잠시 술잔에 묻혔다. 처음 공무원이 되었던 순간부터 구제역으로 고생했던 세월이 술잔처럼 순배를 돌았다. 김세욱이 막걸리와 돼지고기 편육을 세 사람에게 권했다.

"구제역 때 고생하셨다면서요?"

틈을 보던 오현리가 노련하게 이야기를 꺼냈다.

"말도 못해. 대부분 한 달 넘게 집에도 못 갔지 뭐여. 언론은 난리지, 위에서는 막으라고 아우성이지. 그렇다고 대책이 있냐고. 무대책이 대책이라니 미칠 노릇이지."

지금까지 과거를 복기하던 순간과 확연히 상반된 반응이었다.

"퇴직을 했다 해서 손 놓고 있는 건 아니니까 현직에 있는 후배들이랑 집집마다 다니면서 방역한다고. 허 참, 정말 힘들었어."

"기억납니다. 저도 차를 몰고 일 킬로미터를 가기 무섭게 소독약을 뿌려댔으니까요. 게다가 겨울에 뿌린 소독약은 뿌리자마자 얼어서 유리창에 엉겨붙으니 운행을 할 수도 없더라고요."

"딱 그 심정이었어. 눈앞도 안 보이는 그런……"

두 사람이 응어리 진 이야기를 나누듯 목소리를 높였다.

"구제역 피해가 그렇게 심했어요?"

"도시 사람들은 몸소 겪을 일이 없었으니 몰랐을 겁니다. 정말 심각했어요. 오늘도 뉴스에 그런 이야기 나오지 않았던가요? 구제역으로 매몰된 소가 있는 지역의 흙으로 비료를 만들려다 제지당했다고요."

그게 뭐 어때서요? 장수정은 그렇게 묻고 싶었다. 수정은 구제역에 대해 아는 바가 없었다. 손선영이 스마트폰으로 구제역을 검색해 보여주었다.

소, 양, 돼지, 염소 등 거의 모든 우제류에서 발생하는 바이러스성 질병으로 전염성이 매우 높다. 치사율은 5에서 50퍼센트에 이르며, 살아남는다 해도 동물의 몸무게가 줄고 젖을 생산하는 동물일 경우 젖의 양마저 줄어든다. 워낙 전염성이 강해 구제역이 발생할 경우 발생 지역을 검역하고 감염되었거나 의심되는 동물은 모두 도살한 다음 태워야 한다. 그 밖에 감염된 농장이나 지역은 몇 달에서 일 년 이상 격리, 방치한다. 백신의 개발로 통제는 가능해졌으나 효과적인 치료법이 아직 없다.

"에게, 그럼 인재라는 말이······."

"그렇죠. 사전에 구제역이라는 진단을 내리고 그 지역을 소개했다면 크게 어려움은 없었을지 모릅니다. 그런데 타이밍을 놓친 거죠. 야생동물을 통하거나 사람을 통해 바이러스가 전염되었을 거니까요. 특히······."

"자동차?"

"맞습니다."

장수정은 텔레비전에서 도로 요소요소마다 자동 세차기처럼 뿌려대던 물줄기가 생각났다. 이런 이유였구나, 이제야 이해되었다.

"수정 씨, 생각보다 촉이 좋네요."

촉이 좋다니. 가만, 이 남자가 그럼 지금까지 이 장수정이 멍청이라도 되는 줄 알았단 말인가. 그러다 번뜩 백동수 이야기를 울며 꺼냈던 때가 떠올랐다. 손선영은 수정이 어리석다고 생각했던 것일까. 생각보다 빨리 손선영의 왼팔을 꼬집고 있었다. 순간 맞은편에 앉은 퇴직 면장이 웃기 시작했다.

"저 친구들, 애인 사인가 봐. 보기가 좋네."

어유, 어디서 그런 되도 않는 말씀을.

"아, 선배님. 제가 그러잖아도 밀어주고 있는데 잘 안 되네요."

"어휴, 아니에요. 저랑 나이 차이가 열 살이 넘어요."

장수정은 목이 메었다. 꼭 죄 짓고 내뱉은 변명 같은 느낌이었다.

"괜찮아. 나이 그거 아무것도 아냐. 옆에 있을 때 잘해보라고."

허, 참 나. 나를 같은 레벨로 보다니. 그래서 내가 이 영감들이랑 다니는 게 아니었는데. 장수정은 손선영을 노려보았다. 악의 원흉!

"그런데 선배님, 하나 더 여쭙겠습니다. 왜, 그 당시에 안락사 약물들 나누어준 거요, 어땠습니까?"

"처음에는 약물이 안정적으로 공급됐다고. 사실 구제역이 그렇게 커질 줄 몰랐으니까."

2010년 10월에서 2011년 4월 20일까지 공식 집계된 소와 돼지, 염소의 살처분 통계는 347만 마리였다. 피해액은 3조 원. 전 세계를 통틀어 유례가 없는 사례였다.

2011년 한국의 구제역은 일본의 미야자키 현에서 2010년 4월에서 7월 사이 발생한 구제역과 비교되었다. 구제역 바이러스는 한국에서 발생했던 것과 99퍼센트 일치했으며 발생 경로나 반응 등이 비슷했다. 구제역이 최후 방역되기까지 3개월 동안 일본에서도 20여 만 마리의 가축이 살처분되었다. 그러나 일본의 구제역은 최초 발생지였던 미야자키 현을 벗어나지 않았다. 초동 대처가 뛰어났고, 방역 매뉴얼에 따라 우수한 방역이 이루어진 때문이었다. 반면 한국은 구제역 최초 발생지였던 안동에서 전국으로 확대되는 데 단 이십이 일이 걸렸을 따름이다.

20여 만 마리와 347만 마리. 2천억 원 대 3조 원.

"말이 안 돼요, 이건."

장수정은 고양이의 죽음과 텔레비전에서 산 채로 생매장되던 가축들의 영상이 겹치며 눈앞이 흔들렸다.

"백신이 중국에서 공수되고 난리 아니었잖아. 이건 비공식이기는 한데 안락사 약물은 뒤늦게 오고, 살처분은 먼저 하고. 그러다 보니 뒷북 친 곳들이 많아. 아무리 기록을 하고 약물을 나눠줬다고 해도 엉망이 돼버렸지 뭐."

전직 김세욱 면장은 자신의 실수라도 되는 듯 얼굴이 붉어졌다.

일본 미야자키 현의 구제역 피해 이후 피해 농가 중 41퍼센트는 가축 사육을 포기했다는 기사가 있었다. 2차 피해에 대한 언급 기사 중 하나였다. 20여 만 마리를 살처분했던 농가의 비율대로 우리나라에 적용한다면 어떻게 될까. 아마 소나 돼지 등을 키우는 농가 대부분이 사육을 포기해야 맞을 것이다.

3조 원이 넘는 피해가 발생했던 한국의 살처분은 졸속이었다. 상수원 근처에 살처분을 하는가 하면 제대로 된 살처분 매뉴얼을 지키지 않아 침출수 피해가 막대할 것으로 파악되었다. 지하수의 오염은 식수의 오염을 말하는 것이나 다름없다. 오늘 공영방송인 KBS에서는 물은 반드시 끓여 먹으라는 공익광고가 나왔다. 언뜻 관련 없어 보이지만 역학을 거슬러 오른다면 지하수의 오염이 원인이나 다름없다. 이뿐이라 생각하면 오산이다. 피해는 고스란히 우리나라 국민들에게 돌아오게 된다. 어떤 모습으로 어떤 형태로 피해가 나타날지 모른다. 그리고 지금 이 순간도 피해는 진행되고 있다.

"선배님, 하나 더 여쭐게요. 혹시 지금까지 안락사 약물을 주사하지 않고 가지고 있는 농가들이 있을까요?"

오현리의 질문에 전직 면장의 눈빛이 날카로워졌다. 아마도 이 질문을 위해 찾아왔다는 것을 눈치챈 모양이었다.

"자네들 여기 왜 왔다고 했지?"

"지식경제부에서 기사를 쓰게 했어요. 과거 구제역과 향후 구제역 발생과정에 대한 비상 매뉴얼을 다시 만든다고요."

"내 이름은 빼주게나."

김세욱이 앞으로 하게 될 대답에 대한 다짐이었다. 오랫동안 현업에서 사건 사고 없이 공무원으로 일했던 김세욱은 빠져나가야 할 지점을 체득하고 있었다. 전직 면장은 그렇게 면죄부를 요구했다.

"제법 있을 거야."

김세욱은 이마에 짙은 주름을 내보이며 눈을 감았다.

"그렇지만 어쩔 수 없어. 비상시를 대비해서라도 가지고 있는 게 낫지. 자식처럼 키우던 소였어. 농가에서는 그래, 소는 자식이나 다름없다고. 나도 백 마리 넘게 직접 살처분하고 묻었다고. 생매장시킨 녀석들도 있었고. 소가 우는 거 봤어? 죽기 직전에 눈물을 뚝뚝 흘리는 걸 본 적이 있냐고."

김세욱의 눈에 눈물이 맺혔다. 사십 년 가까이 공무원으로 일한 그의 공적에서 마지막 오점이라는 듯 한 방울 눈물이 술상에 떨어졌다.

장수정은 김세욱의 눈물에 압도되었다. 마치 스티브 맥퀸을 보는 듯했다. 〈타워링〉에서 자신이 설계한 건물의 화재를 진압하기 위해 백방으로 뛰어다녔던 눈빛 같았다. 1974년 개봉한 〈타워링〉은 재난 영화의 대명사였다. 초고층 빌딩의 화재와 그로 인해 무너지는 인간 성의 몰락은 크나큰 충격을 주었다. 부자와 가난뱅이, 고위층과 일 반인, 계급 아닌 계급이 만들어진 자본주의 사회에서 차별에 굴하지 않고 죽음의 순간까지 사투를 벌였던 보통 사람들. 스티브 맥퀸은 그런 일반적인 사람들의 책임과 인간성을 잘 표현한 캐릭터였다.

우리가 살고 있는 도시와 호흡하는 대기는 화마로 인해 언제든 검게 변할지도 모른다. 오늘도 소방관들은 화재가 발생하면 죽음 을 무릅쓸 태세로 일하고 있다. 열혈 직장인들의 사십대 과로사는 더 이상 신문에서 취급조차 하지 않는다. 어머니들 역시 가족의 안 녕과 생존을 위해 최선을 다해 살아가고 있다. 그곳이 바로 세상이 며 대한민국이다. 내가 살아가는 동네이며 나의 가정이다. 김세욱 전임 면장이 최선을 다하지 않는다면, 또 장수정이 일러스트에 혼을 담지 못한다면, 또 손선영이 죽을힘을 다해 글을 쓰지 않는다면 사 회는 성기게 되고 곧 몰락의 길을 걸을 것이다. 사회유기체론이다. 사회유기체론이 적어도 세상에서 통용되는 한 범죄는 구성원의 몰 락을 단시간에 가속화시키는 일이다. 한 구성원이 몰락하고, 그 자 리가 비게 되고 다른 구성원이 책임을 전가받아 고통을 참지 못한 다면 사회는 몰락하고 마는 것이다. 어떤 뛰어난 국가도 1천 년을 넘지 못했던 역사가 이 사실을 증명한다.

김세욱의 눈물은 이 모든 것을 함축하고 있었다. 김세욱은 스티브 맥퀸이었고, 장수정 역시 스티브 맥퀸이었다. 장수정은 이제 김세욱과 다른 스티브 맥퀸으로 분해 〈타워링〉의 화재를 막아야 한다. 〈타워링〉에서 138층 초고층 빌딩으로 구현되었던, 영화의 모티브가 된 대연각 호텔 화재사건이 있었던 대한민국에서 말이다.

박성호

아버지가 깨어났다고 해도 박성호는 반갑지 않았다. 오히려 나혜영의 급박함이 박성호를 부채질했다. 왜 하필 이 순간에 아버지는 깨어난 것일까. 아버지라는 사람, 참 싫었다.

아버지는 타이밍 하나는 기막히게 맞추는 양반이었다. 조금 전 양영자는 불법 장기기증에 대한 박성호의 질문에 "없습니다"라고 대답했다. 이중부정이 긍정이듯 강한 부정 역시 긍정이다. 지유의 엄마 양영자에게 범죄를 저질러서라도 아들을 살리고 싶은 마음이 없다니. 오히려 양영자가 "맞습니다" 하고 웃었더라면 박성호는 반대로 믿었으리라. 양영자는 어떻게든 아들을 살리고 싶어 한다. 박성호가 어머니를 살리고 싶듯. 확신하게 되었다. 그렇지만 하필 이 타이밍에 아버지가 깨어난 이유는 무엇일까?

208호, 아버지의 방. 박성호가 보조의자에 앉자 아버지가 눈을 뜬다. 아버지의 눈에서 이십 년도 더 된 과거가 나타났다.

"아버지, 저 서울대 가겠습니다."

다음 해부터 대학입시 전형이 완전히 바뀐다. 이름도 생소했다. 수학능력 시험이란다. 자연스레 박성호는 학력고사 마지막 세대가 되었다. 그런데 박성호는 무모하게 고집을 피웠다. 그가 원했던 중앙대학교와 명지대학교의 문예창작과 장학생 선발에서는 보기 좋게 떨어졌다.

> 태곳적 뱀에 꾀인 그날 이후로 신께 받은 천명으로 이어져온 것
> 그것이 오늘에야 날 선 감정이 되고
> 어머니의 지구를 떠나지 않던 아이가
> 어머니의 지구보다 작은
> 세상을 향한 발버둥을 시작한다.

「산고」라는 시의 일부다.

박성호는 이상의 시에서 모티프를 얻어 「앞만보고사는사회」라는 자동기술법을 응용한 시를 썼다.

> 앞사람의뒤통수를보고건는다그가고개를돌리지않고나도뒤를돌아보지않는다
> 우리가원하는것은더많은것더많은돈더많은물질
> 우리는앞사람의뒤통수를보고산다그뒤통수에과거가있고미래가

있다

돈이있고물질이있고진리가있으며자본주의가있다앞사람의뒤통수

낙오하지않아야하는앞만보는사회뒤를보면그순간낙오하는사회

문예창작과 장학생으로 대학에 가겠다고 했을 때 아버지는 무언
가 할 말이 있는 듯 입을 달싹거렸다. 그날 아버지는 끝내 생각을
바깥으로 드러내지 않았다. 이번에는 서울대였다. 이 정도라면 저
고지식한 아버지도 움직여주지 않을까. 그러나 섣부른 생각이었다.
아버지는 350원짜리 진로 소주를 마주한 채 박성호를 안주처럼 앉
혀놓았을 따름이었다.

"왜 저를 인정해주시지 않는 겁니까?"

묵묵부답. 한참 만에야 입을 연다.

"소주 한 잔 따라봐라."

처음이었다. 아버지는 그때껏 아들을 술자리에 함께 앉혀본 적이
없었다. 이제 나를 인정해주려는 것일까. 박성호는 긴장된 손을 모
아 소주를 가득 따랐다.

"됐다. 내가 볼 때 너 같은 자식에게 대학은 과분하다. 기술 배워
서 직장을 다녀라."

아버지는 그 말을 끝으로 텔레비전에 눈을 고정했다. 방송에는
노태우 대통령 이후 새로 선출될 대통령에 대한 분석 기사가 흐르
고 있었다. 유력한 대통령 후보로 김영삼을 꼽았다. 티브이에 눈길
을 고정한 아버지에게 고함이라도 지르고 싶었다. 당신 아들의 일이

그깟 티브이 방송보다 못하냐고. 그러나 입술조차 달싹할 수 없었다. 원망스런 눈길을 보내는 아들에게 눈길조차 주지 않는다며 애통해했다. 입술을 꽉 깨물고 숙였던 고개를 들었다. 그때 박성호는 보았다. 아버지가 무언가를 말하고 싶어 한다는 것을. 가만히 기다렸다. 그렇지만 끝내 입을 열지 않았다. 그는 결국 소리쳤다.

"전 시인이 되겠습니다. 반드시 그렇게 할 겁니다. 두고 보세요."

자리를 박차고 일어나며 아버지에게 일갈했다. 그러나 아버지는 텔레비전만 응시할 뿐이었다. 자식의 일은 아무것도 아니라는 듯 무심했다. 조금 전 무언가를 말하고 싶어 하던 아버지가 아닌 타인의 얼굴로 느껴졌다.

며칠 뒤 입시원서를 쓰게 되었다. 역시 아버지는 오지 않았다. 어머니는 10만 원짜리 수표 한 장을 편지봉투에 꾸깃꾸깃 넣으며 물었다.

"이거면 되겠지?"

"필요 없어요. 선생님들이 해준 게 뭐 있다고."

"그래도 인사 정도는 해야 하는 거다. 그리고 어떡할까?"

"엄마, 끝까지 고집 부려주세요. 저 서울대 반드시 갈 겁니다."

두 시간이 지났을까, 담임이 그를 불렀다.

"성호야, 네 성적으로 서울대는 부족하지 않나 싶다. 웬만하면 안정적으로 가자. 지금 성적이면 연대나 고대는 중상위권, 성균관대나 한양대는 상위권이다. 안정적으로 사 년 장학금 받고 다니는 게 어떻겠냐?"

그때 수긍하지 말았어야 했다.

한참이 지나서야 몸소 배우게 되었다. 교육 현장은 그리 혼탁하지도 않지만 그리 맑지도 않다는 것을. 원서를 쓰면서 아이들이 그랬다. 교사가 학생 한 명을 서울대에 합격시키면 실적 수당으로 100만 원을 받고, 연고대를 비롯한 상위 10위권 대학에 합격시키면 50만 원, 그 외 서울시내 대학은 10만 원을 받는다고 했다. 그때 알았다. 어머니가 봉투에 넣어주었던 돈 10만 원은 그가 원했던 학교에 대한 실적 수당보다 적었다는 사실을. 그날 어머니가 챙겨왔던 돈이 100만 원 이상이었다면 담임도 선뜻 동의해주지 않았을까. 적어도 마음이라도 움직여 "재수하겠다는 마음가짐으로 한번 도전해봐라" 하고 어깨라도 토닥여주지 않았을까.

그날이 분기점이었으리라. 원서를 쓴 이후 박성호의 인생은 철저히 꼬인 채 풀리지 않았다. 고3 담임은 대학입시에서 낙관적인 전망을 했다.

"너는 장학금 탈 테니 걱정 마라. 그게 다 부모님 위하는 길이야. 나중에 선생님한테 고맙다고 할 거다."

대학 합격자 발표일이었다. 절망적인 반전이 일어났다. 320점이 넘는 학력고사 점수로 한양대학교에서 떨어진 두 명 중 한 명이 박성호였다. 성호가 지원했던 경영학과에서 한 명, 법학과에서 한 명이 떨어졌다. 전국에서도 유례를 찾아보기 힘든 사례였다. 340점 학력고사 만점에 324점이면 그해 서울대학교 상위 두 개 과를 제외한 어느 과를 가더라도 떨어지지 않을 점수였다. 다음 해 수학능력 시험으로 인해 대거 눈치 보기 지원을 했다. 안정적 하향지원이 어이없는 결과를 불러오고 말았다.

재수는 언감생심, 이후 서울에 있는 하위권 후기대학에서 경영학과생으로 7년을 보냈다. 장학금을 받았다지만 누구 하나 거들떠보지 않는 삶이었다.

시인이라는 꿈과 경영학과라는 이질적인 대학생활이 박성호를 조금씩 무너뜨렸다. 해마다 1월 1일은 신춘문예 낙선 소식으로 시작했다. 그렇게 시작하는 일 년은 그리 달가울 리도 또 뜨거울 것도 없었다.

세태도 변해갔다. 가장 먼저 운동권이라는 말이 사라졌다. 학과보다 학부가, 단일 전공보다 복수 전공이 각광받았다. 재수를 선택하지 않았던 이유가 수학능력 시험이라는 변화였듯 기업들의 채용풍속도도 급변했다. 어디에서든 토익 점수를 따졌고 영어구사 능력자를 우대하기 시작했다. 대학생들 사이에 해외 어학연수 바람이 불면서 이를 위한 일 년간의 휴학은 당연한 것으로 치부되었다. 그런 까닭에 적당한 타협은 당연한 수순이었다. 타협으로 보낸 칠 년 이후 박성호는 경남일간신문사에 입사했다. 서울에서 경남까지 탈 서울을 감행했다. 아버지와 떨어져 살겠다는 결심이 가장 큰 이유였다.

경남일간신문은 경남 지역에서는 5위에 해당하는 소규모 언론사였다. 경남일간신문사의 생존 방식은 기사를 통한 찬양과 앞잡이 노릇이었다. 아니나 다를까 이곳에서 배운 것은 비리와 협잡이었다. 지역 유지의 찬양성 기사를 써주고, 혹은 기자를 필요로 하는 앞잡이 행사에 가서 사진을 찍고 몇 줄의 기사를 써준 대가로 돈을 받았다. 그것을 업무라고 신문사에서 배웠다. 받지 말아야 할 돈을 가려내는 일도 업무였다. 세금과 관련된 문제는 가급적 기사화하지 않는다. 또한 세금 관련 문제를 기사화하려는 업체에서 주는 촌지도 받지 않는다. 건설회사는 경기가 심하게 타는 사업장이다, 따라서 절대 뇌물을 받아서는 안 된다. 겉으로는 신문사, 그러나 협잡 세력과 다를 바 없는 조직을 영전하듯 탈출하는 방법은 경력직으로 연합신문으로 옮기는 것이었다. 이 모든 업무를 직장 선배였던 오정훈이 가르쳐주었다. 수단이 좋았던 오정훈은 박성호보다 두 살 위였을 뿐인데 부장이었다. 만년 부장인 오정훈을 모시며 박성호는 칠 년을 더 평기자에 사회부 수석으로 살았다.

서른네 살이 된 어느 봄날이었다. 문득 왜 사는 것일까, 하는 생각이 박성호의 머리를 휘어잡았다. 미혼모의 생활을 르포 형식으로 쓰려다 별안간 그에게 찾아온 질문이었다. 아이를 어린이집에 데려다 주고 출근을 하는 미혼모의 모습을 사진으로 찍으려던 순간이었다. 그때 아이가 말했다.

"엄마, 사랑해. 오늘 하루도 열심히 살자."

왜 사는 것일까. 네 살짜리 꼬마도 말하는데, 열심히 살자고. 그런데 왜 사는 것일까.

그날 하루 무단결근을 했다. 기사는 펑크가 났다. 오정훈 부장은 노발대발 전화를 걸어 미친놈 아니냐고 큰소리쳤다. 문화부, 사회부 등 잡다한 부서의 주간이었던 박성호는 부장에게 말했다.

"내가 미친 게 아니라 당신이 미친 거겠지. 학벌도 좆같은 새끼가 촌구석에 처박혀서 잘하는 짓이다, 이 씨발놈아! 앞으로도 찌라시 기사 하나에 30만 원, 찬양성 기사에 50만 원, 뇌물이나 받아 처먹으면서 살아라, 이 개새끼야!"

박성호나 오정훈 부장이나 도진개진, 협잡을 협잡으로 응수했을 뿐이었다. 그렇지만 살면서 이토록 통쾌한 순간은 없었다. 십 년 넘게 그 자신을 꽉 틀어막고 있던 무언가가 한꺼번에 내려가는 것만 같았다. 적당히 타협하며 살았던 막힌 삶이 급작스레 뚫린 것 같았다.

사표도 쓰지 않았다. 이사를 위해 짐을 정리하다 십칠 년 만에 고등학교 1학년 때의 다이어리를 발견했다. 다이어리에서 잊고 지냈던 시를 발견했다. 그가 습작했던 백여 편의 시가 보였다. 그에게 꿈이라는 말로 가슴을 설레게 했던 「산고」와 「앞만보고사는사회」도 오랜만에 읽었다. 십칠 년 만에 다시 보는 시인데도 완성도가 있었다. 다시 살아야겠다.

박성호에게 삶에 대한 열망이 샘솟은 것은 처음이었다. 다이어리를 처음부터 펼쳐 또 읽기 시작했다. 절반쯤 읽었을 때 휴대전화가 울렸다. 오정훈 부장이었다. 받을까 말까, 고민은 한순간이었다. 어차피 이제부터 남이다.

"네, 부장님."

"부장은 무슨. 앞으로는 그냥 어쩌다 한두 번 만났던 사람으로 기억해."

오정훈의 목소리에서 진한 술 냄새가 풍겼다.

"나 너 부럽더라. 그렇게 큰소리치고 때려치울 수 있다는 게. 사실 나도 너처럼 이 회사 그만두고 나가는 내 모습을 날마다 꿈꾼다. 그런데 어쩌냐. 마누라랑 딸내미는 매일 돈 달라고 아우성인데. 아무리 꿍치고 받아도 매일 모자라지. 늘 모자란 인생 이거, 뭐 잘못된 거겠지? 나 정말 너 부럽다. 그런데 하나만 묻자. 너 꿈이 뭐냐?"

그 질문에 박성호는 쑥 내려갔던 무언가가 다시 기도를 압박하는 느낌이었다. 더 강하게 그의 목을 틀어쥐는 기분이었다. 대답하지 못했다. 그토록 큰소리치며 회사를 때려치웠다. 당연히 거창하고 당당하게 대답할 줄 알았다.

"지금보다 잘살아라. 그거면 된다. 꿈 잃지 말고."

그 말을 끝으로 오정훈은 전화를 끊었다.

박성호는 수화기를 내려놓지 못한 채 한참을 앉아 있었다. 꿈이란 말이 그를 놓아주지 않았다. 꿈이란 그 말은 그날 이후 지금까지 통화중이었다. 언젠가 멈추었던 신춘문예라는 이름과 함께.

삼 년을 백수로 지냈다. 물론 박성호에게는 작가지망생이라는 타이틀이 달려 있었다. 서른 중반이 넘은 나이에 과분한 영광이었을지도 모른다. 그러나 고향집의 눈총만은 피하기가 어려웠다.

아직은 상대해주지 않는, 여전히 통화중인 그 꿈을 위해 이 년 전 출판사에 취직했다. 출판사에서 전혀 다른 세계를 배웠다. 글이 돈이 되고, 말이 이야기가 되는 세상이었다. 재미있었다. 꿈과 접점이 연결된 탓인지 일 하나하나가 새로웠다. 그러나 출판사도 이 주 전에 그만두었다. 어머니를 위해서는 그래야만 한다고 생각했다. 하루가 멀다 하고 기력이 쇠해지는 어머니를 위해서는 그게 최선이었다.

아버지의 눈에서 세월이 떨어져 나왔다. 박성호는 침대 옆 보조의자에 앉았다.

"손이라도 잡아드려요."

나혜영과 양영자가 입을 맞춘 듯 말했다. 박성호는 그 말의 힘에 이끌리듯 아버지의 손을 잡았다. 기억하는 한 아버지의 손을 잡아보기는 처음이었다.

"어머니 깨울까요?"

나혜영이 물었다.

만약 이게 아버지의 마지막이라면 어머니가 알아야 하는 일일까? 박성호의 머릿속에서 순식간에 폭발음이 들리며 윙, 이명이 울었다. 아니다. 어쩌면 어머니마저 위태로울지 모른다.

"아니요, 됐습니다."

나혜영과 양영자를 아우른 박성호는 보조의자에서 아버지의 손을 꽉 쥐었다.

일어나! 일어나서 무슨 말이라도 해보라고. 그토록 미워했던 아들이잖아. 당신이 조금만 손을 써줬더라면 내 인생은 변했을 거라고. 어머니를 시키지 않고 당신이 왔더라면. 또 10만 원이 아니라 100만 원이었더라면. 서울대에 입학시키면 선생들에게 나누어줬다던 보너스 100만 원 정도였으면. 아버지는 그때 알았잖아. 세상이 정의와 상식으로만 돌아가는 곳이 아니라는 사실을. 적당한 돈과 기름칠이면 안 되는 곳이 없는 사회가 바로 이 나라라는 걸. 그해 눈치보기와 하향지원이 아니었다면 서울대에 다니는 박성호가 되었으리라는 정도는. 그걸 알아? 아냐고? 평생을 왜 내게 그렇게 무심했던 거야!

가느다란 힘이 오른손을 타고 박성호에게 전이되었다. 손을 따라 느리게 움직인 시선 끝에 아버지의 무거운 눈꺼풀이 보였다. 눈에서 천천히 한 줄기 눈물이 귓불을 타고 직선으로 떨어졌다. 태어나 처음 보는 아버지의 눈물이었다. 그런데 박성호의 눈에도 눈물이 고인다. 어색하고 이상했다.

"미⋯⋯안⋯⋯하다."

뭐가요? 이제 와서 뭐가요?

"난⋯⋯ 난 네가 내 친아들이었으면 했다."

낮았지만 또렷이 알아들을 수 있는 목소리였다.

"마음은 잘해주고 싶었는데⋯⋯ 그게⋯⋯ 그게 안 되더라. 그래서 매일 술로 살았어. 미안하다. 너를 정말 사랑했기 때문에⋯⋯."

아버지의 목소리가 일순간 낮아졌다. EKG의 선이 드문드문 굴곡을 그리며 위험신호를 보냈다. 나 간호사가 황급히 달려나갔다. 급작스레 양영자가 오열을 터뜨렸다. 박성호는 누가 시킨 것도 아닌데 아버지의 손을 꽉 쥐고 입가에 귀를 가져다 댔다.

"아버지, 아버지!"

"미⋯⋯안하다. 성호야, 너를⋯⋯ 정말 사랑했다. 이 못난 아버지를 용서해라. 부탁한다. 어머니도⋯⋯ 아버지도⋯⋯ 널 매우 사랑했다. 혹시나 자식 있는 여자와 결혼하더라도 나 같은 아버지가 되지 말고, 부탁한다."

이게 무슨 말인가. 도대체 이 말은 무슨 청천벽력이란 말인가. 친아들이었으면 했다니. 자식 있는 여자와 결혼하더라도 나 같은 아버지가 되지 말라니!

아버지와 연결된 각종 기계들이 위험신호를 보냈다. 때마침 나 간호사와 당직 의사가 뛰어 들어왔다.

그때였다. 별안간 귀신처럼 뒤에 서 있던 누군가가 산사태처럼 무너진 것을 알아차렸다. 어머니였다. 어머니가 서 있었다. 어머니마저 쓰러졌다. 으아악, 비명을 질렀다. 박성호의 눈앞이 온통 새까맣게 변했다.

장수정

88에서 108메가헤르츠 사이는 무선 FM방송 대역이었다. 자동차 원격시동은 311.060메가헤르츠. 하나하나 대한무전 사장이 말해준 헤르츠 대역을 맞추며 장수정은 소소한 즐거움을 맛보았다.

오호, 여기다 이거지.

장수정은 대한무전에서 지정해준 소방서의 주파수 대역에 고정했다. 그러자 다급한 무전들이 오가기 시작했다.

— 화재신고 접수. 군자역 부근 원룸에서 화재신고 접수. 주소는…….

칙칙, 거친 전파음이 났다. 목소리가 울려서 알아듣기 힘들기도 했지만 분명히 소방서에서 타전하는 무선이었다.

장수정은 생전 경험하지 못한 새로운 세계에 빠져들었다. 관음증은 '현대에 이르러 타인의 성적인 행위나 옷을 벗는 모습을 보고 성적인 흥분을 느끼는 것'으로 정의 내려졌다. 심리학에서는 거의 모든 사람이 일정한 수준의 관음증이 있다고 말한다. 관음증은 동물과 구분되는 인간의 초기적인 이상 성 심리이다. 분화를 거듭해 노출증이나 도착증 등 여러 증세로 나뉘어졌고, 일반인이 알 수 없는 경지에까지 연구가 진행되었다. 장수정이 느끼는 쾌감 또한 이러한 이상 심리의 한 행태였다. 중독 증세 또한 심해 쉽게 멈출 수 없는 치명적인 유혹으로 발전한다. 중독에 대한 연구도 병행 발전되어 뇌에 도파민이 미치는 불안정에 대해 밝혀냈다.

오 분, 십 분 하던 게 벌써 몇 시간째, 장수정은 무전기 형태의 도청 장비를 놓지 못했다.

"일 안 합니까?"

손선영의 목소리가 벽을 타고 넘어왔다.

"할 거예요. 간섭은!"

"〈이창Rear Window〉이 왜 대단한 영화인지 아세요?"

알프레드 히치콕의 영화였다.

"알 게 뭐예요!"

비꼬는 듯한 목소리에 이어 "조용히 좀 하시죠!"라고 장수정이 큰소리쳤다.

"바로 수정 씨의 그런 심리, 또 훔쳐보려는 심리를 누구나 공감하도록 만들어낸 탁월한 연출력 때문이에요. 심리학이나 기타 학문적인 연구나 접근이 완벽히 이루어지기도 전에요."

"제가 무슨, 망원경을 손에 든 제임스 스튜어트 역할이라는 거예요, 뭐예요. 그만하세요!"

하여튼 저 인간은 사사건건 트집이야. 장수정은 지금껏 무얼 하고 있는지 의식하지도 못한 채 불만을 터뜨렸다. 누군가의 또 무언가의 비밀을 혼자 알게 된다는 것은 그만큼 그녀를 달뜨게 했다.

"일 하세요, 내일 또 도움 요청하지 말고. 전 당신의 그레이스 켈리가 되어드릴 순 없습니다."

손선영이 벽 너머에서 힐난한다.

알아줘야 돼! 그레이스 켈리라니. 자기가 무슨 〈이창〉 속 팔등신 미녀라고. 내가 너를 망원경으로 훔쳐나 본다니? 이 육등신의 곰돌이 푸야. 손선영이 닦달하거나 말거나 장수정은 두 시간을 더 마법의 소리에 빠져들었다. 칙, 그리고 음성, 또 치직. 불연속으로 나열된 음성 조각들에 마비되었다.

다음 날은 손선영과 약속한 동물병원 취재가 있었다. 그렇지만 아뿔싸, 손선영의 예언이 들어맞고 말았다. 밤새 무전도청 장비와 노닥거리던 장수정은 마감을 약속한 오전 9시에 작업물을 넘겨주지 못했다. 잠시만, 잠시만을 벽으로 소리치며 12시가 되어서야 겨우 일차 마감을 할 수 있었다. 마감을 하며 손선영에게 피드백을 부탁하자 그는 그저 고개만 저었다. 프로페셔널이라고 늘 소리치는 그녀였는데 여러 의미에서 자존심이 구겨졌다.

"장난감이 생계를 침해하면 이미 그것은 장난감이 아닌 겁니다. 성장기 청소년이 게임 중독에 빠진 것도 아니고 나이 서른이 다 된 여자분이."

기다리다 못해 집으로 찾아온 손선영이 일러스트가 떠 있는 장수정의 컴퓨터 모니터를 보며 푸념을 던졌다.

"서른은 무슨. 아직 스물여덟이거든요. 이제 마흔이 다 된 남자가 잔소리는."

이 정도로는 분이 풀리지 않는다 싶어 한 번 더 내질렀다.

"선영 씨 같은 주제에 어디 가서 저처럼 조신한 스물여덟 살 아가씨랑 터놓고 얘기하겠어요? 행복한 줄 아세요!"

과하다 싶었지만 내가 느낀 모욕에 비한다면 별거 아니라 여겨졌다.

"그래요, 행복한 줄 알게요, 조신한 아가씨. 그래도 일러스트는 완전 안습이었어요. 그런 걸 누가 표지로 쓰겠어요."

장수정이 소리친 데 반해 손선영은 슬쩍 귓가에 속삭인다. 패했다. 중요한 것은 일러스트였다. 밤새 소리에 빠져들어 황홀경을 느낀 장수정이 오전의 모든 약속을 어그러뜨려 놓았다. 일러스트가 잘 나오기만 했다면 저 남자 앞에서 이리 작아지지도 않을 텐데, 졌다.

동물병원으로 향할 줄 알았던 발걸음이 근처 일식집으로 향한다. 그러잖아도 제 발 저린 심정이라 장수정은 괜스레 지갑을 건드렸다. 1만 원짜리 한 장 달랑. 이 돈으로 일주일은 더 버텨야 한다.

슬쩍 달려가 손선영의 팔짱을 꼈다.

"밥 사달라고 그러는 거죠?"

하여튼 촌철살인. 분위기 파악 제로. 여자 마음 배려는 깡통. 이런 놈을 누가 데리고 살지?

"실은 조금 늦겠다고 미리 전화를 했어요. 어제 밤새 칙칙거리는 소리 들릴 때 예상했거든요. 그랬더니 동물병원 원장님이 저기서 점심을 사시겠다네요."

손선영이 눈짓으로 가리킨 곳은 다다미라는 일식집이었다. 간판 아래 플래카드가 펄럭거렸다. '점심 특선 1만 원=튀김+회+초밥+오늘의 매운탕'이라는. 이럴 줄 알았으면 조금 더 버티다 더치페이하자고 말하는 건데. 남은 일주일은 두 남자의 집에서 삐대고.

"그 생각 했죠? 더치페이하자 할걸, 하고."

"어떻게 알았어요?"

요즘은 놀라는 것에도 적응이 되어간다. 하여튼 이 남자 신기하단 말이야.

"처음과 달리 식당 향할 때 꽉 잡았던 팔짱이 느슨해질 때 추측한 거죠. 제가 본 플래카드 수정 씨도 봤을 거고. 무엇보다 수정 씨 지갑은 어제 탈탈 털었잖아요."

맞다. 그 고집만 안 부렸더라도.

대한무전에서 제시한 가격은 백만 원이었다. 대부분 차량에 탈장착이 가능하고 크기가 작아 휴대성이 좋으며 일반적인 차량용 형태와 달리 무전기를 닮았다는 것이 이유였다. 어차피 차량용은 사용할 수 없었기에 대한무전 대머리 사장이 은근슬쩍 내민 무전기 형태의 소형 무전도청 장비를 사용할 수밖에 없었다.

"저기, 용인에 있는 장 형사님이 여기 가라고 했어요. 옆의 이 친구가 장 형사님 동생이라 바로 보고될 건데."

허, 하고 돋보기 너머로 사람을 갈마보던 대머리 사장은 "그래, 좋은 게 좋은 거지"라며 반값인 50만 원을 제시했다.

"제 친구가 국정원에 다닙니다. 그 친구도 이곳을 지목하더라고요. 잘 지켜보고 있다고. 친구한테 전화해서 50만 원에 샀다고 말할까요?"

손선영에게 이런 면도 있었다니.

대머리의 허, 소리가 아까보다 삼 초 정도 길게 뿌려졌다.

"거기서 우리를 안대?"

대머리의 이마에 확연한 주름 두 개가 나타났다.

"몰랐더라도 이제부터는 잘 알겠죠. 당연히!"

손선영이 노련하게 대머리의 눈빛을 피한다.

"세상 좋은 게 좋은 거지 안 그런가. 그리고 이 친구 참 재미있는 친구네. 좋다. 난 재미있는 친구들 좋아하니까. 25만 원. 그 밑으로는 절대 안 돼. 국정원 할아버지가 와도 안 되고 경찰서장이 와도 안 돼."

"경찰서장 부를까요? 그러잖아도 연락이 가능한데. 불러요?"

대한무전 사장의 정수리에 주름이 가득 들어찼다.

"20……, 2만 원!"

사장의 목소리가 마지막이라는 듯 단호했다.

"그럼 여기까지 찾아오는 데 들인 차비만 빼주세요. 2만 원. 20만 원에 낙찰입니다. 그리고 이 친구는……."

손선영의 눈빛이 슬쩍 장수정을 건드렸다.

"돈도 없는 미술학도거든요."

우이쒸! 장수정은 발끈했다. 나도 내 앞가림은 하는 대한민국의 맹렬 프로페셔널 여성이라고. 이 자식이 어디서 수작을.

그 발끈함 한 번에 지갑을 탈탈 털게 되었다. 반만 내라는 손선영의 만류에도 고집을 부려 반에다 3만 원을 더 냈다. 그러자 손선영이 하나라도 남겨두라며 억지로 넣어놓았던 게 지갑에 남아 있는 세종대왕 한 장이었다.

"어제 그거 작전이었죠?"

"뭐가요?"

손선영이 일식집으로 들어서며 전혀 모르겠다는 투로 되물었다.

"대한무전 영감님한테……."

"그거야 물론 작전이었죠."

얼른 손선영이 말을 자른다.

"그거 말고 저한테……."

"아, 저기 계시네."

손선영은 장수정의 말을 듣지 않은 채 성큼성큼 4인실 매화방으로 향했다.

분명히 냄새가 나는데, 이거. 그렇지만 발끈한 것은 장수정이었다.

지갑을 열어 먼지까지 털어낸 것도 결국 그녀였다.

매화방의 문을 열자 맞은편에 한 여자가 앉아 있었다. 단발머리에 무테안경을 끼고 주홍색 폴라 티를 입었다. 손선영을 보자 "선영 씨" 하며 해맑게 웃는 모습이 아름다웠다. 거기다 동물병원이라는 이름이 덧입혀지자 세상을 있는 그대로 사랑할 것만 같은 여자로 느껴졌다.

"안녕하세요."

장수정이 인사하자 동물병원 원장이 일어나 같은 눈높이에서 웃었다. 가지런한 옥니가 오히려 그녀를 돋보이게 했다. 그 뒤 몇 분은 의례적인 시간이었다. 인사를 나누고, 이름은 이은경, 주문을 하고, 만 원짜리 점심 특선으로, 학연 지연 줄 한 번 맞추고, 이은경의 나이는 서른일곱, 언니인데 반말하세요 같은, 그래도 물러나지 않는 어색한 공기에 서로 열없이 웃는 따위의. 식사가 나오고 다 먹기까지 십여 분이 더 흘렀다.

"그런데 선영 씨와 수정 씨가 궁금한 게 뭐죠? 인터뷰를 하고 싶다고 그랬잖아요? 아 참, 선영 씨가 의뢰하셨던 거, 그거 석시콜린 맞다고 연락 왔어요. 제가 졸업한 대학 연구소에 맡겼거든요."

"그게 저…… 은경 씨 웃음을 보니 거짓말을 못 하겠네요. 그냥 솔직히 말씀드릴게요."

손선영이 동물병원 원장인 이은경에게 고양이의 죽음을 파헤친다는 말을 하지 않았던가 보다. 그가 마저 설명하려는데 일식집 여직원이 매화방의 문을 두드렸다. 후식으로 수정과가 나왔다. 잠시 손선영의 이야기는 중단되었다. 문득 장수정은 그런 생각이 들었다. 손선영이라는 사람을 몰랐더라면, 웃음을 보니 거짓말을 못 하겠다는 그의 말을 그저 여자를 향한 작업쯤으로 치부했을 것이다. 그런데 저 남자, 조금도 거짓된 말을 못 한다. 세상을 살면서 그런 성격은 오히려 약점이 될 텐데. 장수정은 자신도 모르게 고개를 끄덕거렸다.

고개를 드니 이은경이 손선영과 장수정을 번갈아 보고 있었다. 질문에 대한 답을 바라는 아이 같았다.

"제가 이야기할게요. 그게 낫겠어요."

장수정이 이은경의 눈빛에 대답했다.

장수정은 처음 발견한 죽은 고양이에서부터 로드킬을 당한 듯 길에 버려진 고양이, 창가에서 앞다리를 창문 안으로 집어넣어 죽은 고양이까지 막힘없이 이야기했다. 실마리를 제공한 스팸 통에 대해서도 말했다. 거기서 손선영에게 귀동냥으로 들은 범죄학이나 프로파일링 같은 단어를 들먹이며 사건이 커질 것 같다는 결론까지 도출했다.

이은경의 옥니가 웃음을 담았을 때와 다른 의미로 크게 벌어졌다. 심지어 눈물까지 글썽거렸다. 동물병원 수의사 아니랄까 봐.

"정말…… 정말인가요?"

손선영이 크게 고개를 끄덕였다.

"궁금한 건 그겁니다. 석시콜린에 대한 것, 석시콜린이 사람에게도 영향을 미치는지. 만약 그렇다면 어떤 영향을 일으킬지 현장에 계신 분께 정확한 설명을 듣고 싶어서요."

"석시콜린은 근이완제예요. 말하자면 파스 같은 거죠. 이것이 지나치면, 정정하죠, 필요 이상의 양을 투여하면 근육 기능을 정지시켜 죽음에 이르게 합니다. 동물병원에서 안락사 약물로 많이 사용하는 이유입니다. 비교적 지방이 적은 소나 양에게는 적절한 양을 투여했을 때 안락사 약물로 기능합니다. 그런데 이게 끔찍한 것이 소든 어떤 동물이든 자신이 죽어간다는 사실을 안다는 거죠. 그래서 윤리적인 측면에서 매우 강한 반발을 받습니다."

"끔찍하네요."

손선영을 통해 이미 들었던 내용인데도 장수정은 오소소 소름이 돋았다.

"소 한 마리에 보통 앰플 세 개 정도를 사용하도록 권장합니다. 그렇지만 한 개만으로 사망하기도 합니다. 이건 소의 활동 징후나 개별 특성에 따라 다르다고 볼 수 있어요. 반면에 돼지는 근육보다 지방이 많죠. 그래서 소에 비해 다섯 배 이상의 앰플이 사용됩니다."

"그럼 다섯 개에서 심지어 열다섯 개까지?"

장수정이 물었다. 그런데 엉뚱하게도 손선영이 말을 한다.

"지난 구제역에서 돼지를 생매장한 것은 어쩌면 필연적인 일일 수도 있었겠군요. 구제역은 창궐하는데 안락사 약물은 잠시 조달이 중단되었고, 다시 조달이 된다 해도 돼지를 안락사시키려면 엄청난 양이 필요하니까 가장 손쉬운 방법으로 생매장을 했다……."

"맞습니다. 어쩔 수 없는 측면이 있었다고 봐야죠. 반면 이 석시콜린은 돼지와 같은 특징적인 동물을 제외하고 일반적으로 무게에 따라 양을 조절합니다."

"그 말씀은?"

"앰플 하나면 사람에게는 치명적이라는 뜻입니다."

"그렇다면 가정해보죠."

손선영의 목소리가 높아졌다.

"일반적으로 소 한 마리당 세 개의 앰플을 나누어줬다는 정보를 입수했습니다. 만약 소 열 마리를 키우는 농가에서 이 앰플을 사용하지 않고 보관해둔 채 소는 생매장을 시켰다, 그렇다면 서른 명에 해당하는 사람에게…… 비약이 심하다는 것은 인정합니다, 살인을 저지를 수 있다고 봐도 무방한 거죠?"

손선영의 물음에 이은경이 고민하는 듯했다. 자기 입 밖으로 차마 꺼내기 두려운 대답이었으리라.

"제가 무서운 것은 그겁니다. 앰플 하나, 주사기로 스팸 같은 고깃덩어리에 주사한다고 해도 전혀 알아볼 수 없다는 거죠."

이은경의 목소리에선 두려움이 느껴졌다. 곧바로 그녀가 되물었다.

"서른 명이나 사망할 가능성이 있는 사건입니까?"

그 질문에 손선영이 웃으며 손사래를 쳤다.

"아니요, 아니. 가정일 뿐입니다. 그런데 사실 그 부분을 저도 모르겠습니다. 범죄라는 것은 일반적인 상식에서 사회 통념이나 윤리, 도덕을 통해 예방을 하는 천연적인 기능이 있습니다. 배움을 통해 죄라고 인식하게 만드는 것이죠. 도덕이나 윤리, 통념이 없다면 성추행이나 그와 비슷한 행동은 그저 짝짓기를 위한 본능적인 행동으로 받아들여질지도 모르니까요. 하지만 우리의 도덕과 법률은 허용하지 않죠. 아주 약간의 교육만 받아도 일반적인 사람이라면 죄라고 인식합니다. 나쁘다는 것을 안다는 뜻이죠. 그런데 요즘 들어 이러한 것들이 무시되는 경향이 생겨났습니다."

"사이코패스?"

장수정보다 먼저 이은경이 물었다. 아깝다, 내가 묻고 싶었던 건데. 장수정은 살짝 미간에 힘을 주었다.

"그렇죠. 이번 고양이의 죽음은 어떤 범죄를 저지르기 위한 통과의례적인 성격이 짙어 보입니다. 즉, 모의범죄를 통해 실제 범죄에 대한 연습을 한다는 것이죠. 그런데 여기서 벽에 부딪칩니다. 이 범죄가 무차별 살인을 위한 전주곡인지, 아니라면 특정한 한 사람을 겨냥한 리허설인지. 개인적인 원한이나 복수, 또 사회적 관계에 얽힌 특정 범죄라면, 이건 벼락 맞을 소리 같기는 합니다만, 그렇게 걱정은 안 되었을 겁니다. 그런데……"

"말씀하신 대로 무차별 범죄라면 어떡하냐는 거죠?"

애매하고 수상한 공기가 매화방을 감쌌다. 이은경도 장수정도 어떻게 해볼 수 없는 그런 공기였다.

"솔직히 궁금한, 아니 궁극적인 질문이라고 할까요? 그게 하나 더 있습니다."

갑작스런 손선영의 이야기에 이은경도 장수정도 화들짝 놀랐다. 손선영의 말은 그만큼 두 사람을 깊은 생각에 빠뜨렸다.

"뭡니까?"

이은경의 얼굴이 몰라보게 어두워졌다.

"왜 석시콜린이냐는 겁니다. 만약 특정인을 노린 것이거나 무차별적인 범죄, 둘 다 아니라고 보았을 때 목적이 아닌 목표는 다른 곳으로 옮겨가야 합니다. 바로 석시콜린입니다. 왜 하필 석시콜린이냐, 라는."

"왜 하필 석시콜린이냐, 라는……."

장수정은 저도 모르게 손선영의 말투를 따라 하고 있었다. 손선영의 말은 그만큼 파급력이 컸고, 두 사람을 한꺼번에 휘어잡았다. 장수정이 생각하기에 일반적인 사람이 연쇄적인 고양이의 죽음을 분석했다면 왜 범죄 예행연습을 하느냐에 주목했을 것이다. 그렇지만 추리소설가인 손선영은 전혀 다른 목적에 초점을 맞추었다. 석시콜린이었다. 그리고 '왜 석시콜린인가'를 이은경과 장수정에게 물었다. 그의 말처럼 단 하나의 질문이 장수정 곁에서 부유했다.

왜 석시콜린일까?

손선영이 잠시 고개를 가로저었다. 그러면서 이은경을 바라보았다. 실망, 아니 절망에 가까운 감정을 담은 눈빛이었다.

"그걸 모르겠습니다."

그때 이은경이 침묵을 깨뜨렸다.

"저기 제 추측을 말해도 될까요?"

나혜영

삶이라는 모진 끈을 일시에 허무는 죽음은 허망하다. 병원에서 맞는 죽음은 더욱 허망하다. 저점에 이른 삶이 끊어지리라는 것을 알기 때문이다. 결말을 알기에 감정이 아닌 의식이 꺼어든다. 이로 인해 슬픔이나 애원에 작위가 보태져 결말은 인위적으로 보완된다.

나혜영은 그런 병원의 죽음을 본다. 인위가 가미되고 결말을 만든 듯한. 슬픔에서도 옷을 입은 듯 한 겹을 감싸고 있는 작위를 느낀다. 일주일에 두 번은 그런 울음과 마주한다. 이제 EKG의 평행선이 그녀에게 건네는 전파적인 죽음의 인사조차 덤덤해졌다. 울음은 더더욱 메말라간다. 그런데 박성호의 눈물이 작위 너머 어딘가를 자극했다. 언제인가 박성호가 이런 말을 했다. 어머니만은 살리고 싶다고. 아버지는 잘 모르겠다고. 기억 어디에서도 아버지를 살려야 할 당위성을 찾지 못하겠다고.

박성호 역시 알고 있었다. 아버지의 죽음이 멀지 않았다는 사실을. 일정 부분 아버지의 고통을 더는 것이 죽음이라는 사실 또한 직감했다. 이래서 나혜영이 말하는 작위는 성립한다. 거기에 박성호가 말했던 당위성이 첨부된다면, 아버지의 죽음에 반응하는 그의 모습은 옷을 입은 슬픔이어야 한다. 그런데 그의 모습을 허망하다는 말로는 설명할 수 없었다. 정확히 말하자면, 마치 자신이 죽음에 내몰린 것처럼 슬퍼 보였다.

나혜영은 알고 있다. 죽음에 대면한 사람들의 표정을. 또 죽은 사람들의 표정을. 그런데 박성호의 표정에서 죽음이 보였다.

왜 그랬던 것일까? 어머니의 의식불명 때문일까?

나혜영은 금세 도리질했다. 박성호에게서 보였던 죽음은 어머니의 의식불명과 별개였다. 분명히 아버지의 병실에서 기인했다. 아버지의 마지막 목소리에서 촉발되었다.

눈을 감기 직전 아버지 박현준이 낮은 목소리로 박성호를 찾았다.

아들을, 아들을 보게 해달라고.

나혜영은 일 초의 지체도 없이 달려나가 박성호를 찾았다. 병실에서 그는 주뼛주뼛 아버지의 손을 잡았다. 금방 꾸중을 들은 아이가 아버지 곁으로 가지 않으려는 것처럼 엉덩이를 뺐다. 링거를 매단 양영자가 얼른 침대 보조의자를 엉거주춤한 박성호의 엉덩이 아래에 가져다 댔다. 박성호가 침대 맡에 앉았다.

아버지가 말했다.

아들이 들었다.

아버지가 말했다.

더 가까이에서 아들이 들었다.

순간 박성호는 돌변했다. 마치 자신이 죽은 사람인 것처럼. 곧이어 박현준이 사망했다. 박성호는 의미를 알 수 없는 말을 내뱉었다. 우우오오어. 맹렬히 비명을 내질렀다. 당시는 아버지의 죽음이 끼친 충격이라고만 생각했다. 어머니가 아버지의 죽음으로 인해 쓰러진 탓이라고만 생각했다. 누가 그러지 않겠는가. 누구라도 그러지 않겠는가. 그러나 무언가 다른 것이 있다.

박성호는 집요하게 어머니 곁을 지켰다. 장례도 잘 치러냈다. 남들이 보면 효자도 저런 효자가 없을 거라고 두둔했을 것이다. 그런데 효자라는 말과는 어딘가 달랐다. 박성호의 얼굴에서 보이는 죽음처럼.

박현준의 장례는 성대했다. 비록 몰락했고 박성호의 말처럼 일생을 난봉꾼으로 살았다고 하지만 종가집의 위세는 남아 있었다. 병원에 마련된 장례식장을 멀리서 지켜보았다. 병원 규모가 크지 않고 장례식장이 두 곳뿐이라 보통은 병원이 아닌 전문 장례식장을 찾아가지만 박성호에게 그럴 여유는 없어 보였다. 아니다. 틀렸다. 마치 껍질 속에 숨어버린 바다거북처럼 웅크려 그는 꼼짝하려 들지 않았다. 병실을 이웃한 것도 인연인지, 아니라면 양영자의 고집인지, 양영자와 그녀의 남편이 거의 모든 행정적인 일처리를 도왔다. 물론 양영자가 은행을 다닌 경험과 배경이 많은 도움이 되었다. 그즈음 나 혜영은 알아차렸다. 박성호는 아버지의 죽음에 어떤 인위나 작위도 보태지 못하고 있다. 다시 말해 죽을 것을 알았으면서도 무슨 이유에서인가 그는 아버지의 죽음을 받아들이지 못하고 있다. 왜 그런 것일까?

장례식장을 찾았던 대부분의 친척들이 박성호의 어머니인 이순자 씨의 병실을 거쳐 갔다. 밤낮을 가리지 않았다. 덕택에 나 간호사가 앉은 책상 위에도 음료수가 박스째 쌓였다.

어제 장례식을 끝낸 박성호는 어머니의 병실에 틀어박혔다. 다른 때와 확실히 달라졌다. 밤 10시, 지금쯤이라면 지유와 함께 스포츠 뉴스를 시청한 뒤 야구에 대해 이야기를 나누었을 텐데.

"누나."

스포츠 뉴스가 끝나자 지유가 다가왔다.

"삼촌이 많이 슬픈가 봐."

"그러니 너도 아프지 마라. 엄마랑 아빠 얼마나 힘드시겠니?"

"그거랑은 다르지."

"누나가 보기에는 하나도 안 다르거든요."

말을 꺼내며 홍삼 음료수를 건네려다 깜짝 놀랐다. 혈압을 높이는 음식은 지금 지유와 같은 심장을 가진 환자들에게 치명적이다. 좋은 음식이 바로 약이라던 선조들의 이야기는 진리와도 같다. 현실에서 벌어진 이야기인지 믿을 수는 없으나 음식을 이용한 살인이 현실에도 있다니까. 회를 먹은 사람에게 감을 먹게 하는 따위란다. 말도 안 된다고 치부했지만 막상 환자 앞에 내민 음료수 하나에도 신경이 쓰인다.

지유가 눈치채지 않도록 토마토 음료로 바꾸었다.

"엄마도 이상해졌어."

지유의 말에 그제야 양영자에 대해서도 생각이 미쳤다. 양영자는 지유를 돌보며 많이 약해졌다. 정신을 어딘가에 팔고 있다는 느낌이 들 정도였다. 그래서 사람들이 그런다. 병원에서 환자와 함께 지내면 보호자도 환자가 된다고.

"엄마가 성호 삼촌 좋아하는 것 같아."

그러더니 지유는 뭐가 좋은지 쿡쿡 웃음을 터뜨렸다.

"너, 아버지 들으면 어쩌려고 그래? 말도 안 된다. 누나가 매일 지켜보는 거 몰라."

"그러니까 누나가 아마추어지. 누나, 연애는 해봤어?"

지유가 괜스레 딴죽을 걸었다.

"사람 좋아라 하는 건데 뭐 어때? 누나는 생각이 불순한 거야."

그러더니 이번에는 큰 소리로 웃기 시작했다. 지유에게 완전히 말렸다.

"누나, 그런데 성호 삼촌이 정말 이상한 것 같지 않아? 꼭 알코올중독자 같아."

열일곱 살 아이의 눈에도 그렇게 비쳤나 보다. 도대체 이 병원 중환자실에는 무슨 일이 벌어지고 있는 것일까? 밤이면 중환자실을 관리한다는 취지로 간호사 데스크를 지키지만 분명 미묘한 기류가 흐르고 있다. 부유하는 기운을 잡아내고 싶었다. 기저에는 나혜영이 느낀 죽음 직전의 불안이 자리하고 있기 때문이다. 그녀의 목을 틀어쥐었던 불안, 그녀가 유일하게 사랑했던 현태훈 원장이 자살하기 직전 보여주었던 불안과도 일치했다. 이 병원에는 바로 그 불안이 떠다니고 있다.

누나는 생각이 불순해.

성호 삼촌은 알코올중독자 같아.

문득 깨달았다. 지유가 말한 불순이라는 단어에서 떠다니던 불안은 알코올중독자라는 단어에서 실체를 띠었다. 안락사!

한 달도 더 전의 일이다. 흘러가는 말로 박성호가 구제역 이야기를 꺼냈다. 소와 돼지의 고통에 관해 설명했다. 나혜영은 그때 알코올에 의한 쇼크사를 남의 일처럼 말했다. 그렇게 죽이면 되지 않겠느냐고. 어차피 구제역 바이러스에 전염된 소이니 안락사시켜야 한다면 조금이라도 편하게 보내줘야 하는 것 아니냐고. 아무것도 아니었던 농담이 맹독이 되어 그녀를 덮치는 것 같았다.

아버지를 떠나보낸 박성호. 그가 어떤 식으로든 아버지를 살리려 했다면? 어머니마저 쓰러진 박성호. 그가 어떤 식으로든 이제 어머니를 살리려 한다면?

악! 나혜영은 낮은 비명을 지르고 말았다. 너무도 끔찍한 상상이었다.

"왜 그래?"

눈앞에 있던 지유마저 놀랐는지 가슴을 움켜쥐고 서 있었다. 설상가상, 가슴을 움켜쥔 지유 때문에 나혜영은 깜짝 놀라 일어섰다. 그때 지유 뒤편으로 양영자와 박성호가 너스스테이션 앞으로 다가오는 모습이 보였다. 박성호를 바라볼 수 없었던 나혜영은 고개를 숙이고 말았다.

박성호와 양영자, 이순자와 정지유. 질투하는 정상우, 질투조차 못하게 된 박현준. 보호자와 환자. 살리려는 사람과 죽어가는 사람. 그리고…… 안락사에 대한 의문. 도대체 이 병원에서는 무슨 일이 벌어지고 있는 것일까.

두려웠다. 금세 심장 어딘가가 주저앉아 나혜영에게 의식을 잃은 채 눈을 감기를 요구하는 것만 같았다. 아, 바보 같기는. 이들 세 사람은 거미줄 끝에서 심장을 기다리고 있다. 장기이식을 위해 당장에라도 누군가 거미줄을 건드려주길 기다리는 거미가 된 사람들이다. 혀를 날름거리며 몸을 숨긴 채 엿보고 있다. 무시로 달려들기 위해 이빨을 갈고 있다. 심장을 뽑아내 아들에게, 또 엄마에게 바꿔 달기 위해 맹독을 뿜어내고 있다.

석시콜린!

지유가 쓰러졌던 밤, 정상우가 술에 잔뜩 취해 달려왔던 이른 아침, 그는 술로 인해 높아진 목소리로 아내에게 물었다. 안락사 앰플 그대로 있지, 라고. 양영자는 몰라요 그런 거, 하고 대답했지만 어딘가 부자연스러웠다. 택시는 왜 하나 몰라, 양영자가 낮게 혼잣말했다.

아, 이제야 그걸 깨우치다니.

소를 키우는 농가, 2011년의 구제역, 무차별적으로 나누어주었던 석시콜린 앰플. 이천에 별장이 있는 양영자와 정상우, 용인에 사는 박성호의 부모는 모두 소를 키운다고 했다. 오히려 소가 죽어나갈 때는 아무렇지도 않았던 석시콜린이, 이제 심장을 기다리는 거미가 된 세 사람에게 파리를 유혹하는 달콤한 향기가 되고 말았다. 그리고 병원의 부자연스러운 공기 안에는 바로 그 달콤한 향기가 부유하고 있다. 언제든 또 누구든 거미줄을 건드리는 순간 거대한 인간 거미는 심장을 향해 할기족거리는 혀를 내밀며 거미줄을 타고 스멀스멀 목을 죄어올 것이다. 석시콜린을 손에 쥐고서.

장수정

장수정과 손선영이 침을 꼴깍 삼켰다. 긴장되었다. 현직 동물병원 수의사인 이은경의 추측이다. 이은경의 눈이 잠시 매화방 바깥을 응시했다 돌아온다.

"일단 이곳을 벗어나죠. 점심시간이면 만 원에 만원인 곳이다 보니 눈치를 주네요. 전 이런 거 딱 질색이거든요."

만 원에 만원? 설마 개그였나? 장수정은 시간 차를 두고 하하하 웃어주었다. 그래야만 할 것 같았다. 손선영은 왜 웃느냐는 듯 장수정과 눈을 맞춘다. 예의야, 몰라? 그런데 이 초 이상 눈을 맞추고 입을 달싹거리는 느낌인 게 딱 잔소리 직전의 얼굴이었다. 후다닥 수정과를 마시고 식당을 나왔다.

식당 소방도로 맞은편 '엉클조's 커피'에 자리를 잡았다. 점심시간 자투리를 마저 채우려는 직장인들로 카페는 붐볐다. 오른쪽 테이블에서 주식 이야기가 새나왔고, 왼쪽 비교적 젊은 아가씨들에게서 클럽 이야기가 들려왔다. 맞은편에 앉은 이은경과 어색하게 눈을 맞춘다. 딱히 관심사가 없는 탓이었다. 때맞춰 손선영이 아메리카노 석 잔을 들고 나타났다. 그게 신호라는 듯 이은경이 재게 입을 놀렸다.

"누구나 아는 사실이에요. 석시콜린에 관한 것은."

"안락사 약물?"

"근이완제라는 거요?"

"그렇죠, 근이완제. 그리고 석시콜린이 안락사 약물로 사용되었을 때 근육의 기능을 정지시켜 죽음에 이르게 하죠. 제 기억이 맞는지 모르겠는데 석시콜린은 정맥주사가 원칙입니다. 그리고 1킬로그램당 0.01에서 0.015밀리그램을 주사하는 것이 원칙일 겁니다. 50시시 앰플 하나에 2밀리그램의 석시콜린이 들어 있고요. 대입하면 몸무게가 100킬로그램인 사람에게는 1밀리그램만 주사하면 사망에 이른다는 거죠. 저나 손선영 씨, 그리고 수정 씨 같은 사람은 절반, 0.5밀리그램이면 되고요."

에게, 손선영이 저 배불뚝이가? 요즘 들어 부쩍 배가 나와 보이던데.

"그러니까 앰플 하나면 사람 한 명은 완전히 보내는 거군요. 무섭습니다."

자못 인상을 쓰며 손선영이 이은경의 말에 맞장구를 쳤다. 뭐야, 몸무게 문제는 이렇게 넘어가는 거야?

"선영 씨는 몇 킬로그램이에요?"

결국 묻고 말았다.

"수정 씨랑 그렇게 차이 날 것 같지는 않은데요."

아뿔싸! 저 입을 간과했다.

"수정 씨, 집중하세요."

오히려 이은경이 분위기를 다잡는다.

"뭐 제가 선영 씨 같은 추리소설가는 아닙니다만…… 간단히 제거해보는 거예요."

"제거라뇨?"

이은경의 말에 장수정과 손선영이 물었다.

"뭐 이야기가 좀 공포스럽기는 합니다만, 사람을 부속으로 보자고요. 자, 석시콜린을 맞았어요. 석시콜린이 근이완제라고 그랬죠? 그러면 근육은 못 씁니다. 현실적으로 뼈나 살은 쓸 데가 없고요. 그러면 남는 건요?"

"장……기?"

"그렇죠. 장기!"

이은경은 소거법을 통한 자신의 추리가 맞지 않느냐는 듯 사뭇 자랑스러운 눈빛을 내비쳤다.

"장기밀매? 무섭다."

장수정은 공포가 눈앞에 보이기라도 하는 것처럼 오소소 소름이 돋았다. 오현리와 손선영을 통해 과거 그녀가 경험하지 못했던 범죄에 대해 들은 적이 있다. 그중 가장 경악스러웠던 범죄가 인신매매였다.

인신매매는 철저히 돈이 목적이었다. 실종사건이 접수되어도 제대로 수사가 이루어지지 않는다는 맹점을 이용한 범죄였다. 돈을 요구하지 않는 실종은 보통 단순가출로 처리되어 점점 캐비닛 구석으로 서류가 묻혀가는 것이다. 인신매매를 위해 범죄는 조직화, 거대화, 기업화되었다. 1970년대에서 80년대에 있었던 범죄조직의 수입원 상당수가 젊은 여성을 납치, 판매하는 것이었다고 하니 그 심각성은 이루 말할 수 없는 지경이었나 보다.

납치한 여성의 재기를 막기 위해 범죄조직은 납치 여성을 매일 윤간하고 억압, 감금했다. 납치 여성에게서 살려는 의지가 꺾인 것을 확인하면 곧바로 집창촌이나 유흥업소, 심지어 일본이나 동남아 국가에까지 팔아넘겼다고 한다. 그러나 범죄에도 트렌드가 있다는 것을 반영하듯 양태가 변했다. 경찰력과 정보력이 결합하고 사회적 인식이 변하자 범죄조직은 납치 대신 마약이나 재개발 사업 등으로 눈을 돌린다. 그런 중에 범죄의 틈새시장도 생겨났다. 조직을 크게 키우지 않고 점조직이면 충분하지만 수익은 막대한 사업, 바로 불법적인 장기밀매였다. 장기밀매는 인간의 희망을 볼모로 하고 있다는 점에서 간악함의 경중이 다른 범죄에 비해 훨씬 무겁다. 제로섬 게임처럼 어디선가 밀매한 장기는 누군가에게서 빼온 장기라는 사실을 간과해서는 안 된다. 희망과 극악을 접점에 둔 가장 비열한 범죄가 아닐 수 없다.

범죄의 트렌드에 대한 설명의 말미에 손선영이 이렇게 말했다.

"사람이라면 절대로 하지 말아야 되는 짓입니다. 인간이기를 거부한 범죄니까요."

그런 뒤 그가 보여준 영화가 〈투리스터스〉였다.

브라질 오지를 여행하는 미국 관광객들이 술에 취해 곯아떨어졌다. 눈을 뜨자 그들은 빈털터리가 되어 있었다. 지갑도, 여권도, 심지어 오토바이나 모자까지 사라졌다. 그리고 그들 앞에 누군가가 나타난다. 그가 이곳은 위험하다며 안전한 곳으로 도망치기를 권한다. 그런데 옮겨갔던 브라질 산악 오지에서 공포가 시작되었다. 산중턱에 위치한 삼촌의 집이라는 곳은 기업형 장기밀매가 이루어지는 요새였다. 살을 가르고 장기를 꺼내는 모습을 영화는 여과 없이 보여주었다. 더 못 보겠어요, 하고 장수정은 컴퓨터를 꺼버렸다.

그런 비슷한 상황이 고스란히 장수정 근처에서 벌어지고 있다고 이은경이 말한 것이다. 구체화된 공포가 스멀스멀 그녀 곁으로 다가왔다. 갑자기 현기증이 밀려들었고 욕지기가 올라왔다.

"입으로 숨 크게 쉬고, 자 내뱉고."

손선영이 재빨리 장수정의 등 뒤로 가더니 그녀의 양팔을 붙잡았다. 장수정은 날갯짓을 하듯 팔을 위아래로 움직이며 손선영의 구령에 따라 깊은 호흡을 했다. 욕지기가 조금 멀리 떨어졌다.

"생각하지 말아요. 그저 입으로 숨만 쉬어요."

영화에서 급작스런 상황이나 공포가 밀려올 때 토악질하는 사람들을 보면 이질감이 느껴졌다. 그저 영화에서나 설정한 거짓 상황, 과장된 상황의 하나라고 치부했다. 그런데 정말 욕지기가 치밀었다. 손선영의 말을 따랐다. 생각하지 말라. 장기밀매를 위해 적당한 마약에 취하게 한 뒤 마취도 없이 살을 찢고 장기를 꺼내고 장기보존액이나 포르말린에 담그고 뿜어지는 피를 온몸에 뒤집어쓰고 상처를 꿰매던 영화 〈투리스터스〉도 생각하지 말라고.

"아, 안 되겠어요."

장수정은 입을 틀어막고 뛰었다. 다행히 화장실은 두 칸으로 오른쪽이 비어 있었다. 빈 곳으로 달려들어 변기를 끌어안듯 엎드렸다. 석시콜린. 장기밀매. 무고한 사람. 살을 도려내는 피해. 간이 사라지고. 신장을 덜어내고. 심장을 꺼내고. 편린의 단어와 영화 장면이 겹치며 장수정은 격렬히 게워냈다. 백동수가 떠난 다음 날 기억이 끊어지도록 마셨던 술을 비워내듯. 그날은 기억을 비우고 싶었는데 오늘은 또렷이 떠오르는 끔찍한 모습들이 비워지지 않았다. 아이러니, 아이러니들. 차라리 술을 마신 다음 날이었더라면. 백동수가 떠나간 그날처럼 게워냈다면 억울하지도 않았으리라.

입을 헹구고 화장실을 나왔다. 손선영의 눈길이 장수정에게 고정되었다.

"미안해요."

"왜 선영 씨가 미안한데?"

잽을 날리듯 툭 쏘았다. 이런 상황에 미안하다니. 괜찮냐고 물어야지. 어쨌든 결론은 내려진 것이다. 이은경이 말했듯 장기밀매로.

"그런 것 같죠?"

장수정은 아무 일도 없었던 것처럼 되물었다.

"자, 다시 놓친 것이 있나 정리해볼게요."

이은경이 볼에 바람을 부풀렸다. 그녀 스스로 납득할 또는 정당화할 무언가가 필요하다는 듯 이야기를 잇는다.

"일단 고양이의 죽음부터 가볼게요. 고양이는 가공육을 먹었다, 그거죠? 그렇지만 스팸 같은 가공육으로 고양이를 죽이려면 상당히 많은 양의 석시콜린이 필요했을 겁니다. 제가 처음에 말했다시피 석시콜린은 정량 투여가 권장되는 정맥주사액입니다. 그렇지만 여러 약물들이 정맥주사를 놓든 피하에 주사를 하든 동일한 약효를 나타내는 것들이 대부분이에요. 최근 한국에도 먹는 근이완제가 꽤 유행이에요. 투여방법에 따라 전파 속도에 차이가 있겠죠. 성형외과에서도 사용하는 마취약물 중에는 주사뿐 아니라 먹어도 효과가 생기는 것까지 있으니까요. 간단히 알코올만 생각해도 먹어도 또 주사를 놓아도 효과가 나타나죠. 그게 술이잖아요. 그리고 상당히 많은 양이란⋯⋯."

"앰플 하나."

"맞습니다. 그렇다고 볼 수 있어요. 앰플 하나면 200킬로그램에 달하는 일반적인 동물에게 치사량이기 때문이죠. 앰플 하나를 가공육에 주사했다면 약효는 곧바로 나타날 겁니다. 도둑고양이는 많이 나가야 10킬로그램 정도니까요. 짧게는 일 분에서 길게는 십 분 정도 걸리지만 상당히 즉효라고 할 수 있죠. 결국 손선영 씨가 우려하신 대로 확대 범죄가 발생한다면 치명적이라고 볼 수 있습니다. 그리고 범인은 나름대로 예행연습을 거친 거니까요."

이은경은 생각을 일목요연하게 정리했다.

장수정은 하나가 궁금했다. 2밀리리터라는 극소량을 1밀리리터니, 0.5밀리리터니 하며 정량주사를 어떻게 하는 것일까? 이 말은 범인이 원하는 정확한 무게를 가진 사람에게 정밀한 양의 석시콜린을 주사하는 방법은 무엇인가, 라는 질문과 같았다.

"아하, 어쩌면 당연한 건데 일반인이라면 모를 수도 있겠네요."

"아, 죄송합니다. 수정 씨에게는 제가 설명할게요. 상식인데⋯⋯ 모르는 것도 정도가 있지. 이런 질문을 하리라고는 생각지도 못했습니다."

뭐냐, 손선영! 이 상황에 아는 척하기냐? 모를 수도 있지, 그런 걸로.

"수정 씨, 간단해요."

손선영은 자신의 남은 커피를 손가락으로 가리키며 말했다.

"여기에 석시콜린 2밀리그램을 섞었다고 생각해봐요. 그리고 수정
씨랑 저랑……."

입안이 껄끄러워 이미 비어버린 장수정의 잔에 손선영이 커피의 절
반을 따랐다.

"이해되죠?"

아, 그러니까 물에다가, 병원이라면 정량의 포도당 용액에다 석시
콜린을 섞어 나눈다는 뜻이구나. 장수정은 깊게 고개를 끄덕였다.
이 말은 일반적인 범인이라 해도 누구나 쉽게 보통 사람의 몸무게
를 계산한 적정량의 석시콜린을 주사하거나 투입할 수 있다는 것을
의미했다. 손선영이 커피로 시연했듯 매우 간단한 방법으로.

"여기서 제 추측을 하나 더 보태도 될까요?"

이은경이 손선영을 바라보며 말했다.

"범인은 근육이 아닌 장기가 필요할 겁니다."

장수정은 이은경의 말을 알아차릴 수 없었다. 근육이 아닌 장기
라면?

"즉, 근육인 심장을 제외한 나머지 장기들이 필요한 사람일 거라
는 뜻이죠."

이은경의 말에 손선영이 음, 하는 감탄사를 넣으며 팔짱을 꼈다.
생각할 시간이 필요하다는 뜻일까? 그러다 그가 이은경을 향해 물
었다.

"은경 씨가 너무 추리에 빠지시는 통에 이야기 듣는 게 참 재미있었습니다. 그렇지만 제가 정확히 묻고 싶은 것은 사실 하나였습니다. 아니, 확인이 필요했다는 게 맞을 겁니다."

"뭔데요?"

"석시콜린을 투여한 사람이 뇌사 상태에 빠질 수 있는가? 말씀하셨듯이 안락사만을 위한 것이라면 정량의 약물 투여 후 얼마 지나지 않아 사망에 이를 겁니다. 그렇지만 발견에서 병원 후송까지 걸리는 시간을 감안하지 않을 수 없다는 거죠. 그 시간이면 굳이 앰플 하나보다 모자란 양이라도 벌써 사망하고 말 겁니다. 그렇다면 장기는 쓸모가 없어지죠. 발견이 늦어질수록, 또 병원 후송이 늦어질수록 뭐랄까, 도우너로서 가치는 떨어지고 마는 겁니다. 이런 다양성의 심화를 사건에 적용한다면 범인이 정말 무모하거나 아니라면 잘 모른다거나 다른 목적이 있다고밖에 생각할 수 없거든요. 말하자면……."

"무차별 살육 같은 거요?"

장수정이 먼저 말하고 싶었지만 이은경이 한발 빨랐다.

"결국은 범행이 벌어지기를 기다릴 수밖에 없다는 거죠. 솔직히 제가 수정 씨와 이 일에 관심을 기울일 때는 범죄 발생 전에 예방할 수 있지 않을까, 피해자가 나오기 전에 범죄를 멈추게 할 수 있지 않을까, 하는 일말의 기대가 있었습니다. 고양이의 죽음만으로도 충분했으니까요. 그런데……."

손선영이 작게 고갯짓을 했다. 아마도 힘들 것이라는 비관적인 전망 탓이리라. 이은경도 손선영의 이야기에 공감했는지 눈빛이 흐려졌다.

범죄, 생각할수록 무섭다. 또한 범죄를 획책하고 현실로 옮기는 사람들이 얼마나 무서운지도 깨닫게 되었다. 장수정의 비명에 반응해 여기까지 함께해준 손선영이 고마웠다. 갑작스런 감정의 기복을 이기지 못하고 장수정은 손선영의 손을 잡았다. 손선영이 슬그머니 손을 빼기도 전에 어머, 하고 소리친 것은 이은경이었다.

"혹시 두 분, 그런 사이 아니시죠?"

상황이 오해를 만든다는 선인들의 말은 진리이다. 장수정은 그저 고마웠던 것뿐이다.

잠시 당황한 장수정을 똑바로 응시하며 이은경이 결정타를 날렸다.

"오늘까지 다섯 번째인가, 여튼 지금까지 만나본 손선영 작가, 마음에 들었거든요. 이토록 진중하게 임하는 모습에 반했다고 할까요? 혹시 수정 씨, 손 작가에게 관심 없으면 제게 양보하시죠?"

자기 PR의 시대라더니. 장수정은 정확히 한 대 얻어맞은 느낌이었다. 생각도 해본 적 없는 질문이기도 했지만 내 떡이라고 생각했던 손선영을 이은경이 내놓으라고 한다. 아니, 가로채려고 한다.

"그건 안 되겠는데요."

어라, 이 무슨 망발이니? 장수정 너 미쳤냐? 키 작고 배 나오기 시작해, 촌철살인은 기본, 은근히 나를 까대고 하대하는 이 남자가 뭐가 좋다고? 장수정, 너 지금 실수한 거야. 냅다 줘버려.

"아, 두 분 다 왜 이러세요? 전 두 분 모두에게 관심 없어요. 왜 당사자인 저를 두고 두 분이서. 전 결혼했어요. 모르십니까?"

결혼이라뇨? 결혼이라니?

장수정과 이은경이 깜짝 놀라 그를 보았다.

"글이랑."

허, 허허. 그럼 그렇지. 동생이었다면 꿀밤이라도 날려주고 싶었다. 이런 상황에 그런 실없는 농담이라니. 손선영 네가 그러니까 여자에게 관심을 못 받는…… 아니네, 그건 아니라는 게 입증이 되었네. 어쨌든.

혼란스러운 장수정과 달리 이은경은 까르르 배를 잡고 웃기 시작했다.

정상우

술자리에서 무슨 일이 있었을까.

벌써 한 달이 지나도록 정상우를 괴롭히는 질문이었다. 〈영웅본색〉을 안주거리로 휘도와 영재와 함께하던 시절에는 셋이서 소주한 박스도 너끈했다. 그런데 마흔을 기점으로 주량은 구겨진 두루마리 휴지처럼 너덜너덜해졌다.

왜 그날 곤죽이 되도록 술을 마신 걸까? 아니, 얼마 마시지 않은 것 같았는데 필름이 끊겨버린 이유가 뭘까?

다행인 것은 애매한 아가씨와 잠자리를 하지 않은 것 정도였다.

만약 술로 인사불성이 되어 아가씨와 기억에 없는 잠자리라도 했다면 엄청난 자괴감에 시달렸을 것이다. 정상우가 비록 아내와의 결혼 생활을 등한시한다 해도 아내에 대한 애정이나 사랑이 메말라서가 아니었다. 그의 내면 깊숙한 어딘가에서 열정을 깡그리 사라지게 만든 현실에 패배한 탓이었다. 세상에 패배한 탓이었다.

"그 시절이 좋긴 했어요."

새벽 2시 반. 신천역 4번 출구 근처에서 손을 든 남자가 올림픽 선수촌 아파트로 가자며 택시 문을 닫았다. 비슷한 연배, 남자가 꺼낸 것이 바로 홍콩 영화였다. 요즘은 홍콩 영화처럼 낭만과 비장미를 함께 느낄 수 있는 영화가 없지 않냐며.

이제 슬슬 아르바이트는 그만두어야겠다 하면서도 그러지 않는 이유는 간단했다. 사람들을 만날 수 있다는 것. 이제 그에게는 몇몇 단어가 사라지고 없다. 인간미, 친구, 사랑과 같은. 그건 홍콩 영화에서 보여주던 낭만과 맞닿은 단어들이었다. 너무나 우습게도 정상우의 인생은 결국 홍콩 영화 한 편보다 못했고, 〈영웅본색〉 영화 한 편을 벗어나지 못했다.

"정말 그렇게 뜨겁게 살 줄 알았습니다. 그런데 보다시피 핸들을 잡고 있어요."

정상우가 푸념처럼 핸들을 탁탁 두드렸다. 선수촌 아파트 중 가장 으슥하고 깊은 313동에 손님을 내려준 뒤 잠시 시동을 껐다. 그보다 스무 살쯤 많아 보이는 경비가 고개를 내밀었다 택시 공차등을 본 뒤 사라졌다.

필터까지 태운 담배를 아파트 현관 옆 쓰레기통에 던졌다. 그러다 번뜩 기억이 떠올랐다. 아마도 1984년이던가, 아니라면 그다음 해 겨울이었나. 정상우가 갓 스무 살이 넘은 어느 날이었다. 휘도의 형 오토바이에 영재와 그가 올라탔다. 휘도 형제의 자취방이 있는 서울대 근처에서 방이동 아파트 건설현장까지 내달렸다.

밤 8시, 암흑의 골조만이 뒤덮은 평원지대는 놀라울 정도로 위압적이었다. 떠오른 별 아래 흑빛과 쪽빛, 푸른빛이 먹의 농담처럼 순차로 띠를 두른 방이동 일대는 아름다웠다. 마치 상우를 유혹하려는 여인처럼 고혹적으로 느껴졌다. 어둠과 조명이 만든 농담이 가장 옅은 지면 곳곳에서는 24시간 내내 세찬 아파트 공사가 진행되었다. 이 어울리지 않는 조합에 휘도가 생각을 덧칠했다.

이게 내 꿈이야.

겨울바람이 '최신 전기통닭'이라고 쓰인 종이봉투 하나를 3층 너머로 날렸다. 아직 뼈대만 구성된 건물의 높이가 상우를 압도했다. 이토록 높은 건물을 내 손으로 짓는다. 그런 생각도 그를 압도했다. 이건 그야말로 꿈이다.

휘도를 따라 올림픽선수기자촌 아파트 공사현장에 일용직으로 나갔다. 세 사람은 처음 해보는 막노동에도 행복했다. 꿈이 있다는 즐거움을 느꼈다. 그 속에서 육체의 고통은 아주 작고 쓴 열매의 하나였다.

올림픽선수기자촌 아파트는 당시 동양 최대의 아파트단지 공사였다. 122개 동, 5540가구를 수용할 수 있는 규모였다. 기준 전용면

적은 30평으로 5인 가족을 입주시킨다면 3만 명 가까이 살 수 있는 서울 속 작은 도시였다. 그렇지만 공기를 단축하기 위해 삼사도급에 해당하는 일용직들에게도 야간작업을 강요했다. 향후 86아시안 게임과 88올림픽에서 선수단과 기자를 위해 국익을 선양할 수 있다는 공명심이 오히려 상우를 즐겁게 했다.

공사장에는 전국에서 인부들이 모여들었다. 이렇다 보니 지역색이 강한 전라도와 경상도 일꾼들 사이에 싸움이 끊이질 않았고, 심지어 폭력조직이 인부들을 관리한다는 말까지 나돌았다. 그뿐만이 아니었다. 학비를 벌기 위해 야간에만 일을 나오는 대학생과 고등학생도 있었고, 중학생들까지도 심심찮게 만날 수 있었다.

그날도 야간작업이 무르익던 깊은 밤이었다. 12시에 제공되는 야식을 먹기 위해 사람들이 불가에 모여들었다. 그래봐야 드럼통에 불을 지피고 솥을 얹어 끓이는 라면이 전부였다. 한 솥 가득 끓인 라면은 소죽처럼 불어 씹을 것도 없었다. 공사장 바닥에서 구르는 각목과 합판을 대충 엮어 만든 주걱으로 휘휘 저은 라면이 위생적일 리도 만무했다. 그렇지만 적당량의 김치를 톡 털어 넣어 먹는 그 맛은 어디서도 흉내 내기 어려울 정도로 일품이었다.

"야, 오늘은 저기 가자."

찌그러진 반합에 라면을 받아들었을 때 휘도가 두 사람을 이끌었다. 기반공사가 끝난 아파트 모서리였다. 정상우보다 두어 살 위로 보이는 남자가 홀로 라면을 먹고 있었다. 휘도는 성격 그대로 활달함을 드러내 쉽게 일꾼들과 친해졌다. 때로는 형님, 때로는 삼촌 해가며. 눙치는 휘도의 재주는 타고난 모양이었다.

"몇 살이에요? 친구 같아서. 저쪽에 가서 같이 먹어요."

휘도가 귀를 덮는 치렁치렁한 머리의 남자에게 말을 걸었다. 약간은 당황한 표정이기도 했던 남자는 "스물 셋" 하고 짧게 대답했다.

"이야, 우리랑 동갑이네. 우리는 군대 가기 싫어서 여기 짱 박혀서 일하는 거거든."

휘도가 반갑다는 의미로 남자의 어깨를 어깨로 툭 건드렸다.

"나는 부르주아가 되기 싫어서."

그 뒤로 남자는 휘도의 이런저런 질문에 응, 또는 아니, 하고 대답할 뿐이었다.

녀석, 신기하네. 휘도는 라면을 먹고 멀어진 남자에게 관심을 보였다. 그날부터 휘도는 남자가 먹잇감이라도 된다는 듯 매일 귀찮게 했다. 그렇게 하나씩 남자에 대해 알게 되었다. 이름은 장민한. 서울대학교 법학과. 사법고시 1차 합격. 고향은 의창군 진동면. 자취. 카투사 입대 예정.

"참 이상한 녀석이야, 그치? 서울대씩이나 다니는 녀석이 노가다라니."

휘도는 시간만 나면 장민한에 대해 이야기를 꺼냈다. 특히 세 살이나 위였던 장민한에게 친구라고 큰소리를 친 터라 신경이 쓰였을지도 몰랐다. 그렇게 보름쯤 지난 어느 날 겨울 폭우가 내렸다. 당연히 일은 중단되었다. 일꾼 숙소에서 시간을 죽이던 휘도가 영재와 상우를 불러냈다. 장민한도 끌어냈다. 네 사람은 삼십 분을 걸어 방이동 먹자골목에 이르렀다. 빈대떡에 진로 소주를 시켜놓고 젓가락을 두드렸다. 처음으로 장민한도 웃으며 함께 젓가락을 두드렸다.

만취한 장민한이 세 사람에게 말했다.

"혹시 십장 기억나? 나처럼 경상도 사투리 심하던."

그 말에 가장 먼저 영재가 "장 씨 아저씨?" 하고 말했다. "그라고 니 사투리 안 심하다카이."

영재가 장민한의 사투리 억양을 흉내 내는 바람에 네 사람이 모두 웃었다.

"그 사람, 사촌 형이야. 나보다 열두 살 많아."

장민한은 뇌 속까지 술이 들어찬 표정이었지만 애써 꼿꼿하게 허리를 폈다.

"고향에 가면 사람들이 나더러 그래. 앞으로 장관도 되고 대통령도 될 사람이라고. 그렇지만 난 부끄러워. 지금 같은 독재정권에 맞서지도 않는 친구들이, 또 대학생들이 너무 부끄러워. 솔직히 나부터 그렇지. 나 잘살겠다고 공부만 하고 있으니까. 신분상승을 하겠다고 말이야."

"야, 민한이 너 말대로라면 독재정권이 하는 아시안게임이나 올림픽을 위한 선수기자촌 건설에는 오히려 반대해야 하는 거 아냐?"

영재가 날카롭게 지적했다.

"방학하자마자 고향에 갔어. 공부를 그만두고 싶었거든. 그때 사촌 형 형수가 형을 좀 찾아달래. 이곳에서 일하고 있을 거라고. 그날도 고향에서는 이장 아저씨가 돼지를 잡았더라고. 사시 1차 합격 축하한다고. 자격지심에 고향을 가는 것만큼 부끄러운 게 없어. 어차피 내가 잘되는 건 내가 잘되는 거지 그 사람들이랑은 관계가 없으니까. 삼 주 전이었을 거야. 이곳에 형을 찾으러 왔어. 당연히 숙소에서 지낼 거라고 믿었는데 형은 서울 아가씨랑 살림을 차렸더라고. 형이 그래. 서울에 와보니까 왜 사람이 나면 서울로 보내라는지 알겠다고. 그런데 난 지금도 모르겠어. 왜 서울로 와야 하는지. 내 속에서 극과 극이 부딪치더라. 이대로 가면 장관이나 대통령은 못 되더라도 잘살 수 있다는 하나와 왜 사촌 형처럼 아무것도 없는 사람이 마누라까지 버리고 서울 사람이 되려는가 하는 하나가. 정말 아무것도 없는 사람이 왜 그런 생각을 하게 됐을까. 그래서 딱 한 달만 사촌 형이 돼보기로 했던 거야. 그런데 더 모르겠어. 생존이라는 거."

"생존?"

"응. 생존에 져버린 것 같아."

장민한의 말이 정상우의 심장을 뒤흔들었다. 생존.

전태일을 아느냐고 물었다. 장민한이 전태일을 열사라며 설명했다. 열사라는 말, 태어나 처음 들었다. 공감이 가지 않았다. 표정을 살폈는지, 장민한은 그뿐만이 아니라며 덧붙인다. 월급 몇 푼을 더 올려달라고, 또 현실을 바꿔달라며 분신자살하는 사람이 있다고 한다. 상징적인 존재가 전태일이란다. 몇몇 이름이 그 뒤로 오간다. 이런 이야기를 몰랐다면 돈 몇 푼에 왜, 또는 다른 사람들 잘사는 현실에, 하고 거짓말이라 여겼으리라. 민한이 그런다. 그 사람들은 누구나 잘사는 세상을 말하고 싶었던 거라고. 차별이 없는 세상을 말하고 싶었던 거라고. 민한이 건네던 누구나 잘살 수 있는 세상을 꿈꾸던 말, 먼 나라 이야기로만 여겨졌다. 그런데 장민한은 생존에 졌다고 말했다. 정상우는 그때까지 생각해보지 못했던 생존에 관한 이야기들이 신문 활자처럼 빽빽이 머릿속에 들어차기 시작했다.

아파트 건설현장에서 일용직 일꾼으로 산다면 과연 정상우와 친구들이 꿈꾸는 미래를 거머쥘 수 있을까. 그럼에도 이곳에서 하루 일당을 위해 야근까지 하는 사람들은 누구이고 무엇일까. 행복이나 꿈보다 그저 생존 때문이었을까. 장민한의 이야기처럼.

"그런데 형의 동거녀를 보고 깨달았어. 어떻게든 좀 더 사람답게 잘살고 싶었던 거라고. 도의대로라면 동거녀를 경찰에 불륜으로 고발하고 형이 정신 차리게 만들어주는 게 맞을지도 몰라. 그렇지만 내게 그런 자격이 있을까. 책으로만 세상을 배워서 판검사가 된다는 거, 그게 그만큼 의미 있는 것일까? 생존의 진정한 의미나 산다는 것의 의미를 모른 채."

어울리지 않는 공명이 그들을 감쌌다.

"나 사업할래."

정상우의 목소리가 새되게 터졌다.

"나는 노동운동에 투신하려고 해."

정상우와 달리 장민한의 목소리가 낮게 울렸다.

네 사람은 겨울 폭우가 쏟아진 그날 이후 건설현장 일을 그만두었다. 숙소의 짐을 챙겨 나오며 장민한이 십장인 사촌 형에게 다가갔다.

정상우 일행도 다가갔다.

"형, 난 잘 모르겠지만 행복하게 살아라. 그리고 고향에 있는 형수는 어떻게든 살아갈 거야. 형이 두고 온 논밭이 있으니까. 마산으로 편입된다는 이야기도 나오는 것 같고. 그렇게 되면 땅값도 많이 오르니까. 모르겠다. 형. 그냥…… 행복해. 그게 다야. 지금이 형이 결정한 전부라고 생각지는 않으니까."

장민한을 위시한 네 사람은 이별주를 마셨다. 결국 화양리까지 억지로 장민한을 끌고 가 밤을 마감했다. 그날 밤 분명 장민한은 술에 취해 울었던 것으로 기억되었다.

그날 나 또한 왜 울었을까. 그리고 왜 갑자기 그 생각이 난 걸까.

정상우는 급작스런 기억에 고개를 가로저었다. 그날 이후 한 번도 떠올린 적 없던 기억이었다. 장민한이라는 이름도 까맣게 잊고 살았다. 사업하겠다는, 그 꿈을 꾸게 만들었던 사람은 결국 휘도나 영재가 아니라 장민한 때문이었나? 생존에서 이겨보겠다고.

정상우는 하늘을 올려보았다. 과거 그가 곳곳에 벽돌을 보태 하늘에 가깝게 만들었던 24층짜리 아파트는 이제 그가 바라볼 하늘을 가로막고 있었다.

사각에 가로막힌. 무언가 꽉 막힌. 하늘. 그리고 생존.

생존이라던 장민한의 말. 왜 그 말이 오늘따라 또렷이 떠오르는 것일까. 이제 생존할, 거저 의지할 무언가도 심장이 타들어 사라져가는 마당인데. 갑자기 눈물이 흘렀다. 너무 짧은 삼십 년 사이에 되레 너무 많은 것이 변하고 말았다.

그때 전화기가 반짝였다.

―결심은 하셨습니까?

박 씨의 문자메시지였다. 곧바로 다시 문자가 울렸다.

―명단 구했습니다.

가만. 결심은 뭐고 명단은 뭔가.

정상우는 박 씨를 다시 만나야겠다 생각했다. 택시 공차등을 끈 뒤 차고지가 있는 방이초등학교 근처로 차를 몰았다. 왼손으로 핸들을 고정한 채 박 씨에게 전화를 걸었다.

"박 씨, 나 정상웁니다."

"아, 정 사장. 그러잖아도……."

"좀 만납시다. 지난번 만났던 안동식당에서 봅시다. 부탁……이요."

얼른 박 씨의 말을 자르며 전화를 끊었다.

십 분이 지나지 않아 박 씨와 정상우가 마주 보았다. 소주 반병을 벌컥벌컥 들이켰다. 기선제압은 아니었다. 스스로 다그칠 무언가가 필요했다. 채 십 초가 지나지 않아 알코올의 싸한 기운이 목덜미까지 덮쳐왔다.

"박 씨, 솔직히 기억나지 않수다. 내가 무슨 말을 한 건지."

정상우의 말에 박 씨는 난감하기 그지없다는 표정을 지었다.

"아가씨까지 물리고 이야기한 건데. 설마……."

"그럼 오늘은 내가 아가씨를 사드리리다."

두 남자의 팽팽한 눈빛이 안동식당에 가득 찼다. 주저하던 여자가 접시에 전을 내왔다. 그러고 보니 오늘은 마음이 급해 안주 하나 시키지 않았다. 전이 탁자 위에 놓이자 팽팽하던 실타래가 탁 끊어졌다.

"밥은 드셨수?"

"아직이외다. 한 그릇 사시겠소?"

그나마 누그러진 박 씨에게 갈치조림을 권했다. 반주로 소주 세 병을 해치운 두 사람은 밤공기를 맞으며 걸었다.

"어디 조용한 데로 갑시다."

정상우의 말에 박 씨는 가까운 노래방을 권했다. 밀폐된 공간으로 노래방만큼 적소인 곳도 없을 것이다.

"아가씨 불러드릴까요?"

노래방 여주인이 한껏 교태스러운 몸짓으로 콧소리를 높였다.

"조금 있다 부르리다. 그때까지는 둘만 있게 해주시오."

여주인이 사라지자 노래방에는 다시 긴장감이 들어찼다. 박 씨는 잠시 얼굴을 감싸쥐었다가 상체를 테이블에 밀착했다.

"심장이 필요하다고 하지 않았소. 내가 4억이 있어야 된다고 그랬더니 그럴 돈은 없다고 당신이 그랬죠. 그러면서 당신이 놀랄 만한 제안을 했수다."

확인하듯 그가 정상우와 눈을 맞추었다.

"놀랄 만한 제안?"

"이 사람 참. 그렇게 비밀이라며 신신당부를 하더니, 결국 내가 당신에게 떠드는 꼴이구랴. 당신이 그랬어요. 사람들을 안락사시킬 약물이 있다. 이 사회에서 있어도 그만, 없어도 그만인 사람 하나만

고르자, 그런 사람 하나 골라내서 어떻게든 약물을 주입하자! 기억
안 나요?"

박 씨가 되묻듯 정상우를 보았다. 그렇지만 정상우가 입도 떼기
전에 다시 이야기를 이었다.

"그런 사람 하나 찾아내서 골로 보내자. 모든 책임은 정 사장 당
신이 지겠으니 그렇게 하자. 안구고 뭐고, 다른 장기는 다 떼가라,
필요 없다. 단지 심장만 달라. 심장만 주고 나머지 장기는 당신들이
알아서 하라."

내, 내가 그랬다고?

정상우는 극심한 두통이 밀려왔다. 반주로 마신 술이 식도를 압
박하며 비릿하게 역류하는 느낌마저 들었다.

"좋은 제안이긴 했어요. 물론 나한테는 직접적인 이익은 없수다.
나야…… 가운데서 다리 놔주고 적당히 수수료 명목으로 조금 챙
기려고 했지, 이렇게 일이 커질 줄 알았나. 어쨌든 같이 일하는 애들
한테 정 사장 아이디어를 전달했어요. 사실 후배들이나 형님……도
머리 쓰는 체질은 아니어서 당신 제안에 놀라워하긴 합디다. 보통은
빚에 쪼들리는 애들, 각서 하나 쓰게 해서 신장 떼는 게 전부니까.
그런데 오케이가 떨어진 거야, 형님한테."

형님이라. 형님이라는 작자가 박 씨의 오른손가락 두 개를 떼어내
게 만든 사람일까. 저토록 거칠어 보이는 박 씨도 꼼짝달싹 못하게
만든 보스라는 존재일까. 무언가, 어디에선가 떠밀리는 것 같았다.
표류하듯 물 위에 뜬 채 그 자신이 의도하지 않은 곳으로만 움직여

가는 느낌이었다.

"형님이라는 분, 만날 수 있습니까?"

"솔직히 이런 일, 사람 단속이 먼접니다."

그러면서 박 씨가 오른손을 내밀었다. 절단된 약지와 소지.

"내가 정 사장을 좋게 봤으니까 허물없이 오픈한 거요. 보통은 이렇게 일 안 합니다. 조직이 드러나는 순간, 이 일은 끝이니까요. 해서 말인데……."

박 씨가 뜸을 들였다. 그가 하고 싶은 말이 무엇일까.

"형님을 만나면 일은 돌이키지 못합니다. 그렇기 때문에 이런 자리를 만든 거유. 정 사장, 다시 말하지만 형님을 만나면 그만큼 책임이 생겨난다는 뜻이요. 하나는 내가 약속하리다. 심장은 책임지고 정 사장에게 드리지요."

떠밀리는, 정상우가 원하지 않는데도 어디론가 흘러가는 느낌을 지울 수 없었다. 일이 어쩌다 이렇게까지 진행된 것일까. 그저 머릿속에만 있던 생각이었는데 어째서 옷을 입고 색깔을 맞춰 정상우의 눈앞에 나타난 것일까. 박 씨라는 형상을 빌려.

"그럽시다. 만나봅시다."

사람이란 게 때론 "노"라고 말하고 싶은데 "예스"라고 대답해야만 할 때가 있다. 아니, 그것보다 상우는 이제 그의 인생이 "노"를 외치고 싶어도 말하지 못하는 궁지에 몰려가는 것은 아닐까 반문했다. 생각이 구체화되기 전에 박 씨가 재빨리 말을 꺼냈다.

"되돌리지 못합니다."

여기서 멈추어야 하는 것 아닐까. 그렇지만 상우의 "예스" 한 번이면 지유를 살릴 수 있다. 되돌리지 않겠다. 입술을 꽉 깨문 정상우가 고개를 끄덕였다.

"술 한잔합시다."

일어서려는 상우를 박 씨가 붙들었다. 그러나 노래하고 싶지 않았다. 무얼 위해 노래하고 무얼 위해 즐긴다는 것인가. 자리에 앉지 않는 정상우를 향해 박 씨가 눈빛을 고정한다.

"가슈. 술은 다음에 합시다. 빠르면 모레쯤 될 거요. 연락하겠수다. 그리고 이미 상당 부분 진척이 되었다는 정도는 감안하셔야 할 겁니다. 일이 윤곽을 잡고 진행되는 데 한 달도 걸리지 않을 거예요. 그러니 준비하세요."

박 씨가 하는 말은 흘려듣고 말았다. 바깥으로 나오자 찬바람이 목을 건드렸다. 쿡, 기침이 터졌다. 편의점 티브이 광고에서 '한국 시리즈가 3일 앞으로'라는 타이틀이 보였다. 화면에는 롯데 자이언츠 선수의 홈런 장면이 나왔다. 딱, 하는 소리와 함께 공은 하늘을 향해 날았다. 그 순간 정상우도 하늘을 올려다보았다. 이게 전부였던 걸까, 보이지 않는 기억, 그 전부일까. 건물에 가려 아무리 눈을 크게 떠도 다 볼 수 없는 하늘처럼.

건물에 가려진 하늘. 별이 사라진 탁한 하늘. 그리고 보이지 않는 저 너머. 하늘이 너무 좁다. 정상우는 하늘을 보며 눈을 감았다. 삼십 년 전 장민한이 느꼈다던 생존. 그래, 나는 생존에 졌다.

장수정

"과거와 현대의 범죄에서 차이라면요?"

"범죄의 트렌드라고 할 텐데요, 다분히 고도화, 집적화, 첨단화되고 있죠."

대답을 손선영이 가로챈다. 그를 무시하고 장하나에게 눈길을 준다. 김한규의 부인 장하나가 장수정의 집으로 찾아왔다. 장하나의 표면적인 목적은 중국으로 나가는 남편 배웅, 그러나 손선영을 만나는 것이 궁극적인 목적이리라.

장수정은 김한규가 떠오르자 웃음이 터졌다. 영화와 현실이 다르다는 이야기는 수없이 회자된다. 로맨스는 기본, 남자 주인공과 여자 주인공의 생활에서 리얼리티가 떨어지다 못해 사라진 영화도 부지기수다. 다분히 영화를 위한 영화. 그런데 그것이 첩보원에도 적용될 줄 몰랐다. 피어스 브로스넌이나 다니엘 크레이그? 저리 가라 그래. 내가 태어나 처음 본 첩보원은 무식의 아이콘이었다고. 술 더 달라고 마누라에게 앙탈이나 부리는 동네 모자란 아저씨였다고.

"언니, 그런데 오빠는 왜 중국으로 가신 거예요?"

장하나와 부쩍 친해진 장수정이 살갑게 물었다. 그러자 장하나가 중지를 입에 살짝 가져다 댄다.

"비밀이다. 작전."

비밀이다? 작전? 세상에 비밀은 없다. 장수정은 장하나가 찡긋 윙크를 하자 까르르 웃고 말았다. 영화의 첩보원처럼 위트 있는 사람은 오히려 장하나가 아닌가.

"수정 씨, 그거 몰랐나 보네요. 우리나라 해외공관이나 대사관 직원 중 많게는 3분의 2가 국정원 직원이거나 그에 준하는 직원들이에요. 그리고 현재 첩보의 방향은 과거 냉전시대처럼 국가 간에 정보 수집을 위한 첩보보다는 국익을 수호하는 데 중점이 맞추어져 있어요. 말하자면 첨단기술 유출 같은 거요. 쌍용자동차 전직 직원의 기술 유출이나 삼성반도체 기술 유출자를 체포한 사례 같은 거죠."

손선영이 빠른 목소리로 늘어놓았다.

또 아는 척은. 하여튼 저 배 나오기 시작한 브레인은 어디서 시시콜콜 저런 걸 알아서 귀찮게 한다니.

"전 하나 언니한테 물었거든요."

"하여튼 수정이 너, 남들 보면 부부싸움 하는 줄 알겠다."

"언니는 참, 부부싸움이라니. 누가 지금 저런 팬더 곰 같은 사람이랑. 게다가 남들 볼 일도 없거든요."

"아우, 야. 됐다. 언니가 말실수했네. 요즘 범죄의 트렌드는…… 아무래도 사람들도 범죄에 대해 많이 안다는 거겠지. 그래서 들키지 않을 방법을 공부한다는 거."

"요즘 범죄자는 범죄에 대해서 많이 안다?" 장수정은 그녀의 말이 무척이나 묘하게 들렸다. "그리고 들키지 않게 공부한다?"

손선영이 무언가 입을 달싹거리려 하자 재빨리 장수정이 제지했다.

"경찰은 선영 씨가 아니라 하나 언니거든요."

"그래도 분석하는 측면에서는 일선 현장보다 평론가들이 나을 걸, 범죄학 관련 교수들이나 또 선영 씨 같은……."

"됐다 그래, 저 양반은!"

장수정의 눈빛이 비수처럼 날아가 볼록해지기 시작한 손선영의 배에 가서 꽂혔다.

"하하하. 이러니 부부싸움 하는 거 같지. 어쨌든 범행수법이 오픈되는 역기능도 있지만 오픈된 덕택에 비슷하면 검거된다는 경종을 울리는 순기능도 있으니까."

"오호, 견제와 채찍, 당근과 타협인가요?"

"선영 씨도 참. 저는 그런 정치적인 건 몰라요. 그냥 객관적인 이야기죠."

장하나와 손선영이 수정의 눈빛을 무시한 채 이야기를 주고받았다.

"그런데 언니, 요즘 범죄자가 범행에 대해 많이 안다는 건 뭐야? CSI 같은 그런 거 말고."

"이제 CSI는 조금 진부해지긴 했지? 그렇다고 해도 일반인이 가장 접근하기 쉬운 두 가지 명제부터 시작해볼까?"

"두 가지 명제라니?"

손선영은 이제 끼어들기를 포기했는지 가만히 책상 모서리에 앉아 이야기만 듣고 있었다. 장수정은 그런 손선영을 흘금 바라본 뒤 장하나에게 눈길을 고정했다.

"뭐, 속설이라고 해도 되고 명제라고 해도 되는데 경찰청 과학수사센터에는 '모든 범죄는 흔적을 남긴다'라는 글이 적혀 있어. 이 말은 '모든 접촉은 흔적을 남긴다'라는 프랑스 에드몽 로카르 박사의 말에서 따온 거야. 로카르 박사는 현대 과학수사의 개척자로 불리고."

"그 말은 여러 말로 변주되었는데 그중 가장 유명한 게 '접촉한 두 물체 사이에는 반드시 물질 교환이 일어난다'라는 겁니다. 이걸 보통 로카르의 법칙이나 로카르의 교환원리라고 불러요. 아마 명탐정 코난이나 김전일에도 등장할걸요."

가만있나 싶었더니 아니나 다를까 손선영이 끼어든다. 또 아는 척은. 하여튼 재수 백 단이라니까.

"선영 씨가 한 이 말은 과학수사의 중요성, 또 현장감식의 중요성을 역설한 말이라고 볼 수 있지. 그것 말고 수사의 속설 중에도 우리가 모두 아는 게 있어. 범인은 반드시 범죄현장에 돌아온다."

"아, 그건 저도 알아요. 추리소설 중에도 어슬렁거리는 사람을 용의자로 몰아서 범인을 잡아내는 것도 있었던 것 같아요."

"설마. 사건을 흐리기 위한 용의자로 등장하겠지, 범인은 아니었을걸요."

장수정의 말에 손선영이 곧바로 반론한다. 장수정이 주먹을 들어 보이자 손선영이 항복이라는 듯 두 팔을 올린다.

"자, 이제 수정이가 언니 말을 들었으니까 한번 범행을 저지른다고 상상해봐. 내 말을 들은 뒤 가장 먼저 생각나는 대로."

"뭐, 고민할 것도 없네요."

장수정은 그녀의 이야기를 토대로 대답했다.

"범죄현장에 흔적을 남기지 않는 것, 또 하나는 반드시 범죄현장에 돌아오지 않는다."

"역시 수정이가 반응이 빨라."

"생각이 없는 겁니다."

뭐냐, 장하나와 손선영의 척척 호흡은. 아무리 그래도 생각이 없다니. 장수정은 급기야 주먹으로 손선영의 옆구리를 가격했다. 뱃살을 강타했나 싶었는데 재빨리 피한다. 용의주도 손선영, 미워지려고 해. 부쩍 나오는 댁의 뱃살만큼.

"다시 본론으로. 수정이마저 그렇게 생각하는데 이 속설이 이제 들어맞을까?"

옅은 보라색 아이섀도를 바른 장하나의 눈이 뚫어지게 장수정을 바라보았다. 더불어 속설이란 단어가 생각을 부추겼다. 질문은 속설을 피하라고 답하고 있다. 나부터도 그렇게 하지 않을 것이라고. 정말 그럴 것이다. 최소한 범죄를 저지르려는 사람이라면 잡히지 않는 게 우선이리라. 기왕에 범죄를 저지르려는 사람이라면 완전범죄를 꿈꿀 것이고.

"뭐, 선영 씨가 물은 범죄의 트렌드에서 이어지는 이야기를 꺼내기 위한 서두니까 그렇게 긴장은 마. 어쨌든 수정이 대답은 하나는 맞고 하나는 틀렸어. 뭐랄까, 범인이 흔적을 남기지 않으려 하면 할수록 다른 흔적이 남는다는 거, 물론 이에 대한 데이터는 충분히 축적되어 있다는 것. 그리고 범죄현장으로 다시 돌아온다는 속설은 거의 백 퍼센트라고 해도 좋을 정도로 무너졌다는 것."

"언니, 그럼 영화나 수사 드라마 같은 데서 범인이 다시 돌아오는 건 어떻게 설명해야 하죠?"

"영화니까."

"그리고 드라마니까."

뭐냐, 진짜 이 두 사람의 척척 호흡은. 얼마 전 본, 가가 교이치로라는 매력적인 탐정이 등장하는 드라마 〈신참자〉 역시 기준은 현장이었다. 그런데 이제 범죄자는 현장으로 돌아오지 않는다니. 지금까지 보아왔던 수사 드라마나 영화의 속설 하나가 무너지자 뭔가에 속은 것만 같았다. 그렇다면 그 반대도 생각해야 하지 않을까. 무너진다는 것은 폐허를 의미한다. 실패나 황폐화를 뜻하기도 하고. 그렇지만 반드시 실패나 황폐 따위를 의미하지는 않을 것이다. 세상 모든 것들의 무너짐 뒤에는 다른 하나의 탄생이 후행되는 것이니까. 범죄 역시. 그리고 이 대목에서 장하나가 말을 꺼낸 처음으로 돌아가야 한다. 쉽게 무너진 범죄나 속설 다음에는 결국 고도화, 집적화, 첨단화되고 있는 범죄가 도사린다는 것! 1980년대의 인신매매가 2010대에 이르러 완벽히 변한 것처럼.

"그럼 언니, 범죄의 트렌드는 어떤가요?"

"직접 사람을 해하는 것보다 보험 관련 사기가 늘고 있으며, 흉기 사용보다 독을 이용한 범죄가 늘어가고 있다는 것. 우발적 범죄보다 계획적인 범죄가 늘어나고 청소년들의 범죄가 점차 잔혹성을 띤다는 정도가 트렌드겠지. 간단한 일화를 들려줄게. 요즘 들어 중국에서는 인신매매가 유행이야. 아이들이나 어른 할 것 없이 전방위적으로 행해지고 있어. 아이들을 데려가는 것은 소위 앵벌이를 시키기 위함이야. 그런데 이것은 표면적으로만 드러난 것이고 장기밀매, 유아 매춘, 오지나 섬에 판매까지 해. 최근에는 납치한 바로 그날 장기를 해체해 밀매하는 조직까지 적발되었어."

"오옷, 언니. 해체라는 단어, 너무 무섭네요. 말 그대로 사람이 상품이 되었군요."

"그런데 남의 일만은 아니야. 한국에서도 인신매매와 납치는 지금까지도 벌어지는 일이니까. 단지 아이들에 대한 범죄가 거의 없고, 유아 납치에 대해서는 사회 전체가 한목소리를 내며 해결할 정도로 치안 상황이 나쁘지 않다는 정도가 다르겠지. 염전노예나 새우잡이 배 이야기는 많이 기사화되었잖아."

"유아 납치는 표면적으로 드러나지 않은 것이라고 하죠. 실제 실종자에 비해 집으로 돌아오는 비율은 높지 않은 것으로 압니다. 애초부터 데이터 통계가 확실하지 않고 실종에 대해 수사는 잘 이루어지지 않으니까요. 이 말은 얼마나 많은 범죄가 드러나지 않고 숨어 있을지 모른다는 걸 의미하죠. 2010년 경찰청 통계였던 것 같은데……."

장하나에 이어 손선영이 이야기를 이어받는다. 그가 창작노트를 꺼냈다.

"아, 여기 있네요. 서울시 한 해 평균 실종자는 1만 5천 명, 25퍼센트는 사망 추정. 이 중에서 사회취약계층으로 분류된 아동과 노인, 기타 정신지체 장애인과 치매 환자에 대한 2006년에서 2009년 사이 실종자 전체 통계는 7만 6472명. 하루 평균 62명꼴.

엄청나죠? 이 사 년간 통계에서 가장 많은 실종자는 13세 이하 어린이예요. 거의 3만 5천 명에 육박하거든요. 더 경악할 만한 것은 실종자 통계조차 제대로 된 게 없다는 거예요. 물론 단순가출을 실종자 처리 하기도 하고, 집으로 돌아온 실종자에 대해 하나하나 체크하기가 쉽지 않다는 것을 감안한다고 해도 말이죠. 대략 우리나라의 한 해 실종자 수를 5만 명에서 6만 명 정도로 보더군요. 미국 인구가 3억 700만 명 정도, 거기에 실종자 수가 10만 명이라는 사실을 감안하면 놀라울 따름입니다. 상황이 이런데도 현재 실종자에 대한 근본적인 정책은 없다는 사실. 그게 더 놀랍죠! 아마도 의원들의 의정활동비를 줄인다고 했다면 국회 전체가 한목소리를 내고 달려들 텐데 이런 부분에는 한목소리를 내지 않아요.

여기서 조금 통계를 가지고 놀라게 해드릴까요? 숫자가 현실로와 닿지 않을 테니. 간단히 지금 실종 숫자는 가까운 연천군이나 가평군 있잖아요, 그게 한 해마다 사라진다고 보면 돼요. 그리고 추정 인신매매가 한 해 3천 건에 이르지 않을까 범죄연구가들은 말합니다. 가평군이나 연천군의 중고등학생들이 일 년마다 사라지는 거죠. 범죄 속으로 완전 증발."

무, 무섭다. 대한민국의 군 하나가 사라질 정도로 실종자가 많았다니. 그럼에도 우리는 우리가 직접 느끼거나 알지 못한다는 이유만으로 이 사실을 경원시하거나 도외시하고 있지 않은가. 우선 나부터 고양이의 죽음이 없었더라면 범죄라는 지옥의 한가운데에 발을 담그는 바보짓은 하지 않았을 테니까.

장수정의 머릿속을 몇몇 단어가 심각하게 짓누르기 시작했다. 그리고 이은경을 만난 그날처럼 위장이 거북해졌다.

"자, 큰 숨. 팔 벌리고 들었다 놓았다, 입으로 큰 숨."

그러고 보면 손선영은 참 세심한 편이다. 그를 남자로 보지 않는 덕에 이런저런 생각은 해보지 않았지만, 손선영은 장수정을 하나의 인격체로 완벽하게 배려하고 있다. 짜리몽땅한 키는 접어준다 쳐도 외모가 무한도전의 하하만큼만 됐더라면……. 가만 지금 무슨 생각을!

"전 잠시 화장실."

손선영이 잠시 자리를 비웠다. 그 순간 장수정은 손선영에 대한 이야기를 꺼냈다.

"아, 언니. 그거 알아요? 저 아저씨, 뭐가 좋다고 한 세 번쯤 만났나. 동물병원 원장 언니가 사귀고 싶다는 거 있죠. 삼십대 중반도 넘은 분이면 세상을 알 텐데, 흥, 선영 아저씨가 뭐가 좋다고. 그렇지 않아요?"

"그래서 좋은 거야. 그녀가 삼십대 중반을 넘겼으니까, 세상을 알 만큼 안다고 생각하니까. 우리는 직간접적으로 매스미디어의 영향을 엄청나게 받아. 그렇다 보니 현실성 제로인 삶을 살고 있는 인생들이 많아. 여자만 해도 그렇잖아. 허리 24인치, 몸무게 48킬로그램. 키는 168센티미터. 이런 기준을 누가 만드는 건데? 왜 사람을 사람, 사람의 개성을 버린 채 기준에 딱 맞추어 상품 찍듯이 하냐는 거야. 매스미디어에 매료되었을 때는 반드시 그래야만 하는 것처럼 행동하고 살잖아. 아마 대부분이 그럴걸. 그러다 어느 한 순간 팍, 깨게 되는 때가 와. 사람의 외모나 경제력, 화려함이나 학력 같은 겉보기에 좋은 것들이 때론 아무것도 아닐 수 있구나 하고 깨닫는 시기. 뭐 분석이랄 것도 없지만 동물병원 원장님이야, 본인이 경제력에 대해 어느 정도 주도권이 있을 거야. 나이가 사십에 가까웠으니 인생에 대해서도 어느 정도 알 나이고. 선영 씨가 추리소설가라는 직업적인 면, 즉 바깥에서의 모습과 아마도 수정이 너를 대하는 모습에서 내면적인 면도 본 게 아닐까?"

"외면, 내면? 그건 모르겠고 언니가 말한 깨닫는 나이?"

"그렇지. 그런 여자에게 필요한 남자는 자기만을 위해주고 또 자기 일에 철저하고 세심한, 또 친구처럼 애인처럼 평생 손을 잡고 살 수 있는 사람을 원해. 그런 면으로 보자면 내가 봐도 선영 씨는 괜찮지."

그런가?

"어허, 왜 이러십니까? 저를 눈앞에 두고."

어느새 나타났다.

눈치 없기는.

"윽. 언니, 내가 만약에 나이 서른 중반을 넘어 저런 사람이 남자로 보인다면 난 그전에 죽겠어. 인생 그렇게 살고 싶지 않아."

그 말에 장하나가 크게 웃음을 터뜨렸다.

"하던 얘기 마무리해야죠?"

손선영이 분위기를 가르자 장하나가 웃음을 멈추고 정좌를 했다. 어깨를 꼿꼿이 편 모습에서 긴장감이 느껴졌다.

"제수씨, 여기 온 실제 목적은 수사죠? 인신매매, 장기밀매에 관한?"

그 말에 장하나는 긍정도 부정도 하지 않았다.

"그리고 일부러 한규가 중국 가는 날로 날짜를 잡아 이곳에 오신 거잖아요. 한규, 단무지 첩보원처럼 보여도 아내 사랑하는 마음은 누구보다 비할 데 없는 놈이거든요."

"이번엔 제가 윽, 인데요. 우리 한규 씨, 선영 씨 말씀대로 술꾼에 단순무식지랄 같은 스타일이라 사람들이 다 버거워합니다. 저도 지쳐요. 아시면서."

"아닙니다. 그 반대입니다. 한규는 하나 씨를 정말 사랑해요. 물론 이런 경우 저 같으면 하나 씨가 하고 싶은 강력계 일을 하라고, 백 년도 못 사는 인생인데 하고 싶은 거 하며 살자고 형사를 권했을 겁니다."

"알고 계셨어요?"

장하나의 입에서 눈에 보일 듯한 한숨이 터졌다. 장수정은 그런 분위기에 압도되었고.

"솔직히 그래요. 경찰 조직에서 여자란 남성 계급주의 사회의 마스코트 같은 거, 그런 거예요. 그렇다 보니 일할 수 있는 곳도 민원 담당 같은 것으로 한정이 돼요. 그런 부서가 아니라면 말 그대로 생색내기용이죠, 이 부서에도 여자가 있다, 남녀평등이 경찰에서 분명히 실시되고 있다, 성역 없이 어느 부서에나 여자 경찰들이 일하고 있다, 같은 그런 거요. 솔직히 여자 경찰들도 알아요. 응당 처음

엔 그것을 받아들이지 못하고요. 그렇지만 사람이 그렇잖아요, 하나에 익숙해지고 적응하다 보면 거기서 벗어나려고 하지 않죠. 마치 유전하지 않는 용불용설처럼요. 그렇지만 한규 씨는 공무원, 아니 뭐 다 아시는 거니까, 국정원에서 일을 하며 못 볼 걸 좀 봤나 봐요. 경찰 일을 그만두게는 하지 않았지만 위험한 곳에 가지 못하게끔 막거든요."

"그게…… 한규 녀석도 괴로웠던 겁니다. 아내의 꿈은 알지만 현실은 어쩌면 그것과 다르다는 사실을 말하고 싶지는 않았던 거니까요. 본인의 손으로 아내의 꿈을 깨기는 싫었던 거죠. 중국으로 간 이유도 대충 짐작하시잖아요."

"알아요. 대첩보 활동. 첨단기술과 정보유출 사전 차단. 저도 경찰이거든요."

"그렇죠. 현재 중국의 모방 기술은 세계 일류입니다. 삼성 휴대폰, 엘지 벽걸이 티브이, 현대자동차, 심지어 우주선까지. 웬만한 제품은 출시 하루 뒤면 복제되니까요. 그 가운데는 돈 많은 중국 갑부들의 회유도 있지만 내부적으로 중국 공안과 정보부의 역할도 대단하다고 하거든요. 심지어 중국의 대외활동 첩보원은 60만 명에 달한다고 하죠. 이들의 첩보기술은 알려진 것만으로도 입이 쩍 벌어져요. 여자를 좋아하면 여자 첩보원이 몸으로, 돈을 좋아하면 돈을 연계해 줄 첩보원이 소위 기술을 발휘하죠. 사오 년 전 크게 화제가 된 중국 상하이 주재 한국 외교부 스캔들이 극명한 사례이고요. 그런 전장과 다름없는 곳에서 한규가 활동하고 있는 거니까요."

그날 부인에게 술 더 달라고 아우성치던 단무지 첩보원이 그 정도의 역할을 하고 있다고? 세상은 역시 보이는 것으로 판단할 수 없구나. 게다가 부인에 대해 이렇게 끔찍하게 생각하고 있었다니. 그런 생각과 달리 장수정이 끼어들기에는 이야기가 치열했다.

"어쨌든 그런 전쟁터에 한규는 사랑하는 하나 씨를 두고 싶지 않았던 겁니다."

"답 안 나와요, 이 얘기는."

"그렇다고 하더라도 저는 하나 씨의 의견을 존중합니다. 그리고 하나 씨가 짐작하시는 대로 이 사건, 어쩌면 인신매매나 신종 장기밀매 수법의 전조일지도 모르겠어요."

"알아요. 비슷한 수법이 중국에서 얼마 전 등장했다는 거요. 거의 고양이가 죽었다고 말하던 그 시점쯤에. 용인 동부경찰서 강력형사팀에 자문을 구했어요. 아니, 저부터 솔직해질게요. 저는 이거, 큰 사건이라고 보거든요. 그래서 수사를 해보자고 했습니다."

"딜을 하셨군요. 강력팀으로 넣어달라고……. 어차피 경찰도 조직이니까 상벌이나 실적, 그런 것들이 우선되는 범죄를 잡는 주식회사니까요. 하나 씨는 조직에서 마스코트가 되고 싶지 않으신 거고요. 내 인생은 내가 선택한다라……."

"딜이라, 그렇지만 저만 그렇게 봤다면 쉽게 수사하자는 말은 나오지 않았겠죠."

"그랬겠군요. 관할 문제도 있을 테고, 이 정도의 기획수사를 하려면 경기광역수사대에도 흘러들어가거나 본인들이 주도권을 잡으려고 했을 텐데. 그 모두를 무마시키려 했다면 어쩌면 용인 동부서 서장님, 이번에 제대로 한번 기획수사하고 영전하자, 마음을 굳히셨나? 관할정리부터 쉽지 않았을 텐데. 아니면 서장님이 그 정도로 위기였나? 잘못되면······."

"그 반대가 되겠죠. 저도······.

"용인 동부서도요. 사활을 걸었군요."

"사활까지는 아니고요. 재미있어하던데요, 다들. 용인이 서울 바로 아래라 오히려 할 게 없었는데 재미있겠다, 그러시던데요."

이번에는 대답이 없었다. 그런데 장하나를 똑바로 보던 손선영의 얼굴에 잠시 그림자가 드리웠다. 절망적인 그런 느낌은 아니었다. 장하나를 순수하게 걱정하는 느낌이었다 할까. 결국 장수정이 분위기를 참지 못하고 한마디를 던졌다.

"뭐 그렇게 어려워요? 두 사람 다! 하면 하고 말면 마는 거지. 전 다른 건 필요 없고 고양이 죽인 놈만 잡으면 돼요. 정말 다른 건 필요 없어요. 그리고 자꾸 이야기가 새네요. 언니가 하려던 말이, 그래, 장기밀매, 그 이야기나 해줘요. 그게 정말 이번 일의 배후라고 생각된다면요."

번뜩 정신이 돌아온 듯 장하나도 얼굴을 들었다.

"선영 씨, 또 수정이도 마찬가지. 오늘 일은 비밀로 해주세요. 한규 씨 알면 우리 동부서 찾아올지 몰라요. 우리 남편 똘끼 충만한 거 아시죠? 내가 설득할 때까지는 오늘 이야기는 비밀로 해주세요. 부탁합니다."

폭풍이 한바탕 지나간 느낌이었다. 첨예한 감정과 감정의 대립이 사람 사이에 얼마나 엄청난 긴장감을 줄 수 있는지 장수정은 새삼 깨달았다. 그리고 장하나는 말하고 있다. 그녀가 선택한 경찰, 그중에서도 그녀가 꿈꾸었던 강력계 형사가 되고 싶다고.

삼재다, 삼재야. 장수정은 둘을 번갈아 보며 탄식했다. 단순무식 지랄 같은 첩보원에, 툭하면 딴죽이나 거는 추리소설가에, 남편과 직장에는 한없이 순해 빠진 여자 경찰까지. 삼재 맞는 거야.

"이야기는 다시 인신매매부터 시작해야 할 거 같아요. 전 세계적으로 인신매매의 심각성은 이루 말할 수 없을 정도입니다. 영화적으로 큰 성공을 거둔 사례도 꽤 있었죠. 최근 리암 니슨 주연의 〈테이큰〉은 프랑스의 인신매매 범죄를 다뤄 큰 반향을 일으켰습니다. 반대로 동유럽 과거 공산권 국가에 대한 공포를 다룬 〈호스텔〉, 오빠가 납치당한 동생을 찾아 나선 남미권의 〈트레이드〉란 영화까지 다양한 장르와 여러 이야기로 그 경각성을 강조하죠. 아, 원빈이 주연했던 〈아저씨〉란 우리나라 영화도 인신매매에 관한 내용이 나옵니다.

문제는 뭐냐, 이러한 내용들이 거의 사실에 기반하고 있다는 겁니다. 〈트레이드〉라는 영화에서도 다루어졌듯 멕시코의 인신매매는 극심한 수준입니다. 영화로 그린 잔학한 장면들을 눈 뜨고 볼 수 없을 정도였습니다. 그러나 이것도 동남아시아에 이르면 명함조차 내밀지 못합니다. 통계를 통해 숫자를 파악할 수도 없을 정도니까요. 모든 인신매매 범죄의 배후에는 인간의 탐욕이 숨어 있습니다. 돈이 만든 불쌍한 지구의 자화상이죠.

한국에서 인신매매는 1980년대 초중반 크게 사회문제가 된 적이 있었습니다. 승합차로 여자를 납치해가는 장면이 방송국 카메라에 버젓이 잡혔을 정도니까요. 당시에는 납치한 여성을 집창촌에 돈을 받고 팔아치우는 것이 목적이었습니다. 어떻게 보자면 단순했죠. 오해 없으시길 바랍니다. 범죄라는 측면에서야 이만큼 극악무도한 것은 없지만, 범죄 유형으로 따지면 그렇다는 거니까요.

최근에 이르러 양상이 변했습니다. 이제 인신매매와 납치는 곧바로 죽음을 의미한다고 봐도 무방하지 않습니다. 범죄자 입장에서 보자면 굳이 증거 및 증인이 될 사람을 살려 후환을 남겨둘 필요는 없으니까요. 인신매매 사건 상당수가 장기밀매와 연결되는 것으로 보입니다.

처음 고양이 이야기가 나왔을 때만 해도 단순한 장난으로 생각했습니다. 그런데 일주일 전이었나요? 중국에서 실제 이와 유사한 범죄가 발생했습니다. 버젓이 길거리에서 시식을 하라며 사람들에게 음식을 나누어주었죠. 몇 분 지나자 사람들이 곳곳에서 쓰러집니다. 그리고 쓰러진 사람 뒤에는 그들을 따라온 인신매매 조직이 있었습니다. 이후 밝혀진 사실이지만 그들은 장기적출 조직이었습니다. 판매조직은 또 따로 있었고요. 이렇게 적출된 장기는 판매조직을 통해 하루 안에 대기하고 있던 일본이나 한국, 기타 중국의 부자들에게 팔렸습니다. 이식치료용이었죠. 우리나라라고 생각해보세요. 대형마트에서 시식용 음식을 먹고 오 분 뒤 주차장에서 쓰러지는 현실이 보이지 않나요? 정말 무섭죠.

경찰들이 늘 하는 말이지만 정말 범죄는 진화하고 있습니다.

자, 이제 한국에서의 장기밀매에 관한 건데 십 년쯤 전인가, 고속도로나 기타 공공화장실 벽에서 쉽게 볼 수 있었죠, 신장 하나에 얼마, 이런 거. 그런데 적발이 쉽지 않았습니다. 워낙 점조직 형태로 이루어지고 있는 데다 합법을 가장해 기증하는 형태를 취하거든요. 증거도 없고요. 이런 경우 적발해내는 것 자체가 불가능에 가깝습니다. 아무리 경찰이라도 합법을 불법으로 바꾸는 것은 말이 안 되니까요. 솔직히 지금은 이 장기가 얼마에 거래된다 하고 단정 짓기도 어렵습니다. 그렇지만 추정은 가능하죠. 가장 흔한 게 신장인데 2000년대 초반, 적발된 사례에서 보자면 신장을 판 사람은 2천만 원을 받았어요. 그렇지만 신장이식 수술을 받은 가족이 건넨 돈은 적게는 5천만 원에서 많게는 1억 원이 넘었거든요. 나머지는 전부 점조직 형태의 장기밀매 조직이 가로챘고요.

여담인데 수술에 들어가기 직전까지 대부분 모르는 게 있어요. 신장기증자는 떼어내는 신장 쪽의 가장 아래쪽 갈비뼈를 잘라내야 하거든요. 뭐 첨단 수술법으로는 갈비뼈를 잘라내지 않아도 된다는 이야기를 들은 것 같기는 한데 그것까지는 제가 의사가 아니라서 모르겠네요. 그리고 평생 동안 약을 먹어야 합니다. 이건 기증한 사람이나 기증받은 사람이나 다 해당돼요. 이식수술을 성공해도 정상적인 수명보다 오래 살기는 힘들다고 하네요. 설사 성공했다 해도 관리에 엄청난 공이 필요하고요. 이 정도가 단순한 장기밀매에 관한 개략적인 설명입니다. 그렇지만 아까도 말했듯 장기밀매를 알선하는 조직과 적출하는 조직, 실제 판매조직과 이식수술을 담당하는 조직은 철저히 개별화되어 움직일 확률이 큽니다."

"그게 상식적이겠죠. 범죄에도 상식이 존재한다고 하면요. 영화와는 다른 부분이기도 하고요. 영화 같으면 필요 없는 곳에서 플롯이 분산되는 것을 막으려고 한 조직이 이것을 전부 책임지고 진행하는 걸로 나오겠죠. 하나 씨 말대로 추론해보아도 간단히 몇 가지로 나눌 수 있겠네요. 밀매를 알선하는 조직은 소위 위험부담이 적은 대신 가장 적은 수수료를 먹을 테고, 적출하는 조직은 위험부담이 큰 만큼 몫은 가장 많을 겁니다. 그리고 적출조직에는 언제든 살인을 저지르고 파묻을 수 있을 정도로 능숙한 킬러와 캐리어가 있을 테고, 전문의 정도 되는 내과수술 능력을 갖춘 의사가 하나 붙어 있을 겁니다. 여차하면 이 의사가 이식수술을 집도할 확률도 배제하지 못할 테니까요. 그렇지만 합법을 가장할 경우 역시 이것을 눈감아주는 의사나 병원 정도가 있어야겠군요."

"맞아요. 범죄자 입장에서 사실 신장은 큰돈이 되지 않아요. 정말 큰돈이 되는 것은 안구와 심장입니다. 조직은 더 큰돈을 위해 인간 전체를 해체하는 위험을 감수하는 거고요. 어차피 범죄는 벌어지고 있으니까요."

"하루 만에. 흔적 없이 완전 해체."

장하나와 손선영은 부부가 아니라는 사실만 빼면 수사에 관한 호흡은 척척 들어맞는 것 같았다. 장하나가 정의감이 강하고 수사에 관한 뚝심이 있다면 손선영은 작게 풀어진 끄나풀을 상상력과 추론, 분석과 추리를 응용해 풀어내는 능력이 있었다. 둘을 보자니 장수정은 괜스레 소외감이 느껴졌다. 생각에 잠긴 그녀를 번뜩 바라보는 눈동자가 느껴졌다. 장하나였다.

"것봐라. 너 지난번 술 먹고 뭐, 백수동수? 엉엉 울면서 언니언니, 하던 거 그때 딱 알아봤다야. 형부 하면서 우리 한규 씨 꼭 껴안고 잘살자고. 형부가 동글동글 얍삽한 백동수 같은 인간과 생긴 것부터 딱 반대라서 좋다고, 또 살면서 첩보원 처음 본다고 뽀뽀까지 했어, 언니 보는 데서. 오늘도 마찬가지지만, 수정이 넌 너무 착하고 감정 변화가 심해. 그게 또 네 장점이기는 하다만. 그래서 디자인 쪽에 적합할 테고. 디자인이란 게 반짝이는 아이디어가 중요할 테니까. 그리고 아까 네가 물었던 질문에 대한 답은 네가 더 잘 알겠지? 아, 선영 씨 미안해요. 이야기가 샜네요."

재빨리 장하나가 화제를 바꾸었다.

"여자 한 명을 납치했다 칩시다. 거기에 전문적인 의료팀이 붙어 있다고 가정하고요."

"그러면 신장이랑 간, 심장, 안구까지 가능한 거예요? 이게 다 얼마야? 한 3억은 되겠네요."

활발한 척 장수정이 말을 끊자 두 사람이 씁쓸한 웃음을 지었다. 솔직히 이런 이야기를 들어야 하는 장수정도 불편했고 어떻게 대처하는 것이 현명한 행동인지조차 알 수 없었다. 그렇지만 이런 이야기를 나누는 두 사람도 마찬가지였던 모양이다. 아무리 분위기를 밝혀보려 해도, 농담을 꺼내 웃음을 끌어들이려 해도 주변 공기는 무겁기만 했다.

"그게 다가 아니야. 폐도 있고, 심지어……."

장수정은 귀를 막고 싶었다. 장하나의 이야기가 너무 무서워졌다.

"난소를 적출하고, 임신을 시켜 유아매매까지 일삼아. 요즘은 배양 가능한 신경조직까지 팔리니까."

"인간도 아니다."

"맞아. 인간도 아니야, 인신매매, 장기밀매 하는 범죄자들은. 그래서 반드시 잡아야 하는 거야. 이 사회에서 추방시켜야 하는 거고."

"또 그것이 용인 동부서가 주목하는 이유일 거고요. 일말의 가능성이라도 보인다면 좌시할 수 없는 범죄인데다 사회적 충격과 파급력이 크니까."

손선영은 처음 '딜'이라고 표현한 부분이나 '관할정리' '사활' 등 뼈대에 붙은 살코기는 일부러 이야기하지 않은 것 같았다. 사회적 충격과 파급력이라는 말로 비켜간다. 손선영이 그랬다. 경찰도 이제 주식회사라고. 장수정도 언젠가 신문기사에서 마약 전문수사관직이 생겨난 뒤 부작용에 관한 이야기를 읽었다. 실적제도와 점수제도가 운영되는 탓에 판매업자를 잡으면 구속하지 않고 정보원으로 쓴다던. 그런 뒤 판매업자에게 마약을 구입한 사람들을 하나하나 잡아들인다던 믿지 못할 이야기를. 이런 맥락에서 보자면 손선영이 비꼬았던 주식회사 이야기는 틀리지 않다. 창작이 있는 곳은 어디서나 회자되는 이야기지만 비난이 아닌 비판은 역기능과 함께 순기능도 있다고. 손선영의 말에는 역기능을 우려하는 비판이 담겨져 있다. 그리고 비판을 수용할 수 있는 사회가 편향적이 되지 않고 소수를 무시하지 않는 건강한 사회다.

"그리고 나, 수정이 너네 집에서 며칠 묵을 거야. 그래도 되지?"

"잠복수사입니까?"

손선영이 물었다. 그 말에 장하나는 웃을 뿐 대답하지 않았다.

어라, 그럼 목적은 결국 이것이었나.

"한국시리즈 할 때 됐을 텐데."

장하나는 딴청을 피우며 텔레비전 앞으로 다가갔다.

"자, 오늘부터 일주일간 이 몸은 손님이다. 이야, 편하네. 남편도 없고, 이렇게 여행 온 기분으로. 우하하하하."

장하나가 과장된 웃음을 터뜨리며 침대에 털썩 엎드렸다. 곧바로 텔레비전에서는 야구중계가 시작되었다. 그 모습을 보며 장수정이 손선영의 옆구리를 쿡 찔렀다.

"뭐 해, 손 식모? 집에 가서 저녁 해와야지."

허, 하고 바람 새는 소리를 낸 손선영이 착한 마누라처럼 자리를 떴다.

"언니, 뭐 먹고 싶어요? 선영 씨 음식 이것저것 다 잘하더라."

"그래? 몰랐다야. 뭐가 좋을까? 나는 오늘 여기 온 김에 같이 삼겹살에 소주나 한잔하자고 할랬더니."

"그럴까? 오랜만에."

대답을 한 장수정은 벽을 향해 소리쳤다.

"야, 손선영! 삼겹살 사준대, 하나 언니가."

곧바로 "알았어" 하는 대답이 벽 너머에서 들려왔다.

세 사람은 방이역 근처에 있는 솥뚜껑삼겹살집에 자리를 잡았다. 테이블 다섯 개에 열 평도 채 안 되는 가게였다. 지글지글 구운 고기를 입에 가져가던 장수정이 물었다.

"아, 뜨거 뜨거. 그런데 요즘 오현리 샘은 왜 이렇게 안 보여?"

"책 만드느라. 지난번 수정 씨한테 실버영화관 일러스트 부탁했잖아. 시니어 리포트라는 책을 만드는데 소통이 잘 안 되나 봐. 그러다 보니 자꾸 늦고 밤에 정종도 한잔 드시고 하니까. 보통 지하철 막차시간 맞추어 오시던데."

그나마 술자리에서는 반말로 답한다.

세 사람은 삼겹살에 영화 얘기를 보태거나 단무지 첩보원 하며 소리를 높였다. 그때마다 주인이 단무지는 없어요, 하는 표정으로 세 사람을 바라보았다.

집으로 돌아오자 장수정과 장하나가 한 침대에 자매처럼 누웠다. 서울로 올라와 늘 정에 굶주렸던 장수정은 장하나가 친언니처럼 느껴졌다. 보이그룹과 걸그룹에 대한 이야기로 두 사람은 시간 가는 줄 몰랐다. 2PM 택연과 닉쿤을 말할 때는 두 사람 다 침대에서 벌떡 일어났다. 이승기가 정말 훈훈하다는 덕담은 좋았지만 품절남이 된 장동건에선 둘 다 씁쓰레했다. 그러다 장하나가 물었다. 손선영을 어떻게 만나게 됐느냐고. 이웃이라도 이렇게 친하기는 쉽지 않았을 거라며. 장수정은 그 질문에 키득키득 웃고 말았다. 처음 세 사람이 엉뚱하게 조우했던 그날이 떠올랐다. '선생님은 저에게 독살당하신 겁니다'에 얽혀든 은행 강도 해프닝! 그날 이야기에 장하나도 웃음을 참지 못했다.

밤은 그렇게 깊어졌다. 끝날 거라고 생각했던 하루는 오현리 작가의 퇴근과 함께 다시 시작되고 말았다. "아!" 하는 손선영의 목소리가 먼저 두 사람을 깨웠다. 비명이라기에는 작고 탄식이라기에는 너무 컸다. 장수정이 침대 맞은편 시계를 확인했다. 새벽 2시 45분.

"왜 이래요? 야밤에 자는 사람 다 깨우는 테러를 저지르고."

장수정의 목소리가 오히려 더 크게 벽을 뚫었다. 그 순간 손선영이 다급하게 외쳤다.

"현리 샘이 테러당했대요. 경찰서에서 걸려온 전화입니다."

"어라, 뭐야! 현리 샘이 술주정이라도 하신 거야?"

장하나마저 목소리를 높였다. 놀라움 때문인지 말도 짧아졌다.

세 사람은 채 오 분도 지나지 않아 빌라 입구에서 만났다.

"왜 그랬대요?"

"뭐 대충 듣기로는 쓰레기봉투 근처에 쓰러져 있었답니다."

"혹시……."

장수정의 목소리가 가늘게 떨렸다.

"아 수정 씨가 상상하는 건 아닐 겁니다. 설마 쓰레기봉투를 뒤져 가공육을 먹었겠어요? 머리를 맞고 쓰러져 있었다고 하네요."

"뭐야, 이제 이웃집 두 남자마저 위험한 거야?"

장하나가 새된 목소리로 물었다. 그랬다. 이웃집 두 남자가 위험해졌다. 시키지도 않았는데 사건에서 가장 멀리 있었던 오현리가 사건의 심층부에 가장 가까이 주저앉았다.

이제 이웃집 두 남자가 위험하다.

양영자

4억 원이 있냐고 남편이 물었다. 4억 원은 없다고 양영자가 대답했다. 그러나 어떻게 해볼 수 있을 것 같다고 덧붙였다.

아들을 살릴 방법이 있냐고 양영자가 물었다. 방법이 있다고 남편이 대답했다. 그러나 어떻게 해볼 수 없다고 덧붙였다.

눈을 마주칠 수 없는 건 남편일까, 나일까. 그 순간 남편의 눈에 눈물이 고인 것을 알아차렸다. 남편에게 아들이란 어떤 존재였을까? 양영자는 남편 정상우의 눈물에게 말했다.

"당장 4억 원이면 어떻게 해볼 수 있는 거야?"

휘도의 간을 구할 때 남편도 이런 마음이었을까? 어떻게든 해볼 수 있다. 그러나 남편은 영자를 외면한다. 먼저 말을 꺼내놓고선. 이제는 해구처럼 깊어져 알 수 없는 남편의 속내. 그렇지만 남편에게서 느낄 수 있었다. 일말의 씨앗이 싹을 틔웠다. 분명했다. 남편이 말하는 4억 원! 좀 속 시원히 털어놓아주면 얼마나 좋을까. 물론 말하지 않아도 어렴풋이 알고 있다. 현금 4억 원이면 어디선가 아들의 패스트볼을 부활시킬 심장을 구해올 수 있다는 그런…….

……희망.

언제인가 남편은 이런 말을 한 적이 있었다. 저 사람에게서 실패의 냄새가 나, 라고.

아마도 식당이었으리라. 맞다. 지유가 태어나기 직전, 양영자가 짜장면과 탕수육을 먹고 싶다고 말했다. 남편은 강남에 있는 최고급 중화요리 가게로 뉴그랜저를 몰았다. 식당 지배인에게 4인실을 물었지만 예약이 끝났다며 홀로 안내했다. 두런두런 손님들로 채워져가는 홀에서 음식을 기다리던 남편이 말했다.

"저기 저 남자 보여? 너무 똑바로 보지 말고 곁눈질로만 봐."

남편이 말한 남자는 흔해빠진 노타이 스트라이프 셔츠에 양복바지 차림이었다. 그 남자의 앞에는 컬을 넣은 머리에 정장을 차려입은 도회적인 미인이 앉아 있었다. 남자가 몰락한 빈티라면 여자는 비싼 척 포장한 싼티랄까, 어물쩍 보아도 어울리지 않는 조합이었다.

"아마도 룸살롱 마담과 손님 관계일 거야. 마담은 외상을 받으려는 거고. 그런데 아마 받지 못할 거야. 남자에게서 실패의 냄새가 나거든."

"실패의 냄새?"

양영자가 되물었을 때 남편은 난처한 표정으로 웃었을 뿐 그에 대해 구체적으로 말하지 않았다.

"저런 사람들은 뭐 하는 사람들이야?"

"글쎄. 노름꾼일 수도 있고, 범죄자일 수도 있지. 아니라면 사업이 망했거나……."

"그럼 나랑 약속 하나만 해. 저런 사람들이랑 어울리지 않겠다고."

짜장면과 탕수육으로 소비한 한 시간여 남짓, 남편은 시한폭탄을 조립하고 있었다. 그는 사업이 어려워졌다고 고백했다. 타이머가 카운트다운되었다. 양영자는 그래도 웃었다. 내가 일하고 있지 않냐고. 내 월급만 해도 충분히 살아갈 수 있을 거라고. 남편에게 바랐던 실패한 사람들과 어울리지 말라던 약속은 무용지물이 되었다. 남편 정상우가 실패했기 때문이다. 그녀의 말대로라면 오히려 남편이 '저런 사람들'이다. 남편을 만나는 사람들은 저런 사람들의 피해자가 된다.

시한폭탄이 터졌다. 한 달도 지나지 않아 대풍건설은 부도가 났다. 회사는 회복불능으로 버려졌다. 대표였던 남편 상우는 다행히 집행유예 판결이 났다. 남편은 하루에 한 걸음씩 땅을 파갔다. 남편이 하루에 파낸 한 걸음만큼 그녀와의 사이에 골이 생겼다. 그 한 걸음이 너무도 깊어져 이제는 해구와 같아졌다. 깊이도 넓이도 알 수 없다. 막막하기만 했다. 그런데 한꺼번에 메워질 방법이 생겨났다. 단 4억 원이라는 돈만 있다면.

집을 팔까? 여의치 않다. 아들을 운동선수로 키우기 위해 1억 7천만 원을 대출받았다. 물건으로 설정잡힌 금액만 2억 400만 원, 양영자의 월급 대부분은 이제 병원비가 되었다. 무엇보다 지점장 발령 직전인 그녀에게 감사실의 눈이 쏠렸다. 개인적인 문제 또는 은행 내부의 문제가 지점장으로서 운신에 영향을 미치지 않을까 주시하고 있다.

아니다. 그래도 아들을 살리는 일인데. 10퍼센트 이상 싼 금액으로 내놓는다면 금세 팔리지 않을까. 별장도 보탠다면 어떨까. 대략

4억 원은 될 것 같은데. 그러다 번뜩 남편의 눈을 보게 되었다. 골똘히 생각에 잠긴 양영자를 응시하던 눈빛에서 스멀스멀 향기가 뻗쳐왔다. 그날과 같았다. 저 남자에게서 실패의 냄새가 난다고 말하던 그날과. 그리고 양영자도 맡아버렸다. 실패의 냄새를 알아버리고 말았다.

"당신, 나에게 숨기는 거 있지?"

영자의 말에 남편은 지유가 잠든 병실을 빠져나가려 했다.

"말해봐. 당신 나에게 숨기는 거 있지?"

까마득했다. 도대체 언제던가. 지유가 첫 홈런을 친 날이었던가. 남편과 그녀가 적어도 하나의 목적으로 손을 잡았던 날은. 그 후로 늘 다른 목적과 다른 생각으로 점철된 삶을 살았기에 남편의 눈도, 남편의 생각도 읽을 수 없었다. 오늘은 남편의 눈빛도 그리고 생각도 알겠다. 남편은 그녀를 속이고 있다.

양영자는 남편의 손을 붙잡았다.

남편은 그녀의 손을 뿌리쳤다. 그리고 황급히 비상계단으로 내려갔다. 양영자는 남편을 따라 뛰었다. 뛰어간 남편은 병원 밖 화단에 걸터앉았다. 담배를 하나 꺼낼 때까지 기다렸다. 아니 조금만, 조금만 더. 남편이 담배 하나를 다 피울 때까지 기다렸다. 이제 인내심도 모두 타버렸다. 양영자가 도대체 뭐냐고 다그치려 하자 남편이 "미안해" 하고 말했다.

미안하다니.

"지난 세월 모두가 다 당신에게 미안해."

그게 중요한 게 아니란 것을 남편도 알 텐데, 미안하다니.

"당신, 솔직히 말해. 도대체 숨기는 게 뭐야?"

"방아쇠를 당겼어. 그렇게만 알아줘."

"방아쇠를 당기다니?"

"그렇게만 알아달라고. 나머지는 알게 될 거야."

남편은 그 말을 끝으로 입을 다물었다. 양영자와 정상우. 깊이만 1만 1천 킬로미터라는 마리아나 해구 속으로 끝없이 밀려들어갔다. 그런데 갑작스레 머릿속에서 쿵 하는 파열음이 심장으로 떨어졌다. 방아쇠, 그리고 심장. 덜컥 겁이 났다. 알게 된다는 '나머지', 혹시 양영자가 상상했던 또 실행으로 옮기려 했던 그것이 아닐까. 그녀가 그렇듯 상상이 실체가 되는 게 두려워 말하지 않으려는 것이 아닐까. 4억 원이 없어도 당길 수 있는 방아쇠……

남편은 길가에 서 있는 택시로 다가갔다. 그러더니 택시에 열쇠를 꽂았다.

"뭐야, 이 택시는?"

모른 척해왔던 남편의 비밀 하나다.

"아르바이트!"

남편은 문을 열려다 담배를 빼 입에 물었다. 빨간 불꽃이 일었다. 연기가 택시 지붕에서 잠시 머물다 어딘가로 흩어졌다. 그 담배연기처럼 남편의 말은 종잡을 수 없었다. 남편의 말이 망치가 되어 심장을 치는 것 같아 눈을 감았다. 아득히 해구 속으로 떨어져 무언가에 갇혀버리는 무념 그리고 무상. 눈을 뜨자 택시가 있던 자리가 휑

뎅그렁했다.

사라져버린 택시처럼 이제 양영자와 정상우 사이에 남은 것은 무엇일까. 닳고 바랜 사랑을 정이라는 말로 치환하는 것은 지나친 비약이 아닐까. 남편이 떠난 자리에 지나치는 차 한 대조차 없다. 새벽 거리처럼 텅 비어버린 것이 남편 상우와 아내 영자의 현실이 아닐까. 오늘에야 알아차렸다. 남편이 말했던 실패의 냄새가 그 자신에게 짙게 드리워져 있다는 사실을. 그것을 깨닫자 욱신욱신 오른쪽 관자놀이 혈관이 뛰었다. 오른쪽 귀가 이지러지는 것만 같았다. 순간 그녀는 주저앉았다. 남편이 앉았던 화단 가에서 냄새를 맡기 시작했다. 손바닥, 손등, 손목, 팔뚝까지. 실패의 냄새, 남편이 말한 그 냄새가 그녀에게서 나고 있지 않을까. 아니, 나에게서도 난다. 분명히 난다. 미칠 것만 같다. 오른쪽 관자놀이가 극심하게 옥죄기 시작했다. 아득해졌다. 일도, 사람도 그리고 사랑도 냄새가 난다. 며칠 전처럼 까마득해졌다.

"뭐 하세요?"

박성호가 양영자를 깨웠다. 순간 그녀를 압박하던 두통이 씻은 듯 사라졌다. 결국 사람 때문이었나.

"어디 다녀오시나 봐요?"

"고향집에요."

"용인이요?"

"네. 날도 추운데 뭐하러 나와 계세요? 얼른 들어가요."

박성호는 백팩을 메고 있었다. 특별한 짐이 들어 있다는 느낌은 없었다. 박성호가 차를 주차장에 넣었다면 영자를 지나쳤을 텐데, 정말 그녀의 정신은 멀리도 가 있었나 보다.

박성호와 함께 2층 중환자실에 들어섰다. 나혜영 간호사가 두 사람을 맞았다. 눈인사를 하고 영자는 지유의 병실로 돌아왔다. 지유는 10월 하순인데도 여름 이불을 덮은 채 새근새근 잠들어 있었다. 안심하고 되돌아섰다. 병실 바깥으로 나오자 나 간호사가 영자에게 다가왔다.

"잠깐만 봐주세요. 응급실에 손이 딸린다네요. 금세 올라올게요. 혹시라도 급한 일 있으면 아시죠?"

나혜영이 휴대전화를 살짝 들어 보였다. 동시에 얼굴이 붉어졌다. 정말 미안하다는 뜻이리라. 나혜영이 아래층으로 총총히 사라지는 모습을 잠시 지켜보았다. 이제 응급병동에 깨어 있는 사람은 몇이나 될까. 새벽 4시가 넘은 시간, 이 시간이면 박성호와 양영자는 남들이 모르는 커피 타임을 가지곤 했다. 오늘은 커피보다 묻고 싶은 게 있었다.

커피 향과는 다른, 냄새.

박성호의 어머님이 누운 병실로 다가갔다. 박성호에게 커피나 한 잔하자고 말하려 했다. 묻고 싶었다. 실패의 냄새라는 게 존재할까요? 노크를 했지만 응답이 없었다. 십여 초 문 앞에서 기다리다 병실 문을 밀었다. 낮은 조명과 이순자의 모습 사이로 물소리가 끼어들었다. 박성호가 샤워를 하는 모양이다. 박성호의 벗은 몸, 잠시 야릇한 상상에 고개를 흔들었다. 기다릴까. 화장실 너머에는 나체의 박성호가 있다. 그도 남자일 텐데. 내가 왜 이러지. 나도 실패한 것일까. 냄새! 갑자기 어지러웠다. 병실을 나가려고 돌아섰다. 그때 병실 문 옆 바닥에 놓인 백팩이 눈에 들어왔다. 갈아입을 옷을 뺄 때문인지 백팩은 하마처럼 입을 벌리고 있었다. 사이로 지퍼백이 보였다. 내용물이 비쳤다. 갈색의 작은 유리병, 안락사 앰플이었다.

가만, 이걸 왜.

몇 가지 의문이 소리 없이 양영자의 머릿속에서 조합되었다. 남편. 지유의 심장. 이순자의 심장. 방아쇠. 4억 원. 안락사 앰플. 도대체 무슨 일이 벌어지고 있는 것일까.

아니, 무슨 일을 벌인 것일까.

지유의 병실로 급히 뛰어 들어온 양영자의 손에는 석시콜린 앰플 두 개가 쥐여져 있었다.

내가 이걸 왜.

다시 몇 가지 단어들이 머릿속에서 뛰어다녔다. 4억 원. 방아쇠. 지유의 심장. 쇼크사. 나혜영 간호사. 알코올. 고향. 생명. 어머니. 아들.

아니다. 잘 가져왔다. 남편이 당겼다던 방아쇠, 그것을 박성호마저 당기게 만들 수 없다. 이 방아쇠의 기저에는 양영자가 자리하고 있었다. 어떻게든 아들을 살리겠다며 넌지시 남편과 박성호를 움직였다. 박성호는 분명 당황할 것이다. 어쩌면 박성호가 당기려던 방아쇠로 인해 양영자는 극악의 공포를 맛볼지도 모른다. 그러나 멈출 수 없었다. 무엇보다 양영자는 앰플을 훔쳐내고 말았다. 앰플이 사라져 박성호가 느낄 공포는 체념에서 끝날 테지만, 앰플을 손에 쥔 양영자의 공포는 이제부터 시작된다.

"혹시 저희 병실에 왔다 가셨나요?"

박성호가 벌컥 병실 문을 열었다. 흡사 아버지가 돌아가신 그날처럼 얼굴이 굳었다.

남편이 당긴 방아쇠는 알지 못한다. 브라질 나비의 날갯짓이 되어 방아쇠가 지유에게 돌아오는 건 싫다. 아니, 반드시 필요한 태풍이 되어주기만 바란다면 위선일까. 태풍의 상륙을 위해 박성호의 흥분에도, 남편의 외면에도 양영자는 침묵해야만 한다. 침묵 이외에 무슨 답이 있겠는가. 모든 사태의 배후는 양영자다. 그녀가 은유적으로 강요했을 수도 있고, 때론 직설적으로 내뱉었을 수도 있다. 혼란스러워 보이지만 모든 상황은 그녀가 정말 원한 것이었는지도 모른다. 그렇지만 박성호마저 그 날갯짓에 동참해 태평양을 건너는 토네이도가 되라고 강요할 수는 없다.

카디건에 손을 넣으며 "아니요" 하고 대답했다. 양영자의 왼손에는 앰플 두 개가 깨지지 않을 만큼의 악력으로 꽉 쥐어져 있었다. 잠시 눈을 감았다. 먼저 사랑을 고백한 뒤 반응을 기다리는 여인처럼. 눈을 떴을 때 박성호의 모습은 오간 데 없었다.

아, 박성호도 그만큼 간절했던 것일까. 영자를 외면할 정도로 절박했단 말인가. 저도 모르게 쓴웃음이 났다. 병원에서 만난 박성호가 뭐라고. 남편에게도 또 아들에게도 이러지 않았는데. 그런데 부끄러웠다. 서운했다. 파장은 점점 커져갔다. 손끝은 이제 감각조차 사라졌다. 박성호가 그녀를 외면했다는 사실이 점점 무서워졌다. 그저 이 앰플 두 개에 그녀는 지금껏 쌓아왔던 두 달간의 지위를 넘겨줘버렸다. 박성호를 똑바로 볼 진실을 앰플과 맞바꾼 것이다.

이제 어떻게 한다? 이 앰플을 연정에 대한 복수쯤으로 치부하며 곳곳에 뿌려버릴까? 아니라면 아들이라는 모성으로 똘똘 감싸 안아 심장이라는 플래카드 앞에 당위성으로 포장해야 할까. 앰플을 뿌려 누군가의 가슴에서 심장을 꺼내오면 되는 거잖아!

갑자기 웃음이 났다. 하하하. 하하하하. 하하하하하.

그때 지유가 깨어났다.

"엄마…… 뭐 해?"

"아니야. 아니야. 우리 아들 잘되라고 기도하고 있었어. 엄마 말고 우리 아들 잘되라고."

그때 왜 한 줄기 눈물이 그녀를 건드리고 지나갔을까. 아무것도 아닌 눈물 한 줄기가.

장수정

텔레비전에서는 한국시리즈 1차전 재방송이 계속해서 흘러나왔다. 새벽 4시가 넘었지만 잠들지 않는 곳, 병원 응급실은 24시간 생중계되는 또 다른 방송국이었다. 사건 사고로 다하지 못하는 생명이 점철된 병원의 24시. 야구 방송이 지겨워 장수정은 채널을 YTN에 맞추었다. 장하나는 잠실희망병원에 오현리를 찾아온 이후 계속해서 어딘가로 통화 중이었다. 어렴풋이나마 수사에 관계된 것이라 추측했다.

장수정은 응급실로 들어가 오현리를 살필까 생각했다. 그런데 계속해서 무서운 생각이 떠올랐다. 테러를 당하는 모습, 피가 떨어지는 현장, 앞발을 끼운 채 죽었던 고양이. 병실에 들어가기가 주저되었다. 그때 샤워를 마친 듯한 한 남자가 대기실로 뛰어왔다. 주변을 두리번거렸다. 남자는 거칠게 숨을 몰아쉬고 있었다. 남자의 표정에는 절망감도, 두려움도 아닌 표정이 어려 있었다. 그 표정은 오현리를 바라보는 손선영과 비슷했다. 물론 장수정은 대기실을 스쳐간 이 남자와 다시 조우할 거라는 생각은 하지 못했다. 다만 180센티미터에 가까운 키, 이지적인 눈과 오똑한 콧대의 외모가 손선영과는 반대의 이미지로 각인되었다. 손선영이 멍청해 보이는 데 비해 말한마디 한마디가 날카롭다면, 천생 기자처럼 보이는 날카로움이 색다른 의미로 다가온 탓이었다. 남자가 사라지자 그 빈자리에 손선영과 오현리에 대한 생각이 들어찼다.

삼십 분 전 응급실 담당의사는 괜찮을 거라고 말했다. CT를 찍었는데 응혈이 없고 단순 타박상으로 진단된다며 곧 의식을 되찾을 것 같으니 안심하시라고 결론 내렸다. 응급실과 생명, 24시간 꺼지지 않는 방송과 사고, 오현리와 손선영. 생각이 귀결되지 않고 어지럽게 떠도는 중에 누군가 장수정을 건드렸다.

"선생님 깨어나셨어."

손선영 곁에는 장하나도 서 있었다. 망설임도 찰나, 곧바로 장수정이 대기실 소파에서 일어섰다. 응급실 문을 밀고 들어서자 머리에 붕대를 감은 오현리가 침대에 앉아 있었다.

"어떠냐? 환자 같아? 기분은 정종 두 병은 마신 것 같은데."

오현리는 붕대가 감긴 게 어색한지 벗겨내려 했다. 순간 간호사가 다가와 손목을 찰싹 소리 나게 쳤다.

"아저씨, 하여튼 짓궂으셔. 깨어나자마자 백의의 천사는 이름이 한자로 어떻게 되냐고 묻고. 고향은 어떻게 되느냐, 본관은 어디냐, 그러면서 사주 봐주겠다고."

어색했는지, 아니라면 분위기가 부끄러웠는지 오현리가 이마를 건드렸다.

"붕대 건드리지 마세요. 안 그러면 엉덩이를 때릴 거니까. 앞으로는 아저씨, 작업남으로 불러드릴게요."

서른 중반쯤 되었을까, 넉살 좋은 간호사였다. 하기야 응급실에서 근무하려면 남자 같은 배포를 가졌거나 남자처럼 변해야 할지도 모르겠다. 장수정이 손선영을 바라보자 얼굴이 맑게 변해 있었다. 두 시간 전만 해도 손선영의 얼굴은 저게 납빛이구나 생각할 정도였다. 그런데 오현리가 간호사에게 거는 수작에 쿡, 웃음을 참고 있었다. 다행이다. 참 다행이다. 장수정도 그제야 웃음이 났다. 그리고 개 버릇 남 못 주는구나 생각했다. 아니다, 제 버릇이었나?

잠시 너스스테이션에 머물렀던 간호사가 오현리 앞으로 다가왔다.

"전 나혜영이랍니다. 사주 같은 건 안 봐주셔도 되고요. 실은 제가 응급실이 아니라 중환자실 담당이에요. 다음에 오셔도 못 뵐 것 같아 미리 인사드려요, 작업남 선생님."

간호사는 정중히 인사한 뒤 응급실을 빠져나갔다. 눈치를 보던 네 사람은 그제야 웃어젖혔다.

"자."

분위기를 장하나가 가른다.

"저희 수사팀과 잠시 이야기를 나누었는데요……."

"아니, 그것보다는 내가 먼저야."

오현리 작업남 영감탱이 아저씨였다. 조금 전과는 다른 연륜이 느껴지는 표정. 그 말에 장하나가 수긍했다.

"어쩌다가 그러셨어요?"

손선영이 물었다.

"그게 말이지, 요즘 선영이랑 수정이가 고생인데 어른 된 입장에서 가만히 있을 수가 있어야지. 그래서 한잔하고 들어오는 김에 동네 순찰을 좀 돌았거든. 임금샘 공원 쪽, 세 번째 깡통이 발견된 곳이잖아. 거기는 2시 가까운 새벽인데도 애들이 시끌벅적하더라고. 잠시 거기를 보다가 동네 한 바퀴 돌았지. 거 뭐냐, 새로 생긴 1492라는 펍 근처 옆에 있는 쓰레기봉투가 좀 이상하더라고. 골목길 꺾어지는 곳 말이야."

"영감님도 참. 1492 펍이면 임금샘 공원에서 삼십 미터만 직진해서 내려오면 되는 곳이잖아요. 예전에 유명하던 중국집 자리. 동네를 한 바퀴 돌아본 것도 아니구만."

장수정은 오현리의 과장된 표현에 괜히 딴지를 걸었다. 그렇지만 그 부근은 밤이 되면 가로등이 어둡고 사람들이 잘 지나다니지 않는다. 손선영이 이 주 전쯤 스팸 통을 발견한 곳은 임금샘 공원 바로 위 소방도로였다. 가로등도 없다.

"어허, 수정이는 저런 게 문제야. 적당히 넘어가도 되는 걸."

"하여튼 한 일에 비해 생색은 참. 영감님, 저는 아니라고 봅니다."

"부부싸움 하세요? 얼른 이야기 진행이나 하시죠."

결국 손선영이 끼어들었다. 부부싸움이란 말에 장수정은 급격히 움츠러들었다. 아버지뻘과 몇 마디 언쟁을 했다고 부부싸움이라니. 손선영 너, 곧 그대로 돌려주겠어.

오현리는 풀어헤쳐진 쓰레기봉투가 있더라고 말했다. 쓰레기봉투를 뒤적였고, 어울리지 않는 음식물 봉투 하나를 발견했다는 것이다.

"참, 선생님께서 쓰레기봉투를 다 뒤지시고. 세상 오래 살다 볼 일이네요."

"그렇긴 해, 그치?"

손선영의 말에 이빨을 드러내며 오현리는 웃음을 지었다. 뭐가 저리 좋을까.

"아, 그래서 머리는 어떡하다 그러신 거냐고요?"

"음식물 봉투를 뒤지고 돌아서는데 누가 머리를 가격했나 봐. 그때 정신을 잃었지."

허탈했다. 겨우 저 말을 들으려고. 아는 건 겨우 쓰레기봉투 뒤진

거, 얻어맞은 게 전부인데. 그거 말하려고 회의하자고 큰소리를 치다니. 게다가 도와주겠다고 말해놓고 이게 뭐라니.

"……병원에 누워서 다른 사람들의 손발을 묶어놓지를 않나. 영감님, 이건 아니거든요."

아뿔싸, 생각이 입 밖으로 나오고 말았다.

"수정 씨, 진정하세요. 어쨌든 몇 가지 단서는 얻었잖아요. 비약이 심한지는 몰라도 범인이 활동하고 있다는 사실. 그리고 인간에게 증오를 드러내고 있다는 구체적인 정황. 게다가……."

"강력팀에서 그랬어요. 인간을 노린 범죄가 맞다. 단순히 고양이만을 노린 거라면 번거롭게 인간을 공격하지는 않았을 거다. 선생님이 공격받은 것이 바로 증거다. 인간으로 확대될 범행에 대한 반증이다. 물론 뭐, 여기 계신 누구나 짐작 가능한 거겠지만요."

손선영의 이야기를 장하나가 이었다.

"영감님도 참 재수 없다. 나랑 선영 씨가 그렇게 나다닐 때는 괜찮았는데. 아니다, 우리가 재수 좋은 거구나."

장수정은 일부러 얄밉게 말했다. 웃었지만 광대뼈가 당겼다. 부자연스러움, 그 끝에 공포가 어린다.

"그렇게까지 하지 않아도 돼요. 괜히 미안해서 그러는 거 아닙니다. 수정 씨가 시작했던 일이라고 자책하지 마십시오. 그렇지만 선생님 때문에 하나는 정확히 알게 되었거든요."

무얼요? 장수정은 겨우 부자연스러움을 걷어내며 손선영을 향해 물었다. 장하나와 오현리의 눈길도 손선영에게 고정되었다.

"녀석이 총을 쏘았습니다. 이제 되돌리지 못할 총알이 될 방아쇠를 당겼다는 말이죠."

몽둥이를 휘둘렀겠죠, 취객에게. 그 순간 장하나가 큰 숨을 내쉬었다.

"다르게 표현할게요. 선영 씨처럼 비유적인 거 말고요. 이제 범죄가 되었습니다. 더 큰 강력사건으로 발전하기 전에 잡아야 합니다."

아침 해가 뜰 무렵 네 사람은 집으로 돌아왔다.

3부

이웃집 두 남자가
대결하다

백용준

물렸던 살인사건이 돌아왔다. 설렁탕이라면 다음에 돈을 내겠다고 때라도 쓴다지만 살인사건은 때를 쓸 수도 없다. 거기에 고명처럼 이상한 녀석이 들러붙었다. 이른바 추리소설가 손선영. 현실에서 추리소설가라는 녀석을 만나기는 이번이 처음이다.

가당키나 한 현실인가. 어디 형사사건에 추리소설가 따위가 새끼줄처럼 꼬인단 말인가. 아니, 파리처럼 꼬인단 표현이 더 맞겠다. 추리소설가라면 흔히 범죄소설을 심화시켜 상식적이고 정상적인 인간에게 범죄를 부추기는 인간들이 아니던가. 그런데 꼬인 파리의 날개소리를 들었는지 하나가 더 엮이고 말았다. 용인 동부경찰서! 형사계도 아닌 수사지원팀의 장하나 경사.

등장도 드라마틱한 타이밍이었다. 잠실희망병원에서 백용준이 손선영이라는 녀석에게 수갑을 채우려는데 짠 하고 나타났다. 살인범 긴급체포라니 반론을 한다. 잠입수사 중이었다나 뭐라나.

이게 말이 된다고 생각해? 백용준은 속으로 묻고 물었다. 이게 정말 현실에서 벌어질 수 있는 일이냐고. 하긴 서울에서만 매일 한 건 가까운 살인사건이 일어나고 380건가량 강력범죄가 발생한다. 이것을 3대 강력범죄니 5대 강력범죄니 인구 10만 명당 범죄수치니 하며 숫자적인 조작을 할 수도 있을 터. 그렇지만 이 모든 사건들은 선발생 후조치라는 어쩔 수 없는 사건의 특수성을 가지고 있다. 범죄예방 운운은 선거공약이나 마찬가지, 바로 경찰력의 구조적인 한계이며 모순이다. 예외적으로 마약수사처럼 잠입이 필요한 경우도 발생하지만 국내에서는 실로 미미한, 아니 한 해에 한 건 벌어질까 말까 한 일이다. 그런데 발생하지도 않은 사건에 잠입수사라니. 그것도 우리나라에서 가장 살기 좋다는 송파구 한복판 잠실에서 살인사건 잠입수사라니. 이게 말이 되냐고 도대체!

오히려 형사라는 장하나가 수갑을 제지한다. 백용준은 물에 젖은 담배를 입에 문 것처럼 숨이 막히고 입맛이 썼다.

"그러니까 지금 저에게 그 말을 믿으라는 겁니까? 장하나 경사가 저런, 저 돼먹지 않은 추리소설가 나부랭이랑 잠입수사를 했단 말입니까? 그것도 살인사건에?"

백용준이 장하나를 마주 보자 그녀가 단호한 눈빛을 날렸다. 마치 마을 입구에 버티어 선 장승처럼 눈을 부릅뜬다. 이삼 초 간격을 두고 장하나가 고개를 끄덕였다. 곧바로 그녀의 입을 통해 지난 두 달간의 이야기들이 형상화되었다. 고양이의 죽음에서 출발한 살인방정식과 미지수 X, Y에 관해. 그리고 X값을 구하려 차변으로 움직인 Y가 결국 주검이 되어 나타났다는 것까지. 기지수였던 고양이 죽음에 무전도청 장비마저 더해져서.

"이제 현장으로 가야죠? 이왕 살인사건이 돼버린 건데."

손선영이 끼어든다. 가벼워 보이는 말투였다. 이런 추리소설가 나부랭이. 그런데 백용준이 손선영의 눈을 응시하자 눈물이 맺혀 있었다. 앙다문 입술에서 손선영이 얼마나 분통해하는지 알 수 있었다. 결국 그의 의지가 이 사건을 여기까지 움직이게 했다는 뜻일까.

간혹 살인사건은 인간의 무한한 의지에서 출발해 해결될 때가 있다. 1990년대를 뜨겁게 달구었던 형사사건인 일명 '김 순경 사건'이 그랬다. 1989년 순경으로 경찰에 입문한 김 씨는 1991년 5월경 카페 여종업원인 이 씨를 만나게 된다. 김 씨는 이 씨를 진심으로 사랑했으나 주위의 반대로 마음만 삭이며 감내했다. 한때 결혼을 약속했던 그들의 인연은 끊어지지 않은 채 이어졌고 간간이 주위의 눈을 피해 모텔에서 만남을 이어갔다.

사건은 1992년 11월 29일 새벽에 발생했다. 김 씨와 이 씨가 모텔에서 하룻밤을 보낸 오전 7시, 김 씨는 출근을 위해 모텔을 나왔다. 오전 10시, 휴식시간이 되었을 때 잠시 짬을 내어 이 씨를 깨우러 모텔에 들렀다. 그곳에서 김 씨는 경악하고 만다. 이 씨가 목이 졸려 사망했던 것이다. 곧바로 김 씨는 그가 근무하는 파출소에 신고했다. 그러나 수사가 진행되며 되레 범인으로 몰리고 말았다. 문제가 되었던 것이 사체의 사망시각이었는데 위 내용물을 검사한 국립과학수사연구원, 일명 국과수의 부검의는 오전 7시 이전에 이 씨가 사망한 것으로 결론 내렸다.

일반적으로 위 내용물, 즉 섭취한 음식물은 네 시간을 기점으로 위에서 모두 소화된다. 위 속에 잔존 음식물이 있다면 발견 시점에서 사체경직 여부와 위 내용물 등을 역산한 시간으로 사체 사망시각 추정 근거가 되는 것이다.

이틀 동안 경찰의 수사에 시달리던 김 씨는 결국 자신이 살인을 저질렀다는 자백을 하고 만다. 그러나 곧바로 검찰에 송치된 그는 살인을 저지른 적이 없다고 앞선 진술을 뒤엎었고, 자백에 대해 무효를 주장했다. 이 와중에 가혹행위와 함께 자백 강요, 인권유린 등이 제기되었으나 살인사건 해결이라는 대의명제 아래에서 묵살되고 말았다.

김 순경은 줄곧 무죄를 주장했다. 그러나 법원 1심과 2심 재판관은 김 순경을 외면했다. 결국 징역 12년을 언도받는다.

경찰과 검찰 입장에서 볼 때 여러 정황들이 일목요연했고, 무리 없이 범인으로 김 순경을 지목할 수 있었다. 반면 사체 사망시각에 관해 주관이 개입될 여지가 있으며 특정 시간대를 정확히 한정하는 것이 오히려 난센스라는 주장이 제기되었다. 알코올에 대한 반론이 있었는데 알코올이 위에서 소화를 방해할 수 있다는 견해였다. 그러나 사건 방향을 전환시키지 못한 채 묵살되고 말았다. 그렇게 김 순경은 경찰이면서 살인을 저지른 희대의 살인마로 기록되어 철창에 갇히게 된다.

이 사건이 전환 국면을 맞은 것은 정확히 사건발생 1년 5일 만이었다. 구치소에 갇힌 한 수감자가 놀라운 사실을 알고 있다며 검사에게 정상참작을 요청하면서였다. 수감자가 감형을 위한 딜로 내세운 놀라운 사실은 바로 김 순경 사건의 진범 건이었다. 구치소에 갇힌 서 모 씨가 세간에 떠들썩한 김 순경 사건에서 피해자인 이 씨를 살해했다고 귀띔하더라는 것이다. 결국 서 씨는 김 순경 사건의 진범으로 검거되었다. 당시 사건은 김 씨의 의지에 의해 대법원에 상고 중이었다. 김 씨는 가혹행위와 자백강요로 살인을 인정하고 말았던 1992년 11월 30일을 제외한 모든 진술에서 무죄를 주장했다. 김 씨의 의지가 결국 무죄라는 결론에 이르렀다 어찌 부인할 수 있겠는가.

반면 인간의 무한한 의지가 살인사건으로 귀결될 때가 있다. 2002년 6월 초, 36세의 강 모 씨는 전날 고주망태가 되도록 술을 마셨다. 숙취에 부대낀 몸을 느지막이 일으킨 강 씨는 잠시 황망했다. 공장을 다니면서 알게 된 후배와 술자리를 가졌던 것 같기는 했다. 그러나 '가졌던 것 같을 뿐', 어느 기억도 정확하지 않았다. 동석이 누구였는지, 기억나지 않는 사람과 언제까지 술을 마신 건지, 전날 밤은 통째로 가위질되고 말았다.

자고 일어나서도 강 씨는 한 시간가량 컴퓨터 게임을 했고 물을 마셨다. 황망함이 가실 무렵 강 씨는 어머니에게 라면을 끓여달라며 어머니의 방 문을 열었다. 그 순간 그는 까무러치고 말았다. 어머니가 나체에 가까운 모습으로 죽어 있었다. 어머니가 사망했다는 사실만으로도 몸서리쳐지게 무서웠지만 그를 더욱 경악하게 만든 것은 사체의 모습이었다. 나체에 가까웠던 모습은 차치하고라도 엉덩이와 음부 등이 마치 개에게 물리기라도 한 듯 으깨져 있었던 것이다.

경찰들이 당도했을 때 그들 역시 사체의 참혹한 모습에 잠시 감식을 주저했을 정도였다. 사체의 주요 부위 곳곳을 이빨로 짓이겨 마킹을 해놓은 잔혹함에 다들 혀를 내둘렀다. 사체에 마킹만 남았더라면 정신이상자의 범행쯤으로 볼 수 있었다. 그런데 범행현장 주변을 정리하고 흔적을 제거한 치밀함에 감식을 담당한 과학수사요원들은 두 번 치를 떨었다. 범인이 지극히 정상적인 상태였으며 의지가 구체화된 살인이라는 것을 뒷받침하는 상황증거였다.

사인은 구타에 의한 사망으로 결론 내려졌다. 곧바로 범인은 아들 강 씨로 지목되었다. 전날의 알리바이가 정확하지 않으며 강 씨가 블랙아웃 현상으로 단기 기억상실에 빠졌다는 것이 요지였다. 범인으로 지목된 강 씨 역시 어머니인 손 씨를 살해했을지 모른다는 막연한 두려움에 떨었다. 결국 "제가 죽인 것 같아요"라며 살인을 자백하기에 이르렀다. 블랙아웃으로 인해 강 씨가 어머니를 죽였을지 모른다는 자백은 상당한 신빙성을 얻었다. 흔히 그러지 않던가. 술김에 무슨 짓을 못 하겠느냐고.

강 씨 같은 경우 바로 이 '술김'이 어머니를 살해하는 막장 패륜 드라마의 주재료가 되고 말았다. 비록 강 씨가 자백을 했다고 하나 보강수사는 계속되었다. 블랙아웃에 기인한 단기 기억상실과 그로 인한 자백만으로 어머니를 살해한 범인으로 강 씨를 정죄하는 것에 경찰도 부담을 느꼈던 탓이다. 전날 휴대전화 목록을 확인했고, 강 씨의 휴대전화 안테나 반경에 있던 다른 휴대전화에 대해서도 수사가 진행되었다. 바로 그때 경찰은 한 사람을 지목하고 그를 추궁하기 시작했다. 그리고 놀랍게도 그는 얼마 지나지 않아 강 씨의 어머니 손 씨를 죽였노라고 자백하기에 이르렀다.

그는 김 순경 사건에서 만 18세 꽃다운 나이의 이 씨를 죽음에 이르게 했고, 강압과 애인의 죽음에 못 이겨 살인을 자백했던 김 순경을 범인으로 내몰았던 주범 서 씨였다. 강 씨가 아무것도 기억하지 못했던 블랙아웃 속에는 살인마 서 씨가 잠복하고 있었다. 그는 강 씨와 함께 새벽까지 술을 마셨고, 강 씨의 집에서 함께 잠들었다. 강 씨가 술에 부대껴 일어나지 못하는 동안 살인까지 저지른 서 씨는 유유히 아파트를 빠져나갔다.

왜 76세의 손 씨를 죽였느냐고 경찰이 질의했다. 그러자 서 씨는 물 마시러 일어났는데 술 좀 그만 마시고 다니라는 손 씨의 잔소리에 발끈해 죽였노라고 대답했다.

이미 십 년 전 그는 경찰에게 똑같은 질문을 받았다. 왜 18세의 이 씨를 죽였느냐, 라는.

"가방을 훔치려는데 여자가 잠에서 깨어나 고함을 지르길래 죽였습니다."

18세에 한 여인을 죽음에 내몬 뒤 피해자의 애인마저 살인자로 만들었던 서 씨의 의지는 가석방 출소로 십 년이 지난 28세에 데자뷰처럼 한 여인을 죽음으로 내몰았다. 너무도 유사한 두 사건에서 한 번은 애인에게, 한 번은 피해자의 아들에게 살인자라는 낙인이 찍히게 만들 뻔했다.

백용준은 이 놀라운 사실을 수사 세미나 자리에서 듣게 되었다. '과연 인간에게 교화란 가능한가'라는 주제의 세미나였다. 김 순경 사건과 손 씨 살해사건, 거기에 얽힌 추악한 의지를 가진 서 씨는 백용준의 머릿속에 깊이 각인되었다. 백용준은 살인범에게 교화는 없다는 결론을 내렸다. 그렇지만 '의지'와 '의지'라는 같지만 상이한 사건은 형사생활 내내 백용준에게 그림자가 되었다. 그런데 그것과 또 다른 의지가, 눈앞에서 깐족거린다. 게다가 지금도 다그친다.

"현장으로 가자고요."

머뭇거리는 경찰 둘을 추리소설가라는 작자가 종용한다. 이거 정말 말이 되는 상황인 거지? 그러니까 장하나 경사의 말은 저 녀석, 저 뭐냐 키 작고 계집애 같은 저 나부랭이의 의지가 이 사건을 여기까지 끌고 왔다는 거잖아. 그마저도 모자라 추리소설 최고 레시피 같은 살인이 일어났고 현장 감식까지 나가자고 다그치는 거고.

백용준은 흥, 콧소리를 내고 말았다. 곧바로 손선영의 눈길이 부딪쳐왔다.

"그래, 가보자고 까짓거."

왜 백용준 그가 볼멘소리를 내야 하는 걸까. 뭔가 단단히 잘못된 거야. 쓴 한약을 삼키듯 푸념을 밀어 넣으며 앞장섰다. 이십 년 가까운 형사의 감으로 보았을 때 손선영의 촉은 범죄자가 아니라 취조기술이 극에 달한 형사에 가까웠다. 어디서 왔는지 용인경찰서라 적힌 수사차량 한 대가 손선영을 태운다. 이어진 장하나의 손짓. 아니, 송파경찰서에서 잘나가는 형사인 내가 왜 용인경찰서 업무용 차량에 탑승하느냐고. 그렇지만 귀신에 홀린 듯 백용준은 승합차 위로 발을 얹고 말았다. 문을 닫으려는데 뒤에서 빵, 하고 경적이 울렸다. 송파경찰서 과학수사 차량이었다. 운전대를 쥐고 있는 박연오 경장이 달마도의 달마대사처럼 소리 없이 웃고 있었다. 무언가 안다는 듯, 세상 다 그렇지 않냐는 듯. 이거 참, 꼬이네, 꼬여. 백용준은 "으아" 하고 탄식을 뱉었다.

"아침 못 드셔서 위장이라도 꼬이신 거 아닙니까?"

손선영의 일갈.

그래, 네 녀석 촉 좋은 건 미리 알아봤다만!

"추리소설가 양반, 당신은 글로만 범죄를 알았을 텐데 잘도 참으시네요. 보통은 사지를 달달 떠는데."

딴에는 한발 물러서기로 했다. 팔짱을 끼며 의자 등받이 깊이 몸을 묻었다. 눈도 감아버렸다. 아, 그저 설렁탕 한 그릇 먹고 싶었을 뿐이라고. 조용하고 평화로운 아침 밥상으로. 그리고 보니 위도 꼬이는 느낌이다. 에이, 재수 없는 녀석.

차가 멈추자 자연스레 눈을 떴다. 그제야 아침에 백용준이 달려갔던 건물 1층에 저팔계라는 정체불명의 부위별 돼지 숯불구이집이 있다는 사실을 알게 됐다. 방이지구대 쪽에서 달려온 탓에 안으로 2미터쯤 들어간, 건물 오른쪽 모서리만 본 탓이었다. 지하에는 교회가 있고 2층부터 5층까지는 월세형 원룸이었다.

차에서 내리자 장하나가 인솔해온 용인경찰서 차량 뒤로 차들이

도열했다. 송파경찰서 형사팀과 과학수사 차량, 지구대 차량 네 대가 길 이면에 가로 주차를 한다. 어차피 엎어지면 코 닿을 곳이라 조금 호들갑스러웠다.

"저, 너무 이러시면⋯⋯."

건물관리를 맡은 부동산 직원이 앞을 막아섰다.

"이 정도야 약과죠. 살인사건인데."

경찰들을 제지하려는 부동산 직원 탓에 호들갑스럽다던 몇 초 전 생각은 쑥 들어갔다. 하기야 살인사건이었다면 임장을 위한 지구대 순찰차 서너 대는 기본, 형사기동대 차량과 함께 감식을 위한 과학수사 차량, 구급차, 심지어 타격대의 승합차까지 출동한다. 출동인원만 최소로 줄잡아도 스무 명 이상이다. 그에 비하면 약과라는 말은 과장이 아니었다.

건물 주인은 청담동 빌라에 산다고 한다. 이 건물은 부동산 직원이 전적으로 관리하고 있었고. 어쩔 수 없다. 이제 우리나라도 돈이 돈을 낳는 세상이다. 가난한 집 자식이 명문대를 꿈꾸는 것은 말 그대로 꿈이 되어간다. 명문대 대물림은 통계가 70퍼센트에 이른다는 기사도 있지 않던가. 명문대, 가난한 집에서는 들어가기도 힘들지만 졸업은 더욱 힘겹다. 개구리를 잡아먹는 육식식물 네펜시스 같은 자본주의의 덫이다. 부동산 직원의 제지도 빤하다. 살인사건 탓에 땅값이 떨어지거나 세입자가 나갈까 봐 애당초 조용히 해달라는 뜻이다.

백용준은 남자를 가만히 노려보았다. 그는 네펜시스 종일까, 아니면 개구리일까.

"그리고 비키세요. 공무수행 중이니까."

백용준은 단호하게 부동산 직원을 내몰았다. 하기야 무슨 소용이랴, 네펜시스든 개구리든. 살인사건 앞에서 그 모든 것은 소용이 없다.

여섯 시간 전 계단을 올랐던 201호에 이르자 굳게 닫힌 문이 보였다.

"자, 이제 제 차롄가요?"

멈춰 선 그의 오른쪽으로 과학수사팀 박연오 경장이 다가왔다.

"지원 요청한 경찰청 과학수사팀은 한 시간쯤 더 있어야 도착하겠다네요. 저희 팀도 여러 강력사건들이 겹쳐서 당장은 혼자 해야겠어요."

박연오가 구석으로 갔다. 감식복을 꺼내 구석 어귀에서 입기 시작했다. 하얀색 감식복은 자동차정비사들이 입는 작업복과 비슷했다. 등 뒤에 적힌 과학수사라는 말이 자동차정비사들과 저들을 구분할 뿐이다. 라텍스 장갑까지 긴 박연오가 시작 신호라는 듯 탁, 장갑을 튕겼다. 그런 뒤 백용준이 서 있는 출입구로 다가왔다.

"어쩔 수 없잖아요!"

백용준을 밀쳐낸다.

먼저 꺼낸 것은 가변광원기였다. 살인범은 이 집에 드나들기 위해 원룸 현관 손잡이를 잡았을 것이다. 당연한 수순이다. 형광색 가변광원기의 불빛이 꼼꼼하게 손잡이를 건드렸다.

"눈에 띄는 게 없네요."

박연오의 푸념, 그렇지만 붓을 꺼낸 그가 콤팩트 파우더 형태의 지문현출분말을 부지런히 손잡이에 묻히기 시작했다. 눈에 보이지 않는 잠재지문 현출을 위해 필수불가결한 절차였다.

"백 형사님이 저 대신 카메라 좀 잡아요."

박연오가 지시한다. 현장이라는 게 늘 영화나 드라마처럼 돌아가는 것은 아니다. 수십 명의 과학수사 요원들이 출동해 일사분란하게 현장을 통제하고 수사하는 일은 유영철이나 정남규 사건 같은 국가적으로 떠들썩한 범죄에서나 볼 법하다. 서울에서만 380건 가까운 강력사건이 매일 발생하는데 한정된 인력으로는 어찌해볼 도리가 없다. 그에 반해 과학수사 장비들은 빠르게 진화하고 있는 추세였다. 지문현출분말만 해도 과거에는 카본과 규소 혼합 광물로 된 분말을 썼다. 장기간 분말을 흡입했을 경우 암을 유발한다는 보고가 있고 실제 호흡기에 치명적인 질병을 초래했다. 과학수사 요원들이 괜한 멋으로 마스크를 쓰고 보안경을 착용할 리는 없다. 현재 이 현출분말은 활석과 운모 등을 통해 인체에 무해한 압축형 파우더 형태로 진화했다.

현출된 지문을 확인하는 방법에서도 뚜렷한 진화가 이루어졌다. 물론 이것은 미국에서 도입한 지문검색 프로그램 AFIS의 영향이었다. AFIS를 도입하기 이전인 2000년에는 2만 4240건의 지문감식 의뢰에서 2877건을 확인하는 데 그쳤다. AFIS 도입 이후인 2004년 통계에서 1만 9544건의 의뢰 중 8451건을 해결하기에 이르렀다. 이즈음 업무도 국과수에서 경찰청으로 넘어왔고, 지문분석계라는 듣기 좋은 파트까지 생겨났다. 덩달아 11.86퍼센트에 불과하던 지문 확인율이 43.24퍼센트까지 상승했으니 가히 획기적인 성과였다. 그렇지만 AFIS 역시 만능은 아니었으며 기계적인 한계가 명확했다. AFIS는 초당 7만 개의 지문을 검색할 수 있을 정도로 엄청난 속도와 성능을 보유했다. 즉 일 초당 7천 명에 대한 지문확인이 가능하다. 반면 인간의 지문은 지문이 각인될 당시의 힘이나 현출방법, 붓질 정도에 따라 다른 형태를 띠게 된다. 또한 주민등록증을 발급할 때처럼 명확하게 찍히는 지문을 사건 현장에서 현출하기는 매우 드물다. 지문의 일부분만 찍히거나 뭉개지고 뚜렷하지 않은 부분지문들을 AFIS에 대조하기 때문에 소프트웨어의 결점이 드러난다. 이렇다 보니 어떤 경우에는 일주일 만에 지문검색이 되기도 하고, 때로는 뚜렷한 지문인데도 확인이 불가능한 경우마저 발생한다. 영화나 드라마처럼 AFIS가 만능은 아니라는 뜻이다. 최근에는 조각지문 검색기술이 나날이 발전하고 있는 것이 사실이다.

또 하나, 지문현출을 좌지우지하는 것은 바로 경험이었다. 어느 장소를 어떻게 검색하고 살필 것인가, 라는 과학수사 요원의 경험치는 사건 현장에서 가장 큰 무기이자 방패이다.

김 순경 사건이 좋은 일례였다. 사건 현장이었던 청수장 203호에 다수의 과학수사 요원들이 출동했다. 단 하나의 지문도 놓치지 않기 위해 요원들은 세세하고 꼼꼼하게 현장을 감식했다. 전날 술을 마셨던 컵과 재떨이, 지문이 나올 만한 곳은 놓치지 않았다고 자부

하며 감식을 마쳤다. 그러나 사건 정황을 참조했더라면 놓치지 말아야 하는 하나를 간과했다. 바로 두루마리 화장지였다.

피해자 이 씨의 입에는 두루마리 화장지가 가득 들어 있었다. 당시는 수사를 위해 보도 통제된 내용이기도 했으며 이에 대해 형사들 역시 의견이 분분했다. 왜 살인범으로 지목된 김 순경이 이 씨의 입을 화장지로 틀어막았을까. 그렇다면 지문현출에서 가장 초점이 맞추어져야 했던 증거물은 두루마리 화장지가 아니었을까. 어쩌면 사건을 담당했던 감식반과 강력반 형사들 사이에 김 순경이 범인이라는, 암묵적이며 무의식적인 심증이 굳어졌던 탓에 이 사실을 놓치고 당장 김 순경의 지문이 있을 쉬운 곳에만 붓을 댔던 것이 아닐까. 붓질로는 불가능하니 린히드린 요법 같은 액체 지문현출 방법이나 오스믹산 검출법 같은 기체 지문현출 방법을 통해 두루마리 화장지의 잠재지문을 현출했더라면 사건 정황은 크게 바뀌었을지도 모른다. 과학수사의 변수에 관한 일화일 뿐이지만 그만큼 과학수사에는 전문화되고 경험이 많은 노련한 요원이 필요하다는 반증이었다. 재빨리 사건을 단순화하고 직관화시켜 사건의 숨겨진 면을 꿰뚫어 볼 수 있는 노련한 요원이 현장에서 누구보다 중요한 이유이다.

뷰파인더에 고정했던 눈이 따가워 백용준은 잠시 카메라를 내려놓았다. 고개를 돌리자 출입구에서 시작된 지문현출 장면을 손선영이 꼼꼼하게 관찰하고 있었다. 아마도 소설가적인 감상 탓이거나 과학수사, 즉 감식 장면을 현장에서 처음 대하기 때문이리라. 얼마 전 작고한 소설가 최인호에 대한 기사에서 읽었다. 소설가들은 제 어머니의 장례식장에서도 그것을 묘사할 방법을 찾는 비열한 작자들이라고. 백용준은 그 순간 일부러 손선영을 밀치며 흠, 헛기침을 했다.

"아마추어님, 조금 비키세요."

아직도 아니꼽다. 추리소설가. 젠체하고 싶었다. 박연오가 세심하게 바른 분말을 향해 실리콘 에어 블로워를 누른다. 30센티미터쯤 떨어져서 살짝, 살짝. 바람에 지문마저 날아가지 않도록. 그런 뒤 다시 한 번 가변광원기를 가져다 댔다. 백용준도 가까이 다가갔다. 자, 이 노련한 전문 형사의 솜씨를 보도록, 손선영 추리소설가 나부랭이야.

"아, 선배님. 좀 비키세요. 그러잖아도 복도라 어두운데."

어라, 한 방 먹었네. 추리소설가 따위에게 형사의 근엄한 모습을 보여주고 싶었는데 말이야. 백용준은 일부러 카메라 뷰파인더에 눈을 댔다. 보이는 것도 따로 없었지만 붉어진 얼굴을 뷰파인더만큼 감추기 좋은 것도 드물다.

"아, 씨팔!"

박연오가 낮게 신음을 토했다. 신음에 반응하듯 백용준이 렌즈를 현관 손잡이에 가져다 대고 이리저리 셔터를 누르기 시작했다. 법사진을 찍기 위해서였다.

과거에는 법사진을 35밀리미터 필름카메라에 담았다. 그러나 이제 거의 모든 법사진은 DSLR로 대체되었다. 때로는 똑딱이라 부르는 간단한 디지털카메라를 사용하는 경우도 있었다. 대략 십여 장의 사진을 찍었다. 그렇지만 박연오의 신음처럼 현관 출입문 바깥

손잡이에서 발견된 지문은 없었다.

백용준은 크게 호흡을 가다듬었다. 자, 이제 현장으로 진입한다.

"지금 그게 필요할까요?"

초를 치는 저 녀석에게 수갑을 채우고 싶다. 경찰에게 살인사건 현장이란 성지와도 같은데 낙서나 해대는 저런 행동, 너무 싫다.

"그만 가주세요. 공무 방해니까."

백용준이 오른손으로 손선영을 밀치자 그의 얼굴이 무언가 할 말이 있다는 표정으로 변한다. 무시하기로 한다. 추리? 대한민국에 그런 건 없어. 알잖아.

박성호

희망이 샘솟았다. 누구의 의지가 발화했건 당겨진 방아쇠가 결과물을 만들어냈다. 꼬리표가 매겨진 것도 아니었다. 하지만 알 수 있었다. 셋 중 누군가가 방아쇠를 당겼다.

박성호가 부산한 응급실의 낌새를 파악한 것은 7시가 조금 지난 아침이었다. 특히 밤 시간대 간호사가 모자라는 병원답게 나혜영이 너스스테이션을 뛰어나갔다. 긴급상황 발생.

박성호는 자신도 모르게 나혜영의 뒤를 쫓았다. 기자였던 입장에서 기시감 따위의 설명 불가능한 단어를 들이댄다면 너무 추상적일까. 그렇지만 나혜영의 뒷모습에서 박성호는 거부할 수 없는 어떤 끈 하나를 느낀 것이 사실이었다. 응급실에서 한 여인을 보았다. 입을 벌리고 감은 눈에서 생이 빠져나갔다는 사실을 단번에 알 수 있었다. 스러진 모든 생의 의지가 주검처럼 땅으로 떨어지지 않았다면, 나이키의 런닝화 모델처럼 아이폰을 왼팔에 차고 앱을 통해 맥박을 재며 새벽을 달리는 건강하고 이지적인 여인이었으리라. 짐작이 맞다면, 저 여인은 장기를 제공하게 된다. 이 얼마나 아름다운 결말인가. 박성호는 스스로 결론지은 생각에 흠칫 놀라고 말았다.

아니, 내가 어떻게 이런 생각을……. 순간 맥이 풀리며 탁 주저앉아버렸다. 기자로 일하면서도 느껴보지 못했던 절망이었다.

상식 이하.

박성호는 인간 세상의 기준을 상식이라고 규정했다. 상식은 그가 기자로 살아오면서도 넘지 않았던 선이었고, 그를 가르친 선배 오정훈을 상식 이하라고 치부할 수 있었던 기준이었다. 그렇다고 상식이 형이상학적이거나 고답적이고 애매모호하여 좇기 어렵거나 부합하기 힘든 것을 지칭하지도 않는다. 인간에게 그저 상식이란 누구나 알고 있으며 일반인이 어렵지 않게 따라야 할 지식이나 판단력을 의미하는 것이 전부다. 무엇보다 그 상식이 아버지에게 통하지 않았기에 박성호는 그가 대하는 모든 일에 상식을 앞세웠는지도 모른다. 상식이 통하지 않는 아버지가 미웠고, 그랬기에 그는 아버지와 절멸하다시피 인연을 끊으려 했다. 그런데 아버지가 상식으로 설명할 수 없는 이야기를 꺼냈다.

—네가 내 친아들이었으면 했다.

"어머, 왜 이러고 계세요?"

멍하니 비상구 계단에 앉아 있는 박성호에게 나혜영이 다가왔다.

"아무것도 아닙니다."

상식 이하의 대답이 아닐 수 없었다. 그에 아랑곳없이 나혜영은 입술을 샐쭉 내밀며 박성호를 비켜 계단을 오르려 했다.

"저기 혜영 씨! 사랑이란 게 뭘까요?"

그 순간 나혜영이 크게 동요하며 멈추어 섰다.

"혹시 저에 대해 들으신 건가요……."

"무얼? 아니요, 아닙니다."

박성호의 대답에 나혜영의 표정이 확연히 밝아졌다. 이를 본 박성호는 안심하며 말을 이었다.

"남녀간 사랑을 말하는 게 아닙니다. 죄송해요. 제가 생각이 많아 졌나 봅니다. 제가 말하려는 건 부모 자식 간에……."

"그거야 뭐, 아가페 아닌가요?"

계단을 두 칸 올라선 나혜영이 박성호를 굽어보며 말했다.

"흔히 뉴스에서 다루어지는 부모 자식 간 문제는 그게 아가페가 아니기 때문에 벌어지는 거잖아요."

아가페라. 아가페가 부모와 자식의 사랑을 정의할 수 있는 상식 일까. 그저 간단히, 박성호의 아버지는 아들에게 아가페적인 사랑을 주지 못했기에 그토록 서로 인생을 낭비하고 말았던 것일까. 아버지 는 술과 여자로, 아들은 꿈을 좇는다는 명분으로.

나혜영의 말이 일리는 있었다. 그러나 정답이라고 말하기에는 무언가 떨떠름했다.

"그냥 제 생각일 뿐입니다."

나혜영이 생각을 한발 내려놓았다. 그에 반해 계단을 한 칸 더 올랐다. 멀어지려 한다.

"어머니란 뭘까요?"

자식에게 평생을 숨기고 살아도 될 만큼 비상식적인 존재일까요? 종국에 드러나지 않더라도 흔히 말하는 출생의 비밀 같은 거, 숨기고 살아가려 할 만큼 독하고 대단한 상식 이하의 존재일까요?

박성호는 묻고 싶었다. 기자를 하면서도 '차마 입 밖으로 내지 못할 말' 같은 거, 상투적이라고 생각했다. 그런데 존재한다. 상투적이지만 입 밖으로 낼 수 없는 말, 그 따위 것! 그래서 어머니를 깨워야 한다. 저렇게 이지러진 심장을 먼저 고쳐야 한다. 간혹 깨어나지만 쉽게 정신을 잃는 모든 이유가 사고로 다친 저 심장 때문이다.

나이키의 모델 같은, 의식을 잃은 저 여인이 그래서 필요하다. 어머니를 저 여인처럼 깨어나 달리게 해야 한다.

"참, 긴급 환자가 실려온 것 같던데요."

"아, 네. 맞아요. 그런데 돌아가셨어요."

"혹시 도우녀였나요?"

"네."

그 순간 또 하나, 상투적인 단어가 박성호를 건드렸다. 일말의 희망. 그리고 셋 중 누군가가 정확히 방아쇠를 당겼다.

"그런데 문제가 생겼어요."

"문제라니?"

"환자의 가족분들이 장기이식을 반대하셨거든요."

"아니, 그런 게 어딨습니까? 그건 유언이나 마찬가지인데요."

"성호 씨 마음은 알아요. 그렇지만 법적인 구속력이 없잖아요."

팽팽히 당겼던 희망 하나가 탁 끊어지는 느낌이었다. 몇 분 전 박성호가 절망에 주저앉은 순간처럼. 나혜영은 검지와 중지를 펼쳐 경례하는 포즈로 되돌아섰다. 살짝, 슬프지만 억지스런 미소를 지은 나혜영과 달리 박성호의 눈앞은 무저갱처럼 캄캄해졌다.

응급실에서 침까지 바닥에 질질 흘리며 의식을 잃은 여자였다. 제대로 죽었다고 생각했는데 가족의 반대라니.

모든 게 해결됐다고 지레짐작했다. 그런 기대가 무의식을 건드려 아래층으로 발걸음을 내딛게 한 것이 아니던가. 가족의 반대라니, 생각지도 못한 결말이다. 도우너로 등록한 사람인데, 장기를 여섯 등분하고 심장까지 꺼내 샅샅이 나누어주고, 신경조직마저 해체한 뒤 겉옷에 불과한 살갗 속만 든든하게 채워 가족에게 전달하면 되는 것이 아니었던가. 그래서 도우녀가 아니었냐고. 살아생전에 이 모든 내용에 동의했던 게 아니었느냔 말이다.

박성호는 급작스레 식은땀이 났다. 나혜영을 따라가야 했지만 발아래가 어지러웠다. 그를 이 지경으로 내몬 정답은 너무나 간단했다. 결국 상식 이하는 나였다.

상식 이하는 바로 나였다. 직접 칼을 들었든, 그게 아니었든 내가 응급실의 여인을 죽게 했다.

풀썩 계단에 주저앉았다. 거세게 머리를 움켜쥐었다. 도대체 나란 놈은 무엇을 기대하며 이곳에 있었던 것일까. 아버지의 죽음? 아니라면 아버지와 나의 운명적인 화해? 그 모든 것들은 삼류 드라마에도 어울리지 않는 한낱 통속적이고 그저 상투적인 소재거리가 아니던가. 아니지, 아니야. 거기다 출생의 비밀까지 더했으니 막장 드라마로는 어울리는 것인가!

의미를 알 수 없는 눈물이 한 치 앞을 가렸다. 보이지 않는다. 흐려진 한 치 앞처럼 그의 인격도, 철학도, 박성호가 좇았던 그 모든 것들이 불투명하게 변했다.

어지럽고 막막한. 사람. 그리고 사람.

그 불투명함 속으로 한 줄기 빛이라도 들어 바늘구멍 사진기처럼 투과된 그림을 저 벽면 너머 인화지에 조금이라도 남겨주었으면. 적어도 흐릿하지 않은 무언가를 보며 박성호가 판단할 무언가라도 안겨주었으면. 세상에는 그러나 기댈 곳도, 기댈 일도 없다. 혼자 살아가는 곳이 세상이다. 결국 이렇게 혼자 되는 것이 세상이다. 하지만 누군가 방아쇠를 당겼다. 셋 중 누군가 응급실에 누운 여인을 죽였다. 이제 그를 둘러싼 모든 드라마들이 막장으로 치닫고 있다. 무엇보다 박성호가 그녀를 죽였다.

어머니의 심장을 위해.

내가 누구의 아들인지를 알기 위해.

바로 그 막장 드라마를 위해.

장수정

"어떻게 생각해요?"

죽음에 관해 장하나가 물었다. 그녀의 질문에 대한 대답은 두 가지뿐이다. 고양이를 죽였던 살묘마가 살인마로 변한 것인가, 아니라면 전혀 다른 별개의 사건인가.

장수정은 질문이 향한 손선영을 향해 고개를 돌렸다. 손선영은 평소답지 않게 오른손 엄지손가락을 입에 댔다 뗐다 할 뿐 말이 없었다.

그래, 평소에 오늘만 같았다면 얼마나 좋아. 나를 뜯어보듯 분석하고 추리하고 그러지 말고 말이야. 장수정의 생각처럼 대답은 두 가지뿐인데 여전히 손선영이 침묵한다.

"제가 생각하기엔." 결국 장하나가 자문자답했다. "현재로서는 판단할 만한 증거가 부족한 것 같아요. 오늘 사망한 이지연에 대한 자료는 절대적으로 부족하고요. 국과수로 옮겨져 부검에 들어간다고 하던데, 아마 지금쯤 부검이 끝났으려나요, 어쨌든 그 이후라야 작은 단서 하나라도 명확해질 것 같고요. 문제가 하나 더 있어요. 이번 이지연 양 사망으로 인해 용인 동부서는 정식으로 송파서에 공조수사를 의뢰했어요. 내부적으로는 이견이 많았답니다. 사건이 이만큼 진행될 때까지 관여한 것은 저희니까요."

"언니, 미안하지만 나와 이웃집 두 남자겠지."

"그래, 그 말이 틀린 것은 아니지만 이미 형사사건이 돼버린 걸. 이해해주기 바란다."

장하나가 장수정을 달랬다. 그런 뒤 손선영의 집에 모인 사람들을 하나둘 번갈아 보았다. 환자 아닌 환자가 된 오현리를 측은한 눈길로 바라보기도 했다. 그렇지만 결심을 내린 듯 장하나가 이야기를 이었다.

"어쨌든 이번 사건에 대해 저희 용인 동부서는 서울 송파경찰서에 공조를 요청했어요. 이미 준비된 공문대로 선영 씨나 오 작가님, 수정이에 대해서도 상당 부분 수사에 참여할 수 있는 권리를 요청했고요. 그렇지만 여기가 아무래도 송파서 관할이다 보니 작정하고 사건에 대해 숨기거나 정보를 차단한다면 솔직히 저희는 뭐라 할 말이 없어요."

"그게 무슨 말이야, 언니?"

장수정은 장하나가 왜 이렇게 연막을 까는지 이해하기 힘들었다. 그런데 손선영이 설명한다.

"현실적으로 공조수사가 어려울지 모른다는 뜻입니다. 그럴 경우 저와 오현리 선생님께서 용인 동부서와 파트너가 되어 지금처럼 수사에 참여해달란 말씀이죠."

간단히 의미를 갈음한 손선영이 검지로 안경을 올려 썼다.

어휴, 저 재수때기. 어디서 저런 캐릭터가 나타났을까. 그럼 나는 수사에 참여하지 못한다는 거야 뭐야?

"아, 수정 씨, 눈빛을 보니 제 설명을 제대로 이해하지 못했군요. 하나 씨가 미안해서 못 하는 말은 이제 그만 수사에서 빠지는 게 안전하다는 겁니다."

그럼 그렇지. 안 짚고 넘어가나 했다. 이 촌철살인 민폐 캐릭터야.

"싫거든요!"

장수정은 손선영을 노려보았다. 지금까지 같이 힘들게 왔으면서 빠지라는 건 뭐라니. 라면 세 개 끓인다고 수프 하나 빼고 끓이는 거 봤니? 봤냐고?

"그럼 이렇게 하자."

오현리가 분위기를 진정시켰다.

"내 머리 봐. 보이지? 뭐 이 정도 사건에 몽둥이 한 방 맞고 다섯 발 정도 꿰맨 거야 약과지. 여자가 때린 것도 아니고 남자가, 아니 범인이 몽둥일 뽑아서 이 정도 때렸으면 많이 봐준 거라고 봐. 어쨌든 지금 이 사건에서 가장 크게 화내고 사건에 뛰어들어야 할 사람은 나야. 그렇지?"

오현리가 좌중을 둘러보았다. 내 말이 맞지 않냐는 듯. 그의 말에 장하나가 수긍하는 눈빛을 보냈다.

"내 심장은 지금 범인을 잡고 싶어 이글이글 불타고 내 이성은 사건에 대한 수사를 위해 거대 기계의 톱니바퀴처럼 돌아가고 있다고. 그 어떤 순간보다 의지로 불탄다고 봐야겠지. 그런데…… 다 양보할게. 수정이가 저렇게 사건에 참여하고 싶어 하니까, 사람이 그래, 나이 먹으면 때론 빠져줄 줄도 알아야 하거든. 그래, 내가 양보할게, 눈 딱 감고."

그러더니 오현리가 팔짱을 끼며 정말 눈을 감는다.

"어머, 고마워요."

장수정은 손뼉을 딱 소리 나게 치며 말했다. 이런 순간 영감님이 양보하다니. 그런데 손선영의 눈빛이 무언가 이상하다. 게다가 아주 부자연스럽게 왼쪽 입꼬리가 슬슬 말려 올라가는 게 아닌가. 손선영의 입꼬리처럼 자신이 말려들었다는 걸 그제야 알아차렸다. 저런 저, 저, 공자에게도 사기 칠 영감탱이 같으니라고.

장수정은 오현리 능구렁이를 노려보았다.

"뭐야, 수정이 너 눈빛은? 내가 너를 농간이라도 했다는 표정인데? 그럼 좀 전의 말은 없었던 걸로 하지 뭐. 수정이 너는 장하나 씨 의견대로 수사에서 빠지고 내가 수사에 참여……."

"그런 말씀은 아니잖아요."

장수정은 황급히 오현리, 천 년 먹은 능구렁이의 말을 잘랐다. 말 한마디로 천 냥 빚을 갚는다더니. 나이가 그냥 계급장이 아니라는 말은 오현리에게서 증명되는 셈인가.

"저, 할게요. 수사 참여하고 싶다고요."

장수정이 기어들어가는 목소리로 말했다. 어쩔 거야, 이 상황에. 찬밥 더운밥, 된똥 설사똥 가리게 생겼냐고요. 아니라면 수프 하나 빠졌다고 안 먹게 생겼냐고요!

손선영이 팔짱을 끼며 천장을 본다. 저 표정 안 봐도 알아. 네 마음 안 들어도 알아. 이 망할 인간! 안 하는 게 좋을 거라는 무언의 압박이잖아. 그렇지만 할 거다, 하겠다고. 내가 범인을 잡고 말 거라고.

"자, 수사는 어떻게 진척이 좀 있나요?"

부탁드립니다, 제발 수사에 참여할 수 있게 해줘요. 언니, 응? 장수정이 읍소하듯 장하나를 보았다. 그런데 대답은 엉뚱한 곳에서 들려왔다. 또 손선영이다. 아, 입 좀 닥치게 할 수 없을까.

"수정 씨의 저런 질문 우매하죠. 지금까지 발을 담근 게 자기면서 수사에 진척이 있냐니. 하긴 뭐 저런 게 매력이려니 하고…… 제 의견을 먼저 말해도 됩니까? 아니라면 하나 씨가 공식적인 사건 진척 상황을 말해줄 건가요?"

"그러죠. 제가 먼저 할게요. 그래야 여러분들도 상황 판단을 하실 테니까요."

장하나도 장수정을 바라보며 한숨을 쉰다.

"이번 사건에 대해 저희는 도우너, 즉 장기기증 서약자를 노리는 범죄로 단정 지었습니다. 물론 단정이란 말에 담긴 의미의 모호함에 대해서는 넘어가주세요. 약간의 제보도 있었고요. 그렇지만 이렇게 단정 지을 상황증거가 충분했던 사실은 이 자리에 계신 여러분들이 더 잘 아실 겁니다. 그 사실을 조목조목 짚어볼게요.

첫 번째로 여러분들이 계신 방이동 일대에서 지속적으로 벌어졌던 고양이의 죽음이 있었습니다. 이것은 사건, 아니 살인이라고 정정하죠. 살인을 일으키기 위한 예비단계, 즉 모의범죄 단계라고 볼 수 있습니다. 수정이와 선영 씨가 목격하신 대로 착실히 모의범죄가 일어났습니다. 눈으로 본 것만 세 마리, 수정이가 실만 챙기고 못 본 것도 있었으니 실제 고양이가 몇 마리 죽었는지는 알 길이 없습니다.

게다가 수정이와 선영 씨가 채취한 분쇄가공육에서 석시콜린 성분이 검출되었습니다. 이것은 명백히 범죄 전 단계라고 판단됩니다. 단순히 고양이를 죽이기 위해 이렇게 번거로운 방법을 택했을 리는 없으니까요.

두 번째가 이지연의 죽음입니다. 그녀는 아침 6시면 방이1동 주민센터 지하에 마련된 헬스장에서 운동을 했다고 합니다. 아침마다 운동을 하는 주민 여섯 명 이상에게서 확인된 사실입니다. 이것은 많은 프로파일링을 가능하게 합니다. 이지연이 매일 6시면 일어나 운동할 정도로 건강을 챙기고 또 그것을 어기지 않을 의지가 굳은 여성이었단 사실입니다. 이 몇 가지로도 이지연이 능동적인 여성이라는 것을 짐작할 수 있습니다. 굶어서 하는 다이어트와 운동을 통한 다이어트는 분명히 다르니까요. 즉, 아는 것을 실천할 충분한 의지를 가졌다는 뜻으로 해석할 수도 있을 거고요. 반대로 이러한 이지연의 규칙성에서 남자친구가 없을 거란 짐작도 가능하게 합니다. 보통 남자친구가 생기면 술이라도 한잔하게 되고 이런저런 남녀간의 일은 사람을 무디게 하잖아요."

"하나 씨가 한규 때문에 오히려 술고래가 된 것처럼요?"

일필휘지 같은 손선영의 촌철살인, 대량학살이 여기서 터진다. 저런 남자, 평생 여자 만나기는 글렀다. 언니도 내 맘 알겠지?

"오호, 적절한 비유!"

어라, 저게 나이인가? 오히려 장하나가 웃으며 받아치다니. 나라면 화를 냈을 텐데.

장수정은 이해하지 못할 상황에 한 번 더 고개를 저었다. 그렇지만 장수정도 어쩔 수 없다. 사람이 아무리 두뇌를 열어놓고 새로운 것을 받아들인다 한들 결국은 두뇌의 전기적인 활동 속에 갇히고 만다. 손선영은 그 감옥 너머, 절대 받아들일 수 없는 대량학살, 유혈낭자, 사지절단을 일삼는 괴물 같은 놈이다. 그런데 인정, 동화하게 만든다.

"어쨌든 이지연은 자신의 인생을 제대로 핸들링할 줄 아는 신세대였습니다. 그런 그녀가 석시콜린이 들어간……."

"커피였나요?"

장하나의 말을 자르며 손선영이 물었다.

"네, 커피였습니다."

딱 이 대목에서 손선영이 천장을 보았다.

형사들은 이지연의 행적을 따랐다. 방이1동 주민센터 지하 헬스장, 그리고 그녀가 나오며 마주쳤을 최초의 캔음료 자판기와 커피 자판기. 이후 길에서 이지연의 집까지 이어진 역기역자의 300미터가 넘는 길을 촘촘히 조사했다. 그러다 방이지구대 옆 쓰레기통에서 종이 잔 하나를 수거했다. 방이1동 주민센터 자판기에 들어 있던 녹색 클로버 무늬가 새겨진 잔이다. 잔은 국과수로 보내졌고, 반나절이 지나자 결과에 대해 유선통보가 먼저 이루어졌다.

종이 잔 바닥에 남은 커피로는 정확한 석시콜린의 함유량을 알아내지 못했다. 다만 인간에게 치명적인 양의 석시콜린이 함유되었을 것으로 추정했다.

"뜨거운 짬뽕을 식었을 때 드셔본 적 없죠? 굉장히 짭니다. 마찬가지로 뜨거운 물 종류는 짠맛뿐 아니라 상당수의 맛을 느끼지 못하게 만듭니다. 안타까운 이야기지만 아마도 이지연 씨는 커피 맛이 이상하다는 사실조차 몰랐을 겁니다. 겨우 한 방울의 양이었을 테니까요."

또 설교 나으리 납셨네. 장수정이 인상을 찌푸렸다. 도대체 어쩌다 저런 참견쟁이와 엮이게 되었을까. 추리소설가라는 사람들이 저렇게 말이 많은 걸까. 몬스터 손선영, 그런 생각에 빠졌는데 그가 소름 돋는 말을 꺼냈다.

"사건의 양상이 완전히 바뀌었네요. 살인자가 갑작스레 각성을 일으켜 무차별 살인을 저지를 것처럼 변했네요."

살인의 양상이 바뀌었다니. 이건 또 무슨 말일까. 장수정은 손선영의 말에 아득한 벽 하나가 덮쳐오는 느낌이었다. 손이 바들바들 떨렸다. 그저 고양이를 죽인 범인을 잡지 못하는 현실에 대해 개탄하며 움직였던 게 전부였다. 그렇다고 지금에 와서 발을 뺀다는 것도 우습지 않냐고 심장 저 어딘가에서 그녀를 부추긴다. 하지만 무차별 테러라는 말에는 저 빠질게요, 하고 반응해야만 한다.

"잡아요. 잡자고요. 다른 건 모르겠고, 그냥 잡자고요. 다들 뭐가 그리 복잡해요?"

생각과는 딱 반대로 말하고 말았다.

"장수정 아니랄까 봐."

손선영이 한탄을 터뜨렸다.

그의 한탄도 이해는 간다. 그렇지만 고양이에다 이지연의 죽음에 대한 수사를 지금 그만둔다는 건, 삼십 분 변비 끝에도 결말을 보지 못한 채 치마를 내리며 화장실에서 나오는 것과 다를 바 없다. 가는 거야, 가는 거라고. 손선영, 오케이?

백용준

송파경찰서 형사계 2팀 전원이 80평에 이르는 회의실에 모였다. 이례적이라면 이례적이었다. 송파경찰서 강력형사 2팀은 팀장을 포함해 여섯 명이 전부였다. 달랑 여섯 명이 80평이 넘는 강당을 쓴다는 것은 평소라면 요원한 일이었다.

회의를 주도한 사람은 정덕화 2팀장이었다.

"시끄러운 사건이야."

정덕화의 푸념이 강당 모서리에서 부서졌다.

"그러네요. 밥만 가득하고 반찬은 없는 사건이에요."

"저게 또! 백용준이 무시하고 사건부터 읊어봐."

정덕화가 말끝을 억누르며 감정을 내비쳤다. 그러더니 픽 웃고 만다.

"밥보다는 파리만 들끓는 게지 뭐."

정덕화의 말에 긴장됐던 분위기가 누그러졌다. 형사들의 농담이다. 밥은 살인, 파리는 잡범이나 때에 따라 기자, 그리고 언제든 파리들의 밥이 될 수 있는 윙윙거림만 들끓는 사건에 대한 비유가 담긴. 재빨리 2팀 전체에 사건에 대한 개요가 전달됐다. 프레젠테이션 기계가 밝은 빛을 토해냈다. 백용준이 설렁탕을 먹던 때부터 박연오가 감식을 나간 뒤, 이어서 모든 팀원과 과학수사팀이 파리처럼 들끓으며 구더기라도 없는지 원룸 곳곳을 들쑤시던 순간까지 전파를 탔다. 사진은 가감 없이 상황을 디지털화시켜 하얀 스크린에 컬러 입체를 토해냈다. 과학수사팀이자 형사팀에도 곁다리를 걸친 박연오가 그 모든 과정의 성우가 되었다. 그런데 무엇일까. 이 요원한 감정은. 강당 내부를 둘러보며 백용준은 무언가가 뒤통수를 긁는 느낌에 몸 전체가 뻣뻣해졌다.

수사원과 소설가는 근원적으로 다를 수밖에 없다. 형사는 사실을 위주로 움직인다. 그런데 추리소설가라던 손선영은 상상력을 바탕한다. 사건이라는 뼈대에 상상력과 추정이라는 살을 붙여 확장한다. 여기서도 형사는 반대다. 형사는 사건 이후 객관적 증거를 분석해 사건과 사건 사이 극간을 이어 붙인다. 수동적이지만 객관적일 수 있는 장점도 있다. 무엇보다 현장을 직접 접할 수 있다는 결정적인 특혜를 가졌다. 그런데 수사원 특유의 수동적인 움직임으로 귀결할 수 없는 무언가가 자꾸만 백용준을 건드렸다. 도대체 무엇일까. 이 요원한 감정은 또 무엇일까.

"저가…… 손선영은 고양이 죽음부터 시작했다고 했어요."

"그만해라. 그딴 녀석 무시하고 가자. 살인이야, 살인. 고양이와는 질적으로 다른 거라고."

정덕화가 백용준을 제지했다.

정덕화의 말이 맞다. 고양이와는 질적으로 다르다. 한 여자가 죽었다. 그런데 지금 백용준이 간파하지 못하는 무언가가 자꾸 뒷머리를 툭툭 건드린다. 손선영이 간파했지만 백용준이 미처 파악하지 못하는 무언가. 커피였던가. 혹시 고양이였던가. 사람보다 거대한 소나 돼지마저 마비시켜 죽음으로 몰고 가는 약물이었던가. 아니라면 지금 단상에서 박연오가 추정하는 굳어간 여인의 마지막 한숨인가. 아니, 그마저도 틀렸다면 백용준이 손선영을 따라가지 못하는 그것은, 도대체 무엇인가.

"가장 먼저 떠오른 가능성은 원한에 의한 복수, 즉 일면식이 있는 주변인이 앙심을 품고 살해한 경우입니다. 그런데 이지연의 인간관계가 A4 한 장으로 요약 가능할 정도입니다. 자신의 분야에서는 전문적이지만 인간관계는 그렇지 못했습니다.

"원한관계는 아닐 것이다? 그다음은?"

"커피를 건넸다는 대목에서 무차별 살인을 지목할 수 있을 겁니다."

"미국처럼 묻지마 연쇄살인, 이런 거?"

박연오가 정덕화의 질문에 까딱 고개를 숙였다. 응당 수사원들끼리야 두 번 말하기 싫은 내용이다. 화제성은 만발하고 수사는 힘들고, 유명 일식집 코스요리 같은, 그러나 범인은 당최 잡기 요원한 사건이 묻지마 범죄에 연쇄살인이다.

"그런데 묻지마 살인을 말하기 이전에 이 사건을 지목한 몇몇 사람들이 있었습니다. 에……."

"넘어가라, 그건. 열 받으니까."

이번에는 백용준이 정덕화를 대신했다. 그놈의 소설가 나부랭이 새끼.

"거기서 이야기가 상당히 좁혀지는 건 사실입니다. 백용준 형사를 열 받게 한 남자의 이야기가 묘하게 설득력이 있었습니다. 고양이부터 시작한 석시콜린 이야기였는데 다들 아실 거라 넘어갑니다. 그렇다 보니 석시콜린을 사용한 목적에 대해 주목하게 된 것은 어쩌면 당연했습니다. 고양이는 안 되지만 사람은 되는 것! 석시콜린으로 고양이에게서는 얻지 못하지만 사람에게서는 얻을 수 있는 것!"

백용준은 충분히 예상했던 바임에도 고개를 가로저었다. 아니, 그 귀결을 받아들이기가 힘들었다. 형사생활을 하며 자신보다 앞서나간 민간인은 처음이었다. 그것이 분했다.

"이지연은 생전에 장기기증 서약을 했습니다. 그래서 그녀가 죽자마자 병원에서는 장기기증에 대한 논의가 이루어졌습니다. 물론 살인사건이라는 이질감에 가족들은 장기기증을 반대했고요."

박연오는 이지연의 죽음에 마침표를 찍고 있었다. 극한의 화소까지 잡아낸 컬러사진이 브리핑의 마지막을 장식하는 즈음이었다. 고양이, 장기기증, 커피, 그 귀결이 이지연의 마침표에 아로새겨졌다. 장기기증, 아니 불법 장기적출, 귀결은 그것이었나.

"한 해 불법 장기매매는 사실 추정이 불가능합니다."

박연오의 이야기가 안개 속 분무처럼 가뭇하게만 들려왔다.

현재 국내에서 공식적으로 밝혀진 장기매매는 연간 1천 건 정도.

그러나 장기매매의 이면은 실로 끝을 알 수 없을 정도로 추악하다. 국내에서 거래가 이루어져 중국에서 매매되는 사례는 무려 10만 건에 이른다는 추정이다. 그에 따른 금전수수는 상상조차 불가능하다. 미국에서는 신장 하나가 3억 원, 심장이 1억 3천만 원에 거래된다. 간이 1억 7천만 원, 그 외에 이것저것 다른 장기들을 적출하면 약 1억 원의 돈이 더 생겨난다. 이례적이라면 가장 밀매가 흔한 신장이 오히려 비싸다. '수요' 때문이다. 그만큼 미국은 자본주의에 충실하다. 비록 5년 전 자료라 해도 종합하면, 미국에서 인간을 해체하고 구입하는 데 약 6억 원이 지불되는 셈이다. 심지어 심장동맥까지 거래된다. 남의 나라 나쁜 일을 수치화하고 우리나라에 적용시키는 것은 무리가 따른다. 범죄를 인정하고 우리나라에도 존재한다, 라고 공표하는 것이나 다름없기 때문이다. 이런 부분에 경찰조직은 적잖이 부담감을 느낀다. 어차피 경찰 일이란 게 사후조치이다. 예방은 언감생심, 따라서 경찰조직 내에서 이런 사례를 형상화시키는 것은 조직의 무능력을 드러내는 것에 다르지 않다. 장기매매 적발 수치가 그것을 대변한다. 일 년에 겨우 10여 건. 그렇지만 인정할 것은 인정해야 하지 않을까.

10여 건의 적발 사례가 전부라 해도 불법 장기매매 집단은 버젓이 국내에서 활보하고 있다. 속칭 통나무 장사라고 한다. 음성적 점조직인 장기매매 집단은 최소 10여 곳 이상으로 추정된다. OECD 회원국이 된 우리나라처럼 통나무 장사치들도 이제 글로벌화되었다. 세계 곳곳에 지국을 두고 조직원들이 움직인다. 먹잇감이 포착되는 즉시 거액을 지불한 고객이 날아가는 것이다.

한 사람의 생이 남고 한 사람의 생이 지워지는 소문은 무성하다. 중국에서 실종되는 한국인은 매년 평균 1천 명 정도, 인도에서도 약 300명이 매년 실종된다. 그들 가운데 상당수는 이런 통나무 장사치들에게 걸려들어 뼈도 못 추렸다는 소문이 심심찮게 들려온다. 심지어 거리에 내장이 다 적출되어 버려진 신원미상의 청소년이 한국인이었더라는 이야기마저 추신처럼 따라붙는다. 장기를 적출하려다 팔다리만 자른 채 버렸다는 오뚝이 아줌마 이야기는 괴담으로 변해 중국 여행객들을 맞이한다. 실종과 장기매매, 그 비약의 극간이 통나무 장사치들에게 다다라 미국과 비슷한 아홉 자리 숫자로 통장에 인쇄된다. 버젓한 합법의 이름을 가장해 위안화가 원화가 되는 무역 거래로. 그런데 선을 긋고 움직여 이지연까지, 아니 더 최소화해 고양이까지 귀결해 결론지을 수 있을까.

비약이 심하다.

백용준은 고개를 젓고 말았다. 그런데 손선영은 그 귀결을 이루어낸 것일까. 형사와는 다르지만 소설가라면 다다랐을지도 모를 사고의 경로를 통한 결론으로. 뼈와 뼈 사이, 이어진 연골처럼 손선영이 가져다 붙인 사고의 연골은 어디서 어떻게 미싱링크를 딱 이어붙인 것일까.

아니다, 아니다. 지금 백용준의 뒷머리를 빳빳하게 만드는 것은 그것이 아니다. 무언가 다른 것이 있다.

이 사건에는 백용준이 지금으로선 짚어내지 못한 다른 무언가가 분명히 도사리고 있다. 그 무언가가 경추골과 연골 사이를 고3 때 담임처럼 계속해서 톡톡 건드린다.

"현재 외국 여행과 관련해서는 실종자 수를 언론이 기사화하지 않으려 하는 것이 사실입니다. 실종자가 반드시 실종자가 아닌 경우도 있고요. ……다 아실 거예요. 반대로 한국에도 이런 불법체류자들이 2012년 기준 공식통계로 140만 명이 넘는다고 하니까요."

"그러니까 반대로 한국인들도 외국에서 불법체류를 할 수 있는 거고, 그게 다 장기밀매와는 관계가 없다는 거잖아. 일단 넘어가!"

정덕화가 박연오를 채근했다.

"네, 그렇죠. 이번 사건에서 눈여겨 볼 것은 약물입니다. 바로 석시콜린이죠. 이지연이 사망한 직접적인 이유도 석시콜린 때문입니다. 무엇보다 석시콜린이 우리나라 전역에 뿌려진 바가 있습니다. 바로 구제역 파동 때였습니다. 물론 철저한 관리가 이루어졌을 거라 생각되지만 현실적으로는……."

그 순간 백용준이 벌떡 일어섰다.

"고양이가 밥을 건드린 것 같아요. 우리는 모르지만 손선영이 그 녀석은 알고 있는……."

"뭐야, 쟤 뭐라는 거야? 너 아침 못 먹더니 좀……."

미친 거 아냐, 하는 정덕화 팀장의 목소리가 2, 3번 경추 연골 사이를 건드리며 지나갔다. 그러나 고3 담임보다는 늦었다. 이미 백용준은 회의실을 박차고 나와 계단을 뛰어내리고 있었다.

장수정

깨알 같은 눈빛들이 반지하 열 평 남짓한 두 칸짜리 방에 모여들었다.

이 형사는 왜 찾아온 것일까? 그렇게 구박할 때는 언제고. 손선영 다음가는 재수탱이 같으니라고.

하필 네 사람이 커피를 마시려는데 들이닥쳤다. 커피 넉 잔을 놓는 장수정의 손에서 탁, 소리가 울렸다. 깨알 같은 눈빛이 그녀의 손에 모였다 뭉그러진다. 장수정의 감정과 사람들의 호기심, 그리고 백용준이란 형사의 함수관계 역시 커피 잔에 붙었다 떨어진다.

"너, 손선영이 너, 뭔가 다르다는 거 눈치챘던 거지?"

백용준이 두서없는 말을 꺼냈다. 그런데 손선영이 긍정도 부정도 하지 않았다.

"뭐야, 무슨 말이야?"

오히려 장하나가 치고 나왔다.

장하나는 곧바로 백용준을 노려보았다. 형사와 형사의 대치. 두 사람의 목적 어딘가가 부유하다 다시 손선영에게 가서 부딪힌다.

"거, 미안한데 수정아, 우리만 마실 수는 없잖아. 넉 잔이 전부네. 일단 오신 손님이니 커피 한 잔 드리자고. 이름이 뭐랬더라, 배⋯⋯ 용준이랬나, 그래, 배사마도 않고."

"배사마가 아니라 욘사마겠죠."

발 빠른, 아니 입빠른 장수정이 가만있지를 못했다.

"백사마, 욘사마 그런 거 아니고요, 그냥 백용준입니다."

그 말에 장수정은 픽 웃어버렸다. 역시 오현리 영감님 아니랄까 봐. 분위기를 누그러뜨리려 일부러 눙치고 있다. 백용준도 허, 김 새는 소리를 내며 마지못해 좁은 방에 양반다리를 한다. 백용준으로 인해 다섯 사람이 좁은 방을 적당히 나눠 앉았다. 다섯 사람 사이를 가장 먼저 채운 것은 물 끓는 소리였다. 장수정은 일어나기 싫은 걸 억지로 몸을 일으켰다. 작은 쟁반에 커피 한 잔을 더 내오자 오현리가 얼른 주라는 듯 오른손으로 백용준을 가리킨다.

커피를 한 모금 마신 오현리가 "아야, 아야" 하며 괜히 머리를 건드렸다. 그 손끝에 이제 붕대를 뗀 거즈가 상처를 덮고 있다. 이 역시 계산된 행동이다. 노련한 영감. 장수정은 그만 오현리를 지켜보는 것에 담뿍 빠져버렸다.

자, 이제 무슨 일이 벌어질까? 누구부터 시작이려나?

"영감님 멋있어요."

어라, 시작을 지켜본다는 게 장수정이 먼저 한마디를 내뱉고 말았다. 이건 아닌데.

"수정이 너만 인제 안 거야, 내가 좀 맛이 있지."

멋도 아니고 맛이라니, 웩. 하여튼 이래서 안 된다니까. 그런데 장하나와 손선영, 그리고 백용준 세 사람은 마치 〈놈놈놈〉의 세 총잡이처럼 여전히 대치하고 있었다.

"아, 세 사람 다 사춘기 계집애들도 아니고, 왜 그래요? 그냥 까놓고 말하세요. 네?"

"역시 수정이야."

오현리와 장수정만 주거니 받거니, 그러나 세 사람은 말이 없다. 왜 이래, 이거. 그럼 결국 쳐들어온 사람이 용건을 꺼내야지, 암. 장수정은 눈을 크게 뜨고 백용준을 압박……하고 싶었다. 그런데 장수정을 마주 보는 백용준을 보자마자 덜컥 겁이 났다. 무언가 함축적이고 일반인을 주눅 들게 만드는 눈빛이었다. 저게 형사의 눈빛인 걸까.

"찾아오셨으니 먼저 용건을 꺼내시죠."

손선영이 말한다. 스쳐가듯 눈빛이 서로 맞았나 싶은데 고개를 가로젓는다. 뭐냐, 이 양반은 또. 그러고 보니 지금껏 내가 무얼 하는지 관찰했었나 보다. 어라, 그럼 나를 대변해준 건가. 거 참 손선영 이 양반, 모를 놈이로세.

"그래, 너 손선영이 네!" 기다렸다는 듯 백용준의 말문이 터졌다. "너, 솔직히 이렇게 될 거 알고 있었지?"

"이렇게 될 거라뇨? 그나저나 아무리 흥분해도 그렇지, 저보다 나이도 어려 보이시는데 말은 좀 높이시죠?"

"알았지……요? 이러면 됩니……까요? 뭐 그렇다 칩시다. 당신, 아까 현장에 함께 있을 때 나, 저보고 그랬……어요. 현장은 필요 없을 거라고. 그때 뭔가 다른 낌새를 알아차렸던 거 아냐……요? 그런데 나 서른아홉, 너 몇 살인데?"

"서른아홉."

"그럼 일단 빠르게 말 까자고. 나 너 같은 추리소설가 나부랭이랑 사건 가지고 싸움하기 싫으니까. 뭔 말인지 알 거야. 역지사지, 역지사지. 내가 소설 쓴다 그러면 너도 싫을 거 아냐?"

"아니요. 좋습니다. 형사가 쓰는 소설이면 스릴러 아니면 추리일 테니까. 추리소설 부흥에도 한몫하실 테고."

"허, 말 딱 막히네. 뭐, 말로는 안 지겠다? 그래 좋아. 솔직히 말해 봐. 도대체 네가 생각하는 이 사건이 뭐냐고!"

"좀 지나치시네요. 분명히 용인 동부서에서 협조 요청을 드렸고, 사건 깊숙이 손 작가가 개입돼 있다는 사실도 설명드렸잖아요."

답답한지 장하나가 끼어들었다.

"그건 압니다. 그렇지만 저 녀석, 손선영이 말한 부분과 사건이 미덥지 못한 어딘가가 딱 걸리는 느낌이란 말입니다. 왜 그런 거 있잖아요, 장 경사, 형사들만 느끼는 감!"

"모르겠습니다, 전."

"아, 이거. 강력계만 느끼는 형사의 직감이란 게 있다고. 과학수사, 그런 거보다 우선하는 감이 있다고요. 왜 그런 거 있잖아요."

장수정은 백용준이 똥 마려운 개처럼 느껴졌다. 그는 똥 눌 곳을 못 찾고 있다. 마음이 급했는지 있다고만 항변하는 백용준에게 "현장 근처에서 눈빛이 마주치고 스쳤는데 그놈이 범인이었다, 뭐 그런 거요?" 하고 손선영이 오히려 돕는다.

"어라, 잘 아네. 그래, 그런 거. 그런데……."

뭔가 억울했는지, 아니라면 손선영이 자신을 거드는 게 아이러니했는지 백용준이 허, 하고 웃음을 지어버렸다. 웃음이 함축하는 어떤 지점에서 장수정은 백용준에게 동질감을 느꼈다. 딱, 그녀가 손선영을 은행 강도로 몰았던 순간이랄까. 좀 더 지나봐라, 13일의 금요일 제이슨 못지않을 거니까.

"10월 24일, 오늘 댓바람부터 이 옆 건물, 저팔계 구이집 있는 201호에서 이지연이 사망했죠. 저는 설렁탕 먹다가 쫓아왔고, 저보다 조금 늦게 손선영 씨가 달려왔죠. 그래요, 그건 감청이라고 칩시다. 장하나 씨가 근처에서 함께 일을 봐줬으니 가능했다고 보자고요."

이제야 백용준도 조금 진정이 된 듯 이야기가 앞으로 나가기 시작했다.

"이지연이라는 피해자, 장 경사와 손선영이 걱정했던 부분에서 그래, 사건이 터졌다 칩시다. 그런데 무언가 자꾸 안 맞는 게 있어요. 지금 수사가 진행되는 부분이랑. 솔직히 미치겠는데……."

백용준은 그 부분에서 무언가가 분한지 주먹을 꽉 쥐었다.

"그걸 모르겠습니다."

그거였구나. 장수정은 백용준에게서 형사만이 느낄 수 있을 감정의 홍폭을 보았다. 어디서부터 어디까지인지 설명할 수 없지만 형사는 백용준인데도 해결하지 못하는 어느 부분에서 손선영이라는 일개 소설가가 감을 잡고 있을지 모른다는 막연함에서 기인한 감정의 홍폭.

"형사가 신입니까? 가끔 내려놓으실 때도 있는 거죠. 어이, 손 선생. 백 형사를 위해서라도 시원하게 좀 털어놓으면 안 돼? 내가 부탁할게."

장수정이 손선영에게 애교를 떨었다.

"하여튼 저렇게 성격 급하고 감정에 충실하니……"

뭐냐, 말을 하다가 끊는 것은. 그런데 그 뒤가 상상이 된다. 그러니 백동수 같은 놈이나 만난다고, 그런 이야기 하려고 했지? 아쭈, 손선영 해보자 이건가? 장수정이 쌍심지를 켜고 손선영을 노려보자 그는 얼른 고개를 돌려 백용준과 눈을 맞춘다.

"고로, 똥이 발 앞에 있을 때는 피해 가야죠."

"야! 손선영, 너무하네, 똥이라니."

"어라, 지금 수정 씨는 본인이 피해 가야 할 똥이라고 생각하는 건 아니지?"

아유, 저 깐죽 대마왕. 가만, 가만히 있었으면 내가 아닌 백 형사가 똥이 되는 건가. 아유, 억울해.

"그래서 똥을 피한다는 심정으로……"

손선영이 슬쩍 장수정을 곁눈질했다. 결국 옆구리를 꼬집고 말았다.

"아야, 그럼 제가 생각하는 이번 사건을 말씀드릴게요."

장수정이 장하나와 눈을 맞추자 그녀는 눈을 내리뜬다. 사실 하고 싶은 말이 가장 많을 텐데 수정과 달리 입술을 꽉 다문 채 잘 참아낸다. 그에 반해 오현리 영감…… 그는 아무 할 말도 없다는 표정으로 머리를 긁어댔다. 나, 아직도 여기 아파, 알지? 딱 그 표정이다. 이 캐릭터들, 참.

"백 형사께서 걸린다고 표현한 부분, 거기서부터만 설명할 수는 없으니 조금 귀찮겠지만, 처음부터 말씀드리겠습니다. 이곳 방이지구대 근처에서 장수정 양이 고양이의 죽음을 목격한 지는 벌써 두 달이 돼갑니다. 솔직히 몇 마리나 희생되었는지는 알지 못하고요. 그 저 저희가……"

나였다고. 장수정이 손선영을 노려보았다. 벌써 옆구리도 찌르고 있다.

"흠, 정정할게요. 장수정 양이 본 게 세 마리였습니다. 세 마리 다 근이완제인 석시콜린이 경구 투입되어 살해당한 것으로 보였습니다. 한 마리밖에 해부를 해보지 못해서 세 마리 모두 석시콜린 때문에 살해당했다는 말씀은 드리지 못하겠군요. 여기까지가 첫 번째 팩트 입니다. 이 팩트로 몇 가지 추측이 가능했습니다. 고양이에 앙심을 품은, 도심 속 포식자인 고양이를 무차별적으로 죽이려는 누군가 가 이 일대에 있는 것 아닌가. 사실 이건 가장 소극적인 추측입니다 만…… 이 추측이 맞아 들어가려면 단속적이긴 해도 고양이의 사체 가 방이동 200번지 일대에 계속해서 나타나야 합니다."

손선영은 고양이의 사체가 꾸준히 나타나지 않았다는 뜻으로 사 람들을 한 번씩 바라보았다.

"넘어가라, 바쁘다 나."

자기가 찾아와서 자리를 만들어놓고는 바쁘다고 넘어가란다. 백 점 만점에 손선영이 한 8점 정도라면 백용준이란 남자의 점수도 8점 대로 내려갔다. 하마터면 평소대로 우이쒸, 하며 주먹을 쥘 뻔했다. 참자, 장수정.

"그렇죠, 고양이의 사체는 그것으로 일단락시키겠습니다. 부가적으로 석시콜린을 통한 아이들의 장난 같은 것도 넘어가겠습니다. 그렇게 두 달 정도가 지났습니다. 오늘 새벽이었죠."

"아침으로 하자, 내가 설렁탕 주문했을 때니까."

"백 형사께서 '새벽아침'에 설렁탕을 주문했을 때…… 방이지구대에 전화 한 통이 걸려옵니다. 살인사건으로 사망한 사체가 있다고요. 맞습니까, 백 형사님?"

"맞는 것 같으네."

"여기서 두 가지를 주목하셔야 합니다."

"두 가지라면?"

강조하듯 장하나가 되물었다.

"'살인사건 사체'와 석시콜린 약물을 통한 '고양이의 죽음'입니다.

솔직히 책으로 배운 살인과 백 형사님처럼 현장에서 배운 살인이 다를 거라는 건 명백합니다. 아무리 좋은 이론서가 등장한다 해도 그건 과거일 뿐이지요. 비행기 양역학이론처럼요. 지금 비행기는 1990년대의 양역학 이론으로, 2000년대의 기술이 접목되어 2010년도에 생산되는 비행기들이니까요."

"틀리지 않아. 아무리 좋은 과학수사 기술이 도입된다 해도 형사들의 감은 여전히 먹히니까. 현장과 수사는 정말 다르거든."

백용준이 손선영의 말을 뒷받침한다. 상상하기 싫은 두 남자의 조합이다.

"어쨌든 이론서에 입각해 말씀드리자면, 고양이의 죽음은 통과의례적인 절차입니다. 살인자로 가기 위한, 표현을 바꾸죠, 실제 살인을 행하기 위한 모의고사 정도라고 보시면 될 겁니다. 자, 여기에 이지연 씨의 죽음을 대입해봅시다. 이지연 씨의 죽음은 안타깝습니다만, 분명 석시콜린에 의해 사망에 이르렀습니다. 방이동 일대에서 고양이의 죽음이 있었고, 석시콜린에 의한 죽음이었기에 이를 이지연 씨의 죽음과 연결시키는 것은 어렵지 않습니다. 어떤 수사원이라도 일차적으로 고양이에서 이지연 씨에 이르는 과정을 연결시키려 할 겁니다. 그런데 이지연 씨와 고양이, 이 각각의 죽음을 연결시키는 사건 전개는 틀렸습니다."

백용준이 놀란 듯 입이 벌어졌다.

"놀라지 마세요, 백사마? 아니면 은사마라고 불러드릴까요? 아마도 형사님이 무언가 이상하다고 생각한 부분, 또 연결이 되는 듯하지만 되지 않는 부분은 이제 이야기할 내용 때문일 겁니다.

일반적인 살인의 발화과정, 즉 충분한 실험을 통해 살인을 저지르는 행태에 이르게 된 살인은 첫 섹스와 같습니다. 그런 까닭에 지나치게 서투르며 하나하나의 행동에도 의미를 담으려 합니다. 또한 토템이라 부르는, 살인자가 피해자에게서 기념품으로 간직하려는 취득의 행동이 뒤따릅니다. 다만 이런 경우, 즉 통과의례를 거친 첫 번째 살인의 경우에 시간적인 품이 들어가게 마련입니다.

무엇을 토템으로 획득할 것인가, 아니라면 사체에 어떤 의미를 부여할 것인가. 여기에서 살인자는 망설이게 됩니다. 비록 살인은 모의고사를 통해 실행에 이르렀다 하더라도 여전히 살인자는 서투르기 때문이죠. 살인을 통해 지배심리라고 할까요, 아니면 정복욕이라고 할까요, 그런 것은 충족했지만 살인을 기념할 토템을 무엇으로 하느냐, 이것이 구체화되기에는 조금 시간이 걸립니다. 살인에 이어지지만 토템 획득은 별개이죠. 투수가 포수에게 던진 공을 되받는 과정과 같습니다.

물론 이것은 범죄를 통해 살인에 이른 살인자와 구별되는 지점입니다. 입에 담기는 조금 뭐합니다만, 유아 성폭행이나 강간 같은 구체적인 범행이 발전해 살인에 이르게 된 범죄자들은 이미 구체적인 살인의 목적이 명백합니다. 그래서 토템을 획득하는 기간도 그만큼 짧습니다. 다만 이러한 경우, 범인은 자신의 지배욕으로 점철된 사체를 보여주기 싫어하거나 그가 원하는 조건 하에서 공개하려고 합니다. 이건 미드 많이들 보셨을 테니 생략하겠습니다.

반대되는 살인의 과정도 있습니다. 목적이 살인이 아니라 강도나 절도 같은 것이죠. 이 범행이 살인까지 이어졌을 때 범죄자는 도망가기 바쁩니다. 이 경우는 수많은 사례가 존재하고 이번 사건과 맞지 않으니 제외합니다.

그런데 고양이에서부터 발화한 살인자, 솔직히 살인자가 되었을지는 의문입니다만, 이 살인자는 앞서 말한 인간에서 인간으로 목적을 옮겨온 범죄자가 아니라 동물을 통해 매우 조심스럽게 예행연습을 했고, 고양이 예행연습이 끝났다는 판단 하에서 첫 살인을 저지르려 할 겁니다. 다시 말해 살인을 저질렀다 하더라도 분명한 목적성을 인지하기까지는 최소한의 시간, 또는 시일이 걸리는 게 정상입니다.

자, 이쯤에서 이지연 씨의 죽음을 살펴보겠습니다. 이지연 씨는 아침에 운동을 했죠. 방이동 주민센터 지하에 있는 헬스장에서 새벽운동을 마치고 돌아오는 약 이삼 분의 시간 사이 누군가 건넨 커피를 마셨습니다. 직접적인 사인이었습니다. 사실 커피 한 잔으로 따지자면 백분의 일도 안 되는 양일지 모르지만 사람에게는 치명적인 양의 석시콜린을 음용했습니다. 피하근육에 직접 주사를 놓는 것보다 약효는 현저히 느렸겠지만, 패트리어트 미사일처럼 정확히 이지연 씨의 생명을 타격했습니다. 여기서 놓치지 말아야 하는 게 바로……."

"전화."

장하나가 재빨리 대답했다.

"맞습니다. 제 비유가 맞을지 몰라도, 패트리어트 미사일이 정확히 목표물을 요격했다는 사실을 상관에게 전화 보고합니다."

"야, 손선영, 그건 좀 아니다. 왜 경찰이 살인자의 상관이냐?"

백용준이 불만을 터뜨린다. 그 말을 듣고 "왜요, 비유 적절하구만" 하고 장수정이 백용준을 타박했다. 그에 반해 손선영은 두 사람을 무시한다.

"곧바로 전화를 받은 지구대 순경 출동, 이어서 백사마 출동, 사건은 곧바로 병원까지 달음질칩니다. 안타깝게도 이지연 씨는 사망하고요. 제가 조금 억센 표현을 썼습니다만, 앞에서 설명한 살인자의 모습과 이지연 씨의 살인의 모습에서는 괴리감을 느끼실 겁니다."

다들 어리둥절해했다. 그때 오현리가 한마디를 거든다.

"깡통로봇이랑 태권V 차이네."

"오호, 정확한 표현이신데요."

오현리와 손선영의 우문우답에 "참 나" 하고 백용준이 반발했다.

"고양이 살인자는 말하자면, 깡통로봇과 같아야 합니다. 미숙하고 조심스러워 살인도 숨겨야 하는 게 정상이지요. 고양이 살인자가 살인 이외에 다른 것들을 컨트롤한다는 건 일반적인 살인자들의 모습에 투영해볼 때 조금 힘들지 않을까 생각됩니다. 이건 수많은 살인사건들에서 이미 검증이 된 것들입니다. 그런데 이지연 씨를 죽음에 이르게 한 범인은 정확히 목적하는 바를 이룰 뻔했습니다."

"뭐야, 이지연 씨 죽었잖아. 그런데 무슨 목적하는 바를 이룰 뻔해?"

백용준이 큰소리쳤다.

"아니요, 이지연 씨를 살해하려던 누군가는 목적하는 바를 이루지 못했습니다. 전화를 건 이후가 실제 목적이었다고 보아야 합니다."

"뭐, 뭐?"

백용준이 깜짝 놀란 모습으로 바뀌었다. 장수정도 마찬가지였다. 이지연의 죽음이 목적이 아니라 죽음 그 이후가 목적이었다니. 그 순간 오현리가 장수정의 입에 손을 쏙 집어넣었다. 아, 정말. 아저씨 나빴어. 담배 맛 나는 짭짤한 손가락을 헤벌어진 입에다 집어넣다니.

"그렇다면 이지연이 죽지 않았던 거, 병원에 도착할 즈음에 사망에 이른 거, 그게 다 계획되었다는 거야?"

백용준의 말에 손선영이 고개를 끄덕였다.

"선영이 너 말대로라면 고양이의 죽음과 이지연의 죽음은 전혀 다른 개별적인 사건이었다는 거냐?"

오현리가 손선영에게 물었다.

"제가 추측하는 한은 그렇습니다. 아니, 이 정도는 사실 백용준 형사라도 추측했을 겁니다." 손선영이 백용준을 보자 그는 아니라고, 그렇다고 맞다고도 하지 못할 이상한 표정으로 입이 벌어져 있었다. "시간 문제였을 뿐이죠."

"아마도 백 형사께서 이상하다고 느낀 것도 그거였을 겁니다. 제가 고양이부터 진술한 사건이 이지연에 이르자 이야기가 이물질이 긴 LP판처럼 꽉 튀었거든요. 단지 소리가 나지 않았기 때문에 알아차리지 못한 것뿐입니다. 그리고 전화······ 이지연 씨의 죽음은 분명 살아 있는 채로 병원까지 도착하게 하려는 범인의 속임수였습니다!"

속임수라는 말이 스멀스멀 공포가 되어 장수정에게 다가왔다. 거기다 손선영이 백용준에게는 아무렇지 않게 건네는 말의 반도 알아듣기 힘들었다.

"어쩌죠, 이 정도면 다 알아들으셨으리라 생각했는데······ 수정 씨 얼굴 보니까 전혀 모르겠다는 표정이네요."

저런 저, 말리다 만 쥐포처럼 배만 통통한 녀석이.

"그래, 이 배부른 멸치 같은 손 선생, 나 못 알아들었다. 어쩔래?"

이런, 또 발끈하고 말았다.

"아니, 수정이 입에서 저런 창의적인 표현이. 멋있다!"

이건 또 뭐냐, 저 노친네 정말. 하여튼 이웃집 두 남자, 쌍으로 내 인생에 태클을 걸고 있다. 어쩌다 저런 사람들을 이웃으로 둬서.

"그, 그래도 모르겠단 말이에요. 방귀 뀐 놈이 성낸다고, 좀 쉽게 설명해주면 어디가 덧나요?"

목마른 사람이 우물 판다고, 였나? 결국 한발 물러서고 말았다. 자존심 상하지만 어쩔 수 없었다. 고개를 들자 오현리가 소리 없는 살인마처럼 웃고 있었다. 목마른 사람이 우물 파는 게 맞았던 게야, 이런. 그런데 생각 외로 장하나와 백용준의 눈이 손선영에게 딱 고정되었다. 더 설명을 해달라는 눈빛이었다. 아, 조금만 참을걸.

"자, 수정 씨 수준으로 설명을 낮출게요.

먼저 그토록 수정 씨를 괴롭혔던 건 고양이였죠. 고양이를 죽게 했던 것은 분명 스팸 통에 든 석시콜린이었습니다. 이지연 씨가 마셨던 것은 커피였죠. 언뜻 보기에는 이 두 가지가 연결되어 한 사람에 의해 유기적으로 움직인 것처럼 보입니다. 통과의례를 위한 예행연습, 그리고 이어지는 살인. 판단하기에 따라 정석대로 이어진 살인의 발화라고 판단할 수 있습니다. 사건 관계자인 장하나 경사와 백용준 경사 입장에서는 저와 장수정 씨가 석시콜린 운운하며 끼어드는 바람에 오히려 정확한 연결점이 생겼다 판단할 수 있습니다. 그런데 결론에서 자꾸 망설여집니다. 지금껏 저를 괴롭혔고, 또 장하나 경사와 백용준 형사를 괴롭힌 결론! 의식하고 있지는 않지만 암묵적으로 하나의 살인이다, 라고 축소하는 게 맞느냐, 아니라면 이것은 고양이의 죽음에서 이어지지 않는 별개의 살인사건이냐, 하는 것. 백 경사님은 이에 대해 저의 의견을 들어야만 했을 겁니다."

손선영이 백용준을 바라보았다. 백용준은 손선영의 말에 긍정도 부정도 하지 않았다.

"아시겠지만 백용준 씨는 형사고 저는 추리소설가 나부랭이입니다. 길기도 하네요, 추리소설가 나부랭이. 그래서 추정뿐인데……."

"추정이라도 좋으니까 말해보라고."

"솔직히 대한민국에서 범죄자는 대부분 잡히고 맙니다. 그만큼 통제와 치안이 잘 이루어졌다는 거겠죠. 전 통제에 무게를 둡니다만, 어쨌든 우리나라에서 범죄를 저지르고 잡히지 않을 확률은 오바마 대통령이 미국 길거리를 걸을 때 미국 국민이 알아보지 못할 확률과 비슷하지 않을까 생각되네요."

"왜 이리 서론이 길어? 나 바빠. 살인사건 회의도 박차고 나왔다고. 자꾸 뭔가 걸렸어. 네가 했던 말, 양상이 변했다던 말, 그 말 때문에."

"제 개인적인 의견부터 말씀드릴까요?" 손선영이 이번에는 방 안에 있는 사람 모두를 둘러보았다. "제 의견은…… 고양이를 죽인 것과 이지연 씨 살인은 별개로, 사건은 두 개라는 겁니다."

"오, 이런!"

장하나가 마치 연극 대사 같은 감탄사를 터뜨렸다.

"그렇게 생각하는 근거는 뭐야?"

백용준이 다그쳤다.

"고양이를 죽인 범인은 앞서 장황하게 설명했듯이 미숙한 초범입니다."

백용준

"그에 반해 이지연 씨를 살해한 범인은 목적성이 확실했습니다. 고양이를 죽였던 범인과 달리 이지연 씨를 직접 대면하기까지 했습니다. 그렇지 않고서는 커피를 전달할 수 없었을 거니까요. 사망에 이르렀다 싶은 시점에 경찰서로 전화를 걸기까지 했습니다."

한참 이야기를 듣던 수사대 내부에서도 웅성거림이 느껴졌다.

사실 장수정을 위시한 손선영의 이웃집 탐정단에게 백용준이 제안한 내용은 놀라웠다. 지금까지 자신에게 한 이야기를 수사대에 그대로 전달해달라는 것이었다. 에이, 그건 아니지, 하며 오현리조차 말릴 정도였다. 아마추어와 프로의 차이로 백용준을 설득하려 했다. 그런데 오히려 기회라며 받아들이라고 다그친 게 장하나 경사였다. 거기까지는 괜찮았다. 장하나가 형사로서 본능을 거침없이 발동하고 말았다. 그로 인해 지금 송파경찰서 회의실 내부에는 송파경찰서 강력형사 2팀과 함께 용인 동부서 강력형사팀이 함께 자리했다. 거기다 마지막으로 장수정이 못을 박았다.

"이웃집 탐정단도 경찰들과 함께해야죠."

장수정의 말을 들은 손선영의 눈빛은 절망적으로 변했다. 알아차린 사람은 아마도 백용준뿐이었으리라.

용인 동부서 강력형사팀은 마치 기다렸다는 듯 한 시간도 되지 않아 송파경찰서 회의실에 집결했다. 분명 이들도 송파구 일대를 돌며 수사에 박차를 가하고 있었으리라.

"사실 수사의 혼돈이 올 뻔한 지점입니다. 분명히 석시콜린을 이용했던 범죄였기에 이 사건을 처음부터 지켜보지 않았던 대부분의 사람들은 하나의 범죄로 연상했을 겁니다. 그렇지만 이 사건은 두 가지 범죄이며, 범죄자 또한 다르다는 게 결론입니다."

손선영의 말에 웅성거림은 더욱 커졌다.

"증거가 있는 것도 아니지 않은가."

지금껏 이야기를 듣고 있던 정덕화 팀장이 이의를 제기했다.

"노가다꾼들은 동의하지 않으실지 몰라도 점쟁이들은 전부 동의할걸요."

손선영이 정덕화에게 반론했다. 그 순간 송파서 강력형사 2팀이 "뭐야!" 하며 벌떡 일어섰다.

"저기 죄송한데요, 노가다꾼은 뭐고 점쟁이들은 뭔가요?"

눈치를 보던 장수정이 기어들어가는 말로 속삭인다.

"분위기가 아니란 건 나도 안다고요. 그런데 궁금해서 미치겠는걸요."

장하나가 장수정에게 설명한다.

"노가다꾼은 현장에서 발로 뛰는 강력계 형사를, 점쟁이들은 사무실에서 추론하는 프로파일러를 가리켜. 노가다꾼이란 말에 형사들이 발끈하는 건 당연한 거고."

"오호라, 손선영 저 깐족 대마왕. 한 건 했네."

기다렸다는 듯 손선영이 형사들에게 말한다.

"지금 저에게 이러실 게 아니라 수사를 하셔야죠. 조금 더 말씀드리면 이지연 씨가 사망했지만 이번 범죄자는 목적을 달성하지 못했습니다. 경찰에게 전화까지 건 이 능동적인 범죄자는 정확히 잠실이나 방이동 주변에 사는 도우너를 골라 다시 범죄를 저지를 겁니다. 반면에 고양이를 죽인 범죄자는 아직 범죄를 저지르지 않았다고 판단하는 게 맞습니다. 고양이를 죽인 범죄자가…… 아니, 모의 범죄자가 더 맞겠네요. 이 모의 범죄자가 진짜 범죄를 저지르기 전에 예방하는 것도 여러분들이 해야 할 일 아닐까요?"

손선영이 기죽지 않고 말을 마치자 형사팀 전체는 누가 먼저랄 것도 없이 벼락을 맞은 표정으로 변했다.

"가만, 손 작가 말대로라면 이지연 씨를 죽인 범죄자는 정확히 도우너를 노려서 죽였다는 거잖아."

"도우너가 뭡니까?" 하고 몇몇 형사들이 물었다. 그러자 장하나가 장기기증 서약을 한 사람들이라고 설명했다.

"그래, 그 부분부터 수사를 해봄직도 해. 이지연 씨 부모님이 거부하는 바람에 장기기증이 이루어지지 않았지만 그녀는 죽음과 동시에 온몸이 해체될 상황이었거든. 그걸 노렸다면 분명 이 사건은 장기를 노린 사건으로 봐야 해. 물론 모든 가능성을 열어놓고 수사해야겠지만 충분히 가능성이 높아 보여."

정덕화가 말했다.

"그럼 수사를 나누는 것은 어떨까요?"

장하나가 정덕화에게 제안했다.

"왜 그래야 하지?"

정덕화가 되물었다.

"반장님, 사실 선영 씨와 몇몇 이야기를 미리 나누기도 했습니다만, 이번 석시콜린은 출처가 한 사람이라고밖에 생각할 수 없습니다. 선영 씨가 조금 더 조심스러운 표현으로 한곳이라고 말했습니다만…… '처음으로 고양이가 죽었던 시기에서 이지연 씨가 죽음에 이르기까지, 사건은 하나이지만 범인은 두 사람이다. 그러나 이 두 사람은 서로가 움직이는 것을 모르고 별개로 움직이고 있다.' 그게 요지였어요. 제가 얼마나 충격을 받았을지는 충분히 짐작하셨을 겁니다. 이번 이지연 씨 살인사건으로 인해 실제 범행을 저지른 살인범은 더 많은 살인을 저지를지 모른다고 판단됩니다. 그러나 아직은 범죄를 저지르지 않은 고양이 살해범이 실제 인간에게 범행을 저지르는 것도 막아야 합니다."

"그럼 막아야지. 그러자고 형사 하는 것 아닌가."

"그러니까요. 살인사건 수사는 송파서에서 하시고 저희는 고양이 살해범을 쫓는 게 어떨까요? 자연스레 사건 범위나 구역도 나뉘고 형사팀도 겹칠 일 없으니까……."

"용인서랑 합의된 건가, 장 경사?"

정덕화가 턱짓으로 장하나 뒤편에 앉은 형사팀에 물었다.

"지금 합의하면 되죠. 그러자고 형사 하는 것 아닙니까?"

장하나가 능치자 정덕화가 웃어버렸다. 정덕화는 연단으로 걸어 나가 아아, 마이크를 건드렸다.

"이곳까지 사건을 끌어온 뭐라 그랬죠, 이웃집 탐정단? 이 말은 누가 붙였어?" 정덕화가 좌중을 돌아보며 웃었다. "그래요, 여러분들에게 경의를 표합니다. 어쨌든 수사는 해야 하니까…… 장하나 경사 말대로 아니, 우선은 손선영이……씨 말대로 사건도 두 개, 범행도 두 개라 칩시다. 아직은 모르지만 어떠한 원인으로 석시콜린은 한 사람에게서 나왔다 하고요. 다 인정합시다. 자, 그러면 이제부터 어떻게 해나가야 하는가, 그게 남죠. 말하자면 수사만 남는다, 이겁니다. 당연히 수사해야죠. 그런데 이 사건에는 형사팀도 두 개가 끼어버렸죠. 용인 동부서랑 송파서 형사 2팀. 두 팀이 자율적으로 나뉠 수만 있다면 그것만큼 좋은 일도 없을 겁니다. 장하나 경사와 용인 동부서는 고양이 살해범을 쫓고 송파서는 진짜 살인범을 쫓는다. 대신 살인범을 잡았을 때……."

"용인 동부서 이름만 넣어주세요, 그게 전부입니다."

장하나는 이미 협의를 마쳤던 듯 뒤에 앉은 형사팀을 보지도 않고 결론을 내렸다.

"대신 우리도 송파서 이름 넣어드릴게요."

용의주도했다. 그렇지만 결론이 아닌 추론이 회의실 내부를 떠났다.

사건은 두 개, 살해범도 두 명, 그러나 사건을 발화시킨 석시콜린의 출처는 하나다, 라는. 두 경찰집단 사이에 경쟁구도는 피할 수 없어졌다. 다만 살인범들마저 경쟁하지 않기를 바랄 뿐이었다.

양영자

"엄마, 나 라면 먹고 싶은데."

지유가 깨어났다. 이틀 만이었다. 적어도 지유가 의식을 잃었던 이틀간 우리 부부는 가족처럼 살았다. 남편은 택시 아르바이트를 잠시 그만둔 채 지유 곁을 지켰다. 양영자도 업무를 마치면 부리나케 병원으로 달려왔다. 가족이 모이는 공간, 웃음이 모이는 병실. 그러나 오늘 이 공간, 잠실희망병원 중환자실에는 무언가가 부유하고 있다. 알지 못하는 무언가는 자꾸만 종용한다. 가족처럼 보이라고, 웃으라고, 아이의 엄마처럼 행동하라고. 무엇보다 저 남자를 미치도록 사랑하는 남편처럼 대하라고 말이다. 부유하는 이 병원의 공기, 그래, 충분히 수상하다.

지유를 본다. 저 눈빛, 낯설지 않다. 나 간호사를 대하던 남편의 눈빛이다. 갈망하는, 그리고 갖고 싶어 하는.

두 시간 전이었다. 나이트 담당인 나 간호사가 병실로 들어왔다.

"어라, 나 간호사님."

남편이 새된 목소리를 터뜨렸다. 곧바로 눈을 맞춘다. 이십 년 전 영자를 대하던 눈빛이었다. 저런 눈빛을 보다니. 실로 오랜만이었다. 남편에게서 여전히 웅크린 수컷을 보고 말았다.

"저, 부탁 하나 드리려고요. 지유에게 야구 방송을 틀어주세요. 괜찮을 겁니다. 괴로운 것보다 즐거운 게 낫지 않겠어요?"

그때 박성호가 병실로 들어왔다. 박성호가 나 간호사와 눈을 맞추려는 순간, 양영자가 "성호 씨" 하고 불렀다. 양영자는 박성호가 웅크린 수컷을 드러내주길 원했다. 그러나 그것도 잠깐, 지유의 입에서 신음이 새나왔다. 병실에 들어찬 사람들의 눈길이 황급히 지유에게로 쏠렸다. 양영자도 나 간호사를 향하던 분한 마음을 지유에게 묶어둘 수 있었다. 새근새근 잠든 아이처럼 눈을 감은 지유, 이틀째 깨어나지 않는다.

"이런 말씀 되바라져 보일지 모르지만 사람은 누구나 죽습니다. 거역할 수 없는 진실이죠. 만약에 제게도 마지막 날 하루가 더 주어진다면 전 즐겁게 살고 싶습니다. 즐겁게 가는 게 낫다고 보고요. 그리고 외람되지만, 지우 좋아하는 타이거즈 선수가 홈런이라도 치면 깨어날지 아나요?"

나 간호사가 벽시계를 보았다. 죽음을 통해 삶에 대한 역설을 말하고 싶었던 걸까. 아니라면 야구 중계할 시간이 다 되었다는 뜻이었을까. 나 간호사는 남편과 눈을 맞추더니 고개를 숙인다. 곧바로 병실을 나갔다.

지우에게 묶어두었던 마음이 활화산처럼 터졌다. 요망한 계집애, 어디서 환자 가족들을 유혹하고. 생이 갈급한 사람들에게 죽음이 어떠니 해가며 현혹하다니. 아무리 그렇더라도 남편이라는 사람, 참 못났다. 내가 아닌 다른 여자에게 이리도 쉽게 갈망의 눈빛을 보낸단 말인가. 박성호도 마찬가지다. 영자 씨, 영자 씨, 해가며 어머니가 보면 며느리 삼겠다는 둥 작업을 걸 때 언제고. 분했다. 가만, 내가 왜 이러지? 양영자는 부유하는 마음에 갈피를 잡지 못한 채 눈을 감았다.

"쳤습니다. 홈으로 홈으로, 6대 0! 신생팀 NC가 타이거즈를 괴롭히고 있습니다."

정신을 차렸을 때는 병실에 있던 남편과 박성호가 꼬리를 감춘 뒤였다. 보조침대에 얼마나 주저앉아 있었던 걸까? 채널을 돌리고 싶었다. 어떻게 된 게 이 시간에는 틀었다 하면 야구 중계다. 아이에게 야구 같은 거, 이제 더는 싫다. 그런데 아이가 깨어날지 모른다는 희망이 리모컨을 쥔 손에서 힘을 뺀다. 나중에야 알게 되었지만, IPTV에서 타이거즈의 경기만 모아놓은 재방송이었다. 하긴 한국시리즈 2차전이 열린다고 아침 신문에서 봤는데, 참 무심한 엄마다. 그렇지만 아이에게 야구를 틀어주는 것도 모자라 타이거즈의 경기만 엑기스로 보여주다니. 이 역시 누군가의 간계이리라. 아니 빤하다. 그년, 나 간호사다.

"지유야, 또 왔다, 누나."

아직 분한 마음이 가시지 않았다. 그런데 잘도 넙죽넙죽 병실로 들어온다. 또 나 간호사가 나타났다. 눈을 감은 지유에게 말을 걸며 연인이라도 된다는 듯 반달 모양의 눈으로 화사하게 웃는다. 한 시간 전만 해도 남편과 눈을 맞추더니. 너무도 간단히 심기가 불편해졌다. 그 뒤로 호위병사라도 되는 양 남편과 박성호가 나타난다. 두 사람이 담배라도 피우고 온 걸까? 시침이 한 바퀴를 더 돌아 7시 반이 되었다. TV 중계에서 타이거즈는 대량실점을 한 채 한 점도 내지 못했다. 가만, 이 시간이면 나 간호사는 출근 시간이 아니다.

더욱이 업무 시간도 아니다. 중환자실을 지키는 나 간호사는 야간만 담당했다. 밤 10시부터 아침까지. 어제도 누군가가 죽었다고 들었다. 비상이 걸린 탓에 너스스테이션에 마련된 갱의실에서 쪽잠이라도 청했던 모양이다. 아니라면 영자의 생각과 달리 병원의 인력체계에 구멍이 났을지도 모른다.

"어라, 오늘은 아버님 어디 안 가시나 봐요."

나 간호사가 남편과 생글생글 웃으며 이야기를 나눴다.

"화장 안 한 게 더 예쁜데요."

의례적일 거라 생각했다. 그런데 남편은 그 말을 필두로 나 간호사의 얼굴 이야기에만 스무 개 가까운 수사와 여섯 개가 넘는 문장을 사용했다. 나쁘지는 않았던지 나혜영의 웃는 눈이 조금 더 작아지며 초승달처럼 변했다. 양영자의 심사는 더욱 틀어졌다. 왜 남편은 저 여자에게 저렇게 안달이 난 바람둥이처럼 말을 붙일까. 그에 비해 나 간호사는 차분히 할 말을 건넸다.

"아마도 오늘 저녁쯤이면 지유가 깨어날 것 같아요. 의사 선생님들이야 이런 이야기 잘 하시지 않지만. 지유가 정신을 잃는 빈도가 더 빨라지고 많아지고 있지만 깨어나는 데 이틀을 넘긴 적은 없었거든요. 무엇보다 바이탈 사인에서 이상 징후가 없어 전례에 비추어 볼 때 오늘 밤쯤이면 깨어날지도 모르겠다는 말을 조심스레 하시더라고요."

"나 간호사님 생각이 아니고요?"

"글쎄요."

남편의 눈빛은 완전히 변했다. 양영자의 전성기라 생각되는 이십 대 초반 무렵 그녀를 대하던 눈빛이다. 다만 대상이 바뀌었다. 양영자가 아니라 나 간호사였다. 양영자는 한 시간 전처럼 "성호 씨" 하고 불렀다. 남편 정상우와 나혜영 간호사 그리고 양영자, 그 알력 다툼 사이에 낀 박성호는 어색한 웃음을 지었다.

나 간호사는 스스럼 없이 티브이 볼륨을 높였다. "지유가 타이거즈 팬이었죠"라며 마치 동의를 구한다는 듯, 그러나 티브이에 시선을 고정한 채 볼륨을 높였다.

"지유가 아마 들을 거예요. 이 경기 이제부터 타이거즈가 뒤집거든요."

그 말이 양영자의 가슴에 꺼져가던 불씨를 살리고 말았다. 일반인들이 질투나 시기라고 부르는 것들로. 나 간호사, 정말 나쁘다. 남편을 꼬이고, 엄마보다 아이를 더 챙기는 척하다니. 정말 나쁜년이다.

그때였다. 지유가 마치 옹알이처럼 웅웅 소리를 내더니 눈을 떴다. 남편의 눈이 다시 한 번 나혜영에게 고정되었다. 나 간호사가 예언가라도 된다는 듯. 적어도 지금만큼은 양영자도 남편과 나 간호사의 눈빛 사이에 끼어들 수 없었다. 눈을 뜬 아들 지유 역시 엄마인 그녀보다 나혜영을 먼저 바라보았다.

"누나, 어디가 이겨?"

깨어난 지유가 기지개를 켠다. 지유의 말에 양영자의 자격지심도 한껏 기지개를 켰다. 지유가 엄마라는 말을 익힌 어느 순간부터 양영자는 엄마라기보다 집안의 가장이었다. 지유를 데리고 야구를 가르치고 야구장에서 함께였던 건 그녀가 아니라 아버지였다. 그리고 지금, 아버지 정상우가 눈을 맞추었던 여자에게 지유 역시 눈을 맞춘다.

언저리로 밀려나는 이런 경험은 처음이었다. 흔히 사람들이 그런다. 나이 쉰이면 여자도 아줌마도 아닌 사람이라고. 그즈음이면 남편도 아들도 집에 있는 티브이보다 잘 쳐다보지 않는단다. 기르는 강아지보다 덜 만지고 입을 맞추지도 않는단다. 그런데 오늘, 아들이 깨어나기 무섭게 그녀보다 먼저 나혜영과 눈을 맞춘다.

우울증에 걸릴 필요도, 또 술안주 삼을 필요도 없다고 말한 여자들은 몇 년 지나지 않아 빨리 늙고 남자처럼 변해갔다. 양영자보다 네 살 위 선배 여자 지점장도 그랬다. 화장을 벗은 그녀의 얼굴은 마치 남자처럼 우락부락해 보였다. 찜질방 맥반석 계란을 까며 선배 지점장이 그랬다. 이 나이면 남성 호르몬이 늘어난대. 그러기는 싫었다. 엄마이지만 여자이고 싶었고, 아내이지만 '사람'으로 인식되기 싫었다.

"엄마 나 라면 먹고 싶다니까."

지유의 말을 듣지 못했다. 마치 이명처럼 윙 하고 울리며 며칠 전처럼 눈앞이 흐려졌다.

"무슨 생각을 그렇게 해요?"

박성호가 양영자를 건드린다.

"어머, 그랬나요?"

대답하는데 볼이 당겼다. 어색하게 경련이 일었으리라. 환자용 협탁에서 라면 두 개를 꺼냈다. 그 순간 앰플 병이 떠올랐다. 앰플 몇

병이면 이 병원 안에 부유하는 미궁의 공기를 잠재울 수 있지 않을까. 그래, 그거면 충분할 거야. 앰플 두 개면.

박성호

앰플 두 개는 어디로 갔을까. 그 두 개면 지유와 어머니의 심장을 확보할 수 있다. 막막한 이곳에서 희망이라는 숨을 쉬기 위해 앰플은 절대적이었다. 그러나 앰플을 분실했다. 겨우 두 개지만 여섯 명을 암흑 너머로 보낼 수 있는 양이었다. 비록 주사기로 1천 분의 1에 해당하는 양까지는 조절하지 못하더라도 초등학교 일학년 교과서에 실린 앙감질이라는 단어를 외우는 것보다는 쉬워 보였다.

오늘 새벽 나 간호사가 그랬다. 지유의 의식불명 기간이 너무 길어지고 있다고. 지유의 정신을 잃게 만든 야구시합을 보여주는 게 싫지만 그래야 할지도 모르겠다며 진지하게 물었다.

"오늘 저녁 시합에 맞춰 가족 모두를 불러 떠들썩하게 노는 건 어떨까요? 병실에서 저녁도 먹고, 지유 이야기도 하다 보면 뇌가 자극받지 않을까요. 의식은 없다 해도 환자가 귀로 듣고 있다는 사실에 많은 의료진들이 동감하고 있거든요."

나혜영의 의지를 느낄 수 있었다. 그녀의 의지에 순수하게 동감했다. 해볼 만하다. 점점 구체화되어가는 타인의 심장을 꺼내기 이전에 적어도 지유가 그럴 가치가 있는 아이인지 가늠해볼 필요가 있다.

솔직히 아버지에게도 주지 않았던 명분이다. 박성호 자신에게도, 또 상식 이하라는 가치관에 대해서도 무마할 무언가가 필요하다. 그것이 지유의 눈빛이라면 그렇게 해볼 의지가 잉태할 것만 같았다.

자고 일어난 나혜영은 샐쭉했다. 박성호가 기억하기로 이틀을 병원에서 보냈다. 야간만 맡아 일하게 됐다고 인사하던 게 엊그제 같은데 벌써 두 달이 지났다. 야간을 전담하다 보니 병원 내 환자 가족들과도 꽤 마음을 튼 것 같다. 박성호도 그랬지만 직장을 마치고 오면 늘 나혜영이 너스스테이션을 지키고 있었다. 동질감을 넘어 가족이라는 마음까지 생겨났다. 하지만 두 달 사이 나혜영의 야간 업무는 늘어만 가나 보다. 절망이라 말하긴 그렇지만 병원 이름처럼 희망은 아니라고 단정할 수 있겠다.

성호가 듣기로 잠실희망병원은 이름처럼 막강한 '희망'을 대한민국에 뿌려댔다. 특히 장기이식 수술 분야는 타의 추종을 불허했다. 그러나 이 병원은 어딘가가 이상하다. 환자의 가족에게는 희망이 볼모라지만, 그 희망을 위해 너무 많은 것들을 요구하고 있다. 환자만 해도 그렇다. 어딘가 죄 지은 사람처럼 서로가 눈 맞추기조차 꺼려했다. 그나마 죽음이 확실시됐던 탓에 별다른 희망을 가지지 않았던 박성호 정도가 열일곱 살 지유와 친구가 되었을 뿐이었다. 아무리 아저씨라 부르래도 씩 웃으며 형님이라 부른다. 넉살 좋은 녀석은 나혜영까지 누나라고 부른다. 그러고 보니 이 병원에서는 지유보다 더 튀는 사람은 단 한 명, 나혜영이었다. 짬밥으로 치면 그녀는 지유나 지유의 가족, 심지어 의식을 잃은 채 숨을 거둔 아버지보다 낮았다. 그 때문인지 나혜영은 다른 간호사와 달리 거침이 없었다. 나혜영은 책임지는 환자들과 스스럼 없이 대화했고 진심을 말했다. 지유를 위해 오히려 야구를 틀어주자던 것도 진심에서 기인했다. 막막한 희망이었던 앰플보다, 잠실희망병원이라는 이름보다, 어쩌면 나혜영이 더 희망스러웠다. 그리고 나혜영이 말한 희망에, 박성호도 희망을 걸어보기로 했다. 어쩌면 깨어날지도 몰라요, 라며 눈빛을 반짝인 나혜영을 위해서라도.

신생팀 NC와 지유가 좋아하는 타이거즈가 맞붙은 경기였다. 과거의 우승이 민망할 정도로 타이거즈의 올해 성적은 좋지 않았다. 신생팀 NC와 호각세를 이룰 정도였으니 말 다 했다. 그럼에도 최희섭이 대타로 나오자 지유가 반응했다. 마치 샤를 페로의 동화에 등장하는 잠자는 숲속의 열여섯 살 공주처럼 하품을 했다. 백 년 동안 잠을 잤던 공주와 달리 지유는 단지 이틀간 무저갱에 빠졌던 것뿐이다. 그러나 공주와 지유의 희망의 깊이는 달랐다. 공주는 이백 년을 잠들어도 깨어날 대전제를 깔고 누웠다. 결말은 해피엔딩. 반대로 지유는 단 한 시간 만에도 영원의 나락으로 떨어진다. 깨어나도 빤하다. 결말은 새드엔딩.

웬일인지 야구를 틀어놓고 나혜영과 잡담을 나누는데 정상우가 나타났다. 술도 마시지 않고 말끔했다. 오랜만에 수염을 깎은 탓인지 배광이 비치는 느낌마저 들었다. 그런 정상우 곁에서 양영자가 부담스러운 눈빛을 보였다. 아니 '불안했다'가 더 맞으리라. 성호 자신을 보다가도 금세 정상우에게 눈길을 돌렸다. 지유를 볼 때는 엄마의 눈빛으로 변했다가도 나혜영에게는 여인의 눈빛, 아니 질투의 모습으로 돌변했다.

언제였더라. 경남일간신문의 오정훈이 이런 이야기를 한 적이 있었다.

"엄마가 여자라는 걸 알면 세상이 그만큼 유치해진다니까."

한창 유명세를 탔던 중년 변호사와 삼십대 여성 판사의 불륜 기사를 다룰 때였다. 그리 멀지 않은 지역에서 벌어졌던 탓에 마치 오정훈은 본 것처럼 떠들어댔다. 남성 생식기에 잔뜩 악센트를 준 욕과 여성의 몸을 적절히 섞은 음담패설을 그가 쓰는 기사보다 재미있게 날조해 속삭였다. 그날이다. 박성호는 오정훈에게 '상식 이하'에서 구제해줄 수 없다는 딱지를 붙였다. 그리고 오늘 양영자의 눈빛이 '엄마라는 여자'에 가서 붙었다. 박성호는 저도 모르게 헛, 하고 내질렀다.

"엇, 형. 나 깬 거 눈치챘나 보네."

슬쩍 눈을 뜬 지유가 박성호를 보며 웃었다. 깊은 불명에서 눈을 떴는데도 넉살은 어디 가지 않았다. 기뻤다. 지유는 약간의 안구 움직임만으로 병실을 겨누어보았다. 그때 박성호는 마치 땅이 갈라지는 듯한 쩍 소리를 들은 것 같았다. 박성호의 눈이 나혜영에게로, 또 지유의 눈이 나혜영에게로 향한 그 순간이었다.

"자네는 좋은 눈을 가졌어."

오정훈과 경남일간신문 본사가 있는 시경 공보실장과 술을 마실 때였다. 공보실장은 느닷없이 그런 말을 꺼냈다. 네? 되묻자 그는 파사하게 웃어버렸다.

"공보실장, 밖에서야 좋아 보이지? 그런데 나, 형사로만 삼십 년을 살았어. 저 밑 진창에서 고무운동화 바닥이 닳도록 뛰어다녔던 사람이야. 이제 은퇴할 때 되니까 공보실에서 그만 쉬라는 거지. 내가 있어야 할 자리에는 소위 말하는 커리어들이 차지하고 앉았으니까. 난 커리어라는 말이 뭔지도 몰랐어. 그런데 작년이던가, 내가 공보실로 옮겨올 때 갓 경찰대를 졸업한 녀석이 나보다 두 계급 아래 형사반장으로 왔더라고. 그때 아들 같은 녀석에게 술을 먹으며 물었지. 쪽팔린데 물어볼 데가 없었다고. 도대체 커리어라는 말이 뭐냐고. 그랬더니 녀석이 그러는 거야, 그 말을 아직도 쓰냐고. 그거 일본에서 건너온 말이라고. 일본은 고시를 붙은 경찰과 그렇지 않은 바닥에서부터 오른 경찰을 커리어와 논커리어로 가른다고. 그러고 보니 지난 이십 년 넘는 세월의 힐난이 다 이해가 되는 거야. 내가 아무리 똑똑한 척하고 뛰어다녀봐야 너는 논커리어니까 적당히 하라는 거였지. 너는 밑바닥에서부터 사람들을 알고 지냈으니 공보실에서 인맥이나 맘껏 이용하며 은퇴할 때까지 있으라는 거였고. 그들이 보기에, 정정하지, 커리어들이 보기에 나는 날 때부터 신분이 달랐던 거야."

공보실장 이름이 강경중이었던가. 그때 박성호는 아마 "시선의 차이겠죠"라는 대답을 했던 것 같다.

시선의 차이. 엄마가 여자라는 사실. 미루어두었던 생각들이 기억에 틈입해 방류하는 댐의 물처럼 고였다 들이닥쳤다. 그리고 어머니를 깨워 물어야 한다.

"어머니, 저는 누구인가요?"

어머니도 여자였나요?

양영자가 박성호 자신을 보는 듯한, 박성호가 나혜영을 보는 듯한 눈빛의, 시선의 차이. 비록 앰플 두 개를 분실했다 해도 고향집 묵은 서랍 아버지의 전화번호부 아래 여전히 앰플은 잠들어 있다. 앰플을 가져와 어머니를 깨워야만 한다. 그때 정상우가 박성호를 깨웠다.

"뭐 해? 무슨 생각을 그리 골똘하게 하나?"

정상우는 박성호가 병원의 공기에 섞이지 못한다는 사실을 알아차렸다. 적어도 이 병원에서는 희망을 버린 듯한 눈빛을 보여야만 했는데, 그러지 못했다. 마치 희망에 부풀어 취한 사람처럼 행동했으니 그럴 만도 했다.

"아, 아니요. 지유가 기특해서요. 이제 일어나서 야구선수로서 커리어를 쌓아가야죠."

왜냐고요? 제가 심장을 만들어줄 수 있을 것 같거든요.

정상우

저런 미친놈을 봤나. 분위기 파악 못 하고 떠드는 모습이라니. 단지 무슨 생각을 하느냐, 물었을 뿐인데. 눈을 뜬 아들에게 야구선수로 커리어를 쌓아가야 한단다. 미친놈. 참기 힘들었다. 발끈, 움직이려던 찰나 아내를 보고 말았다. 아내 양영자의 눈은 정확히 박성호를 겨냥하고 있었다. 물론 며칠은 조마조마했다. 아내의 눈은 마치 이십 년 전처럼 연애를 하고 있었기 때문이다. 개탄할 노릇이라면 아내의 눈빛이 남편인 자신을 향하지 않았다는 사실이다.

오해일까, 착각일까. 아니라면 치기 어린 질투일까. 아내 양영자와 남편 정상우, 그리고 박성호. 빤한 결말이 보였다. 초저녁 시간이면 으레 꼴도 보기 싫은 막장 드라마가 판을 친다. 아이에게 위해가 갈까 싶어 야구 대신 며칠을 틀어놓았다. 막장 드라마를 너무 본 탓일까. 왜 아내의 눈이 질투에 눈 먼, 드라마의 세 번째 여배우쯤으로 느껴졌을까. 오늘 아침만 해도 그녀는 순정을 강조하는 아침 드라마의 첫 번째 여주인공 같았는데. 생경한 상황에 정상우는 눈을 감았다 떴다. 의뭉스러운 아내의 눈길을 피하려 고개를 돌렸다. 나혜영은 아들 녀석과 눈빛을 주고받는 중이었다. 분명 나혜영의 눈은 이렇게 묻고 있었다. 괜찮아? 아들이 눈빛으로 대답하고 있었다. 응, 괜찮아.

그 모습이 마음에 들어 나혜영을 관찰했다. 이름 정도만 아는 게 전부였다. 특별한 액세서리도 없다. 그렇다고 화장을 하지도 않았다. 다만 목소리에서 느껴지는 다정함은 보통의 간호사 이상이었다. 요즘 연상연하 커플이 대세라는데, 아프지 않은 아들과 나혜영이 팔짱을 낀 모습이 그려졌다. 안타깝지만 그저 상상에 그쳐야겠다. 좋이 보아도 나혜영은 이십대 후반이다. 아들보다 인생을 배로 살았음직한 여인과 이제 열일곱의 아들을 한 그림에 넣기에는 넘어야 할 산이 에베레스트 이상일 테다.

흐뭇해졌다. 여러 생각이 겹친다. 무엇보다 아들이 깨어나서다. 그래, 아들이면 모든 것이 해결되는 거였는데. 아들을 위해서 못할 것이 뭐가 있다고. 바투 주먹을 쥐었다. 박 씨라면. 가만 그런데 박 씨가 보이지 않은 게 며칠이었더라? 정상우의 기억이 술 사이로 깡그리 사라진 날, 그날 이후 박 씨를 보기 힘들어졌다.

그래, 박 씨는…… 이천 별장에, 이제는 집이 되어버린 그곳에 박 씨가 앉아 있었다. 서랍을 뒤지고. 무슨 일인지 그때 소가 울었다. 자야 하는 시간임에는 분명했다. 허허, 큰소리를 친 정상우는 한 움큼 손에 든 것을 박 씨에게 건넸다. 가만, 이게 기억이었던가.

벌써 보름이 넘었다. 박 씨가 말한 그게 전부가 아니었던 건가. 그동안 단 한 번도 이런 기억이 떠오른 적은 없었다. 만약 기억이 아니라면 뇌에서 광고처럼 재생한 이 영상대로 박 씨와 그 사이에 같은 일이 벌어졌다면? 기시감? 아니었다. 분명 벌어진 일이다. 뇌는 그렇게 말하고 있었다. 생각 사이로 분명한 적의를 담은 무언가가 정상우를 건드렸다. 아내의 눈빛이었다. 퍼뜩 정신을 차렸을 때 정상우의 눈은 나혜영의 가슴에 고정되어 있었다. 조금 전 나혜영과 아들 지유가 서로 묻고 대답한 것처럼 아내에게 눈으로 말했다. 나, 그런 거 아니야.

아내는 이내 고개를 돌렸다. 병실 바깥으로 나간다. 아내를 붙잡으려 했다. 그 순간 다른 조각 하나가 틈입했다. "살처분 앰플이라

네." 박 씨의 손에 한 움큼 쥐며주며 정상우가 속삭였던 말. 무릎이 휘청 꺾이며 병실에 주저앉을 뻔했다.

조각 기억이라 해봐야 채 오 초나 될까. 분명한 것은 정상우 자신이 정말 즐거워하며 박 씨에게 앰플을 건넸다는 사실이다. "박 씨가 제비가 되어서 박씨를 물어다 줘. 내가 박을 타는 흥부가 될게." 그러며 무엇이 좋은지 킬킬거리며 웃었다. 이런, 이것마저 기억이었다는 건가. 정상우는 그만 보조의자에 주저앉고 말았다. 이 비좁은 병실에서 아내도 기억도 어느 하나 붙잡지 못할 정도로 무기력한 게 나란 인간이었을까.

"앉아서 보시게요?"

아들이었다. 피곤한 눈을 들어 아버지를 바라본다. 아들의 눈을 외면하고 말았다. 왜 그날 고주망태가 된 밤에 그는 박 씨를 데리고 이천에 있는 집으로 갔던 것일까. 기억이 자꾸만 되물었다. 편린에 불과한 기억을 이어보려 애썼다. 그러나 채 십 초도 되지 않을 순간을 떡밥으로 던져주고 기억은 침묵했다. 박 씨가 아니라면 정상우가 알코올로 엉망이 된 상태에서도 운전대를 잡았으리라. 목적을 달성한, 그러나 목적이 다른 두 남자는 집에서 손을 잡고 나왔다. 그것보다 삼십 분쯤 전 기억은 앰플을 손바닥에 쥔 채 손을 맞잡고 껄껄 웃는 두 남자의 모습을 재생했다.

"아아."

씨발, 하고 욕을 할 뻔했다.

"왜?"

지유가 쳐다본다. 물론 혼잣말로 한 것이었지만 막 깨어난 아이가 들었다면 뭐라고 생각했을까.

"아냐, 아무것도. 엄마한테 가볼게."

둘러대며 일어섰다. 그러나 어지러워 옴짝달싹할 수조차 없었다. 일어서려는 두 다리를 진창이 된 뻘이 잡아당기는 것만 같았다. 그 짧은 찰나에 나혜영이 말했던 어제 아침의 소란이 겹쳐졌다. 나혜영은 아마도 환자들이 알아차리지 못할 거라 생각했는지 석시콜린이라는 단어를 입에 담았다. 당시는 흘려들었다. 기억과 재조합된 석시콜린이라는 단어가 새로운 의미로 다가왔다. 박 씨와 별장의 기억, 앰플과 사망했다던 여인이 나혜영의 석시콜린이라는 단어 하나에 귀속되는 느낌이었다.

가만, 그렇다면 박 씨가 앰플을 사용했다는 말인가.

급작스레 심장이 뛰는 통에 정상우는 다시 보조의자에 주저앉아 버렸다. 돌이킬 수 없다, 이제 다시는 돌이킬 수 없다.

휴대폰을 꺼낸 정상우는 자신이 일하는 택시조합으로 전화를 걸었다.

"네, 한진조합입니다."

전화 목소리가 귀에 익었다.

"혹시 장 씨요? 저 정상웁니다."

"아, 상우 씨."

"일 안 하고 뭐 하세요?"

"아하, 저녁 먹고 소화도 시킬 겸 고스톱 한 판. 어쩐 일이야, 그런데?"

장 씨가 제법 친해졌다 생각했는지 말을 놓았다.

"저 여쭐 게 있어서요."

정상우는 전화기를 들고 병실을 나왔다. 병실 문을 닫으며 박성호와 지유에게는 야구를 보라는 손짓을 했다. 끊어졌나, 라며 장 씨가 전화기 너머에서 말한다.

"아, 아닙니다. 잠시 자리를 좀 옮기느라고요. 하나 물어볼 게 있어서요. 그 박 씨라는 양반, 오늘 출근했습니까?"

전화기 뒤쪽으로 사람들에게 묻는 소리가 들렸다.

"여보세요, 상우 씨? 사람들이 어제오늘 박 씨는 보지 못했다네. 왜 무슨 일 있어?"

"아, 아닙니다." 전화를 끊으려다 하나 더 물었다. "참, 박 씨 이름이 어떻게 됩니까?"

"예끼, 이 사람. 이렇게 싱거웠나. 박 씨 이름, 박태평이야. 술 먹으면서 이름 자랑을 꽤 했을 텐데. 박 씨 종가가 어떻고, 글 배운 할아버지가 태평성대를 꿈꾸며 지어줬다고 하지 않던가."

"아니, 기억에……."

그 순간 기억이 또 하나의 편린을 토해냈다. 밀양 박 씨 몇 대 손, 하며 내 이름이 박태평이요, 하고 자랑하던 모습이었다.

"일단 전화 끊겠습니다."

갑자기 욕지기가 밀려들었다. 정상우는 화장실로 뛰어들었다. 별다르게 먹은 것도 없건만 계속해서 구역질이 나왔다. 꾸역꾸역 토하다 보니 침을 따라 한 줄 핏물이 흘러나왔다. 그래, 내 손으로 피를 묻히기 싫었으면서 손에 피를 묻혀본 박 씨를 구슬려 대신 피를 묻히려 했다. 아들의 생명을 위해서라면 그래도 된다고 생각하고 말았다. 어디서도 통용될 수 없는 생각이다. 술을 마시며 박태평과 어디서부터 어디까지 제안하고 합의했을까. 석시콜린은 야합의 마무리 결과물이다. 찬물로 얼굴을 씻으며 생각했다. 기억아, 말해봐. 도대체 내가 박태평에게 무어라 말했던 건지. 그러나 거울 속의 정상우는 토악질로 인해 한껏 핏발이 선 눈을 치켜떴을 뿐 아무 말도 하지 않았다.

"몸이 안 좋으신가 봐요."

거울 너머에서 박성호가 그를 향해 웃었다. 불현듯 살인이라는 단어가 스쳤다. 아내와 그 사이에 기생충처럼 잠입한 박성호라면 어떨까. 박성호를 죽여버린다면. 아니야, 아니야. 정상우는 세차게 고개를 흔들었다. 내가 왜 이러는 것일까. 왜 이리 못난 생각만 머릿속에 들어차는 것일까.

박성호를 밀치며 화장실을 나왔다.

"어머."

이웃한 화장실에서 나오던 나혜영이 정상우와 부딪칠 뻔했다. 그런데 정상우의 뒤에서 목소리가 들려왔다.

"혜영 씨, 지유 아버님이 몸이 좋지 않으신 것 같은데 영양제 링거 한 번 놔드리는 거 어떤가요?"

좁은 화장실 통로에 세 사람이 들어찼다. 가장 뒤에서 박성호가 두 사람을 향해 말했다.

"아니요, 그럴 것까지는."

"주무시기 전에 놔드릴까요? 아무래도 여기는 개인이 하는 종합병원이라 그런 융통성은 있답니다."

나혜영이 정상우와 박성호를 향해 말했다.

링거라니. 가만. 그 링거에 석시콜린을 섞으면 어떻게 되지? 급작스레 엉뚱하고 무서운 생각이 용암처럼 뜨겁게 솟았다. 안 돼, 이렇게 당할 수는 없지. 내가 선수를 치고 말겠어. 아니, 또 무슨 생각을. 정상우는 세차게 고개를 흔들며 통로를 벗어났다.

채 오 분도 지나지 않아 정상우는 이천 방향으로 택시를 몰고 있었다. 어쨌든 나는 앰플이 필요하다. 앰플만이 나를 무장할 수 있다. 아니다, 앰플은 무슨. 그럴수록 지옥으로 빠져든다는 것 몰라? 생각이 상충했다. 무엇이 옳은 것인지조차 알아차리기 힘들었다. 어느새차는 140킬로미터를 넘는 속도로 도로를 내달리기 시작했다.

이대로 갓길로 차를 몰아 죽어버릴까. 아니라면 누가 죽었는지도 모를 정도로 무차별적으로 앰플을 풀어버릴까. 꼬리에 꼬리를 문 생각이 끝나기도 전에 택시는 별장으로 오르는 진입로에 다다라 있었다. 그때 휴대전화가 울렸다. 휴대전화 액정 화면에는 저장한 기억도 없는 남자의 이름이 새겨졌다.

—박태평 동지.

백용준

끙끙거리던 수사는 단 이틀 만에 단서가 날아들었다. 송파서와 용인 동부서가 공조수사를 한다는 사실이 외부에 유출되었던 것이다. 다행스럽다면 그 외부가 경찰이었다. 말하기 좋아하는 누군가가 송파서와 용인 동부서의 공조수사를 전하며 통나무 장사들이 개입되었을 확률이 높다고 토를 달았던가 보다. 국정원과 공조해 대한민국과 중국에 걸친 대규모 장기밀매 조직을 수사하던 서울경찰청 광역수사대가 수사에 참여하고 싶다는 바람을 피력해왔다.

살인사건 사체라고 달려갔던 곳에서부터 꼬여버린 매듭은 도무지 풀어지지 않았다. 수사의 단초 하나조차 찾아내지 못했는데 사건 전모를 파악한 추리소설가도 모자라 송파서 일대에도 잠입해 있는 장기밀매 조직의 명단을 서울경찰청이 확보하고 있었던 것이다.

"자, 자존심 싸움 그만하시고 공조수사 체제로 가시죠."

서울청 광수대 1팀장 경감 최철호였다. 겉으로는 '공조'이지만 실상 '외압'이었다. 그나마 상대인 송파서와 용인 동부서에 "예스"라는 말을 직접 하게끔 자존심을 건드리지 않을 뿐이었다. 회의실에는 용인 동부서 수사과장과 송파서장마저 자리했다. 두 사람의 입에서 몇 계급 아래 후배의 제안에 수긍해 서울청과 손을 잡겠다는 대답은 쉽게 나오지 않았다. 역시 자존심 문제였다.

회의실 뒤편에서 수많은 후배 형사들이 두 사람을 지켜보고 있었다. 송파서장은 결국 뒤로 고개를 돌려 정덕화 2팀장과 눈을 맞추었다. 정덕화 2팀장이 먼저 고개를 끄덕였다. 그러자 송파서장 역시 고개를 끄덕였다. 예스라는 대답이었다.

가타부타 반응을 보이지 않은 쪽은 오히려 용인 동부서였다. 솔직히 이지연의 사체가 아니었다면 이 사건은 여전히 수면 아래에서 장하나 경사를 비롯한 용인 동부서 형사들이 송파구 일대를 누비며 사건을 후벼 파고 있었을 것이다. 더구나 점조직으로만 운영되어 실체를 파악하기조차 힘든 장기밀매 조직에 대한 검거라면 수사원들에게 상당한 성과를 보장할 수 있는 사건이었다.

"공조하시죠, 부탁드릴게요."

두 사람을 살피며 서울청 광수대 1팀장 최철호가 말했다. 그러나 용인 동부서 수사과장이 묵묵부답으로 일관하자 다시 제안을 건넸다.

"장민한 서울청장님께도 보고가 올라간 사건입니다. 이 건으로 뒤따르는 보상은 엔 분의 일로 합시다. 거기까지 양보하겠습니다. 나머지는 장민한 서울청장님께서 섭섭하게 하시지 않을 겁니다."

최철호의 히든카드는 이거였던가. 장민한이라면 출세에 눈이 멀었다는 평이 자자한 사법고시 특채 출신이다. 특히 그는 상벌에 관해 엄격했다. 성이 있다면 상을, 과가 있다면 반드시 벌한다. 사법고시 출신이다 보니 경찰청장과 법무부장관 모두에 하마평이 오르기도 한다. 무엇보다 그는 체제의 안정을 우선한다. 특히 보수 세력의 대변인을 자청하기에 지지층이 고루 넓은 편이었다.

"그럽시다."

용인 동부서도 결국 투항을 했다. 이제 경찰조직도 승진이 적체된 회사와 다를 바 없다. 속으로 셈을 마친 용인 동부서 수사과장의 휴대전화에서 진동 알람이 울린 직후였다. 수사과장의 윗선에서 그렇게 하라는 지시가 떨어진 게 분명했다.

"다들 지랄들을 하네요."

백용준은 가만히 회의를 지켜보다 팀장인 정덕화에게 속삭였다. 그러자 정덕화가 오른손 날을 세워 백용준의 목을 때리는 시늉을 했다.

"너라면 뭐 뾰족한 수 있어? 수사는 수사고 정치는 정치니까."

"제가 볼 땐 수사가 정치인데요."

뾰루퉁한 입술로 백용준이 정덕화를 힐난했다.

"야합이지."

정덕화도 결국 아끼는 동생인 백용준에게 속내를 드러냈다.

세 개 부서가 '야합'을 마치자마자 서울청 광수대에서 리스트를 건넸다. 자신들이 파악한 강남, 잠실, 송파 일대에서 활약하는 통나무꾼들에 대한 자료였다.

곧바로 수사회의가 진행되었다. 전면에서 마이크를 잡은 사람은 광수대 1팀장 최철호였다. 175센티미터 정도에 다부진 체격이 등산 셔츠를 받쳐주고 있었다. 그의 입을 통해 드러난 점조직은 모두 네 개였다.

"먼저 지금부터 브리핑되는 수사 내용은 철저히 비밀을 유지해주셔야 합니다. 저희 팀이 삼 년간 추적했던 사건인 만큼 광수대 내부에서는 보안유지가 되었던 사안들입니다."

"뭐야, 그럼 이야기가 새나가면 송파서 아니면 용인 동부서란 얘기네. 심하다, 심해. 아무리 범인을 잡고 싶어도 그렇지, 같은 가족들을 파렴치한으로 몰면 쓰나?"

백용준이 투덜거렸다. 그렇지만 딱 정덕화에게만 들릴 정도였다.

"거기, 회의실 뒤에 계신 백용준 경사! 할 말이 있는 것 같은데, 아닌가?"

"아니요, 없습니다. 총 맞은 데가 가려워서요. 간혹 빵빵거리는 소리가 쓸데없이 들립니다."

백용준이 모나미 볼펜으로 과거에 총을 맞은 부위를 벅벅 긁는 시늉을 했다. 그 모습에 회의실에 자리한 이십여 명의 사람들이 어색한 웃음을 지었다. 백용준이 자리에 앉으려는데 송파서장이 되돌아보며 살짝 윙크를 한다.

"하여튼 대한민국은 앞에서는 살살거리고 뒤에서는 실실거린다니까."

백용준의 말에 정덕화가 다시 손날을 세웠다. 이번에는 울대를 톡 건드린다.

"너도 마찬가지야. 서장님 윙크에 기고만장해져서는. 브리핑이나 제대로 들어. 요즘 검거율도 시원찮으면서."

허, 이런. 실적 타령은. 백용준은 팔짱을 끼고 눈을 감아버렸다.

"이들 점조직은 중국에 체류하며 한국에서 조직 적합 여부가, 물론 이 조직은 생체 조직입니다, 맞는 사람들을 찾아 해외로 이송합

니다. 한국에 있는 삐끼들은 다양한 수법으로 환자들을 모집합니
다. 브로커로 정정하죠. 과거 같으면 고속도로 휴게소 화장실에 신
장 얼마 하고 스티커 붙인 거 많이들 보셨을 겁니다. 이들을 데리고
중국이나 미얀마, 태국, 필리핀 등지에서 이식 수술이 행해졌습니다.
그런데 지금은 장기밀매 형태가 완전히 변하고 있다는 첩보가 입수
되었습니다. 바로 병원과 결탁해 환자를 모집한다는 첩보였습니다.
그곳으로 지목된 데가……"

"설마 잠실희망병원?"

백용준이 감았던 눈을 퍼뜩 떴다.

"잠실희망병원을 비롯한 자양강남병원, 송파홍병원이 그곳입니
다. 이 세 곳은 2008년까지만 해도 만년 적자에 허덕였습니다. 병원
건물은 세 곳 공히 가압류 처분 상태였고, 간호사 월급조차 제대로
주지 못했습니다. 그런데 2010년 하반기를 기점으로 완전히 흑자로
돌아섭니다. 아마도 이 몇 년을 전후해 통나무꾼들과 연계가 이루
어진 게 아닌가 여겨집니다.

통나무꾼들은 굳이 비행기까지 태워가며 환자를 중국까지 데려
갈 필요도 없고, 양질의 돈 많은 한국 환자들 역시 믿을 수 없는 중
국 병원까지 갈 필요가 없어졌으니 서로가 원원이었던 셈입니다."

"그러면 장기기증자 조달의 문제가 있지 않습니까?"

용인 동부서의 한 형사가 일어나 물었다.

"여러분들은 한국에 불법체류 중인 외국인들이 몇 명이나 된다고
생각하십니까?"

브리핑을 하던 최철호 경감이 회의실 내부를 굽어보았다.

"아마 형사인 여러분들은 범죄에는 민감해도 이런 부분에는 또 문외한일 겁니다. 최근 들어 외국인들이 국내에서 조직적인 범죄를 행한다는 이야기는 많이 언급되었습니다. 일례로 구로동 일대에는 중국의 삼합회가 진출해 있는 것으로 알려지기도 했습니다. 그렇지만 LA에 한인 자치회가 인종차별에 대항해 스스로 단체를 조직해 서로를 돌보고 있습니다. 이를 미국 사회에서는 뭐라 부르는지 아십니까?"

장내가 갑자기 조용해졌다.

"한인 갱, 코리언갱스터라 부릅니다. 이러니 완전히 느낌이 달라지죠? 사실 한국 내에서도 조선족이나 동남아시아인들 그리고 중국인들에 대해 조금은 이질적인 느낌들을 가지고 있습니다. 이들 스스로 뭉쳐 서로 도모하는 것을 반드시 나쁘다고 치부할 수는 없습니다. 다시 본론으로 돌아가죠. 대한민국의 불법체류자는 약 23만 명 이상으로 추산됩니다. 물론 이것도 출입국관리소를 통한 것에 한합니다. 비공식 추정에 의하면 이미 140만 명이 넘었다고 합니다. 통계의 오류죠. 정확하게 얼마인지는 알 수 없습니다. 영화처럼 낚싯배로 위장해 밀입국하는 외국인이 없으란 법은 없으니까요. 어쨌든 타국에서 미리 조직 적합검사를 마친 동남아인이나 중국인을 정당한 방법으로 입국시킨 뒤, 물론 이 정당한 방법이란 외국인 노동자 형태를 말합니다, 이들을 일주일 이내에 잠적시킵니다. 여기서 잠적이란 심장과 신장, 기타 신체 장기와 신경조직, 안구, 그 외에 기증이

나 여타 방법으로 활용이 가능한 모든 인간의 사체가 해부된 상태를 말합니다."

"말도 안 됩니다. 영화에서만 봐도 공해상에서 배를 이용해 조직원들이 장기적출을 하거나, 중국으로 들어가 각지의 병원에서 장기 기증 형태로 이식수술을 받지 않습니까?"

백용준이 참지 못하고 일어섰다. 지금 최철호 경감의 말대로라면 상식이나 통념과는 전혀 반대되는 장기적출과 밀매와, 이식수술이 이루어지고 있는 셈이었다.

"장기밀매 조직도 사람들입니다. 경험에 경험을 더해 잡히지 않을 은밀한 방법과 돈을 많이 벌 새로운 방법을 연구하고 만들기 마련입니다. 중국에서 장기밀매를 통한 이식수술이 더 이상 안전하지도 더 많은 수익을 창출하지도 못한다는 사실을 깨달은 거죠. 또한 중국에서 장기밀매를 위한 통나무를 구하는 것보다 통나무를 적법하게 한국으로 들여와, 죄송합니다, 통나무는 정정하죠, 한국으로 들어오려는 사람들의 환심을 악용해 무료로 한국까지 오게 하는 게 더 쉽다는 사실을 알게 된 겁니다. 그것도 합법적으로요. 또한 이들이 잠적하게 되면 소재 파악이 쉽지 않고, 표면적으로 드러나는 불법을 저지르지 않는 한 추방되지 않는다는 점을 악용한 신종범죄입니다. 이를 위해 병원 세 곳을 이용했다고 보여집니다. 장기적출을 위한 병원, 수술을 위한 병원, 비상시를 대비한 잉여 병원까지. 그리고 복잡한 서류 등은 서로가 눈감아주고 환자를 돌려가며 의료보험공단 같은 곳을 속이는 거죠. 물론 이런 일에 의보공단이 낄 일도 없지만요. 무엇보다 구린 것은 이 세 곳이 연합해 의료 적출물 소각 업체를 만들었다는 겁니다."

말도 안 돼! 백용준은 사태의 잔악함에 꿈쩍 놀라고 말았다. 브라질에서 나비가 날갯짓을 크게 하면 상하이에 태풍이 온다더니, 이 놈의 추리소설가 놈이 방귀 한 번 뀐 게 국제적인 장기밀매 조직 같은 거대 똥 덩어리와 연계될 줄이야 꿈에도 생각지 못했다.

"자, 이제 나눠드리는 자료는 저희 광수대가 아닌 곳에 처음으로 공유하는 자료입니다. 각 조직에서 파악된 조직원들의 명단입니다. 지난 삼 년간 추적했던 자료입니다. 그렇다고 수백 명씩 되는 자료는 아니고요, 겨우겨우 조직원으로 확실시되는 사람들 여덟 명을 추려낸 것입니다. 아시겠지만 이들 중에 이번 사건과 연계되는 누군가가 드러나리라고 봅니다."

"경감님, 하나만 더 물읍시다." 백용준이 다시 한 번 일어섰다. "어떻게 이지연 씨가 죽은 걸 가지고…… 통나무꾼? 이 사람들하고 연결된다고 생각하신 겁니까?"

백용준의 질문이 광수대 형사들의 어딘가를 건드린 모양이었다. 최 경감은 잠시 광수대 팀원들과 눈을 맞추더니 고개를 끄덕였다. 아마도 공개해야만 하는 게 맞지 않겠느냐는 판단 같았다.

"한 번은 이런 질문이 나올 거라 예상했습니다. 얼마 전 장기기증 운동본부의 컴퓨터가 해킹되는 사고가 있었습니다. 사회적 파장을 우려해 언론에 공개하지는 않았습니다. 반면, 이로 인해 발생할지 모를 사고를 하루도 빠짐없이 체크하고 있었습니다. 언론에 공개하지 않은 이유는 기존의 장기밀매 형태와 맞지 않았고, 반대로 주시했던 이유는 이 자료가 언제든 장기밀매에 이용될 소지가 있었기 때문입니다. 그리고 그 첫 번째 피해자로 예상되는 사람이 바로 이지연 씨였습니다."

백용준은 그제야 광수대가 들이닥친 이유가 말끔히 설명되었다. 이지연은 장기기증운동본부에 장기기증을 서약한 도우녀였다. 이지연은 적확하게 그녀를 노린 석시콜린 커피를 마셨다. 곧이어 광수대가 파악한 장기밀매로 의심되는 세 병원 중 하나인 잠실희망병원 침대에 나를 해체하세요, 하듯 누워 죽음을 맞았다.

"퍼즐 딱 맞아떨어지네요. 그림 잘 그렸고, 픽셀도 좋고. 퍼즐 만든 사람만 찾으면 되는 거네요."

감식반과 형사팀에 양다리를 걸치고 있는 박연오가 얼리어답터다운 대답을 꺼냈다.

"어쨌든 나눠드린 여덟 명을 송파서에 네 명, 용인 동부서에 네 명씩 할당해드리겠습니다. 저희는 일선 수사보다 두 곳 서를 지원하는 게 낫다는 판단입니다만."

최철호 경감의 말에 송파서장이나 용인 동부서 형사팀장도 별다른 이견이 없는 듯했다.

"수사는 여러분들 편의에 맡깁니다. 증거를 찾기 위해 어떤 방법을 써도 좋습니다. 반면 검찰에 기소를 위해서는 불법적인 자료는 안 된다는 거 아실 겁니다. 그러니 선 수사, 후 기소의 방법으로 가도 묵인하겠습니다."

선 수사란 불법적인 방법으로 용의자를 수사해도 좋다는 뜻이었다. 반대로 혐의 사실이 굳어질 경우 기소를 위해 정식 자료는 수사 지원을 맡고 있는 광수대에서 처리하겠다는 내용이었다. 형사들에게 수사란 그들이 살아 있는 이유나 마찬가지였다. 수사를 양보하는 대신 이름이 필요한 수사 자료에 광수대 이름을 올린다니, 영악한 발상이었다. 그러나 반대하는 사람은 없을 게 뻔했다. 그렇게라도 포지션을 나누지 않으면 결국 접점에서 목소리가 높아지는 사태가 생기게 된다. 백용준은 최철호 경감을 눈여겨보아야겠다, 생각했다.

"별다른 일이 없는 한 매일 아침 9시, 잠복형사들을 제외하고 회의를 진행하겠습니다. 자, 오늘 회의는 끝입니다. 수사하십시오. 이상입니다."

백용준이 일어서자 장하나가 눈을 맞추며 다가왔다. 아, 이럴 때는 굳이 외면해도 되는데. 광수대에서도 뭐라 그랬느냐고. 이 자료는 절대비밀이라고, 어디에도 유출하지 말라고 그랬는데.

"그래도 이야기는 해줘야죠. 수정이가 눈이 빠지게 기다릴 텐데."

눈이 빠지긴 무슨, 내 뱃살이 먼저 빠지겠다. 백용준은 엉뚱한 생각을 하며 도리질을 했다. 어차피 약속한 것이다. 내용만이라도 간략하게 설명해주어야 하리라. 그렇지만 도우너를 정확하게 노렸을 것이라던 손선영의 말이 현실화되었다. 대한민국에 탐정 제도가 없기 망정이지, 저런 녀석이 활개 칠 꼴을 생각하니 눈앞이 캄캄했다.

"그래요, 갑시다. 가자고요."

그때 정덕화 팀장이 다가와 엉덩이를 두드렸다. 무슨 말인지 안다. 우리 강아지, 가서 고생 좀 해, 하는. 정덕화 팀장의 뒤통수에 대고 속삭였다. 왈왈.

장수정

"이렇게 된 겁니다."

손선영의 집에 들어온 순간부터 백용준은 입을 다물어버렸다. 장하나가 결국 미주알고주알 설명을 했다. 장수정은 손수 내린 커피를 대접하려던 마음도 싹 가셨다. 이미 수사에 대해 알게 된 마당에 광수대 어쩌고 하며 입을 딱 다물건 또 뭐라니. 아니꼽다. 마음 같아선 백용준의 상관이라도 되어 그를 다스리고 싶었다. 어쩌랴, 재주라면 그림 그리는 게 전부인데. 그에 반해 부처라도 된 듯 대구 없이 이야기를 듣고 있는 손선영이 신기했다. 어차피 그나 그녀나 얼굴에 감정이 드러나는 사람이다. 무엇보다 깐족 대마왕인 손선영의 침묵이 수사의 심각성을 대변했다. 살짝 장하나의 옆구리를 건드렸다.

"언니, 그렇게 심각한 상황이야?"

"뭐, 그렇다고 봐야지. 수사원 전체에게 함구령이 떨어졌으니까."

"나비처럼 날아서 벌처럼 쏘라는 건가? 수사원들이?"

"그건 아니고. 늑대처럼 접근해서 호랑이처럼 물어야겠지. 그리고 수정아, 이왕이면 비유는 쓰지 마."

그러며 장하나가 장수정의 머리를 건드렸다.

얼굴이 붉어졌다. 아마도 싼 티 나는 비유라는 뜻이리라.

"수정아, 미안한데 엉뚱한 생각은 하지 마. 설마 언니가 너한테 못된 말 하겠니. 단지 이번 상황이 그래. 일반인들이 더 이상 수사에 참여하기는 무리라는 거야."

"뭐야, 그러면 지금까지 그거 설명한 거였어?"

"수정 씨, 하나 씨 말이 맞아요. 저희가 이 사건에 더 접근하는 것은 기름을 지고 불에 뛰어드는 것과 같아요. 이쯤에서 우리도 물러나야 할 것 같아요."

"싼 티 나는 비유 하지 말아요. 그리고 사건을 여기까지 끌고 온 건 선영 씨잖아요. 왜 여기서 멈추려고 하는데요? 비겁해요."

이러려던 건 아니었다. 심장보다 입이 먼저 반응하는 건 천성이니 그렇다고 치자. 허나 손선영의 이야기에는 자동으로 반응하는 게 습관이 돼버렸다. 홈즈와 왓슨 같은 상황은 아니꼽다 못해 고까울 지경이다. 모르는 사람이 보았다면 사이 나쁜 부부나 앙숙인 남매 정도로 보지 않을까. 침묵하고 있는 백용준을 다시 보았다. 백용준의 눈빛은 마치 오현리와 손선영을 신고했던 그날처럼 부유하고 있었다. 어쩌면 그도 쉽게 결론을 내리지 못해 침묵했던 것은 아닐까.

"미안해요."

또 입이 방정이다.

"수정 씨 매력은 그겁니다. 발 빠른 게 아니라 입 빠르지만 거짓이 없고, 순수하진 않아도 순진하거든요."

선영이 너도 참 입이 방정이다, 탁 쏘아주려는데 백용준이 말한다.

"두 분 참 잘 어울리네요. 뭐 소설가와 화가 앞에서 이런 말 할 게재는 아니지만 사건 관계 같아요. 증거와 보강, 선해결이랄까요."

"상쇄와 보완, 선순환이겠지." 오현리의 말. "둘이 합쳐 한 사람 아이큐."

"상충과 하강, 악순환이겠죠. 둘이 합치면 부부싸움이고욧!"

아, 내 입. 장수정은 말해놓고 크게 한숨을 쉬었다.

"어쨌든 결론은 그거네요. 선영 씨도 또 현리 아저씨도 이 사건에서 빠져야 한다는 거. 물론 저도 마찬가지고요. 그만큼 위험한 국면에 접어들었다는 거죠? 말하자면 고양이 따위가 아니라 실제로 살인을 저지르는 엄청난 사람들이 개입되기 시작했고, 형사들은 더 많은 살인을 막기 위해 고군분투할 것이다, 맞죠? 그래요, 언니랑 형사님도 저렇게 말리러 왔는데 이쯤에서 손 들게요. 전 끝."

장수정은 담담하게 두 손을 들어 보였다. 이쯤에서 항복한다고 해서 누가 탓하랴. 고양이의 작은 죽음을 물고 늘어져 여기까지 온 것만 해도 어딘가. 백이면 백 고생했다고 말하지 않을까. 무슨 이유인지 눈물이 흘렀다. 볼을 훔치는데 손선영의 손이 어깨에 와 닿았다. 그의 손을 어깨에서 끌어내렸다. 그렇지만 맞잡은 손을 놓지 않았다. 손선영과 눈을 맞추었다. 그가 움찔하며 뒤로 물러서려 했다. 한 번 더 손을 꽉 움켜쥐었다.

"고마워요. 전 이만큼 온 것만 해도 큰 경험이에요. 무엇보다 선영 씨에게 감사하게 생각합니다. 진심이에요."

잠시 손선영의 눈동자가 흔들리는 게 느껴졌다.

"그럼 이쯤에서 마무리된 걸로."

백용준이 상황을 갈무리했다.

"이쯤에서 어제 사온 커피 한잔 내려주는 센스."

가만히 상황을 지켜보던 오현리가 한 번 더 마침표를 찍는다.

장수정은 종잇장 같은 벽 너머에 있는 그녀의 집으로 옮겨갔다. 기쁜 마음으로 드리퍼에 커피를 내렸다. 방울방울 떨어지는 다섯 잔의 시간들이 즐거웠다. 말끔하진 않아도 해방감을 맛보았다. 커피 향이 좁은 거실을 채울 때쯤 오현리의 목소리가 벽을 타고 넘어왔다. 수정아, 형사님들 바쁘단다.

"지금 가요. 커피만 드시고 가라고 하세요."

커피 다섯 잔을 들고 나가려니 손이 모자랐다. 선영 씨, 하고 부르려는데 옆집 문이 열리며 후다닥 뛰어나가는 발걸음 소리가 들렸다. 몇 초 지나지 않아 현관문이 열렸다.

"갔습니다. 첩보가 들어왔다네요."

"영화에서 보면 그렇게 느리더니 현실에서는 제법 날렵하네요."

"그러게요. 저도 경찰차 사이렌은 영화의 엔딩 테마나 다름없다고 여겼는데."

손선영이 커피 잔을 집었다. 무언가 할 말이 가득한 표정이었는데 아무 말 없이 돌아서고 만다. 그녀도 뒤따랐다. 주인을 잃은 잔이란 걸 알면서도 마저 챙겼다. 이제는 거리낌조차 사라진 두 남자의 집을 들어서는데 왠지 모를 눈물이 앞을 가렸다. 커피 잔을 받아주는 게 손선영이라 생각했다. 그만큼 격렬하게 눈물이 흘렀다.

"눈물로 마시는 커피가 그만큼 쓰지만 기억에는 달콤한 법이야."

오현리였다.

"선생님, 무슨 말이에요? 앞뒤도 맞지 않고 맥락도 없고. 듣기에 무난하니까 수정 씨야 앞뒤 안 재고 아, 괜찮은 말이네, 하겠지만 말도 안 된다는 거 아시죠?"

이번에는 손선영이었다. 어느새 두 사람이 투덕거린다. 처음 그들의 말을 엿들었던 새벽처럼. 이 두 남자는 그래, 여전하다. 그리고 두 사람은 여전히 수상하다. 문제라면 수상함에 그녀도 '함께'라는 점이다.

장수정도 두 해만 더 있으면 서른이 된다. 삼십 년 만에 꽃을 피우는 얼룩조릿대처럼 그 나이에 꽃이 피지 말라는 법은 없으리라. 그러나 현실이란 옷을 입으면 세상이 그렇게 녹록하지 않다는 사실도 깨닫는 나이가 서른이다. 어디서 들은 얘기인지 몰라도 여자는 서른부터 어른이 된다고. 서른과 어른의 문자조합적인 유사함이야 차치하고라도 어른이 되고 싶다. 2가 아닌 3이 나이의 앞을 채운다 해도. 무엇보다 이들 두 사람과 지낸다면 상처받지 않을 서른이 될 것만 같았다.

"닭똥 같은 눈물 주룩주룩 흘린다는 표현 알아?"

오현리가 물었다.

고개를 끄덕이자 "그런데 수정이 네 눈물은 똥 같다야" 한다. 몇 시간 전만 했어도 화를 냈을 텐데 웬일인지 웃음이 났다.

"그래, 수정이 많이 컸네. 울면서도 웃을 줄 알면 다 큰 거야. 사람은 결국 사람이라서 어디를 가서 살든, 어떤 계급으로 살든 힘들게 돼 있어."

"선생님, 안 어울려요. 커피나 드시죠."

눈물을 닦으며 오현리를 보았다. 그랬더니 오른 엄지발가락을 들어 옆구리를 찌르려 한다. 손선영을 괴롭힐 때 자주 하던 행동이다. 이들 사이에서 이제 장수정도 여자가 아닌 사람으로 인정받는 모양이다. 그래, 굳이 의미가 아닌 몸짓이어도 괜찮지 않을까. 이들 두 사람이 그녀를 보았듯 또 다른 누군가도 그녀를 바라봐줄 테니까. 더디 풀려가던 살묘사건처럼 조금 더뎌도 그리 풀려갈 거니. 장수정은 커피를 들었다. 건배해요, 우리.

"수정이 또 정신 나갔다. 어쩌냐?"

오현리가 동의를 구하듯 손선영을 바라본다. 그러자 심각한 표정으로 손선영이 고개를 한 번 까딱 움직인다. 우이씩. 장수정은 거침없이 오른 엄지발가락에 힘을 주며 발을 들었다. 화들짝 놀란 두 남자가 뒤로 피했다. 오른 엄지발가락 끄트머리에 준 힘이 장수정에게 말을 걸었다. 이게 인생이야. 별거 있겠어?

백용준

백용준과 장하나가 경계를 무너뜨리고 공조한 데서 용의자가 떠올랐다. 백용준이 받은 명단은 '현빈'이라는 가명을 쓰는 삼십대 중반의 남자였다. 본명은 김덕팔이었다. 클럽의 웨이터로 사회생활을 했던 탓에 본명보다 가명을 쓰는 게 익숙하다고 한다. 장하나가 받은 명단은 윤승아로 여자였다. 오십대 중반으로 사채업이라 부르기에는 모자란 돈놀이로 시작해 강남 한복판에 12층짜리 건물을 지어 올렸다. 이쯤에서 멈출 법하지만 그녀는 사업을 다른 쪽으로 선회했다. 장기매매였다. 현빈 김덕팔과 윤승아의 사업은 마치 장기밀매의 트렌드가 이런 것이다, 라고 반영하기라도 하듯 비슷했다. 합법을 가장하기 위해 그럴듯한 주식회사를 중국과 한국 두 곳에 세웠다. 의료기 제조와 수입, 그를 통한 인력의 교류 역시 존재했다. 누군가 매뉴얼이라도 제공한 것처럼 김덕팔과 윤승아는 행동했다. 그런데 김덕팔의 소재는 육 개월 전부터 불명이었다. 광수대에서 김덕팔의 소재가 불명인 것까지는 파악되었으나 이후 전개된 상황은 없었다. 김덕팔의 아래에 있는 '웨이터 동생들'마저 그를 찾고 있다고 한다.

광수대에서 전했듯 김덕팔과 윤승아의 사업은 2010년을 기점으로 변했다. 합법적인 사업체에 외국인 근로자를 고용했다. 이 전환점이 시사하는 바가 컸다. 환자를 보내는 형태에서 기증자를 데려오는 형태로 변했다. 기증자는 건강검진이라는 형태로 조직적합성을 사전에 점검받은 사람이다. 물론 이 기증자는 자신이 한국에서 신경조직까지 해체되며 여자라면 미성숙 난자까지 채취당해 사망할 것을 알지 못한다. 장기가 필요한, 살려는 환자와 자본주의가 결합된 범죄에 '불법체류자' 하나가 늘어날 뿐이다.

김덕팔과 윤승아를 광수대가 주목했다. 문제는 '사건 발생 후 처리'라는 경찰조직의 수동성이었다. 의혹만으로 사람들을 잡아들이고 죄를 씌우는 일은 독재국가에서나 가능할지 모른다. 적확한 사법체계를 내세우는 민주주의 국가에서 벌어질 수 없는 일이다. 당연히 수사는 제약을 받았다. 아니, 멈추어버렸다는 게 맞을 것이다.

딱, 이즈음 이지연의 죽음이 발생했다. 이는 광수대가 주목했던 도우너 명단이 유출된 시기와 겹쳤다. 광수대는 유출된 명단에서 누군가가 사망하리라 예상했지만 범죄를 미리 막을 수는 없었다. 이지연의 죽음이 광수대에까지 퍼진 것은 서울경찰청 강력범죄 커뮤니티인 '브레인스토밍' 때문이었다. 송파서의 형사 중 누군가가 추리소설가 손선영 운운하며 농담 삼아 여섯 줄의 이야기를 올렸다. 이것이 브라질 나비가 되어 광수대로 날아들었다. 나비는 그대로 되돌아왔다. 장민한 서울청장의 허락을 득해 광수대 1팀장인 최철호가 회의실로 들이닥치는 '사태'로 번진 것이다.

"광수대 내부에서도 사실 의견이 반반 갈렸답니다. 용인 동부서와 송파서까지 붙었는데 그냥 그들이 수사하게 두자는 쪽과, 이번 기회에 자료를 공개해 어떻게든 통나무 조직들을 와해시키자는 쪽으로요."

백용준이 장하나에게 그간의 상황을 설명하다 잠시 입을 다물었다.

"왜 갈렸는지 알 것 같아요. 지역을 평정한 하나의 조직을 경찰

관리 하에 두는 것이 편한가, 반대로 그 조직을 뿌리 뽑는 것이 맞는가. 한 조직을 와해시키면 새로운 조직이 그 자리에 들어오려 할 테고, 이로 인해 고만고만한 조직들의 전쟁터가 될 테니까요."

장나하의 이야기는 틀리지 않았다.

지역을 관리하는 경찰이라면 그가 지구대 순찰과 관리를 맡든, 형사로 직접 수사에 참여하든 특정 지역에 있는 범죄조직을 맞닥뜨릴 수밖에 없다. 이런 경우 특정 지역을 장악한 범죄조직과 경찰은 숨이고기와 해삼의 관계가 된다. 자잘한 범죄자는 조직이 관리하는 대신 조직은 경찰이 관리하는 식이다. 그런데 이 범죄조직이 뿌리 뽑힌다면 어떻게 될까. 간단히 예를 들어, 서울시에 거주하는 스무 살의 남자를 전부 범죄조직원이라고 치자. 경찰이 이들을 뿌리 뽑았다. 서울시는 범죄조직이 사라져 무주공산이 된다. 이때 서울시에 거주하는 열아홉, 열여덟, 열일곱 살의 범죄조직이 그 자리에 들어가기 위해 싸움을 벌인다면? 해답은 간단하다. 서울시는 범죄자들의 전쟁터가 된다. 이런 까닭에 각 '지역 경찰서'의 '지역 장악력'은 무엇보다 중요하다. 우발적인 살인이나 강도, 절도 등의 범죄가 아닌 조직범죄는 규모가 커서 지역에 미치는 파급력 역시 큰 것이 특징이다.

지역에 미치는 파급력을 설명할 때 심심찮게 등장하는 본보기가 홍콩의 삼합회였다. 홍콩 같은 경우 삼합회 전체에 소집령이 떨어지면 많게는 홍콩 남성의 절반, 적게는 삼십 퍼센트가 삼합회로 소집된단다. 학교 선후배, 동네 형 동생, 직장 선후배 등 멋모르고 모인 자리가 삼합회더라는 것이다. 만약 이들 전체를 범죄자로 보고 홍콩 경찰이 잡아들이기 시작한다면 홍콩은 그날부로 유기적인 모든 움직임을 멈추고 범죄자의 도시로 전락하게 될 것이다. 비단 예일 뿐이지만 무턱대고 지역을 들쑤시면 걷잡을 수 없는 사태로 번진다. 경찰의 지역 장악력에 대해 경찰 스스로 재고해야만 하는 아이러니이다. 결과적으로 경찰이 지역 범죄조직 위에 군림하지 않을 수 없다는 해답이 성립된다. 대부분 일반인들에게야 생소한 이야기지만 형사라면 기본적으로 체득하거나 학습하는 내용이기도 했다.

"그런데 장 경사님 용인 지역에서 신임이 두터우신가 봐요."

백용준은 장하나가 그녀만의 방법으로 구해온 윤승아의 자료를 보며 혀를 찼다. 마치 압수수색영장을 통해 통신자료를 취해온 수준이었다. 윤승아가 사용하는 휴대전화, 그리고 윤승아가 휴대전화를 사용할 때 반경 150미터 이내에 함께 존재했던 전화, 착발신 내역, 심지어 메시지를 주고받은 것까지 포함되어 있었다.

"우아, 대단한데요."

"뭘요. 녹취보다 못한 것들인데요."

백용준과 장하나가 주고받았다. 그렇지만 장하나의 말이 생각보다 의미심장했다. 수사를 위한 단초는 되지만 드러날 경우 어떤 식으로든 비난받을 정보였다. 강제력도, 증거능력도 없다. 그저 나침반에 그쳐야 한다. 또한 이렇게 수사했다는 사실이 대외에 드러날 경우 수사 자체가 인정받지 못할 수도 있었다. O. J 심슨을 구치소에서 걸어나오게 했던 불법적 증거나 마찬가지인 셈이다.

"조심해야 합니다. 알죠?"

백용준이 기합이 잔뜩 들어간 모습으로 물었다. 장하나는 고개를 끄덕이는 것으로 대답을 대신했다.

"먼저 김덕팔이 이 녀석은 조직 내부의 암투 중에 사망에 이르렀다, 내지는 그런 가운데 그 역시 사체가 공중분해되었다, 판단해도 틀리지 않을 것 같습니다. 물론 미래 발생 가능한 범죄를 예방한다는 차원에서는 예의 주시할 필요는 있겠죠. 그렇지만 이지연에 대한 건이 먼저니까요. 현빈, 거 참 이름 하나에 느낌이 확 바뀌네요. 덕팔이 이 녀석은 어쨌든 이번 건에서는 배제시켜도 되겠습니다. 자, 윤 승아를 보자면 일단 그녀가 전화를 걸 때마다 반경 안에 있던 사람들을 추립시다."

말을 꺼낸 백용준이 일주일 간격으로 추려진 반경 150미터 이내의 통화 자료들을 살폈다. 두 달 전부터 현재까지였다. 여덟 장의 자료에서 늘 걸리는 번호가 셋 있었다. 일단 그것을 체크해 빈 종이에 메모했다.

"이 세 번호에 대해서도 찾아봐달라고 할게요."

장하나가 백용준에게 말했다. 어떠한 가능성이라도 제고해야 했던 백용준은 미안한 마음으로 감사합니다, 하고 대답했다. 장하나는 잠시 일어서서 전화를 걸었다.

"여보, 나야. 전화번호 세 개만 더 찾아줘. 미안. 그래, 미안하다고. 끝나면 다 같이 회식이라도 하자고. 그날은 금주 없는 걸로 해 줄게."

전화를 끝낸 장하나가 이번에는 번호 셋을 메시지로 전송했다. 가만히 지켜보던 백용준이 다시 자료에 고개를 묻었다. 깨끗했다. 추적할 단서는 없는 듯했다. 막다른 골목, 그러나 눈앞에 보이는 위험. 이때 두 사람은 손선영의 집을 찾아갔다. 수사의 진행과정, 현재 상태, 그리고 정중하게 탐정놀이를 그만둬달라 부탁했다. 이야기를 다 들은 장수정이 커피를 내리러 간 사이 장하나의 전화기가 울렸다.

—조금 이상한 게 있네. '굳이 개울을 안 건너도 울타리 안에서 각목을 구할 방법이 있다는데요'라는 메시지와 그 직전에 줄기차게 전화를 건 사람이 있어. 자료는 메일로 보냈어.

장하나 남편의 메시지였다.

"남편이 맥가이버예요?"

백용준이 농담 투로 묻자 오현리가 대답했다.

"그냥 공무원이야."

"바다 건너 중국까지 가지 않아도 남한이라는 울타리 안에서 불법 장기밀매 사체를 구할 방법이 있다, 라고 느껴지는데요."

손선영이 말하자 백용준이 "동시통역 같네요" 하고 웃다 벌떡 일어섰다. 백용준은 흥분한 나머지 "아이, 씨. 뭐야 이거"라며 혼잣말을 했다. 그만큼 손선영의 말이 강렬했던 것이다.

"갑시다."

백용준이 장하나를 재촉했다.

백용준은 오 분도 걸리지 않는 송파서까지 신호마저 무시하며 내달렸다. 형사로서 그의 위기감이 폭발했다. 문을 열고 주차장에 내리려는데 장하나의 휴대전화에 메시지 하나가 더 들어왔다. 곁눈으로 메시지를 보았다. 손선영이었다.

— 제수씨, 아마추어에게 기회를 주셔서 고맙습니다. 백 형사에게도 그렇게 전해주세요.

담백했다. 전화를 주머니에 넣는 장하나에게 백용준이 물었다.

"수사 관련입니까?"

"그렇다고 봐야죠. 선영 씨가 지금까지 고마웠답니다."

"그 친구 참. 사건 현장이 아니라 평소에 친구로 만났으면 얼마나 좋아요?"

두 사람은 가타부타 다른 말 없이 형사팀으로 뛰었다. 형사팀 내부는 긴장감이 도는 것에 비해 분주하지는 않았다. 아직 좇아야 할 구체적인 인물이나 단서를 포착하지 못한 때문이리라. 형사 1, 2팀이 함께 쓰는 사무실은 입구에서 두 무리로 나뉜 책상으로 구분되었다. 문을 열면 보이는 1팀이 왼쪽, 2팀이 오른쪽이었다. 나란히 책상 일곱 개로, 여섯 개 책상이 짝을 이뤄 마주 보며 가장 안쪽에서 반장의 책상이 여섯 명을 옆으로 보고 있다.

두 사람이 뛰어들자 특유의 감으로 그들을 인지한 정덕화가 다가왔다.

"회의실로."

팀장인 정덕화는 옆구리에 노트북을 끼고 있었다. 와이파이나 될까 싶은 구형 모델이었다. 회의실로 오르더니 문을 잠근다.

"장 경사야, 백 경사야?"

다짜고짜 묻는다. 역시 삼십 년 베테랑 경감답다. 백용준이 눈짓으로 장하나를 보았다.

"오케이. 어디서 나온 거야?"

"증거 능력은 없습니다만, 꼬리를 밟기에는 충분합니다. 물론 저희도 아직 확인한 것은 아니고요, 지금부터……."

백용준이 말을 꺼내는데 정덕화는 무심히 컴퓨터를 켠다. 백용준의 눈짓 때문인지 장하나에게 자리를 양보했다.

컴퓨터에 앉은 장하나는 메일을 열었다.

"사각턱 갑바 아저씨가 이럴 때는 도움이 돼요." 백용준과 정덕화를 번갈아 보다 정덕화에게 눈을 고정한다. "제 남편 말이에요. 공무원이거든요."

"우리도 공무원인데."

"조금 더 비밀스럽고 바보 같다고 할까요. 뭐 여튼 그래요."

백용준이 장하나 곁에 다가가 섰다. 공무원, 공무원 하는 거 봐서는 아마도 은밀한 자리에 있는 직책인가 보다. 떠올려보니 빤했다. 국정원이나 기무사, 아마도 그 언저리가 아닐까.

메일에는 장하나의 첫 번째 자료에서 조금 더 구체적인 내용들이 포함되었다. 윤승아의 전화는 공식적인 사업용과 비공식적인 사업용, 두 개로 나뉘어졌다. 세 개의 번호 중 하나는 윤승아 전용으로 비공식적인 사업용이었다. 두 개는 윤승아의 수발을 들다시피 하며 보디가드까지 책임지는 부하의 것인 듯했다. 그중 하나를 장하나의 남편이 분석했다.

010-2692-1140으로 대포폰이라는 짧은 메모가 덧붙었다. 그 번

호로 일주일 전부터 사흘 전까지 줄기차게 전화가 걸려왔다. 통화는 대부분 부재중으로 넘어갔다. 간혹 통화가 되어도 삼 초, 오 초 정도로 통화를 했다고 보기 힘들었다. 그 번호에 전달된 메시지 하나가 '굳이 개울을 안 건너도 울타리 안에서 각목을 구할 방법이 있다는데요'였다.

"어라, 냄새 난다야."

"그렇죠, 사체 썩는 냄새가 진동하는 메시지 아닙니까?"

"어라, 그게 아닌데. 미안."

백용준에게 답한 정덕화가 슬쩍 창가로 가더니 창문을 연다.

"영감, 여자분도 계신데 방귀나 뀌고. 윽."

백용준이 호들갑을 떨었다.

"괜찮아요. 남자들이랑 일하는데 이 정도는 약과죠."

회의실이 꽤나 넓은데도 냄새가 들어차 백용준의 얼굴이 붉어졌다. 왜 덩달아 미안해지는 거지? 어느새 다가온 정덕화는 백용준 곁에 서 있었다. 격세지감이었다. 정덕화는 백용준을 형사로 이끌었던 사람이다. 십 년 전만 해도 송파서의 호랑이라는 별명으로 날아다녔는데, 방귀처럼 냄새로나 알 수 있는 그림자가 되어간다.

"메시지를 보낸 사람은 박태평이라고 하네요. 택시회사 한진조합에 건강보험 등록이 돼 있다고 하고요."

"사건은 이미 터졌고, 인물 나오고 배경까지 나왔으니 소설만 쓰면 되네."

정덕화가 백용준을 바라보았다. 소설 쓰러 가란다. 수사하러 움직이란 이야기다.

"복선 잘 깔고."

실행력 있는 증거 모아오란 이야기였다.

"결말에 반전 생기면 안 돼, 알지?"

"예, 예. 여부가 있겠습니까. 형님이 반전소설 싫어라 하는 거 형사팀 전체가 아는데."

"그렇지? 난 범인은 당신입니다, 하고 끝나는 소설이 좋더라고. 딱 그렇게."

"어쩝니까, 제가 지금까지 읽은 소설이 오십 권도 안 되는데, 그렇게 끝나는 소설은 없던데요."

백용준이 간족거렸다.

"자료는 컴에 다운받아뒀습니다. 바탕화면에 폴더 깔았고요. '각목'입니다."

두 사람의 대화에 장하나가 결국 끼어들었다.

"자, 그럼 등장인물 두 분은 결말까지 내달리도록. 이 몸은 퇴고를 할 테니까."

정덕화가 컴퓨터에 눈길을 주었다. 백용준과 장하나는 정덕화의 오른쪽 귀를 향해 "다녀올게요"라는 인사를 건넸다.

백용준과 장하나는 채 이십 분이 지나지 않아 다시 수사 차량에 탑승했다. 안전벨트를 매던 장하나가 물었다.

"퇴고라는 게 뭐예요? 글을 고친다는 의미는 아닐 테고."

"농담이죠 뭐. 바로 출판 가능하도록 사건 다듬고 있겠다는 거니까."

백용준과 정덕화의 태연한 농담을 알아들은 장하나는 그제야 웃었다. 피가 튀고 살이 베일지 모르는 형사사건 수사에서 서로를 보듬는 형태는 다양하게 진화한다. 용인 동부서는 농협을 빗댄 농담을 자주 쓴다. 언제 경매 들어가느냐는 식의. 그리고 경매를 위한 진행과정이 사건 수사과정으로 표현된다. 오늘 매매 최고갑니다, 라면 그날의 최고 사건이라는 뜻이다.

"정 팀장님이 퇴고하신다면?"

"아마도 증거 능력 없던 자료들, 어떻게든 법적 구속력이 있는 증거로 바꾸시는 거 고민하고 계실 거예요."

"오호, 말 그대로 퇴고네요."

나흘 전만 해도 두 사람은 연결고리가 없는 남남이었다. 역시 형사라는 건 수사과정에서 유대감이 생기게 마련이다. 딱 지금처럼. 그리고 강력계 형사들은 형사를 다른 말로 바꿔 부른다. 형제.

"가만, 그런데 앞뒤 재지 않고 너무 급하게 나왔네요. 뭐부터 수사하죠?"

백용준이 운전대를 놓으며 웃었다.

"그러고 보니 종일 굶었네요. 백 형사님, 그날 못 드셨던 설렁탕이나 먹으러 갈까요?"

"그럴까요, 먹고 살자고 하는 짓인데."

나혜영

아유, 밥이나 먹을까.

한창 중환자실과 응급실을 뛰어다녔던 나혜영도 이제 한계에 다다랐다. 평소라면 낮에 잠을 청해야 하는데 병원 사정이 그렇지 못했다. 간호사들이 그만두는 일이 늘었다고 한다. 지구 어디든 사람으로 생긴 결원은 사람으로 메워지기 마련이다. 혜택을 정면으로 받았다. 잠실희망병원에 취업했다. 반대로 역풍도 맞았다. 빈자리를 메워야 한다. 그 정도는 투정 부리지 않을 정도가 되었다. 서른이 넘은 나이 때문은 아니었다. 한 사건이 나혜영을 키웠다. 그러나 그 사건은 먼저 세상에서 그녀를 내몰았다.

이 년 전, 팔 년이나 근무했던 정신과의 원장이 목을 매달았다. 시기가 미묘했다. 당시 현태훈 원장은 세간을 떠들썩하게 만들었던 '신분 바꿔치기 사건' 관계자였던 조영미를 치료하던 중이었다. 원장은 조영미를 만나며 치료라는 이름으로 설명하기 힘든 변화를 보였다. 금욕. 현 원장은 병적으로 금욕에 매달렸다. 이유는 모른다. 함께 많은 시간을 보낸 현 원장은 나혜영에게 가족과도 같았다. 아버지였고, 오빠였으며, 연인이었다. 현 원장은 무슨 생각에서였는지 여자로 다가오지 않는 나혜영을 좋은 동반자로 보았다. 오죽했으면 그가 갑자기 사망한다면 상당량의 재산을 그녀에게 주겠다고 유언장에까지 서명했을까.

말도 안 돼요, 하고 투정을 부렸던 게 떠올랐다. 현 원장은 웃으며 말했다. 이 정도면 자수성가잖아. 난 친척도 없고 애인도 없다고. 그러니 내가 나 간호사에게 고마움을 표한다고 해도 뭐라 할 사람도 없어. 흔히 그런 거 있잖아, 누가 죽고 나면 벌어지는 추악한 재산 싸움 같은 거.

현 원장의 자살은 그만큼 충격이었다. 현 원장을 따라 자살을 할까도 생각했다. 현 원장이 자살한 조영미를 만나기 전 진료실을 똑같이 재현했던 그 방 귀퉁이 책 사이에서 히든 캠을 발견했다. 단번에 어떤 영상인지 깨달았다. 진료실을 재현한 방에서 벌어졌던 일이 남김없이 녹화된 영상. 왜 현 원장이 목을 맸는지 눈으로 확인할 수 있는 증거. 나혜영은 수사진들에게 현 원장의 죽음은 교묘히 연출된 살인이라고 주장했다. 형사들은 묵살했다. 만약 그 영상을 증거로 재출했다면 어떤 일이 벌어졌을까.

수사가 한창이던 시기를 지났다지만, 당장은 자살로 정리가 되었다지만, 결론을 한 방에 뒤집을 영상이 아니었을까. 그러나 영상 속 내용을 대면할 용기가 없었다. 고스란히 휴대용 저장장치에 옮겨진 현 원장의 마지막 밤은 나혜영의 목을 감싼 금색 줄에 펜던트 형태로 바뀌었다. 그리고 악몽을 꾼다. 목걸이를 목에 건 뒤부터였다. 현태훈 원장이 죽음을 재조명해달라는 영혼의 의지였다면, 나 간호사는 그것을 철저히 배반하고 있다. 영상을 대면할 용기가 나지 않았다. 현 원장이 여인과 살을 섞는 영상이라면. 나혜영에게 절대적이었던 현 원장이 가치와 기준을 버리고 여인과 몸을 나누는 모습은 그녀를 완벽히 가두고 말리라. 현 원장이 목을 맨 그 아파트, 그

방에서.

나혜영은 목을 매만졌다. 목걸이는 단단한 부적처럼 그녀와 함께였다. 마치 몸을 바꾼 현태훈 원장처럼 느껴졌다. 목걸이가 그녀를 단단하게 만들었다. 그렇지만 고통도 함께 주었다. 정신과 현실 사이의 괴리, 그 고통이 현태훈 원장의 유령이라면 참 그다운 유령이라고 생각되었다. 이젠 유령이 그녀를 단단하게 만든다.

"밥 먹어야지, 누나?"

지유가 다가왔다. 여덟 시간 전까지 혼수상태였던 애였다고 믿어지지 않았다. 괜찮아, 그런데 정작 묻고 싶은 걸 참았다.

"넌 뭐 먹고 싶은데?"

"맵고 짠 거."

그러며 웃는다. 나혜영이 잔뜩 인상을 찡그리며 잔소리를 할 거라 예상한 탓이다. 아이답다.

"오늘은 누나도 짬뽕이 땡기네."

벌써 새벽 4시였다.

"그런데 어쩌냐, 너 금식이잖아."

"그런 건 좀 무시하면 안 되나."

"무시해도 되지. 네가 환자가 아니고 내가 간호사가 아니었다면."

"내가 누나고 누나가 나였대도 그런 말 할까? 아웅."

"어라, 귀엽게 구네. 그래도 안 돼."

미안하다고 말하려는데 키폰이 울렸다. 빨간색으로 반짝이는 호출 버튼 오른쪽에 응급실이라는 글자가 보인다. 고개를 드니 목을 쭉 뺀 지유도 호출 버튼에 눈길을 고정하고 있다.

"다녀와요, 기다리고 있을게."

손바닥을 들어서 까딱까딱 쥐었다 편다. 그래, 하며 일어선 나혜영도 얼른 아래층 응급실로 뛰었다.

응급실의 풍경이 평소와 달랐다. 주황색 119 구급대야 그렇다 쳐도 남색 바지와 베이지색 상의에 유광 조끼를 입은 경찰도 보였다. 그들이 감싼 침대에 혼수상태의 남자가 보였다. 응급실 당직 간호사인 지승연이 간절한 눈길로 나혜영을 바라본다. 이제 스물일곱, 간호사 육 년차에 접어든 지승연에게는 벅찬 상황이었다. 대나무 숲 같은 제복 사이를 뚫고 나혜영이 다가갔다.

응급병상에 누운 남자는 의식이 없었다. 그의 옷 곳곳이 찢어졌다. 격투의 흔적일까. 손등이 까지고 손의 관절마다 살갗이 벗겨졌다. 주먹을 휘두른 흔적이다. 얼굴을 살폈다. 눈이 까뒤집힌 채 다 감기지 않았고 침을 흘렸다. 신경계가 마비되고 있다는 증거였다. 핀셋을 얼른 들어 쿡, 손등을 찔렀지만 반응이 없었다. 마비에 확증 하나가 더해진다. 눈꺼풀을 열어 라이트를 가져다 댔다. 동공의 확장 정도. 완전히 풀렸다. 아니, 풀려간다. 그때 그녀를 감쌌던 제복의 대나무 숲이 갑자기 갈라진다.

"어떻게 된 거야? 어이, 간호사 양반, 어떻게 된 겁니까?"

고개를 들자 경찰과 119 구조대원에게 큰소리를 치는 남자가 보였다. 딱 봐도 형사였다. 그렇다면 이 남자는 피해자보다 피의자일 가능성이 높았다. 그런데 큰소리를 치는 남자가 낯설지 않았다.

"백…… 형사님?"

"어, 어."

현태훈 원장의 죽음을 자살이라 단정 지었던 형사 중 한 명이었다. 당시 그는 '신분 바꿔치기 사건'으로 머리에 총을 맞았다 회복한 상태였다. 구사일생이었다. 총알이 뇌를 비켜가 박혔다.

"나혜영입니다. 벌써 이 년이 넘었네요, 뵌 지가."

"나…… 아, 나 간호사님. 저기 이 사람 어떻게 된 겁니까. 박태평이 이 양반."

그러자 옆에 나란히 선 여자가 "석시콜린 중독일 겁니다"라고 말한다.

석시콜린이라. 그럴지도 모르겠다.

분주한 상황을 인지한 담당의사도 뛰어왔다. 응급실 페이 닥터로 이 주 전 영입되었다. 이름도 기억나지 않는다. 석시콜린이라는 말을 들었는지 몇 가지 검사를 지시한다.

119 구급대가 자리를 뜨고 얼마 지나지 않아 남자에게는 피리놀이 주사되었다. 동물병원도 아닌데 동물병원과 같은 일이 벌어졌다. 안락사 약물과 반 안락사 약물이다.

바이탈 사인도 점차 안정을 찾아 맥박과 호흡이 정상에 가까워졌고, 혈압도 빠르게 회복되어갔다. 남자는 곧 의식을 회복하겠지만 몇몇 감각은 이제 정상으로 되돌아오지 않을지도 모른다. 인간의 감각이란 의학만으로 설명할 수 없는 부분이 존재한다. 감각의 미세한 차이는 그 몸을 지탱하는 정신, 말하자면 그 몸을 사용하는 사람만 안다. 어쩌면 박태평이란 남자는 의식의 일부분 역시 정상에서 멀어질지 모른다.

박태평 곁으로 의경으로 보이는 남자 넷이 돌아가며 경비를 섰다. 그즈음 나 간호사도 백용준에게 다시 인사할 짬이 났다.

"어쩐 일이세요? 몸은 아프지 않으시고요?"

"아, 뭐. 그나저나 박태평이 저 사람, 살겠죠?"

정확하게 알 수는 없다. 살 확률이 높다는 정도만 단정할 수 있다.

"자살하지 않는 한."

"자살하려 했어요."

"두 번은 안 그러겠죠, 그럼."

"두 번 그럴 수도 있어요. 그 자신을 증명해야 하니깐. 아, 나머지는 수사단계라 말씀드리기가 힘드네요."

그러자 곁에 있던 여자가 끼어든다.

"솔직히 말씀드리고 살펴봐달라는 것도 나쁘지 않을 것 같은데요."

잠시 고민하던 백용준이 나혜영과 눈을 맞추며 웃는다. 무장해제라는 건가.

"잠시 이야기 나눌 수 있을까요?"

"어차피 전 응급실 담당은 아니어서요. 얼른 중환자실로 올라가봐야 됩니다. 계단에서라도 괜찮다면요."

"지금 찬밥 더운밥 가릴 처지가 아니라서요. 죄송하지만 부탁을."

나혜영은 응급실 담당들에게 인사를 건넨 뒤 두 사람을 이끌고 비상계단으로 올랐다. 계단 아래위를 살폈다. 새벽 5시가 가까워오는 이 시간이라면 환자들도 곤히 곯아떨어진 시간이다.

"제게 무슨 부탁을?"

"이지연 씨도 이곳에서 죽었죠?"

그러고 보니 기억난다. 닷새, 아니 나흘 전이던가. 가만, 그녀 역시 석시콜린 중독이 아니었다. 죽은 뒤 사법해부를 한다는 결정이 났다. 이 부분에서 부모와 형사들 간에 실랑이가 벌어졌다고 들었다.

"혹시 석시콜린?"

"맞아요. 그렇지만 이 사건에 대해 많이 알수록 책임도 커집니다. 아는 것 때문에 스트레스도 받을 거고요. 겪어봐서 아실 거라 봅니다만."

맞다. 아는 것, 특히 이런 사건에서는 스트레스가 막대하다. 지금도 현 원장의 죽음에서 자유롭지 못하다. 오로지 나혜영만이 자살이 아니라고 주장하고 있다. 게다가 현 원장에게 여자라는 환상을 선물했던 조영미는 미국으로 이민을 가버렸다.

"괜찮습니다."

대답은 했지만 방관자라는 심리를 지우기가 힘들다. 현 원장의 죽음에서도, 이지연의 죽음에서도.

백용준이 나혜영의 눈치를 살피다 이야기를 꺼냈다. 석시콜린을 이용해 가공육을 고양이에게 먹였던 죽음과 더불어, 이지연과 용의자로 부각되었던 박태평에 이르는 과정을 비교적 일목요연하게 설명했다.

"참, 이 분이 용인 동부서에서 수사를 여기까지 끌고 오신 장하나 경사."

한참 사건에 대해 설명한 뒤 장하나를 소개했다. 백용준도 사건으로 인해 긴장했던 모양이다. 사건에 관한 걸 제외하니 두서가 없었다.

"나 간호사님, 아마 박태평이 오늘 중 관리가 비교적 쉬운 중환자실로 올라갈 것 같아요. 그러니 그때부터 좀 자세히 관찰해주시기 바랍니다. 제 연락처는 아시죠? 특이사항이나 면회객, 뭐 아무거라도 좋으니까 기록한다 생각하고 그때 그때 카톡이나 문자로 막보내주세요."

그럼, 하고 인사를 건넨 백용준과 장하나가 계단을 내려갔다. 그들의 대화가 계단참에 울렸다. 드러났으니 영장 청구하고 다 뒤져봅시다.

형사라는 사람들도 참 안됐다. 나혜영은 이 년이 넘은 지금도 현원장의 죽음을 이해하지 못한다. 자살은 더더욱 인정하지 않는다. 단지 죽음 하나에 얽힌 역학을 밝혀내지도 못했다. 그런데 형사들은 매일 그것에 부대낀다. 그들의 감정은 어떨까. 너덜너덜해져 종잇장처럼 물에 젖기만 해도 찢어지지 않을까. 아니라면 메마르다 못해 사이코패스처럼 사라져버릴까. 어느 것이라 해도 그 결론에 이르기까지 얼마나 힘든 부침을 겪을까. 안됐다. 쓸데없는 생각을 하며 중환자실의 너스스테이션에 도착했다. 그러자 도시락 하나가 보였다.

지유가 놓고 갔나?

겉으로 봐선 편의점 도시락은 아니었다. 직접 만든 흔적이 느껴졌다. 도시락 모양새도 딱 지유 급이다. 하얀 밥에 볶은 김치와 계란을 입힌 가공육 구이, 단무지와 시금치. 학교 앞 도시락 가게에서 인기 있을 메뉴다. 그래도 이런 선물은 처음이었다. 늘 죽음이 움직이는 이곳에서 사람을 느끼는 몇 안 되는 증거였다. 고마웠다.

젓가락을 들어 도시락 위에 얹어진 가공육을 건드려본다. 깍둑썰기가 된 가공육을 무의식중에 열을 맞추었다. 직사각형의 긴 변을 두 번, 짧은 변을 한 번 잘랐나 보다. 여섯 개를 맞추자 딱 캔 크기가 만들어진다. 가장자리 짧은 변에 훼손된 흔적이 있었다. 아마도 숟가락이나 포크 같은 것으로 끄트머리를 잘라낸 뒤 캔 안에서 떠냈던 것 같다. 쿡, 웃음이 났다. 사람이란 게 거기서 거기다. 나혜영도 과도를 깊숙이 찔러 넣어 지렛대처럼 눌러서 가공육을 꺼내곤 했다. 그러면 육면체 가장 아래쪽에 상처가 난다. 아무리 상처 없이 꺼내보려 해도 잘 되지 않았다. 때론 몇 번 찔러 넣다 포기하고 캔 안에서 칼로 조각을 내고 꺼내기도 했다. 왜 캔 가공육은 이렇게 꺼내기 힘들게 만드는 걸까. 겨우 그 정도 생각한 게 전부인데 벌써 도시락의 반이 사라졌다. 시장이 반찬이라고 정말 맛있었다.

도시락을 반이나 먹은 그제야 정신이 돌아왔다. 갱의실 안에서 도시락을 먹어도 됐을 텐데 너스스테이션 책상에서 허겁지겁 먹었다. 부끄러워 고개를 들고 주변을 살폈다. 아무도 없었다. 까짓거. 나혜영은 후다닥 젓가락을 놀리며 도시락을 비웠다. 냄새가 날까 싶어 킁킁 너스스테이션 주변에서 냄새를 맡았다. 일회용 도시락 용기를 잰 동작으로 검은 비닐봉지에 쌌다. 갱의실 쓰레기통에 용기를 버린 다음 탕비실 정수기에서 찬물을 한 잔 마셨다.

탕비실 유리창 너머로 보이는 중환자실 공간들이 아직 낯설었다. 그래도 이곳이 직장이다. 이 년 만에 바깥으로 나오려 결심한 첫 장소이다. 탕비실 시계가 5시 반을 가리켰다. 얍, 작은 기합을 넣고 너스스테이션으로 자리를 옮겼다. 그 순간 두통약 몇 알을 삼킨 것처럼 손발이 저릿해졌다. 그러더니 갑작스레 나른해졌다.

늘 가위가 눌리던 시간보다 삼십 분은 이른데.

엉뚱한 생각이 났다. 그런데 입가에서 침이 흘러 책상 위로 떨어졌다. 어라, 왜 이러지, 몸이. 정신이 아뜩해졌다. 시야도 흐릿해진다. 심장마저 나른해졌다. 숨을 쉬는 것도 점차 힘들어지는 느낌이었다. 차트를 정리하려 볼펜을 쥐었던 손에서 힘이 빠졌다. 퍼뜩, 아래층 응급실에서 보았던 박태평의 모습이 겹쳐졌다.

석시콜린.

온몸이 마비되는 느낌이었다. 안 돼, 안 된다고. 이렇게 끝나는 것은 싫어. 나혜영은 손을 들었다. 그러나 손은 어깨에서 잘려나간 것처럼 움직이지 않았다. 왼손을 움직였다. 마치 나무토막처럼 움직였다 책상 위에 턱 떨어졌다. 계속해서 침이 흘러내렸다. 참고 있던 소변마저 조금씩 새나왔다. 안 돼. 이렇게 죽기는 싫다고.

나혜영은 사력을 다해 왼손을 전화기 근처에 놓았다. 아래층 응급실 호출 버튼을 누르려 했다. 그러나 그 순간 나혜영의 의식은 아득한 저 너머 무저갱으로 빨려 들어갔다.

장수정

"차에만 타고 있으셔야 합니다."

단단히 주의를 받았다.

한 시간 전 손선영에게 전화가 걸려왔다. 장하나였다. 손선영이 일 분쯤 이야기를 듣다 장수정에게 전화기를 건넸다. 결자해지할 기회를 주겠다는 언니의 목소리를 듣고도 얼른 이해하지 못했다.

전화를 끊으며 물었다.

"하나 언니, 뭐라고 하는 거예요?"

말의 액면을 듣고도 이해되지 않는 상황, 윙윙 하며 이명이 울리는 것만 같았다. 덩달아 심장이 급격히 뛰기 시작했다.

"자 팔 벌리고, 크게 심호흡하고."

금세 손선영이 눈앞에서 주의를 주듯 말한다. 잘 보라는 배려일 테다. 남자, 여자, 애인, 오빠, 이런 거 말고 가족이라면 참 좋을 사람이다. 조금 빼주자면 오빠까지는 양보.

"그거 말고요, 하나 언니가 뭐라고 한 거냐고요."

"결자해지할 거냐고요. 한 시간 정도 있다 병원 한 곳을 급습할 텐데 함께 갈 거냐고 물었잖아요."

"가야죠, 당연히."

"가지 맙시다. 이 일은 수정 씨와 내 일 범주 밖입니다."

"그런 게 어딨어요? 고양이 죽인 놈 면상 확인하겠다는데. 그리고 여기까지 일을 끌고 온 게 누구 덕인데요."

"덕은 아니죠……"

무언가 더 말을 꺼내려는 손선영의 옆구리를 팍 비틀었다. 거기까지만 해라, 부디.

황급히 나가려는데 손선영이 검은 비닐봉지 하나를 호주머니에 챙겨 넣었다. 뭐하자는 짓인지. 그를 노려보다 얼른 앞장서 방이역 4번 출구 앞으로 갔다. 택시를 타고 송파경찰서까지 기본요금 거리다.

형사실을 찾아 두리번거리는데 백용준을 비롯한 형사들이 눈에 띄었다. 모두가 도톰한 차림새였다. 그에게 인사를 하자 깜짝 놀라는 모습이었다.

"저기, 어쩐 일로 여기까지."

"하나 언니가."

"허, 허허, 그것참. 이야기한다는 건 알았지만 진짜 올 줄은 몰랐네요."

"미안합니다. 저도 수정 씨가 진짜 가자고 할 줄은 몰랐습니다."

형사들의 눈길이 백용준에게 모인다. 백용준이 푸념하자 손선영이 형사들에게 변명한다. 어라, 이 사람들이. 팍, 쌍심지를 켜며 달려들려는 찰나에 장하나가 나타났다. 장하나는 장수정을 보지 못했는지 백용준을 응시하며 말했다.

"아, 이거 생각보다 방탄조끼가 불편하네요."

가만, 방탄조끼라니. 덜컥 무릎에 힘이 풀렸다. 뒤에서 누군가 껴안는 순간 정신을 차렸다. 마치 대기하고 있었다는 듯 손선영이 장수정을 안고 있었다. 성급한 마음에 손선영의 팔을 뿌리치려다 그만 중심을 잃으며 주저앉고 말았다.

미국 드라마 〈캐슬〉에서다. 주인공인 인기 추리소설가 리차드 캐슬은 NYPD, 즉 뉴욕경찰이란 방탄조끼에 맞서듯 'WRITER'가 인쇄된 방탄조끼를 입고 등장한다. 많이 웃었다. 그렇지만 이 일과 드라마는 전혀 다른 세상의 이야기로 느껴졌다. 무엇보다 송파경찰서와 용인 동부서의 공조수사에 낀 추리소설가 손선영과 일러스트 작가 장수정은 'NYPD'와 'WRITER'만큼 연관성이 없는 존재였다. 결자해지하라는 이 순간에야 덜컥 그 사실을 깨닫다니.

위를 쳐다보자 장하나가 딱 눈을 맞추고 있었다.

"정말 갈 거야?"

가지 말라는 눈빛이었다.

"왜, 내가 가면 안 되는 이유라도 있는 거야, 언니?"

현실이 아니었으면 하는 순간들이 떠올랐다. 백동수가 그녀에게 빰을 날렸던 날. 배 속에 있던 아이를 세포 단위로 격하시키며 중절한 낮, 이도 모자라 까닭 모를 슬픔이라 자위한 거짓으로 가득 찼던 밤. 어디 그뿐이었을까. 스멀스멀 애벌레 같은 기억이 장수정의 의식 하나하나를 갉아먹는 느낌이었다.

잠시 의식을 잃었을까. 손선영이 "봉지에 대고 뱉어요" 하며 등을 두드린다. 나란 여자, 참 쉬웠나 보다. 행동의 패턴이나 다음 행동이 예상될 만큼. 손선영이 검은 봉지를 챙겼던 이유도 설명된다. 딱 이런 순간. 억지로 참으려던 의지를 버린다. 의지는 곧 눈물이 되어 코끝에 모인다. 의지를 잃은 콧물이 눈물에 더해져 방울로 떨어진다.

등을 두드리던 손이 멈춘다. 속에 든 것을 다 게웠나 싶으니 부끄러움이 엄습한다. 그래, 나란 여자, 너무 뻔뻔하게 살았다. 한 번쯤은 피한다고 해서 누가 뭐라 할까.

"저기, 그래도 나 갈 거예요."

아, 또 이성보다 심장이, 심장보다 빨리 입이 배신하고 말았다. 말해놓고 고개를 들자 손선영은 고개를 잘래잘래, 장하나는 하늘을 바라본다. 벌써 몇 번을 보았던 데자뷰인가.

"갑시다." 백용준이 장하나를 일으켜 세웠다. "대신 차 안에만 있으세요."

"그래, 그렇게 해라."

장하나도 다짐을 받듯 장수정을 노려본다. 백용준과 장하나가 손선영과 장수정을 차에 태운다. 두 형사가 두 민간인을 전담한다는 뜻이다. 무언가 고깝다. 분위기가 평소와는 달랐다. 역시 나 때문인가. 분위기를 참지 못한 입이 먼저 반응한다. 방탄복을 껴입은 그들에게 "저도 방탄복 주나요?" 하고 묻자 백용준이 고개를 젓는다.

"차 안에만 있으라니까요. 그리고 선영이 너, 진지하게 한번 대시해보지 그래."

운전대를 잡은 백용준이 장수정과 손선영을 번갈아 보며 크게 웃었다.

"왜 이러십니까, 그대. 술자리에서 몸 쓰는 직업에다 워낙 험한 꼴 많이 봐서 집에서 그림만 그리는 사람이면 여친으로 좋을 것 같다던 게 누군데."

어라, 이건 또 뭔가. 백용준과 손선영이 말을 텄다니.

거기에 장하나마저 끼어든다.

"그러게 너희 둘 다 술 좀 작작 먹으라니까. 너희 둘 그날 장난 아니었어. 심지어 노래방에서 껴안고 블루스까지 춘 거 알아? 친구 중에 노가다꾼이 생겼다고 손선영은 그러고, 용준이는 점쟁이도 모자라 가라 점쟁이 생겼다고. 그래도 내 말 기억하지? 이번 사건 끝날 때까지는 친구는 무효라고 내가 다짐받았던 거." 장하나가 백용준과 손선영을 번갈아 본다. "이번 사건 해결하면 우리 깍두기 남편까지 넷이서 한잔하기로 한 거, 다들 기억하지?"

어라, 어라, 이건 또 또 뭔가. 벌써 세 사람이 일 잔을 기울이고 친구 먹기로 했다는 건가. 백용준과 손선영의 눈빛을 바라보았다. 흔들린다. 아마도 기억나지 않는다는 뜻이리라. 저 세 사람 분명히 필름 끊길 때까지 술을 마셨다는 뜻이다. 반대로 장하나를 노려보자 얼른 대답한다.

"너 요 며칠 동안 마감하느라 바빴잖아. 건드리지도 말라며. 아, 그리고 담에 네가 그리도 싸랑한다며 뽀뽀까지 해대던 울 깍두기랑 다 같이 먹으면 되겠다. 그치?"

허, 용의주도 미세스 장. 사람을 들었다 놓는 게 아니라 아예 다른 자리로 치우는구나. 어쩌다 이 세 사람이 이렇게 살가워졌대? 적응 안 된다. 눈을 딱 감고 팔짱을 끼는데 벌써 자동차가 서는 느낌이었다. 눈을 뜨자 병원 앞이었다. 잠실희망병원.

"가만, 이곳엔 왜 온 거야?"

"정말 아무도 수정이에겐 설명 안 해줬구나. 하기야 네가 바빴으니까." 동의를 구하듯 장하나가 눈을 마주친다. "황세연 잠실희망병원 원장과 장기밀매 조직 사이에 거래가 있다는 꽤 많은 정보가 수집되었어. 그리고 오늘 장기밀매 조직이 알선한 사람이 이곳에서 해체될 예정이야. 수술이라는 말보다 해체라는 말이 어감상 적절해 보이지? 어쨌든 해체될 사람을 구하고 현장에서 황세연 원장을 체포해야 돼서 준비할 게 많았어. 저기 들어가는 사람 보이지?"

장하나가 손가락으로 한 남자를 가리켰다. 머리가 벗어지고 등이 굽은 게 딱 사무실에서만 일하는 타입으로 느껴졌다.

"경찰병원 의사야. 어떤 일이 빌어질지 놀라서. 이미 병원 전체는 사복 기동대가 새벽부터 장악한 상태고. 수술시간이 앞당겨졌대. 한시가 급했다는 거지."

오케이, 라는 눈빛을 장하나가 보탠다. 들었다 놨다 딴 데로 옮겼다, 그것도 모자라 아예 차에 가두고 군말 덧붙이지 말라는 저 말재주에 감탄했다. 그렇게 안 봤더니 첩보원을 잡고 사는 완전 유능한 여인이었어. 흥.

"차에만 타고 있으셔야 합니다."

백용준이 단단히 주의를 준 뒤 장하나와 차에서 내렸다. 곧바로 영화 같은 상황들이 이어졌다.

장하나는 잠실희망병원 입구를 책임지기로 했던가 보다. 스테인리스 새시 입구 앞에서 무전을 보낸다. 백용준의 곁으로 권총을 든 십여 명의 남자들이 나타났다. 이 대 팔 가르마가 정갈하다. 대부분

이십대 초중반. 권총의 격발 상태를 확인한 뒤 두어 사람 정도를 제외하면 다시 권총집에 총을 넣었다. 백용준이 손가락으로 일 이 삼 표시를 하고 건물로 달려든다. 장하나를 제외한 모든 사람들이 우르르 병원 안으로 사라졌다. 이어서 두어 번 본 적 있는 정덕화 팀장이 긴장된 얼굴로 병원으로 들어갔다.

"경찰특공대예요."

만에 하나 장기밀매 조직이 불법무기를 들고 설칠지 몰라 그런다며 손선영이 설명을 덧붙인다. 딱 이럴 때는 손선영이 밥인데. 장수정은 이미 장하나에게 그로기 상태로 몰려 받아칠 말도 생각나지 않았다. 간발의 차로 잠실희망병원 입구가 분주해진다. 경찰 차량에 장착된 무전기가 갑자기 치직거리더니 무전음이 타전된다.

"용인 동부서 형사팀. 마도휘 체포. 마도휘 체포. 송파 2팀 상황 보고하라."

아, 치직거리는 저 무전 소리. 한때는 천국의 소리라고 생각했건만.

"2팀 상황 종료. 황세연 체포, 환자 상태 점검 중. 이상."

분주했던 입구에 장하나와 백용준도 모습을 드러낸다. 이어서 수갑을 찬 인물이 나타나고, 그 앞으로 쏜살같이 승합차 한 대가 섰다.

휴, 한숨이 났다. 어찌 보면 영화와 별다를 것도 없는 상황인데.

"어유, 입 냄새. 수정 씨, 얼른 가서 양치부터 하세요. 봉투만 챙기는 게 아니라 껌도 챙기는 거였는데."

이런, 손선영. 옆구리를 꼬집고 비틀다 못해 앞으로 잡아당겨 세차게 흔들었다. 그러자 손선영이 비명을 내지른다. 동시에 잠실희망병원 입구에 있던 경찰들이 차 안을 응시했다. 다들 깜짝 놀랐다는 표정들이다. 뭘 봐요, 여기도 상황종료라고요!

백용준

현대사회에서 한 개인의 인간관계는 휴대전화 하나로 정리된다. 걸려온 전화, 거는 전화, 저장된 번호, 거기에 SNS와 카카오톡 같은 사설 메신저 업체의 내역까지 들추면 한 사람의 인간관계는 대부분 드러난다. 문제는 이러한 개인정보가 디시털화된 뒤부터 마음만 먹으면 구입이 가능하다는 것이다.

수사에서도 마찬가지였다. 용의자로 지목되면 먼지라도 털어야 하는 게 수사관의 특성이다. 이지연의 죽음은 일반적인 살인사건과는 다른 방향으로 전개되었다. 살인사건의 상당수는 우발적이다. 사회적 파장이 큰 연쇄살인 같은 경우 역사에 기록될 만큼 드물다. 반대로 체감지수가 크기 때문에 오래 기억될 뿐이다. 그에 반해 소설에서나 다루는 밀실살인이나 계획살인은 거의 없다. 다만 계획살인의 경우 잡히지 않기 위해 갈수록 고도화되고 정교해지는 추세이다. 이지연의 죽음은 이런 살인의 화법에서 비켜갔다. 결론만 말하자면, 장광설이 길었고 예고편이 너무 많았다. 덤벼든 경찰서만도 세 곳이었다. 하나의 살인사건에 세 곳의 경찰서 입찰, 경쟁적인 수입 사업이 아니므로 손쉽게 담합이 이루어졌다. 먼저 뛰어든 두 곳이

나 나중에 뛰어든 곳이나 만반의 준비를 갖춘 상태였다. 두 곳은 고양이의 죽음을 살피며 기다리던 상태였고, 한 곳은 전국적인 장기밀매 조직을 검거하기 위해 움직이던 상태였다.

이때 이지연이 죽었다.

단 사흘 만에 용의자가 드러났다.

—굳이 개울을 안 건너도 울타리 안에서 각목을 구할 방법이 있다는데요.

단초가 된 메시지였다. 이 메시지를 필두로 전화를 사용하던 사람의 발신통화, 수신통화, 주고받은 모든 메시지가 검색되었다. 먼저 단초가 된 메시지를 제공한 사람은 박태평, 메시지를 받아 윤승아에게 보고한 사람이 마도휘였다.

팀장인 정덕화는 이 대목을 보고 "소설을 재구성해야겠다"라고 푸념을 던졌다. 불법적인 증거를 배제하고 이지연의 죽음을 단초로 사건을 재구성하려면 사건 전체를 되짚어야 한다는 뜻이었다. 이지연의 죽음과 어떻게 박태평, 마도휘, 윤승아를 연결시킬 것인가에 대한 근원적인 질문이기도 했다.

다각도로 접근이 이루어졌다. 윤승아와 마도휘의 관계는 밝혀졌다. 일종의 조직 내 주종관계. 문제는 박태평이었다. 어떤 혐의도 없는 상태라 드러내고 탐문을 하기도 껄끄러웠다. 법적인 효력이 없는 통화 자료들을 훑으며 마흔아홉인 박태평이 세 살이나 어린 마도휘를 '보스'나 '형님'이라고 부른다는 사실을 알게 되었다. 자료로만 보자면, 박태평은 윤승아의 발끝에도 다가가지 못하는 하부 조직원이었다.

수사가 난항에 부딪혔을 때 박태평이 석시콜린에 중독되었다. 그날 새벽 곧바로 박태평에 대한 수사가 이루어졌다. 피해자인지 피의자인지는 중요하지 않았다. 합법적으로 박태평의 자료를 구할 수 있다는 사실이 중요했다. 공식적으로는 이지연에 이은 두 번째 피해자로 취급되었다.

기다렸던 만큼 마도휘에 대한 즉각적인 체포가 이루어졌다. 장기밀매조직이 움직였던 것이다. 이날 잠실희망병원에는 황세연 원장의 수술이 예정되어 있었다. 이름은 아타르 꿀랍 타흐만, 나이는 22세, 양평에 있는 절삭공장에서 이 년간 연수를 받는 조건으로 한국에 입국했다. 입국 일주일 뒤 사라진 꿀랍 타흐만은 잠실종합운동장 옆 하천에서 의식을 잃은 채 발견되었다. 행방불명된 지 칠 주가 지난 뒤였다. 한 제보자의 전화로 잠실희망병원 구급차가 그를 응급 이송했고, 입원 이틀 뒤 장기이식이 결정되었다. 황세연을 비롯한 의사진의 뇌사 인정과 입국 시 도우너에 서명한 것이 이유였다. 꿀랍 타흐만은 한국에 입국한 지 이 개월 만에 '각목'이 된 것이다.

꿀랍 타흐만은 경찰병원 의료진의 피나는 노력에도 결국 사망에 이르렀다. 그 이전 삼십 분, 수사 수뇌부는 꿀랍 타흐만에 대한 처분을 두고 심각하게 고민했다. 살리기 힘들겠습니다, 라는 보고가 결국 장기이식 수술을 동의하는 것으로 결정되었다. 여섯 명에게 나누어주기로 되었던 장기이식 수술은 결국 그대로 진행되었다. 다만 살아남은 여섯 명은 꿀랍 타흐만의 억울함을 달래줄 용의자가 될 것이다.

마도휘와 황세연의 체포 직후 두 경찰서는 취조팀을 바꾸었다. 황세연을 용인 동부서가, 마도휘를 송파서가 맡았다. 일면식조차 없는 게 낫다는 판단이었다. 이 사건을 비롯해 마도휘는 이지연과 박태평 연루설을 전면 부인했다. 이후 묵비권을 행사했고, 두 시간이 지난 뒤 변호사가 모든 취조에 동석했다.

다시 한 시간째 송파서 취조실에서는 마도휘와 변호사, 그리고 백용준의 대치가 이어졌다.

"각주 좀 달아드릴까요? 마도휘 씨 체포하려고 경찰서 세 곳이 붙었어요. 금세 드러날 겁니다. 도우너 자료 빼내신 거 박태평이한테 준 거 아닙니까? 박태평이가 이지연이 죽이면서 조직 전체가 드러나게 될까 봐 꼬리 자르기 하신 거고요. 그만 부세요. 그게 다인가 싶죠? 오늘 잠실희망병원 수술 있었잖아요. 당신이 구성한 거고 주인공 캐릭터는 꿀랍 타흐만! 그에게 이식수술받은 환자들 여섯 명 공히 구속되었어요. 경찰병원에서 전부 취조받을 계획입니다. 결론 났어요. 반전 없고."

백용준이 변호사와 마도휘를 향해 정중하지만 격앙된 목소리로 말했다. 첫 번째 작업이었다. 모든 것을 알고 있다는 심리적 우위의 선점. 이어서 박태평 카드를 들이밀 차례였다. 비록 박태평이 석시콜린 중독으로 입원했다고 하나 살아날 가망성이 높았고, 그렇다면 박태평은 조직에서 제거되었다는 사실도 깨달았을 것이다. 그즈음 태연하게 박태평이 다 불었어요, 라고 마도휘에게 말한다. 적극적으로 심리를 활용하는 단계다. 십중팔구는 여기에서 걸려든다.

그때 변호사의 휴대전화가 울렸다. 마도휘와 백 형사에게 양해를 구한 뒤 취조실 바깥으로 나간다.

그사이 백용준은 장하나와 함께 마도휘의 자료를 훑었다. 강남서와 송파서의 조직전담팀에서 업데이트된 자료였다. 마도휘가 윤승아와 손을 잡은 것은 십 년 전이었다. 윤승아가 사업을 바꾸려 노력할 즈음이리라. 전략적 제휴라고 볼 수 있겠지만, 마도휘는 흔히 말하는 업계에서 형제의 의리를 다했다. 지금까지 단 한 번도 윤승아를 넘어서려 하거나 그에 준하는 시도조차 하지 않았다. 우직하게 여자인 윤승아를 형님으로 모셨다. 비록 박태평을 내쳤다 해도 윤승아는 마도휘를 어떻게든 구명하려 하리라. 조금 더 몰아붙이면 마도휘에 이어 윤승아까지 잡아낼 수 있다.

변호사가 들어올 다음 상황이 고무되었다. 장하나의 눈빛에도 잠시 후면 마도휘가 무너지리라는 기대감이 읽혔다. 이렇게 계단 계단 밟아 오르다 보면 윤승아를 넘어 다른 조직까지 파급력을 넓혀 갈 수 있다.

똑똑 노크를 한 뒤 변호사가 취조실에 들어왔다. 백용준은 변호사가 지나치게 신중하다고 생각했다. 자, 하고 주도권을 잡기 위해 운을 떼는데 변호사가 선수를 쳤다.

"저, 변호 포기하겠습니다."

"변호사님, 저희가 피곤하게 해드린 건 압니다만, 갑자기 이러시면……."

백용준은 저도 모르게 굽실거리는 말투가 되었다. 변호사는 마도 휘와 한 번 눈을 맞춘 뒤 그대로 취조실을 박차고 나갔다. 장하나 와 백용준이 1등 당첨 로또를 잃어버린 표정으로 아직 닫히지 않은 취조실 문을 보는데 마도휘가 끼어든다.

"모두 제가 저지른 짓입니다. 박태평도 제가 데리고 있던 사람이고, 그가 이지연의 죽음을 저질렀습니다. 말리지 못한 저의 불찰입니다."

마도휘는 재미 삼아 장기기증운동본부 컴퓨터를 해킹했다는 사 실을 인정했다. 그것을 박태평에게 보여준 것은 맞지만 그 이외에는 어떤 일도 박태평과 연관이 없다며 선을 그었다. 옥신각신하는 사 이 정덕화가 문을 열고 검지를 까딱까딱했다. 장하나와 백용준은 분통을 터뜨리며 취조실을 나왔다.

"마도휘, 유치장에 좀 혼자 두자고. 영장 청구되고 구치소 이송 한 뒤에 찬찬히 살피자고. 어차피 저 친구는 다 털릴 거야. 먼지까 지. 그나저나 어쩌지. 윤승아를 마크했던 홍성호랑 이대환이 전화왔 는데, 윤승아 미국으로 출국한대. 박연오가 털 거 없나 싶어 아무리 컴퓨터 두드려도 5만 원짜리 범칙금 하나 안 나왔고."

"아우. 결국 시간 끌기였네요. 마도휘가 쉽게 잡혔던 거나, 변호사 가 나타났던 거나."

"이럴 거 예상했잖아. 통나무 업계 전반에 경고를 주고 주의환기 를 시키는 것만 해도 충분해. 나머지는 예의 주시하고 있으니 결과 나올 거고. 오래 보고 가자고. 일망타진할 수 있어."

"그럼 황세연이도 결국 꼬리 자르기 당한 겁니까? 밀매조직 지키려고? 마도휘가 윤승아 지키겠다고? 제길, 열녀효부 나셨네요."

정덕화와 백용준에 이어 장하나가 말한다.

"결국 박태평에게 달렸네요. 마도휘는 보나마나 입을 다물 테지만 박태평을 압박하면 그가 부는 정도에 따라 수사의 폭이 확 달라지겠군요."

"그리고 통나무 업계에서도 윤승아 쪽 쳐내려 할지도 몰라요. 하나하나 그렇게 꼬리를 잘라 몸통은 도망가는 거니까요. 통나무 업계라는 게, 이번 사건 수사하며 느낀 거지만 상황이 확 변해 연계화되는 추세였잖아요. 그렇지만 이렇게 잘라내다 보면 몸통도 남지 않겠죠."

분했다. 마라톤 코스 절반쯤을 내달렸는데 딱 그만두라는 꼴이었다. 백용준은 정덕화와 장하나를 번갈아 보다 "밥이나 먹죠"라며 웃었다.

주시하던 박태평이 석시콜린에 의해 피습을 당하기까지 수많은 정보들이 취합되었다. 박태평은 마도휘와 접촉하기 일주일 전 이천의 한 전원주택을 다녀왔다. 마도휘와 접촉한 다음 날 이지연의 죽음이 발생했다. 심증으로는 마도휘가 박태평을 이용해 국내에서의 합법적인 통나무 장사를 위한 밑간을 했다. 그들 표현으로는 '살코기 다지기'. 그러나 사건을 주시하던 경찰의 반응에 재빨리 수습 모드로 돌변했다.

박태평이 택시를 몰기 시작한 지는 채 일 년이 되지 않았다. 택시 사납금을 못 채운 게 빈번했고, 동료기사들 말로는 노조위원장도 어쩌지 못해 사납금 없이 차를 불하했다는 이야기도 들렸다. 박태평의 주변에서 일반인과 동종업계 전과자로 구분했을 때 접점이 맞지 않는 한 사람이 드러났다. 정상우라는 인물인데, 아르바이트로 택시를 몰았다. 아들이 심장병으로 잠실희망병원에 입원하고 있었다. 문제의 정상우가 사는 곳이 바로 이천 전원주택이었는데, 박태평이 정상우의 전원주택을 다녀온 뒤 사건은 급박하게 전개되었다. 박태평이 쓰러졌을 때 잠실희망병원으로 응급전화가 걸려왔다. 곧바로 잠실희망병원에서는 119 구급대에 이송을 요청했다. 거기까지 백용준과 장하나가 관여했다.

장하나를 위시해 정덕화와 백용준은 송파경찰서 맞은편에 있는 허름한 삼겹살집에서 갈비탕을 시켰다.

"박태평이 깨어나면 사건은 다변화되겠죠."

갈비탕이 나오기 전 밑반찬으로 제공된 어묵볶음을 젓가락으로 집으며 백용준이 말했다.

"어쨌든 앞으로도 기대됩니다. 사건을 물고 늘어져 끝까지 가봐야죠."

장하나도 기대감을 드러냈다. 곧 형사팀으로 발령될 것이라는 귀띔을 용인 동부서 팀장에게서 들었다. 아직 비밀이야, 하던 말 때문에 백용준은 장하나에게는 비밀로 했다. 그렇지만 비밀이 어디 있다고. 그때 휴대전화가 울렸다.

"가만, 이게……."

액정 창에 뜬 이름, 나혜영. 잠시 기억이 나지 않았다. 아, 나 간호

사. 새벽에도 봤는데 사건에 몰입하느라 완전히 잊어버렸다.

"네, 나 간호사님."

전화기 너머에서 나 간호사는 석시콜린 이야기를 꺼냈다. 다행이 병원에서 근무 중이었고, 나혜영이 쓰러지며 전화기를 내리친 탓에 각 너스스테이션마다 호출이 울렸다고 한다. 백용준은 나혜영이 석시콜린이라고 말한 순간 벌떡 일어선 상태였다.

"그, 그래서요?"

"저, 아무래도 도시락을 먹은 뒤 그리 된 것 같아요. 병원 제 자리에 도시락이 있길래 의심 없이 먹었거든요."

"도시락이요?"

"네, 밥이랑 스팸, 김치랑 나물 정도가 전부였어요."

스팸이요? 백용준은 차마 그 이야기를 입 밖으로 꺼내지 못했다. 스팸이라면. 번뜩, 친구 먹기로 한 그놈이 떠올랐지만 씹던 어묵볶음처럼 삼켜버렸다. 나혜영이 계속해서 이야기를 하는데도 백용준의 머릿속에서는 스팸의 원터치 손잡이처럼 손선영이란 이름이 맴돌았다. 그래, 어쩌면 이건 하늘의 계시 같은 건지도 모르겠다.

마지막 잔치를 준비했다. 잔치라야만 했다. 회자정리, 거자필반 같은 어려운 말을 들먹이지 않아도 만남과 이별에는 잔치가 필요했다. 감정의 소모에만 치우쳐 정작 중요한 것들을 놓치기 싫었다. 아쉬움이나 추억 따위 추상적인 단어로는 정작 표현 불가능한 놓쳐버린 무언가는 지나고 보니 평생을 짓눌렀다.

1953년생으로 전쟁의 끄트머리에 태어난 아버지는 중졸 학력으로 그저 그런 인생을 술로 탕진하다 논에 머리를 박은 채 일어나지 못했다. 무더운 여름날이었다. 이상하게도 밤새 나혜영을 물어대던 모기와 등에를 빼면 아버지의 장례식은 기억나지 않았다. 솔직히 지금은 아버지의 얼굴도 기억나지 않았다. 이 년 뒤 어머니는 할머니의 성화를 이기지 못하고 집을 나갔다. 나혜영은 겨우 열두 살이었다. 할머니가 돌아가신 겨울날 대학 합격 소식을 들었다. 그 뒤로 모진 삶이 그녀를 기다렸다. 무엇을 하든 혼자였고, 무엇을 해도 혼자 결정했다. 그토록 고집스런 인생에 단 한 명, 가슴으로 들어왔던 남자가 현태훈 원장이었다. 올림픽공원 남 2문 근처, 주상복합 아파트 2

층을 월세로 얻어 현 원장과 함께 병원을 개업했다. 팔 년을 함께했다. 상가를 샀고, 아파트 꼭대기 층을 매입했다. 나혜영도 방이동에 작은 투룸을 구입했다. 팔 년째, 현 원장이 죽었다.

남들이 술자리에서 흔히 말하는, 내 인생은 소설로 써도 몇 권은 된다고 주장하는, 나혜영의 인생사였다. 아마 A4용지에 장황하고 세세하게, 심지어 손톱 때 같은 하찮은 일까지 적는다 해도 두 장을 넘기지 못하리라. 그 두 장에 마침표를 찍으라는 듯 죽음의 위기가 다가왔다.

어제 새벽이었다. 책상에 있던 도시락을 먹고 죽음이 찾아왔다. 다행히 죽음은 비켜갔다. 대치가 발 빨랐다. 쓰러진 곳이 병원이 아니었다면 죽음은 정면으로 나혜영을 마주 보았을 것이다. 깨어나자마자 중환자실 너스스테이션으로 돌아왔다. 손에는 감각이 무뎠고, 한 걸음 걸을 때마다 무릎이 푹 꺾였다. 갱의실 안으로 들어가 검은 비닐봉투 하나를 챙겼다.

나혜영은 흔적이라고 생각되는 것들을 모두 챙겼다. 일회용 종이 도시락과 젓가락, 플라스틱 숟가락. 그 이외에 무엇이 있을까. 비닐봉투를 갱의실에 있는 그녀의 캐비닛에 챙겨 넣었다. 그런 뒤 전화를 걸었다. 도움이 필요했다. 잠시 망설였다. 망설임 끝에 지유가 걸렸다. 그렇지만 망설임보다 갈망이 더 컸다. 무언가. 이 더러운 일이 점점 커지기 전에 막아야 한다. 그녀는 백용준의 이름을 검색했다.

통화하는 내내 감정이 격앙되었다. 나혜영은 추정 가능했던 상황을 설명했다. 거기까지가 인내의 한계였다. 전화를 끊기 무섭게 그녀는 정신을 잃고 말았다.

다시 눈을 떴을 때 갱의실 안에는 백용준과 장하나 형사가 누운 그녀의 곁에 앉아 있었다. 백용준이 묻는다.

"괜찮아요?"

"괜찮아요."

나혜영이 대답했다.

백용준은 꼬리가 드러났다고 생각했다. 박태평을 위시한 마도휘의 내막이 조금씩 드러났다. 마도휘는 잠실희망병원을 거점으로 사용했다. 대학병원 급은 아니더라도 장기이식에 관한 한 대한민국에서 다섯 손가락 안에 드는 경쟁력이 있었다. 마도휘가 잠실희망병원 원장인 황세연을 언급했을 때 사건은 순조로운 전개를 이어갔다. 물론 여기까지는 밝혀진 사실을 추린 것에 불과했다. 이후 수사는 광수대를 중심으로 더욱 전면적으로 전개될 상황을 맞았다.

시리즈물로 가는 거네. 상황을 복기한 정덕화가 장하나와 백용준에게 던진 말이었다. 반전은 필요 없다, 라고 누누이 강조했지만 결국 퇴고가 끝나는 시리즈의 일 권 말미에 반전이 끼어들었다. 나혜영의 전화가 그것이었다.

백용준은 사건이 이대로 끝나기를 바랐다. 정덕화 팀장의 말처럼 시리즈 2권을 이어가더라도, 최소한 이즈음에서 순탄한 결말을 예상했다. 그러나 사건에는 다양한 인물의 조합, 인물의 사연이 존재하기 마련이다.

"사건을 확대시키는 것은 원하지 않아요. 조용히 처리해주시길 간절히 부탁드립니다."

정신을 잃기 전, 나혜영이 백용준에게 부탁했다. 그 부탁을 뿌리치기 힘들었다. 벌써 오 년은 되었을 것이다. 백용준은 우에하라라는 일본 형사와 공조수사를 한 적이 있었다. 그 수사의 결말이 더러웠다. 피의자도 피해자도 없는 사건이었다. 한 인물에게 삼십 년을 고통 받았던 일곱 명의 친구들이 그들을 괴롭혔던 원죄자 이광기를 죽인 사건이었다. 가해자도 피해자도 없는 고통스럽기만 했던 사건을 돌아보며 어쩌면 사건 언저리에서 남겨지는 가족만큼, 또 관계자만큼 불쌍한 사람도 없다고 느꼈다. 우에하라와 합작수사를 계기로 백용준은 형사생활 자체를 돌아보게 되었다. 무조건 잡아들이는 것만이 능사는 아니기 때문이었다.

파급력이 큰 유아납치나 강간사건만 해도 그랬다. 특히 강간사건 같은 경우, 강간을 저지른 놈은 길어야 십 년이면 세상 밖으로 나온다. 강간 범죄자는 법이 정한 정당한 대가를 치렀기에 말끔한 기분으로 세상을 대한다. 더불어 강간 범죄자는 자신이 겪은 감옥 생활에 대한 분노를 다시 강간으로 풀려 한다. 반대로 강간을 당한 피해자와 가족은 정상적인 생활을 이어가기 힘들다. 외상 후 스트레스 장애 같은 곱상한 말은 개밥보다 못한 소리다. 강간 피해자와 가족의 고통은 지옥과도 같다. 피해자는 세상과 단절되며 사람을 대하지 못한다. 파괴적이고 폐쇄적으로 변해 집에 틀어박히기 일쑤다. 세상으로 나온다 해도 어느 한순간 인격이 함몰한다. 공황장애나 광장공포 등 곱상한 말을 더 갖다 붙여도 피해자의 발작을 전부 설명하기는 불가능하다. 피해자의 가족도 마찬가지다. 평소 저렇지 않았는데, 라며 성급한 화해를 시도하다 가족 사이에 금이 간다. 사랑, 가족애 따위로 균열을 극복한다는 것은 이론일 뿐이다. 허울뿐인 가족이란 이름은 돌고 돌다 파괴에 이른다. 단적이지만, 그런 것이 범죄다. 범죄의 이면이다. 범죄에는 이렇듯 범죄자를 잡아들이는 것만으로 설명하지 못하는 통과의례가 있다. 아니 지옥을 뚫고 지상으로 올라오는, 흔히 말하는 용서나 교화의 과정이 존재한다. 나혜영의 부탁은 이런 여러 의미에서 거절하기 힘들었다.

나혜영이 다시 살아가기 위해서도 필요했지만, 누군가 나혜영을 그렇게 만든 사람이 다시 살아가기 위해서도 거절하기 힘든 부탁이었다. 몇 년 전, 평범한 한 가장이 강간범으로 체포되었다. 형사들 입장에서는 오랜 기다림에 이은 결과였다. DNA 감식과 진술을 거부한 피해자 등 수많은 난관을 뚫고 범인을 체포한 쾌거였다. 이때부터였다. 범인의 부인이 구명활동을 시작했다. 남편은 평범한 직장인일 뿐이며, 간혹 친구들과 술을 마시다 늦게 들어오기는 했어도 강간과는 거리가 멀다고 주장했다. 그러며 피해자 가족을 찾아가 내 남편이 그럴 리 없다며 도와달라 부탁했다. 이즈음 남자의 강간 행각이 드러나기 시작했다. 피해자만 열 명이 넘었다. 대부분 혼자 사는 여인들이었고, 밤늦게 귀가하는 그녀들의 뒤를 따라가 입을 막고 범행을 저질렀다. 범인의 부인은 그런 사실을 믿지 않고 가족들을 계속해서 만났다. 그즈음 형사들은 범인의 부인이 부질없는 짓을 한다는 걸 알고 있다, 라고 판단했다. 그러다 강간을 당한 뒤 자살한 한 여자의 오빠를 찾아가게 되었다. 자살한 피해자의 오빠는 강간범으로 몰린, 그러나 실제 강간범이었던 남편을 구명하러 다니던 부인에게 내게 강간을 당한다면 용서하겠다고 제안했다. 무죄 구명도 해주겠다 말했다. 부인은 그러겠다고 고개를 끄덕였다. 시간은 흘러갔다. 재판은 진행 중이었고, 부인은 계속해서 남편의 무죄를 주장했다. 그러던 어느 날 강간범의 부인은 불시에 집을 방문한 피해자의 오빠에게 강간을 당한다. 부인조차 자신이 무심결에 약속했던 일을 잊고 있었다. 그날 이후 부인은커녕 어떤 사람도 강간범의 무죄를 주장하지 않았다. 강간을 당한 강간범의 부인마저 자살했고, 부인을 강간했던 오빠마저 자살하고 말았기 때문이다.

　어떤 경우에도, 어떤 사건이라도 사건을 둘러싼 역학관계를 쉽게 추정해서는 안 된다. 정덕화가 반전 없는 사건을 외치는 이유도 그런 까닭이었다. 백용준이 나혜영의 부탁을 거절하지 못한 이유이기도 했다. 김 순경 사건을 접할 때만 해도 백용준에게 없었던 감정이다. 어떤 이유건, 범죄자가 인간인 이상 교화를 위해 최선을 다해야만 한다. 그렇지만 나혜영 간호사의 부탁은 어떻게 해야 할까. 솔직히 형사들만큼 상상력이 부족한 인간도 없다. 증거만으로 움직이고, 그를 토대로 범인을 잡고 기소한다. 급기야 변혁을 싫어하고 기준에 갇히게 된다. 그런 백용준의 머리에서 나혜영의 부탁을 들어줄 수 있는 상상력은 제로에 가깝다.

　"선영 씨에게 부탁해보죠."

백용준은 장하나의 제안에 낮은 한숨을 내쉬었다. 그 한숨은 별다른 방법이 없다는 항변의 뜻이기도 했다.

나혜영은 세 사람을 초대했다. 정상우와 양영자 부부, 그리고 박성호였다. 처음 초대를 받은 세 사람은 어리둥절해 했다. 왜 그들을 나혜영이 초대했는지 알지 못했기 때문이다.

"지유도 그렇고, 성호 씨의 어머니도 살릴 수 있을 겁니다. 그만큼 중요해요. 그리고 저 미국으로 가기로 했답니다."

나혜영이 세 사람에게 말했다. 하지만 그 말로도 초대를 쉽게 수긍하지는 못했다. 두리번거리는 그들에게 나혜영이 못을 박았다.

"제 마지막 부탁입니다. 저 이제 병원도 관두거든요. 그전에 여러분들에게 감사하다는 말을 전하고 싶었어요."

언제 엿들었는지 "누나, 나도 가면 안 돼?" 하고 지유가 물었다. 양영자가 "넌 안 돼" 하고 마다한 순간 가겠다는 반어적 대답이 성립되었다.

나혜영의 집이라고 초대받은 송파구 방이역 인근은 일반적인 서울의 역세권과는 사뭇 달랐다. 출구 네 개가 전부, 1번과 2번 출구는 상가 하나 찾아볼 수 없는 아파트 모서리에 접해 있었다. 두 곳 출입구를 나와 백 미터를 직진해도 아파트 담벼락만이 길게 이어진다. 반면 3번 출구는 올림픽선수촌 아파트와 한 블록을 사이에 둔 상권으로 학원가와 술집, 마트와 식당 등이 인접한 복합 상권이었다. 그 블록을 벗어나 오금동인 남쪽 방면으로 내려가면 아파트와 빌라 등이 자리했고, 간간이 개인 가게가 보일 뿐이다. 4번 출구도 양상은 다르지 않다. 그러나 4번 출구는 건물마다 학원이 입주해 있다. 8학군이라는 특성 탓이겠지만 지나치다 싶을 정도로 학원이 많았다. 4번 출구 반경 백 미터 안에 위치한 건물을 살피면 학원과 식당, 편의점이나 휴대전화 대리점과 함께 소소한 술집들이 모여 있는 형태였다. 오늘 4번 출구 상가 상당수에서 '지금도 기억하고 있어요? 시월의 마지막 밤을'로 시작되는 노래 〈잊혀진 계절〉이 스피커 바깥으로 튀어나와 행인들을 잠시 붙잡았다.

4번 출구 일대에서 속살처럼 숨어 있는 첫 번째 혹은 두 번째 빌라쯤이 나혜영이 초대한 곳이었다. 빌라 이름은 현주빌라였다.

전자식 싸구려 초인종이 울리자 나혜영이 문을 열었다. 반지하 3호 문 앞에는 세 사람이 서 있었다.

"찾기가 어렵지는 않네요."

"그럴 거예요."

정상우의 질문에 나혜영이 대답했다. 네 사람이 겨우 앉을 만한 부엌 겸 거실에서 나혜영이 요리를 하고 있었다. 세 사람이 신을 벗고 거실을 구경했다.

"방으로 가실래요? 아니면 세 분 다 제 요리를 좀 도와주셔도 되고요."

나혜영의 말 때문인지 선뜻 세 사람은 방으로 들어가지 못했다. 고개를 내밀어 방을 살피던 박성호가 "하나는 옷 방, 하나는 주무시는 방인가 보군요" 하고 물었다.

"옆집 분들도 곧 오실 거예요. 제가 이제 병원도 그만두고 미국으로 갈 거라 친하게 지내던 분들을 모두 초대했거든요. 사실 전 친척도 없고 친구들도 멀어져 혼자 지내다시피 해요. 그러다 보니 제가 마지막이라고 생각한 순간에 함께할 별다른 분들이 없어요. 양해해 주십시오."

나혜영이 세 사람에게 고개를 숙였다.

"아유, 뭘 그렇게까지."

나혜영 곁에서 무슨 음식을 하나 지켜보던 양영자가 나혜영의 등을 살짝 도닥였다.

"무엇보다, 제가 할 줄 아는 요리가 없어요. 그냥 맨밥에다 김치만 드릴 수도 없어서 제가 할 줄 아는 최고의 요리를 대접하기로 했습니다."

그러더니 부엌 창을 열어 무언가를 꺼냈다. 포장 선물세트 가공육이었다. 포장 겉면에는 '축협 우리고기'라는 상표가 붙었다. 여섯 개들이였다.

"자, 세 분은 이걸 좀 따서 스테인리스 볼에다가 좀 담아주세요. 전 이것들로 만들 요리를 가지가지 준비했거든요."

쑥스러운지 나혜영이 혀를 내밀며 웃었다. 그 모습을 바라보던 박성호가 물었다.

"이거 뭐, 스팸 잔치네요. 그래도 설마 저걸 다 굽겠다는 건 아니죠?"

"그럼요. 짜잔."

나혜영이 감탄사를 붙이며 냉장고를 열었다. 안에는 이미 손질된 재료들이 보였다. 채소, 계란, 소스 종류와 함께 두부도 보였다.

"마파두부밥처럼 두부와 스팸을 깍둑썰기해서 밥에 얹어도 맛있더라고요. 올리브유에 채소랑 섞어 먹는 샐러드도 괜찮고요. 물론 계란을 입혀 부치는 것도 있죠. 말하자면 제 십칠 년 자취생활의 결정판이랄까요."

말은 그렇게 했지만 나혜영의 귓불이 벌게졌다. "자, 그럼" 하며 그녀가 세 사람에게 축협 우리고기 가공육을 건넸다. 그러자 양영자의 불만이 터졌다.

"어라, 이건 원터치로 뚜껑도 못 따는 거네요. 아직도 이런 제품이 나오네요."

"지역 축협들에서 만든 거라 그럴 겁니다. 내용물만 좋으면 됐죠. 저도 예전에 신문기자 생활할 때 지역에서 그런 특산품들 많이 먹었거든요. 천년 인삼주니, 대박 오디술이니 해가면서요."

양영자의 말을 반박한 건지, 아니라면 보완한 건지. 박성호도 말해놓고 애매함에 웃어버렸다. 싱크대 주변을 살피던 박성호가 캔 따개를 찾았는지 얼른 손에 쥔다. 그러더니 캔 하나를 딸 때마다 정상우와 양영자에게 건넸다. 정상우는 박성호가 손에 쥐여주는 가공육 캔을 보더니 고개를 잘래잘래 저었다.

"해봐요. 아마 이 사람, 이런 부엌일은 처음일 거예요."

양영자가 정상우에게 숟가락을 건넸다. 양영자도 손에 숟가락 하나를 쥐었다.

"저는 이렇게."

박성호는 젓가락 하나를 잡더니 가공육과 캔 사이에 찔러 넣었다.

"다들 나름대로 노하우가 있으시나 보네요. 전 그냥 칼을 푹 넣어서 고기를 안에서 잘라요. 보기는 좀 그래도 입에 들어가면 똑같잖아요."

세 사람을 살피던 나혜영이 웃으며 말했다.

그때 초인종이 울렸다.

"어머, 옆집 오빠들 왔나 보다."

나혜영이 문을 열자 세 사람이 서 있었다. 키가 작고 약간 배가 나온 동글동글한 얼굴의 남자와 그보다 10센티미터쯤 커 보이는, 역시 비슷한 체형의 남자였다. 그 뒤로 인상이 선한, 두 남자의 동생쯤으로 보이는 여자가 서 있었다.

세 사람을 보더니 가장 연장자인 정상우가 말한다.

"가족인가 보네요. 옆집 오빠들이라더니, 남자 두 분 안 닮으셨어요. 여동생분은 더더욱이요. 그런데 세 분 다 친구라고 해도 믿겠어요."

"그렇네. 가족이라기보다 친구 같아요. 제일 키 크신 분이 나이가 가장 많으시죠?"

양영자가 기분 좋은 말투로 나머지 사람들을 번갈아 보았다. 모두가 기분 좋게 웃었지만 키가 큰 딱 한 사람은 그 말이 떨어지기 무섭게 한숨을 쉬었다. 한숨 사이로 숟가락을 든 양영자가 세 개째 가공육을 나혜영이 말한 스테인리스 볼에 담는다. 끝을 잘라낸 뒤 재빨리 꺼낸다. 박성호도 젓가락으로 캔과 가공육의 접점을 쓱 벌린 뒤 두 개째를 요령껏 볼에 담았다. 그렇지만 정상우는 영 서툰지 가공육을 캔에서 꺼내지 못했다. 급기야 정상우는 칼을 들고 나혜영이 한다는 방법으로 가공육을 푹 찔러 잘라낸다.

"자, 여기까지. 볼 회수하세요."

키 큰 남자가 말했다.

뭐야, 벌써 회수야, 하는 소리가 벽을 타고 넘어왔다. 말이 끝나나 싶게 옆집 문 여는 소리가 들렸다. 들어오지 못하고 바깥에 서 있는 '여동생' 뒤로 더 어려 보이는 이십대 후반의 여자와 아버지뻘로 보이는 남자가 선다.

"어머, 옆집은 가족이 다 오셨나 봐요. 나섯 분씩이나. 그럼 저희까지 아홉 명이나 식사를 하겠네요. 돼지고기 가공육 여섯 개로는 모자라겠어요."

양영자가 나혜영과 현관에 선 사람들을 번갈아 보며 어색한 미소를 지었다.

"아니요. 여기까지입니다. 저는 송파경찰서의 백용준 형사입니다. 나혜영 씨까지 네 분 모두 방으로 들어가 주세요. 볼은 제가 회수하겠습니다. 그리고 정상우 씨가 제 동생이라고 말한 사람은 추리소설가."

거실에 있는 네 사람이 듣기에 살짝 '나부랭이'라고 중얼거리는 것 같았다. 그러나 뒤에 있는 사람들에게는 들리지 않을 정도로 작은 목소리였다. 셋 중 '키가 큰 남자'인 백용준이 사람들을 소개한다.

"손선영 씨, 그 뒤는 용인 동부서 장하나 경삽니다. 그 뒤에 두 분은 참고인이죠. 가족, 아닙니다."

"에효, 저런 사람을 형사라고. 좀 친해졌나 싶었더니. 저는 장수정이고요. 제 곁에 계신 분은 과거 새소년, 어깨동무 만화잡지 편집장을 지내셨던 오현리 작가예요. 그리고 여러분들이 이곳에 초대된 이유는 나혜영 씨의 마지막 소원 때문이었어요. 그러니 정중하게 부탁드립니다. 방으로 함께 가주십시오. 그렇지 않으면 이 자리에서 체포될 수도 있다, 라고 오현리 작가님이 저한테 말하라고 하셨어요."

장수정의 말에 거실과 현관에 서 있는 일곱 사람 모두의 표정이 일그러졌다. 그러나 표정에서 읽을 수 있는 감정은 모두 달랐다.

"자, 들어갑시다."

오현리가 문을 닫으며 현관으로 들어선다. 그 탓에 머뭇거리던 사람들 아홉 명 전원이 하나둘 방으로 향했다. 방 안에는 싱글침대 외에는 별다른 가구가 없었다. 자리가 부족해 보이자 장수정이 얼른 침대 위에 앉는다. 그 모습을 보더니 오현리도 침대 위에 앉았다. 장수정이 슬쩍 엄지발가락으로 오현리를 밀자 예상했다는 듯 침대 모서리를 잡고 힘을 주었다. 두 사람의 기묘한 모습을 바라보던 손선영이 고개를 저었다. 주섬주섬 사람들이 비집고 앉자 마치 방 안에서 나가는 사람을 체포하겠다는 듯 백용준이 문지방에 딱 자리를 잡고 섰다.

자리를 잡았던 나혜영이 몇 사람을 번갈아 보다 일어섰다.

"죄송합니다. 세 분 모두에게 비밀로 했지만 이틀 전 저는 죽을 고비를 넘겼습니다. 그것보다 몇 시간 전 저는 응급실에 이송된 환자를 잠시 살폈습니다. 그때 저기 백용준 형사님께서 병원의 공기를 살펴봐달라 부탁하셨습니다. 사실 일이 이렇게까지 커질 줄 모르고 형사님도 부탁하셨을 겁니다. 지금 저희 병원은 쑥대밭이 되었거든요. 아, 얘기가 샜네요. 어쨌든 석시콜린이라는 구제역 파동 때 살처분 약물을 먹고 이송된 환자였습니다. 박태평이라고 했죠."

그 순간 정상우가 움찔했다.

"한 시간 뒤 너스스테이션에 있던 도시락을 먹고 저도 똑같이 석시콜린에 중독되고 말았습니다. 제가 일하는 곳이 병원이었기에 망정이지, 아니었다면 저도 이송되었던 박태평 환자처럼 하반신 마비 증세가 왔을지도 모릅니다. 그때 번뜩 머리를 스쳐가는 무언가가 있었어요. 나를 죽이려고 했던 사람은 이 병원 사람일지도 모른다, 내가 이곳에서 죽는다면 간호사라서 어쩔 수 없이 동의했던 도우너, 즉 장기기증 서약으로 인해 제 장기가 이 병원 환자들에게 공급될 것이다, 라는. 그런데 의문이 가시지 않았어요. 어떻게 잠실희망병원 반경에서 현재 엄밀히 취급되는 약물인 석시콜린 중독이 두 명이나 연이어 나올 수 있지? 그렇다면 이건 우연이 아니라 누군가의 의도는 아니었을까? 저는 망설임 없이 백용준 형사에게 전화를 걸었습니다. 저에게 도시락을 주셨던 분께 말씀드리자면 거의 성공할 뻔하셨어요. 백용준 형사에게 전화를 걸고 나서도 저는 혼수상태에 빠졌거든요. 물론 동료 간호사의 재빠른 도움으로 이렇게 무사합니다만, 아직 손에 감각이 없어요. 냉장고 안에 있던 채소나 두부 등을 다듬은 것도 실은 여기 계신 손선영 씨였습니다. 어쨌든 제 얘기는 여기까지 할게요."

지금껏 감정을 참아왔던 듯 이야기를 마치자마자 나혜영은 푹 주저앉았다. 그러더니 고개를 숙이고 눈물을 떨어뜨리기 시작했다. 아마도 죽음 때문이었을 것이다. 나혜영이 낯선 눈으로 장수정의 집으로 왔을 때 장수정을 비롯한 '이웃집 탐정단'에게 그런 말을 했다.

"흔히 그러잖아요. 죽으면 천국으로 간다든지, 아니면 지옥으로 간다든지. 그 말은 영혼이 있다는 거고, 또 그것을 인식할 수 있는 정신이 존재한다는 거겠죠. 그런데 저, 혼수상태에 빠졌을 때 꿈조차 꾸지 않았어요. 막막하다든지, 아니라면 짧게라도 내가 의식이 없다는 사실을 알아차릴 수 있는 어떤 상황이나 기척도 없었어요. 말하자면 술을 많이 마셔 필름이 끊긴 것처럼 기억 한 공간이 날아가 버렸다고 할까요. 죽음이란 거, 그런 것 같아요. 어떤 인식이나 의식도 없이 그냥 사라지는 거."

말을 잇는 내내 감정을 꾹꾹 눌러 담는 모습이었다. 할 말을 마친 지금은 꾸역꾸역 눌렀던 감정을 어쩌지 못한 것이리라.

"잠실희망병원 중환자실에 아무 말 없는 환자들 간혹 보였죠? 한 달에 한둘이니까 많지는 않았을 겁니다. 그 사람들, 장기밀매 조직에 꼬여 외국에서 서울까지 밀수입된 외국인 환자들이었어요. 아마 나 간호사도 한두 명쯤은 보셨을 겁니다. 그 사람들 장기 전체가 다 분해되어서 사라졌어요. 더는 만날 수도 없죠. 우리나라에 일하겠다고 온 사람들인데."

문지방에 섰던 백용준이 말했다. 그 말에 방 안에 앉은 사람들

모두가 놀란 표정이었다.

"잠실희망병원 원장 보셨을 겁니다. 황세연 씨. 그런데 장기밀매 조직과 황세연 원장과의 커넥션이 밝혀져서 아마 병원, 곧 폐쇄될 겁니다. 박태평이가 슬슬 불기 시작했거든요. 마도휘도 못 버틸 거고요. 통장 입출금 내역, 차명계좌, 전화번호까지 싹 훑는 중이라서요. 그리 바쁜 와중에 나혜영 씨가 절 불렀네요. 그리고 이 자리는 저 손선영이, 저 사람이 만든 거고요."

백용준의 말을 이어받듯 손선영이 일어섰다.

"사실 이 사건은 고양이에서 시작합니다."

손선영은 지난 9월부터 벌어졌던 일을 비교적 담담하게 설명했다. 고양이 세 마리에서 드디어 이지연까지 이야기가 이어졌다.

"이곳, 걸어서 사오 분 거리에 있는 방이동 주민센터 지하에서 새벽운동을 마치고 나오던 한 여인이 행인이 건넨 커피를 마시고 사망하는 사건이 발생합니다. 일주일 전이었던가, 그렇죠. 아직 숨이 붙어 있던 여인을 신고한 사람이 있었습니다. 살인사건 사망 사체라고요. 그 현장에 처음 출동한 사람이 백용준 형사였습니다. 현장은 바로 이 빌라 옆 건물이었습니다. 그곳으로 제가 뛰어들었기에 저는 살인자 취급을 받았고요."

에이, 추리소설가 나부랭이. 결국 모두에게 들릴 만큼 백용준이 한탄을 터뜨렸다.

"악연에 대한 한탄이었겠지만, 앞으로는 좋은 인연에 대한 호감으로 바꿔가세요. 뭐 벌써 한 번 얼싸안기는 했다지만요."

장수정이 끼어들었다. 그녀를 보며 오현리가 쉿, 하며 만류한다.

"자고로 여자란 낄 데, 안 낄 데 잘 알아야 요조숙녀가 되는 거야."

가만히 이야기를 듣고 있던 장하나가 "선생님, 그거 성희롱이에요" 한다. 그렇지만 악의가 없다. 씩 미소를 짓는다. 어리둥절해진 표정으로 장수정만 뭐예요, 하며 오현리의 옆구리를 건드렸다. 무슨 성희롱?

"자, 자. 지방 방송 끕시다. 여기는 글 쓰고 그림 그리신다는 작가 분들이 두서도 없고 앞뒤 분간도 없고. 참, 손 작가, 계속하세요."

백용준이 손선영에게 재촉했다.

"본론으로 들어가죠. 저는 박태평이 일으켰던 이지연의 죽음과 나혜영 씨에게 도시락을 건넸던 두 사건에는 차이가 분명 존재한다고 봅니다. 아니, 나혜영에게 도시락을 건넨 사람은 이곳에 있습니다."

손선영의 단언에 장수정은 소름이 돋았다.

"나혜영 씨가 여러분을 이곳에 초대한 이유는 뭐랄까, 박애라고 할까요. 비록 나혜영 씨는 살아났지만 한 번 사건을 일으켜 잡히지 않는다는 사실을 알게 되면 범인은 다시 누군가를 노려 죽음에 이르게 할 거니까요. 그리고 그 누군가란 여기 계신 양영자 씨나 정상우 씨, 또 박성호 씨가 될 확률이 높았죠. 서로는 비록 환자 가족이라는 공감대 속에 있지만 언제든 돌아서면 남이 되는 사이들이니까요. 게다가 병원에서 같은 절박함을 보였고, 그 절박함을 이해하기에 어쩌면 모르는 사이에 당신들을 죽여도 이해해주지 않을까, 범인은 그렇게 생각할 거니까요. 나혜영 씨는 두 번째 죽음을 막으려 이런 자리를 어렵게 마련한 겁니다. 그 마음을 여기 계신 세 분은 잊으시면 안 됩니다. 솔직히 이지연 씨가 죽으면서 사건은 드러났지만 박태평에 이어 나혜영 씨까지 죽었다면 형사들은 한 조직만을 쫓게 되었을 겁니다. 그렇지만 고양이의 죽음을 눈여겨 보았던 장수정 양 탓에 어쩌면 사건은 별개로 벌어지고 있는 것이 아닌가, 하는 결론에 이를 수 있었습니다. 범인도 추정할 수 있었죠. 여기, 이곳에서요. 이쯤에서 나혜영 씨에게 하나 묻고 싶은 것이 있습니다. 당신을 죽게 만들 뻔했던 사람에게 처벌을 원하시지 않는다는 마음에는 지금도 변함이 없습니까?"

손선영이 나혜영을 향해 물었다. 여전히 그렁그렁한 눈물을 아직 지우지 못한 모습이었지만, 나혜영은 세차게 고개를 끄덕였다.

"분명 한 번의 실수는 고칠 수 있는 거라고 봅니다. 그게 치명적이었다 해도요. 그리고 그것을 용서해야 하는 것도 함께 살아가는 인간의 몫이라고 생각합니다. 이 일로 분명 범인도 제 마음을 느끼게 될 거라고 봅니다."

나혜영은 참았던 눈물을 다시 흘렸다. 나혜영의 눈물이 참 아파 보인다고 장수정은 생각했다. 그러나 저 눈물, 다 흘려야만 나혜영이 아프지 않을 것 같았다.

"백 형사님, 이런 경우 형사님께서는 법을 집행할 의무가 있는 것으로 아는데요."

손선영이 이번에는 백용준을 보았다.

"맞습니다. 친고죄가 적용되는 사안이 아니니까요. 그렇지만 이곳에서 무슨 일이 벌어지든 저는 형사가 아닌 한 개인으로 이곳에 있는 겁니다. 박태평과 마도휘처럼 의도 자체가 돈을 위한 것도 아니고, 이곳에 계신 세 분은 각기 사연이 절박했으니까요. 물론 그 절박함이 살인까지 용서한다는 것은 아닙니다만, 적어도 이 위기를 지나고 나면 과거처럼 소박하게 살아가실 수 있을 거라 믿습니다. 그렇다고 해서 이곳에 계신 분들이 심장을 기다리지 않아도 된다는 사실은 아니지만요."

"자, 여러분들은 모두 백 형사님 말씀대로 절박한 사연을 품고 계십니다. 이곳에서 이 일을 위해 사실 백 형사님 밤 새우고 오셨습니다. 병원에 있던 사람들을 용의자에서 하나하나 지워나가야만 했거든요."

"저만 밤 새운 건 아니에요. 나 간호사, 저, 손선영 씨까지 모두 밤을 새웠습니다. 그 결과로 세 분이 이곳에 오시게 된 거고요."

백용준과 손선영이 말을 주고받았다. 백용준의 호흡을 살피던 손선영이 이야기를 꺼냈다.

"양영자 씨와 정상우 씨는 아들인 정지유 군을 살려야만 했죠. 박성호 씨는 어머니를 살려야만 했고요. 절박함과 절박함이 맞부딪치는 곳이 병원 중환자실입니다. 자, 세 분이 이곳에 오게 된 것부터 설명하겠습니다.

가장 먼저 석시콜린에 대한 접근성이었습니다. 병원 중환자실에 계신 분 중 어떤 경로로든 석시콜린을 획득할 수 있는 사람은 누구인가, 사실 이 대목에서 거의 대부분 중환자실 환자들과 가족들은 탈락했습니다.

잠실희망병원과 방이역과의 연관성도 고려되었습니다. 잠실희망병원 정문에서 무작정 걷다 보면 방이역 쪽이 나옵니다. 그러나 그 중간에서 우회전을 하면 가락시장역이 있죠. 걸어서 약 삼십 분, 차로는 오 분도 안 걸립니다만, 이곳 지리를 아는 사람이라면 상권이 발달한 오금역이나 가락시장역 인근으로 가겠지만, 이곳 지리를 잘 모르는 사람들은 무작정 걸어 방이역에 이르게 됩니다. 이것은 석시콜린과 반대로 비접근성이 고려된 사례입니다.

무엇보다 중환자실에서 살인을 저질러서라도 사람을 살려야만 하는 가족이 누구인가, 하는 절박함이 대두되었습니다. 이 부분은 제가 형사가 아니라 소설가이기에 고려한 것입니다. 병원 중환자실에 입원한 가족은 모두 다섯 분이더군요. 그중 사업도 망하고, 이제 절벽에까지 내몰려 택시를 모는 남자에게 아들마저 심장병으로 죽게 된다면 그 절박함의 깊이는 어디쯤일까. 아버지와 어머니가 병원에서 조금씩 생명이 꺼져가는데 아버지와 DNA가 다른 아들이라면 어떨까. 지금껏 남자 하나만 믿고 가장 역할을 하며 살아왔는데 아들의 죽음으로 인해 그 모든 것이 허망해지는 부인이라면 어떨까. 그런데 이 세 사람 모두가 석시콜린을 가질 수 있는 사람이라면, 그러면 어떻게 되는가."

"어차피 사람은 죽게 돼."

오현리가 끼어든다. 그 순간 양영자가 벌떡 일어섰다.

"당신들, 남 얘기라고 함부로 잘도 지껄이네요. 그래, 아들이 죽어가는 어미의 심정을 알기라도 합니까. 금이야, 옥이야, 내 배에서부터 아장아장 걷던 시절, 또 커가며 엄마 하고 부르던, 그래서 미래가 장밋빛으로 보장된 아이가 단지 심장 하나 때문에 죽어가는 그 마음을 아느냐고요!"

양영자가 오현리를 비난했다. 양영자를 말리러 정상우와 박성호가 일어섰다.

"미안해요, 미안합니다. 다 아들 살리고 싶었던 제 잘못입니다. 전 정말 해준 게 없는 아빠거든요."

정상우가 양영자를 대신해 사과했다. 그 모습이 장수정은 너무나 슬퍼 보여 눈물이 맺혔다.

"어떻게 제가 아버지 아들이 아니란 사실을 아셨습니까?"

"조직적합검사를 같이 하신 걸로 압니다. 나혜영 씨도 그렇지만 간호사분들이 모른 척하셨다고 합니다. 아버님이 잠시잠시 깨어나실 때마다 간호사들에게 신신당부를 했다고 합니다. 우리 아들 놀라게 하지 말아달라고."

손선영의 설명에 박성호는 무너지는 모습으로 털썩 주저앉았다.

"수정 씨, 미안한데 좀 가져와줄래?"

"아, 제가 가져올게요. 문지방에 서 있어서 제가 제일 빠를 텐데."

백용준이 성큼성큼 부엌으로 가서 스테인리스 볼을 가져왔다.

"그거 말고요."

눈가를 훔친 장수정이 침대를 벗어나 거실로 향했다. 냉장고 열리는 소리가 나더니 되돌아온 장수정의 손에는 두 달 전 임금샘 공원에서 손선영이 잘 보관하라 말했던 스팸 통이 겹겹이 비닐에 싸여 있었다.

"저도 간절히 부탁드립니다. 비록 살인자가 될 뻔했지만 이곳에 계신 누군가는 다시 살 수 있는 기회를 얻으신 겁니다. 부디 나혜영 씨의 바람처럼 다른 사람을 죽여서라도 내 가족을 살리겠다는 그릇된 마음은 버리시길 바랍니다."

손선영이 세 사람을 향해 이야기를 시작했다. 그러다 어느 한 사람에게 이야기는 집중되기 시작했다.

"이곳에 계신 세 분도 마찬가지고 저 역시 마찬가지입니다만, 영원히 살 수 있는 사람은 없습니다. 조금 빠르고 조금 늦는다 해도 그게 사람이 살아가는 거니까요. 비록 태어나는 건 순서가 있을지 모르지만 죽는 것은 순서가 없습니다. 이를 운명이라 말해버리면 작위적으로 들릴지 모르겠지만 사람이라면 받아들여야 하는 것이 죽음의 순서입니다. 다시 한 번 말씀드리지만 천년 만년 사는 사람은 없습니다. 더구나 죽는 순간이 부끄럽지 않고 행복하다면 죽는 사람이나 기억하는 사람이나 오래도록 아프지 않을 거라 생각됩니다. 부디 죽을 때까지 부끄러울 결행을 다시 옮기지 마십시오. 부디, 부디, 나혜영 씨의 마음을 알아주시길 바랍니다. 나혜영 씨에게 석시콜린이 들어간 도시락을 건네 살해할 뻔했던 범인은……"

손선영의 눈길이 방 안 사람들에게서 부유하다 딱 한 사람에게 고정되었다.

"범인은 바로 당신입니다."

추리 대담

* 주의 : 봉인 페이지에는 범인의 실체에 대한 결정적인 단서가 언급돼 있습니다.
  부디 소설을 읽고 난 뒤에 개봉해주십시오.

이웃집 두 남자가 수상하다

1판 1쇄 인쇄 | 2014년 4월 18일
1판 1쇄 발행 | 2014년 4월 25일

지은이 손선영
펴낸이 김기옥

사업3팀 최한중
커뮤니케이션 플래너 박진모
경영지원 고광현, 이봉주, 김형식, 임민진

본문 디자인 성인기획 | **인쇄** 서정문화인쇄사 | **제본** 서정바인텍

펴낸곳 한스미디어(한즈미디어(주))
주소 121-839 서울시 마포구 양화로11길 13(서교동, 강원빌딩 5층)
전화 02-707-0337 | **팩스** 02-707-0198 | **홈페이지** www.hansmedia.com
출판신고번호 제313-2003-227호 | **신고일자** 2003년 6월 25일

ISBN 978-89-5975-614-8 03810